한국소설 속의 기독교

최재선(崔載仙)

숙명여자대학교에서 영문학(전공)과 국문학(부전공)을 공부했으며, 같은 대학에서 국문학으로 석·박사 학위를 받았다. 1996년『문예한국』으로 등단해 비평 활동을 하며, <제5회 한국문학비평가협회 비평문학상 우수상>(2003)과 <제17회 현대시조문학상 문학평설상>(2005)을 수상한 바 있다. 저서로는『진정성의 시학』(푸른사상, 2003), 공저로는『작가의 이상과 현실』(태학사, 1999),『아동문학의 이해와 활용』(민속원, 2001),『기독교문학과 현대평론』(국학자료원, 2002),『문학의 이념과 표현방법의 변화』(국학자료원, 2002),『한무숙문학의 지평』(예림기획, 2008),『삶과 글쓰기』(태학사, 2014) 등이 있다. 현재 한국산업기술대학교 지식융합학부 교수로 재직하고 있다.

한국소설 속의 기독교

초판 인쇄 2015년 6월 19일
초판 발행 2015년 6월 25일

지은이 최재선 | **펴낸이** 박찬익 | **편집장** 권이준 | **책임편집** 김지은
펴낸곳 ㈜**박이정** | **주소** 서울시 동대문구 천호대로 16가길 4
전화 02) 922-1192~3 | **팩스** 02) 928-4683 | **홈페이지** www.pjbook.com
이메일 pijbook@naver.com | **등록** 2014년 8월 22일 제305-2014-000028호

ISBN 979-11-86402-64-1 (93810)

* 책값은 뒤표지에 있습니다.

한국소설 속의 기독교

Christianity in Korean Novels

최재선 지음

(주)박이정

　　오래전부터 기독교 문학에 관심을 갖고 연구해왔다. 박사학위 논문도 「한국
현대소설의 기독교사상연구」이니, 이 길에서 이십여 년이 넘는 세월을 보냈다.
그럼에도 여전히 멀고 아득한 길 위에 있다. 글을 읽고 쓰는 문학하는 일에서
유난히 장르를 한정지어 기독교 문학을 선택한 것은 어쩌면 나도 알 수 없는
어떤 이끌림에 의한 것인지도 모른다.

　　종교와 문학은 불가분의 관계에 있고, 인간의 근원적 물음과 궁극의 관심이
만나는 지점에 종교문학이 있지만 聖과 俗을 넘나들며 인간 문제에 대한 답을
구하는 것은 쉽지 않은 일이다. 이런 점에서 종교적 관점의 연구는 보편적 문학
연구의 테마로는 그다지 환영받지 못하는 주제이기도 하다. 그럼에도 이 분야
를 택한 것은 기본적으로 문학하는 기독교인으로서의 관심과 책임이 있었기
때문이다. 그러나 아직도 연구자로서의 부족함은 메울 길이 없다. 이 책 역시
그 부끄러움의 표현일 것이다. 그럼에도 불구하고 흩어진 구슬들을 꿰어두는
소박한 여인의 심정으로 하나의 주제 속에 그간에 썼던 글들을 갈무리한다.

　　『한국소설 속의 기독교』라는 큰 제목으로 한국근대문학인의 효시인 춘원부
터 21세기 한국작가에 이르기까지 몇몇 작가들과 그들의 작품을 기독교적 관
점에서 살펴보았다. 한국의 근대가 사회 문화적으로 기독교의 영향 속에 형성
되고 발전되었던 것처럼 한국문학의 선구적 작가들은 기독교 사상과 윤리를
긍정적 측면에서 수용하고 자신의 문학 속에 반영하였다. 그러나 식민지 시기
와 해방 전후, 민족의 혼란기를 겪으며 서구 종교로서 기독교는 불교와 충돌하
기도 하였으며, 유물론에 근거한 사회주의 사상의 배척과 박해를 받기도 했다.
무엇보다 한국인의 의식 속에 잔존한 기존의 유교적 생활문화와 무의식 속에
잠재된 무속적인 생활 습속과 기독교는 충돌할 수밖에 없었다. 근대 작가들의
글 속에는 이러한 과정이 적나라하게 나타난다.

　　작가가 기독교인이든 아니든 근대 지식인들은 한국적인 기층문화와 충돌하

거나 습합되는 기독교, 점차 종교로서 자리매김하는 기독교의 모습에 관심을 갖고 작품으로 형상화하였다. 그러한 시대적 배경을 고려하여 당시 작품을 살펴보는 것은 이미 결과를 알고 보는 경기처럼 담담하게 아쉬웠던 시간들을 반추할 수 있게 한다. 왜 그 시대에는 그럴 수밖에 없었는지, 시대적 상황 속에서 아직 기독교가 신앙의 차원으로 자리 잡지 못한 이른 감을 찾아볼 수 있는 것이다. 이 시기 작가의 작품 속에는 근대 지식인의 개화의식과 민족의식이 종교적 관심보다 강하게 투영되어 있음을 알 수 있다.

그러나 해방 이후 현대소설에서는 보다 심도 있는 기독교 인식과 이해의 지평이 열리게 된다. 종교 신학의 영역에서 행해지는 물음들이 소설의 의장을 입고 나타나지만 결코 신학적 교리나 종교적 도그마가 문학의 미학을 넘어서지 않는 긴장 속에서 작품의 완결성을 보여주고 있다. 무엇보다 중요한 것은 세속적 욕망이 범람하는 시대 속에서 초월적 가치를 지향하며 기독교의 본질과 그 실천양태를 보여주는 작품들이 창작되고 있다는 점이다. 이러한 문학 작품들을 발굴하여 다시금 종교와 문학이 만나는 기독교 문학의 가치와 의의를 일깨워주는 것이 이 책의 관심사이기도 하다. 이런 의미에서 기독교 문학을 하는 동학(同學)들에게 이런 소설과 작가의 발견이 서로 격려가 되길 바라는 마음이다.

어쩌면 기독교 문학을 하는 일은 신이 내게 허여한 축복일지도 모른다. 다만 좀 더 탁월하고 영민한 이를 택하였다면 보다 빛나는 연구를 했을 텐데…. 신이 선택한 일이 내게는 은총이지만 신에게는 안타까움이 아니실지. 다만 "하나님의 은사와 부르심에는 후회하심이 없다."(롬 11:29)는 말씀으로 위로를 삼는다. 늘 남겨진 시간은 유한한 생애 속에서 카이로스의 의미 있는 시간을 살라는 신의 당부라 여기며 이 길을 가고자 한다.

며칠 전이었다. 우연히 책장 한 곳에 있는 얇은 책이 눈에 들어왔다. 리처드

범브란트 목사의 『독방으로부터의 설교』라는 글이었다. 루마니아인으로 루터교 목사였던 그는 14년을 감옥에서 보냈다. 나치 치하의 유대인 학대를 겪고, 공산치하에서 복음을 전하는 기독교인이라는 이유로 지하 9m의 독방에서 보낸 것이다. 절대 고독과 두려움 속에 살았던 시간, 완벽한 침묵과 수인 생활, 읽고 쓰는 어떤 일도 허용되지 않는 환경 속에서 성경을 잊지 않기 위해 그가 했던 방식은 지속적으로 혼자 설교를 하고 외우는 것이었다. 그래서 그 글은 그의 기억의 기록이기도 했다. 그는 자신의 설교가 정통 교리에 어긋날 수도 있고 오류가 있을 수 있다는 것을 미리 언급했다.

책은 충격이었다. 평상시 한 번도 생각지도 못하고 듣지도 못한 성경 이야기가 그 안에 있었다. 성경 구절에 대한 감옥에서의 깨달음, 어떤 주석도 ,참고서적도 없고, 성경조차 없이 기억된 설교. 단지 성령의 도우심으로 성경에 대한 깨달음을 기록하고 있었다.

책 속에는 "'하나님은 존재하는가? 신이 있다면 자신을 위해 목숨을 버리고자 한 이들에게 이런 참혹한 고통을 주시며, 그의 존재를 감추시는가?' 끝없이 이어지는 고문과 배반의 유혹 앞에서 생명을 내놓고 하나님을 사랑하는 이들이 실존의 절망과 한계에 이르도록 침묵하는 신이라며 놓아버려도 되지 않겠는가."라며 너무도 고통스러워 신의 존재를 의심하는 모습도 보인다. 색채를 본 적도, 소리를 들은 적도 없는 세월. 살아있다는 소식조차 전할 수 없는 무시간의 시간 속에서 그는 살았다. 그러나 엄청난 고통의 세월을 보낸 후 하는 말은 "하나님은 우리를 도와주는 사람들 뿐 아니라 우리가 도와야 하는 악한 사람들의 모습 속에도 함께 하신다."는 고백이었다. 자신을 고문하고 죽이려는 이들조차 사랑해야 한다는 깨달음을 얻기까지 목사와 기독교인이라는 허울과 허명으로 통하지 않는 엄청난 빛 앞에서 자신이 무(無)임을 고백한다. 참으로 영원한 삶의 소망이 없다면 다다를 수 없는 세계의 잠언이다. 그 곳에 이르기 위한 최선의 믿음은 사랑을 실천하는 것임을 말하고 있다.

이성과 지성으로 아는 형이상학의 세계, 초월적 가치에 대한 이야기는 세속의 삶 속에서 더러는 힘을 잃기도 한다. 현실의 삶 때문에 양심의 소리에 침묵하고, 강한 자 앞에서 주눅 들고, 어느덧 세상의 불의와 타협하기도 하는 풀잎 같은 내게 신은 숨어 있지만, 그럼에도 그 분의 속성이 사랑임을 보이실 때면 마음이 여지없이 무너져 내린다.

깊은 지하 독방에서 너무도 외로워 주님을 부를 때 나타나서 "너의 이름이 무엇이냐?"고 묻는 기가 막히게 냉정한 신. 이미 창조 전부터 알았노라고 하시던 그 신이, 이름을 물으신다. 마치 아무것도 모르고 당신을 위해 바친 목숨조차 모르고 있다는 듯, 물으셨다고 한다. 그 물음 앞에서 오히려 부끄러움에 두려워 떠는 순전한 사람의 모습. "나는 없어져야 하겠고 그리스도가 내 안에 살아야 한다."는 범브란트 목사의 고백.

문학도 이런 순결함과 진실함으로 해야 하지 않겠는가. 기독교 문학을 이야기하는 자리에서 갑자기 만나게 된 얇디얇은 책 한 권이 영혼의 불씨를 일으키듯, 기독교 문학은 이처럼 세상 속에서 생의 의미 찾기와 구원의 메시지를 전해야 할 것이다.

나는 참 괴롭다. 문학하는 일로, 글을 쓰고 연구하는 일로 무슨 일을 했는지, 하나님이 물으신다면 무슨 말을 해야 하나. 이렇게 부족한 글을 엮고, 글을 쓰지만 여전히 무망하다는 생각이 든다. 그러나 이 문학의 길에서 오래도록 함께 할 주제가 기독교 문학이라면 미욱하지만 성실하게 가야할 일이다.

책을 내주신 박이정 출판사 사장님과 편집부 선생님들께 감사를 드린다.

지상의 삶에서 가족의 이름으로 만난 애틋한 남편과 두 딸에게, 못다 한 사랑의 말 한 줄 전하고 싶다. 그리고 믿음은 이성을 초월하는 신앙임을, 그 기도 속에 내가 살아 있음을 알게 해 주시는 사랑하는 부모님께 이 책을 드리고 싶다.

2015년 유월에

정왕동 연구실에서 **최재선**

제1부

근대 지식인과 기독교

제1장
이광수 소설과 기독교

1. 머리말

춘원 이광수(1892~1950)는 한국근대문학의 선구자로서 당대 식민지 현실 속에서 애국 계몽의식을 일깨우고 민족의 개화와 교육을 위해 글을 쓰기 시작했다. 춘원은 자신의 문학 속에 사상과 신념, 종교관 등을 선명하게 반영하였는데, 춘원의 종교관은 어느 한 종교의 교리와 의식에 국한되지 않고 범종교적이며 통합적인 모습으로 나타난다. 이는 춘원이 생애를 통해 다양한 종교를 경험하며, 이를 자신의 사상과 신념에 맞게 변형하면서 자신의 삶의 가치관으로 삼아왔기 때문이다.

춘원은 전통 종교로서의 동학, 즉 천도교에 입문하기도 했으며, 서구 문화의 영향을 받아 기독교 사상을 수용하기도 했고, 개인적 불행과 어려움에 처해서는 불교에 귀의하기까지 다양한 종교 체험을 했다. 물론 한국인의 의식 속에 잔존하는 기층 신앙인 무교적인 습속은 춘원의 제 종교와 혼재되어 나타난다. 이러한 종교적 체험은 춘원의 문학 세계를 풍성하게 하는 사상적 기반이 되었다. 1920년대 춘원 문학에 나타난 기독교 인식은 그의 문사의식 뿐 아니라 민족의 계몽을 추구하던 우국 지사로서의 춘원의 면모를 보여 준다.

춘원은 한국근대문학의 효시라 할 수 있는 장편『무정』(1917) 의 발표 이후 식민지 현실을 타개하고 민족의 근대화를 이루기 위해 기독교 정신을 통한 '혁명'1)을 지속적으로 주창하며, 자신의 문학에 기독교 윤리와 사상을 강조했다. 이 글에서는 1920년대 당시 춘원의 종교적 관심이 기독교적 관점에 집중된 점을 살펴보고, 이러한 시각이 반영된『재생』(1924년 동아일보 연재)을 통해 춘원의 종교의식을 고찰하고자 한다.

2. 1920년대 시대적 배경과 기독교

1920년대는 일제의 식민지 지배 방식에 변화를 가져온 시기였다. 3·1 운동 이후, 일제는 강압적인 무단 통치 방식으로는 우리 민족을 다스리는 것이 어렵다는 것과 세계의 여론이 자국에 불리하게 돌아가는 것을 깨닫고 문화정치의 방식으로 식민지 지배체제를 바꾸게 된다. 그러나 이는 표면적인 변화일 뿐 본질적으로는 식민지 상황을 더욱 공고히 하려는 일제의 의도를 담고 있는 것이었다. 일제가 표방한 문화정치는 우리 민족을 정신적으로 일제에 동화시켜 일제를 찬양하고 일제의 식민지 정책에 복무하는 인간을 만들어 내고자 하는 것이었다. 그 이면에는 일제가 우리 민족의 일부 인사들에게 혜택을 줌으로써 민족 상호 간에 불화를 조성하고 이간시키는 교묘한 책략이 있었는데, 이는 이전의 무

---

1) 여기서 혁명이란 폭력적인 싸움이 아니라 잘못된 인습이나 태도를 과감히 고치는 태도, 즉 인생관의 변화를 의미한다. 이광수는 근본적인 혁명이 필요한 것으로 팔자론, 숙명론과 같은 인생관이며, 자신의 운명은 오직 자신의 힘에 달렸다는 자력론적 인생관을 갖도록 촉구했다. 이광수,「숙명론적 인생관에서 자력론적 인생관에」(1918.8),『학지광』제1호. 참조. 이후에도「그리스도의 혁명사상」(1931.1),『청년』제11권, 1호에 맑스 레닌주의에 반하는 그리스도의 무저항, 비폭력, 사랑의 혁명을 주창한다.

단정치보다 더 무서운 것이었다.2) 우리 민족에 대한 경제적 수탈을 강화하기 위한 산미증산 계획과 식민지 교육 정책 등은 문화정치라는 미명하에 우리 민족을 물질적, 정신적으로 압박하여 민족의 삶을 황폐하게 만들었다.

일제의 식민지 지배 방식의 변화는 1920년대 우리의 문학 지형도를 바꿔놓기도 했다. 말과 글에서 약간의 자유가 보장된 상황은 문인들이 동인지를 중심으로 서구문예사조를 도입하고 문학의 독자성을 추구하며 다양한 유파를 형성할 수 있게 했다. 이 시기 문인들은 창작 방식에 변화를 주며 식민지 조국의 비극적 상황을 표현하고자 했는데, 프로문학의 출현은 그 한 예라 할 수 있다.

그러나 1920년대 문학은 일본 문화정치의 영향으로 보이지 않게 일제에 타협하고 순응하는 식민지 지식인을 양산하기도 했다. 당시 활약한 문인들은 일본 유학을 통해 어느 정도 일본 문화의 세례를 받았으며, 독립 운동에 가담하기도 했지만 3·1 운동 이후 식민지 체제에 순응하여 살아가는 자조적 소시민의 모습을 보이기도 한다. 이는 당시의 문화 활동이 식민지 현실로 인해 왜곡될 수밖에 없었기 때문이었다.

한편, 종교적 측면에서 기독교계의 변화도 주목할 만하다. 기독교는 3·1운동의 주도 세력 중 하나로 3·1운동 이후 외래 종교라는 인식을 벗어나 민족 종교로서 위상을 정립하게 된다. 그러나 겉으로는 유화정책을 표방하면서 실질적으로 민족의식과 민족운동 세력을 말살하려는 일제의 압박으로 인해 어려움을 겪게 된다. 이와 더불어 민족 내에서도 계층, 계급간의 사회, 경제적 모순을 타개한다는 기치 아래 종교를 아편이라고 여기며 반기독교 운동을 전개하는 사회주의 세력의 도전으로 기독교는 어려움에 직면하게 된다.3)

---

2) 한국역사연구회 편, 『한국사 강의』(한울아카데미, 1993), p.253.

이러한 상황 속에서 1920년대 기독교는 현실적으로 민족 계몽운동을 전개해 나간다. 지식인들을 중심으로 민족개조론의 견지에서 사회 제반 문제에 대해 인식하고 물산장려운동, 농촌계몽운동과 같은 온건한 방법으로 운동을 전개하며 사회 구원 문제에 관심을 갖게 된다. 그러나 더욱 교묘하게 식민지 지배 체제를 강화하는 일제의 정책으로 인해 식민지 현실은 암담해지고 사회적 모순은 더욱 심화되어 갔다.

3. 춘원의 종교 수용과 기독교

1892년 2월 28일 평안북도 정주에서 태어난 춘원 이광수는 11살의 어린 나이에 부모를 잃고 고아가 되어 일가친척집을 전전하는 불행한 어린 시절을 보냈다. 1903년 12살의 나이로 동학 대접주의 인도로 동학에 가담하여 두령의 서기노릇을 하게 된다. 천도교(동학)는 불우한 유년시절에 현실적으로 그를 구원해 준 최초의 종교였다. 그러나 춘원이 入道할 당시 동학은 종교적 의미보다는 우국지정(憂國之情)과 민족사상을 중시하는 형편이었고, 종교로서의 영향은 크지 않았다. 춘원은 동학을 통해 14살의 나이에 일진회 유학생이 되어 일본 유학을 떠나게 된다.

1907년 학비 문제로 귀국한 후 다시 도일하여 기독교 계통 학교인 메이지 학원 중학부 3년으로 편입하게 된다. 이곳에서 춘원은 성경을 처음 접하고 진실한 기독교 신자인 日人 친구 야마사끼(山岐俊夫)와의 사귐을 통해 실천적 신앙생활의 의미를 배우게 된다. 개화기에 개인이나 민족 공동체가 기독교를 수용한 이유는 종교 자체에 대한 관심보다

---

3) 민경배, 『한국기독교회사』(대한기독교서회, 1987), p.271.

는 사회적 측면의 유익이 강하게 작용했다.4) 기독교는 근대문명을 가져오는 선도적 역할을 했으며, 봉건적인 삶을 개혁할 수 있는 새로운 의식으로 받아들여졌기 때문이다. 특히 지식인과 지도자들에게 기독교는 위기에 처한 민족을 구할 수 있는 방편으로 여겨졌다. 이러한 시기에 일본 유학을 통해 새로운 것을 배우려는 춘원에게 서구의 기독교는 충분히 관심의 대상이 될 수 있었다.

춘원이 성경의 가르침을 쉽게 수용할 수 있었던 것은 그가 접했던 東學의 종교적 배경과 연관이 있었다. 동학(天道敎)은 儒佛仙 三敎에다 기독교까지 첨가한 혼합절충 종교로서, "천도교는 기독교와 마찬가지로 세상을 구원하려는 救濟敎였으며, 人乃天 사상으로 인한 개인의 구원과 사회 구원의 이상이 들어 있다. 천도교의 天主思想은 기독교의 하나님 사상과 유사성을 지닌다."5)는 점에서 기독교와 유사한 점이 있었다.

비록 춘원이 東學徒가 되어 일했던 기간이 짧고 그의 나이 연소했던 시기지만 동학의 이념에 감명받아 入道禮式을 치르고 '懺悔從前之過願隨一切之善'하야 '布德天下廣濟蒼生保國安民'의 '牙極大道大德'을 위하여 일생을 바치기로 서약6)하였던 것과 그 활동을 고려할 때, 처음 접하는 기독교가 동학에서 느끼고 배웠던 것과 전혀 합치되지 않았다면 그

---

4) 이만열은 한말과 일제시대의 기독교 상황에 대하여 당시의 문서와 자료들을 통해 객관적으로 기술하고 있는데, 기록에 의하면, 당시 한국의 민중들이 기독교에 입교한 동기는 순전한 종교적인 이유보다는 사회적인 요인이 더 강하게 작용하고 있었다. 내세의 문제보다는 현실적인 이유가 앞섰던 것으로 민중의 경우 사회적인 압제를 피하기 위해 입교했으며, 지도자들은 기독교를 통한 救國濟民을 의도해 입교하게 된다. 일제침략이 가중되던 시기에는 애국지사와 지도자들이 그들의 통렬한 감정을 승화시키고 민족의 새로운 소망을 찾으려는 의도로 기독교에 입교하게 된다. 이만열, 『한말기독교와 민족운동』(평민사, 1986).
5) 유동식, 『한국종교와 기독교』(대한기독교서회, 1995), pp.94~118.
6) 이광수, 『이광수전집』(삼중당, 1963), 9권, p.278.

가 기독교를 수용하기란 쉽지 않았을 것이다. 그러나 동학이 종교단체임에도 불구하고 민족의 위기를 맞아 정치적인 면에 경도(傾倒)되고 구국운동에 힘썼던 사실은 춘원이 받은 동학의 영향이 종교적인 것 보다는 우국지정(憂國之情)의 정신과 민족주의 사상7)에 있었음을 보여준다. 이러한 이유로 춘원은 종교적인 갈등이나 번민 없이 기독교에 입문할 수 있었던 것이다.8)

그러나 을사보호조약이 체결된 후, 학교에서 행하는 성경 강의와 예배, 기도를 통해 일본 기독교인의 허위의식과 비성서적인 면을 보게 된 춘원은 기독교 신앙에서 멀어지게 되고, 宗敎儀式을 거부하고 자신의 틀 속에서 참다운 종교를 만들어 보려는 생각을 갖게 되었다. "나는 예배당에도 다녀 보았다. 그러나 그 모든 예식과 또 하는 말들이 나를 만족하게 못하였다. 내가 성경을 보고 그렸던 그리스도인은 어디서도 찾아볼 수 없는 것 같았다. (중략) 나는 다시 교회에 아니 다니기로 하고 나 혼자 그리스도인이 되어서 부패한 현대 기독교를 혁신하리라는 엄청난 야심을 품었다."9)는 말에서 알 수 있듯이 춘원은 기독교에 대해 부정적 인식을 갖게 된다. 이러한 인식은 나중에 귀국하여 조선의 현실 속에서 제 역할을 하지 못하는 기독교와 교인들을 보며 교회를 떠나게 되는 이유가 되기도 한다.

---

7) 김영덕은 「춘원의 기독교입문과 그 사상과의 관계연구」(『한국문화연구원논총』, 이화여대, 1965)에서 춘원이 기독교에 입문하게 된 이면적 요인으로 옛 종교와의 관계, 민족주의와의 관계, 가정환경과의 관계를 들어 설명하고 있다.

8) 춘원이 기독교에 접하고 드린 기도 "나는 일생을 주의 뜻을 따라 살아가기를 작정하옵니다. 어떠한 괴로움이 있는지, 비록 이 몸이 죽더라도 주의 뜻에서 벗어나지 아니할 것을 서약하옵니다. 이 연약한 어린 죄인에게 힘과 은혜를 부어 주옵소서."나 "나는 성경에서 배우는 것을 고대로 실행하려고 결심하였다. 나는 예수와 같이 십자가에 못 박히는 일이 있더라도 기쁘게 예수를 따라 가리라고 결심하였다."(「그의 자서전」, pp.289~292)에서 볼 때 처음 기독교를 접했을 때의 열정과 기쁨을 알 수 있고 갈등은 보이지 않는다.

9) 이광수, 「그의 자서전」, 『이광수 전집』 9권 (삼중당, 1963), p.291.

그러나 춘원은 기독교 자체의 종교적 사상과 교리에 대해 부정하거나 반대하지 않았으며, 일생을 통해 그리스도의 정신을 높이 평가하고 예수를 숭배하였다. 춘원의 문학작품과 논설[10] 속에는 기독교 사상이 직접 언급되거나 간접적인 방법으로 구현되어 있다. 이처럼 춘원이 수용한 것은 종교적 의미로서의 기독교가 아니라, 문화적 윤리적 차원에서 새롭고 우수한 사상인 기독교였다. 춘원은 기독교를 통해 새로운 문명과 만나고 자아 각성을 하게 된다. 성경은 여타의 종교적 가르침과 역행하지 않는 보편적 진리였다. 그는 성경을 전체적으로 조망하고 이해하기보다는 필요한 부분은 수용하고 믿을 수 있는 사실만 받아들였다. 예수의 가르침을 '도덕적 차원'에서 받아들였으며, 예수의 神性을 믿지 않았다.

그는 교인이 된 지 칠 팔년이 되도록 세례를 받지 못했는데, 이는 세례문답에서 개인의 믿음을 고백하는 물음에 답하지 못했기 때문이었다.[11] 그에게 있어 기독교는 윤리적으로나 도덕적으로 감화를 주는 사상이며 철학이었지 절대적 의미를 지니는 개인의 종교는 아니었다.

이후 일본에서 신앙생활의 회의에 빠진 그를 구원해 줄 만한 정신적 지주 역할을 한 것은 톨스토이였다. 춘원은 "톨스토이의 宗敎와 文學說

---

10) 춘원의 기독교 인식을 나타내는 논설로 다음과 같은 글들이 있다. 「耶蘇敎의 朝鮮에 준 恩惠」, 『靑春』, 1917. 7, 「今日 朝鮮耶蘇敎」, 『靑春』, 1917. 11, 「敎會의 缺點」, 「新生活論(五基督敎思想)」, 『每日新報』, 1918. 9. 6~10. 19, 「義氣論」, 『朝鮮文壇』, 1924. 12, 「그리스도의 革命思想」, 『靑年』, 1931. 1, 「섬기는 生活」, 『東光』, 1931. 2, 「간디의 하나님」, 『東光』, 1932. 5, 「간디와 못솔리니」, 『東光』, 1932. 5, 「톨스토이의 人生觀」, 『朝光』, 1935. 創刊號, 「예수의 思想」, 『三千里』, 1937. 1, 「感謝와 謝罪」, 『白朝』, 1922. 5, 「復活과 創世記」, 『三千里』, 1931. 1, 「李光洙氏와 基督을 語함」, 『三千里』, 1932. 1, 「크리스마스」, 『朝鮮日報』, 1934. 2. 4, 「朝鮮의 예수교」, 『朝鮮日報』, 1934. 2. 6, 「杜翁과 나」, 『朝鮮日報』, 1935. 11. 20, 「天主敎의 殉敎를 보고」, 『三千里』, 1935. 11.

11) 「그의 자서전」에 언급된 세례문답의 질문은 그리스도께서 동정녀에게 나신 것과 부활하신 것과 구약성경이 하나님의 말씀인 것과 예수의 재림과 최후심판을 믿느냐는 것이었다. 『이광수전집』 9권 (삼중당, 1963), p.313.

을 읽고 문학을 해보겠다는 생각을 했다."고 할 정도로 톨스토이의 영향을 받았다. 특히 톨스토이 신앙의 지침이 되었던 성경 마태복음 5~7장의 종교관은 그대로 춘원의 삶 속에 받아들여지고, 예수의 가르침이었던 사랑을 기초로 한 무저항주의와 비폭력주의, 박애주의, 인도주의 정신은 춘원 민족주의 사상의 핵심을 이루게 된다.

춘원이 일본에서 톨스토이 사상에 심취할 수 있었던 배경에는 당시 일본 문단의 상황이 영향을 주었다. "일본 근대문학은 明治는 투르게네프, 大正은 톨스토이, 昭和는 도스토예프스키라고 하리만치 러시아문학과의 상관성을 가지고 있으며, 초기의 작가들에게 영향을 미치고 있다."12)는 것처럼 明治末(1905~1912년경) 일본문단에 수용된 톨스토이의 영향은 대단했다. "일본의 지식계급들은 그의 예술작품 뿐만 아니라 철학적 폭로적 논문을 탐독하고 톨스토이의 사회적 윤리적 견해를 이해했다. 당시 큰 성공을 거둔 것은 톨스토이의 反資本主義, 反軍國主義 사회평론이었으나 일본의 반동세력에 의해 심하게 추적되었고, 그 무렵 일본에서 톨스토이 작품에 대한 검열이 시작되었다. 일본의 軍閥은 당시 「참회」, 「죽이지 말라」, 「반성하라, 필요한 유일한 것」 등의 작품을 發禁했다."13)는 사실에서 알 수 있는 것처럼 톨스토이의 사상이 춘원에게 보다 직접적이고 절실하게 인식될 수 있었던 것은 군국주의에 반대하는 그의 인도주의적인 사상과 종교적 삶에 근거한 박애주의 정신이 식민지 약소민족의 유학생인 춘원에게 새로운 꿈과 힘을 주었기 때문이다. 그것이 바로 민족의식에 눈 뜬 춘원으로 하여금 무저항, 비폭력의 방법으로 민족운동을 할 수 있는 기틀을 마련해 준 것이며, 이러한 의식을 기반으로 춘원은 문학을 통해 민족 계몽운동을 시작하게 된다.

---

12) 구인환, 『이광수소설연구』(삼영사, 1983), p.286.
13) 구인환, 앞의 책, p.289.

메이지 학원을 졸업한 춘원은 1910년 이후 정주 오산학교 교사로 부임하여 남강 이승훈, 신채호 등의 지사와 알게 되어 나라와 민족의 현실에 대해 인식하고, 이후 학교를 떠나 상해에 있으면서 독립운동의 실태를 목격하고 민족 교육과 개조의 필요성을 절감한다. 그 후 다시 1915년 제2차 동경유학을 떠나 와세다 대학 철학과에 입학한다.

그러나 춘원은 와세다 대학시절 당시 일본을 풍미한 자연주의 문예와 바이런 시의 영향으로 종교와 도덕을 버리고 톨스토이를 벗어나 인생의 암흑면을 폭로하는 문학을 탐독하기도 하며, 진화론의 영향을 받아 다윈의 진화론이 마땅히 성경을 대신할 것이라고 생각한다. "힘이 옳음이다. 힘 센 자만 살 권리가 있다. 힘 센 자의 하는 일은 다 옳다! (중략) 바이블은 약한 자의 소리다. (중략) 하나님아 덤벼라, 나하고 한테 겨누어 볼까. (중략) 약자가 강자의 지배를 받는 것은 당연한 일이다."라는 반기독교적 의식을 드러내기도 한다. 이 시기 와세다 대학에서 수학하던 춘원은 사상적 지적 갈등을 겪으며, 신앙을 버리게 된다. 춘원에게는 기독교가 하나의 종교적 사조로 작용했을 뿐이며, 기독교가 절대의 진리로 자리 잡지 못했을 때 새로운 철학과 사상의 유입은 그것을 밀어내게 된다.

춘원은 일본에 있으면서 '조선청년독립단'을 조직하고 국가와 민족의 독립을 도모하는 일에 가담한다. 1919년 3·1운동 이후 상해 대한민국 임시정부가 수립되고, 춘원은 상해에서 안창호를 만나 그의 민족운동 조직인 흥사단의 이념에 감명을 받아 입단하게 된다. 1921년 귀국 후 '민족개조론'(1922)을 발표하고, 흥사단의 이념에 따라 '수양동맹회'를 조직한다. 당시 3·1 운동 이후 수감된 민족주의자들이 출소되어 민족독립의 기운이 일어나고, 일제에 대한 정치투쟁을 전개하는 운동들이 조직된다. 1925년 '조선공산당'과 합법적 민족운동 단체인 '수양동우회'가 그 예이다.

춘원은 본질적으로 종교 간 차이가 없다고 생각하였기 때문에 시대나 상황에 따라 다른 종교를 수용하거나 改宗할 수 있었다. 이러한 점이 그가 신앙에 대해 깊이 고민하거나 갈등하지 않고 불교의 세계에 귀의한 후에도 기독교 사상의 가치를 논할 수 있었던 이유라 생각한다.

춘원은 개인적 삶의 고통과 굴곡을 겪으며, 친일적 행위와 그로 인한 세간의 눈총을 피해 불교의 세계에 침잠하게 되면서 불교소설을 쓰게 된다. 기독교가 믿음에 근거한 실천적 행위를 중시하는 역동성을 지닌 데 비해, 불교의 허무주의는 인생의 참뜻이 無이며, 인생이 고뇌와 번뇌의 연속에 불과하기에 자아가 無常의 세계와 욕망으로부터 해탈해야 한다[14]는 靜的 특징을 지닌다. 춘원의 문학에는 이러한 종교의 양면이 함께 나타난다. 다만 그의 생애를 통해 어느 부분이 좀 더 부각되는지가 문제일 뿐이다.

기독교를 개인의 실존적 문제에 대한 해답으로 신앙화하지 못하고 하나의 철학으로, 지적인 갈망을 해결할 수 있는 방편으로 여겼던 춘원이 개인의 참담한 생애를 맞이할 때 안주할 수 있었던 곳은 그의 무의식 속에 고향으로 남아있던 불교[15]의 세계였다.

1925년 춘원은 척추카리에스로 한 쪽 갈빗대를 제거하는 수술을 받고, 1927년에는 지병인 폐병이 재발하여 고생하면서 대외적인 활동에서 떠나 요양하면서 불교의 경전에 심취하게 된다. 이후 1934년에는 8세 된 아들 봉근이 패혈증으로 사망하게 된다. 이처럼 자신의 병마와

---

14) 서광선, 『종교와 인간』(이화여대출판부, 1975), p.136.

15) 조연현은 「이광수의 문학」에서 춘원의 불교적 인생관의 이상은 그의 잠재적 의식이었으며, 그의 가장 초기 단편의 하나인 「방황」에서 그 편모를 볼 수 있다고 했다. 조연현, 『한국현대문학사』(성문각, 1974), 또한 「그의 자서전」에도 그의 나이 4, 5세 때 절에서 복을 빌어 주던 노장을 숭배했던 기억이 명치학원에서 유학할 당시 예수의 인격을 지닌 미국선생을 대할 때마다 함께 떠오르는 것에서도 불교적인 경험이 그의 先意識으로 잔존해 있음을 알 수 있다.

싸우면서 고통을 겪던 춘원은 아들의 죽음으로 인해 삶과 죽음의 문제에 더욱 천착하게 되고 종교의 세계로 침잠하게 된다. 춘원은 현실적으로 고통을 겪을 때 산사로 들어갔으며, 불교의 세계로 귀의하게 된다.

기독교가 당시 문화와 환경 속에서 개인의 신앙으로 체질화되기에는 아직 역사가 짧았다. 종교와 사상은 단시일에 형성되거나 소멸될 수 없는 정신의 문제이기 때문이다. 이런 점에서 1920년대 춘원 문학에 나타난 기독교는 전통적인 종교의식과 혼용되어 나타나는 과도기적 특징을 보인다.

4. 『재생』에 나타난 기독교 인식의 특징

춘원 이광수는 소설을 쓰는 궁극적인 이유를 '조선과 조선민족을 위하는 봉사와 의무의 이행'[16]이라고 하면서 민족주의 사상에 투철한 작가의식을 보여준다. 이러한 그의 문학관은 소설 창작에도 그대로 드러나는데, 춘원이 민족의 현실을 생각하며 자신의 선각자적 의지를 표현할 수 있는 사상적 기반으로 삼은 것이 기독교적인 박애주의와 인도주의 정신이다.

『再生』[17]은 춘원의 작품 중에서 기독교 사상이 뚜렷하게 나타나고,[18] 주인공들이 모두 예수교인으로서 善惡의 갈등과 靈肉의 혼돈, 罪를 짓고 회개하는 주제를 다루고 있다는 점에서 기독교 문학의 요소를 지니고 있다.[19] 또한 만세운동 이후 1925년 경의 조선의 현실을 충실히

---

16) 이광수, 「余의 작가적 태도」(『동광』, 1931. 1.)

17) 『동아일보』에 1924. 11.9~1925. 7.28까지 연재. 다음의 인용은 연재 회수로 표기. 『再生』 (우리문학사, 1996)을 인용함.

18) 백철, 「한국의 현대소설에 미친 기독교의 영향」(『중앙대학교논문집』 제4집, 1959), p.34.

묘사하고자 하는 춘원의 의도[20]를 반영하고 있다.

『재생』의 주요 인물은 모두 기독교인이며, 기독교적 환경이 배경이 되므로 그들의 교육과 가치관 형성에 미친 기독교의 영향을 살펴볼 수 있다. 『재생』에는 당시의 지식 청년들이 삼일 운동 후에 변모해 가는 모습이 리얼하게 나타난다. 기독교인으로 민족의 독립을 위해 애쓰고, 교회에서 봉사하며, 성실한 삶을 살던 젊은이들이 암울한 조국의 현실 앞에서 나라와 민족을 위하던 대의를 버리고 일신의 안일과 부귀를 추구하는 모습으로 변한다. 이러한 현상에 대해 작가는 '연애와 돈'이 그들을 지배하는 종교이며, "나라나 종교나 사회에 대한 의무나 이런 것은 모두 헛갑이다!"라고 표현한다.

소설의 주인공 김순영과 신봉구는 기독교인이지만 참된 기독교인의 삶의 모습과는 거리가 있다. 여주인공 순영은 기독교계 학교인 이화학당 고등과에 다니는 여학생이다. 미국인 선교사 P부인으로부터 교육과 인격적 감화를 받고 성결한 삶을 동경하지만, 巨富 백윤희를 통해 세속적인 안락을 느끼고 나서는 "가는 대로 가자. 인생의 향락이 여기 있지 아니하냐?"할 정도로 자신의 삶을 방기하고 신봉구와의 사랑을 버린다. 춘원은 소설 속에서 당시 기독교인을 세속적 욕망을 벗어나지 못한 채 종교적 의식과 관습에 매여 있는 이중적 지식인으로 묘사한다.

그러므로 이들에게 현실의 유혹으로 인한 타락과 죄의 문제는 불가피하다. 이러한 문제를 해결하는 방식을 통해 춘원의 종교의식, 기독교

---

19) 구창환, 「춘원문학에 나타난 기독교사상」, 신동욱 편, 『최남선과 이광수의 문학』(새문사, 1981), pp.2~129.

20) 「『再生』「作者의 말」(『동아일보』, 1924. 11. 8)에는 『再生』의 창작의도가 드러나며, 「余의 作家的 態度」(『東光』, 1931. 4)에서는 그가 조선의 현실을 묘사하고자 하는 동기를 다음과 같이 언급한다. 1. 그 시대의 지도 정신과 환경과 인물의 특색 및 시대의 약점 등을 폭로, 설명하자는 역사학적, 사회학적 고찰 2. 전시대(前時代)의 해부로 인하여 次時代의 진로를 지시하려는 徵衰 3. 再現, 描寫 등 자아의 예술적 흥미이다.

관을 살펴볼 수 있다. '거듭남', '재생', '중생'은 모두 기독교적 용어로 예수 그리스도를 주로 믿어 죄인의 길을 버리고 참된 그리스도인의 삶을 사는 것을 의미한다. 그러나 순영의 경우 양심의 가책을 느끼는 죄의 문제를 자살로 해결함으로써 궁극적 구원에 이르지 못하고 거듭난 삶으로 나아가지 못한다.

신봉구의 경우 예수의 인도주의·박애주의 정신이 인간의 현실 속에서 펼쳐지는 환상을 통해 이기적인 자아에서 이타적인 헌신으로 자아의식을 확장하며 거듭나게 된다. "인제부터 한국의 강산이 내 사랑이다. 내 님이다. 한국의 불쌍한 백성이 내 사랑이다. 내 님이다. 죽고 남은 이 목숨을 나는 그들에게 바치련다. 그들과 같이 울고 같이 웃고 그들과 같이 고생하고 같이 굶고 같이 헐벗자. 그들의 동무가 되고 심부름꾼이 되자." 신봉구는 이러한 의식으로 시골로 내려와 농부의 생활을 한다. 순영으로 인해 갈등과 위기를 겪으며 새로운 의식의 변화를 겪은 봉구는 개인적이고 이기적인 남녀의 사랑을 극복하고 헐벗고 굶주린 민족을 사랑의 대상으로 확대한다. 이것이 바로 사랑의 갈등과 증오로 인해 죽음의 문턱에 이르렀던 그가 감옥 체험으로 새롭게 태어난 후 보여주는 '재생'의 의미이다.

신봉구의 의식을 변화시키는 매개는 기독교적인 지식이다. 식민지 민족의 현실을 타개하기 위해 필요한 것은 새로운 사상과 문명을 상징하는 서구적인 어떤 요소, 곧 기독교 정신의 실천이었다. 춘원이 인식한 기독교의 요체는 톨스토이즘에 기초한 인도주의적 기독교 사상이며, 소설 속에서 신봉구를 통해 자신의 민족계몽에 대한 이상을 실현하고자 했다.

'아! 목숨이 쓰러지기 전에 한 번만, 꼭 한 번만이라도, 다만 일 분간만 이라도 천하 만민을 나의 사랑의 품에 안아보게 하여 주옵소서. 헛갑으

로라도 꿈으로라도 한 번 '나'라고 일컫는 욕심과 편벽의 껍데기를 깨뜨
리고 하늘과 같은 넓은 사랑의 품을 벌려 세계 인류를 안아 보게 하시옵
소서.'21)

위의 인용문은 봉구가 자신의 왜곡된 사랑과 편협한 복수심을 극복
하고 자신의 모습을 반성한 후 새롭게 태어나기를 구하는 과정을 보여
준다. 감방에서의 체험은 봉구가 자신을 얽매고 있던 부자유한 의식의
굴레에서 벗어나 새 삶의 목표와 의지로 '재생'할 수 있는 '입사(initia-
tion)의식'의 의미를 지닌다.

그러나 이러한 변화 역시 종교적 관점에서 개인의 중생 체험과는 거
리가 있다. 순영의 죽음도 기독교 신앙이 실제의 삶 속에 내재화되지
못했기 때문에 이루어진 일이다. 신앙과 삶의 이원화, 종교적 형식과
신앙의 내면이 서로 일치하지 못하는 현실이 당시 우리 민족의 삶 속에
수용된 기독교의 모습이었다.

『재생』에서 주인공인 신봉구가 김순영과의 관계에서 위기를 느끼고
심적인 고통을 느낄 때 찾아가는 곳이 바로 불교의 세계를 상징하는
사찰과 암자이다. 형식적으로는 冠婚喪祭의 절차를 기독교 방식으로 행
할 수 있을 만큼 기독교는 생활 속에 파급되고 있으나, 의식의 내면에서
는 전통 종교인 불교가 중심에 있고, 현실에서 겪는 심리적 갈등과 고통
을 해소하는 구체적인 방법은 오히려 무속과 같은 민간신앙을 통해 이
루어진다.

『재생』에 나타나는 불교에 대한 관심은 춘원의 종교적 관심이 기독
교에서 불교로 전환되는 중요한 과정을 보여준다. 이후의 작품에서는
춘원의 불교적 인생관이 보다 직접적으로 표현되기 때문이다.22) 춘원

---

21) 『재생』, 앞의 책, p.127.
22) 조연현, 「이광수론」, 『현대작가론』(형설출판사, 1983), p.20.

은 기독교가 보편타당한 진리라면 불교용어나 유교용어 등 어떠한 양식을 통해서도 그 나라의 전통사상의 맥락에서 자연스럽게 해석되는 것이 당연하다[23])는 범종교적 인식을 보여주고 있다.

5. 맺음말

춘원은 생활윤리와 철학적 가치체계로 기독교를 수용했다. 그에게는 그리스도의 사랑과 석가의 자비가 등가(等價)의 가치로 여겨졌으며, 정통적인 종교 차원에서의 차이를 구별할 필요가 없었다. 이는 그가 기독교를 개인의 신앙적 차원에서 믿었다기보다는 새로운 시대를 열어가는 新思想으로 인식했기 때문이다. 민족의 개화와 교육을 위해 근대문화 수용의 차원에서 기독교의 진보된 의식과 사상을 받아들인 것이다. 일제 치하에서 민족의 자주 독립을 위해 폭력적 투쟁도 수용하는 프로문학운동의 강령과는 다른, 예수의 사랑과 용서의 가르침은 춘원의 사상적 경향성과 일치하는 면이 있었다. 그러나 춘원은 작품을 통해 당시 현실 속에 만연한 기독교의 병폐와 기독교인의 부정적 모습을 비판하고 있다.

『재생』은 기독교적 사랑과 재생의 의미를 기독교적 언어와 표현을 통해 구체화한 작품이다. 주 인물들이 모두 기독교인이지만 그들은 식민지 현실 속에서 개인의 안락을 추구하는 길과 종교적 가르침을 실천하는 삶 사이에서 갈등한다. 춘원은 기독교인의 이중적 삶의 태도와 모순을 드러냄으로써 이에 대한 각성을 촉구한다. 주인공인 순영과 봉구가 속악한 삶의 현실을 벗어나 새롭게 재생하는 구조는 작품의 주제의

---

23) 이인복, 『한국문학과 기독교사상』(우신사, 1987), p.37 참조.

식을 부각시킨다. 그러나 순영이 자살하고 봉구가 농촌계몽운동으로 헌신하게 되는 결말은 종교적 의미에서의 참된 재생과는 다른 것으로, 춘원의 종교관이 1920년대 민족 계몽의식과 연관된 것임을 보여준다. 그러므로 이후 춘원 문학에 나타나는 다양한 종교적 경향과 춘원 자신의 불교로의 경도, 불교와 기독교 사상의 융합을 도모하는 나름의 종교관이 그의 문학을 통해 확대될 수 있었던 것이다.

제2장
김동인 소설과 기독교

1. 머리말

한국근대문학의 대표적 작가인 김동인은 기독교적 배경에서 성장했다. 그는 우리나라 기독교 전래에 있어 중요한 의미를 지니는 서북지방, 평양 출신이었다. 이 지역은 전대(前代)의 정치질서에서 소외되었던 곳으로 조선의 이념적 기반인 유교의 이데올로기에서 비교적 자유로울 수 있었으며, 기독교를 위시한 신문물의 세례를 가장 먼저, 적극적으로 받아들일 수 있었다. 김동인의 집안 역시 이러한 흐름의 영향을 받았으며, 김동인은 전통사회의 무게를 느끼지 않고 문학의 길로 들어설 수 있었다. 김동인의 부친과 이복형은 교회의 장로였다. 그의 형 동원은 대성학교 교사와 숭덕학교, 숭의여학교의 교장을 역임하고 105인 사건에도 연루되었으며, 후에는 실업계에서 성공한 인물로서 당시 서북지방 인텔리의 전형적인 모습을 보여주는 인물이었다.[1]

김동인 역시 기독교 계통의 숭덕소학교와 숭실중학교를 다녔으며, 일본에서도 기독교계인 명치학원에서 수학했다. 동인의 유년기를 통해

---

[1] 김용성, 우한용 공편, 『한국근대작가연구』(삼지원, 1995), 이동하, 「自尊과 時代苦-김동인론」

형성된 유아독존적이고 자기중심적인 성향으로 볼 때, 김동인의 부친은 동인에게 신앙을 강요하거나 적극적인 신앙교육을 시키지 않았을 것이다. 김동인은 중학교시절 성경시험 중 책을 펴고 시험을 본 것 때문에 학교를 그만두기도 했지만[2] 그 후 성경을 탐독하여 성경에 대한 지식을 갖게 되는 데, 이는 종교적 신앙심 때문이기보다는 문학적 관심에서 행해진 일이라 할 수 있다.[3]

김동인의 기독교 관련 소설이나 그의 문학에 나타난 기독교적 요소들을 통해 볼 때, 김동인에게 있어 유년시절부터 유학시절까지 삶의 환경으로 제공된 기독교는 무의식적으로 그의 정신 속에 영향을 주었음을 알 수 있다. 김동인의 「이 잔을」은 그의 기독교관을 보여주는 소설이다. 자기가 창조한 세계를 강조하는 동인의 문학관과 문사로서의 기질은 기독교 이해의 특이성을 보여주는데 이 글에서는 그러한 일면과 그 원인에 대해 고찰하고, 기독교 소설을 창작한 동인의 작가의식을 살펴보고자 한다.

2. 김동인 소설과 일본 문단

신문학 초창기에 이광수가 일본 유학을 통해 기독교를 처음 접하고 기독교 사상과 교훈에 감화되어 그의 문학에 기독교적 요소를 반영했던 것처럼 김동인 역시 일본 유학을 통해 일본 문단의 기독교 영향을 받게 된다.

---

2) 윤홍로 외, 『현대한국작가연구』(민음사, 1976). p.43.
3) 이용남, 「東仁文學에 나타난 基督敎意識」, 『冠岳語文硏究』 제6집 (서울대 국어국문학과, 1981), p.44.

明治維新(1868)이후 일본에는 서구의 여러 사상들이 유입되었다. 이 과정에서 자아의 해방을 구하며 神 앞에서 인간의 평등을 주장하는 기독교가 당시 지식 청년들을 매료시키는데, 이들 가운데에는 德富蘆花, 北村透谷, 國木田獨步, 島崎藤村, 戶川秋骨, 馬場孤蝶, 有島武郞, 志賀直哉, 芥川龍之介, 正宗白鳥 등 일본 근대문학을 대표하는 작가들이 포함되었다. 이들이 기독교에 접근한 이유가 異國情趣에 편승한 것이었든, 국가와 국민이 일치되어 지향한 개화주의에서 비롯되었든, 혹은 島崎藤村의 경우처럼 聖書라는 문학작품이 지니는 詩的, 官能的 美에 대한 탐닉에 연유한 것이든, 명치·대정기를 대표하는 작가들은 거의 기독교의 세례를 거쳤다고 할 수 있다.4)

그러나 점차 자유주의 신학의 영향으로 합리주의적 입장에서 성경을 근대적으로 해석하고, 기독교 신앙의 독자성을 휴머니즘적 입장으로 환치하려는 新神學이 도입되자 예수에 대한 인식은 신적 존재에서 '위대한', '천재적 인간 예수'로 변하게 된다. 三位一體의 신앙과 예수의 十字架의 죽음과 부활을 통한 속죄의 복음은 否定되고, 新神學을 대표하는 르낭(Joseph Ernest Renan, 1823~1892)의 『예수의 생애』5)(『La Vie

---

4) 김춘미, 『김동인연구』(고려대학교 민족문화연구소, 1985), p.32.

5) 르낭의 『예수의 생애』는 '사람의 아들'로서의 예수를 그린 작품이다. 이 책이 간행되자 가톨릭교회는 금서로 취급하고 르낭을 악마, 유다, 위선자로 규탄한다. 그러나 그 후로도 이 책은 지속적으로 읽히고 있다. 르낭은 이 책을 쓴 목적을 다음과 같이 언급한다. "무릇 종교사를 쓰기 위해서는 첫째로 그 종교를 믿는 것이 필요하며, 둘째로 그것을 절대적으로 믿지 않는 것이 필요하다. 왜냐하면 절대적 신앙은 순수한 역사라고 할 수 없기 때문이다. 나는 이런 뜻에서 예수를 믿는다. 그렇다면 세계 역사에 있어서의 예수의 위치는 어떠한가? 그리고 예수의 어린 시절은 어떠했을 것인가? 예수는 팔레스틴에 살고 있던 위대한 한 인간이었다." 그러나 르낭의 위대한 신앙을 읽을 수 있는 것은 다음과 같은 끝맺음 때문이다. "미래의 뜻하지 아니한 현상이 어떠한 것이든지간에, 예수를 능가할 수는 없을 것이다. 그의 종교는 끊임없이 다시금 젊어질 것이고 그의 전기는 한없는 눈물을 자아내게 할 것이며, 그의 고뇌는 모든 양심들을 감동시킬 것이다. 모든 시대는 사람의 아들 가운데 예수만큼 위대한 존재가 태어나지 않았다는 것을 언명해 나갈 것이다." 김희보, 『종교와 문학』(대한기독교서회, 1988), pp.34~36.

Jesus』, 1863)의 영향으로 많은 작가들이 기독교에서 이탈하게 된다. 바로 이 시기, 즉 일본 문인들의 기독교 이탈이 현저해지고, 神이 아닌 人間으로서의 예수관이 풍미하던 大正文學期의 영향을 동인이 받았다는 사실은 그의 기독교 작품을 이해하는 데 중요한 단서가 된다.

르낭의 『예수의 생애』[6]는 실지조사와 면밀한 고증에 의해 쓰여진 예수의 일대기이다. 르낭은 모든 기적을 부정하고, 진실만을 추구하고자 했으며, 예수를 "神을 가장 깊이 터득한 사람들, 석가, 플라톤, 聖바오로, 아시쓰의 聖프란치스코 등, 神의 진실된 자식들인 이들 위대한 인간 가족 중의 제 一人者이며, 자기 理想을 지상에서 실현시켜 보려고 한 개혁자이며, 이상주의자, 무정부론자였다."고 언급한다. 르낭은 모든 기적을 부정하였으며, 예수의 부활을, 남보다 유별나게 강한 막달라 마리아의 상상력과 예수에 대한 애정, 또는 이 두 요소가 함께 일으킨 환상으로 보았다. 르낭은 예수를 인간으로 파악하고 다음과 같은 결론을 내린다. "세계의 운명을 아직도 지배하고 있는, 이 숭고한 인물을 神이라 하는 것을 용인하자. 그러나 그것은 예수가 神과 하나라는 뜻에서가 아니다. 예수가 인류로 하여금 神을 향해 최대의 다가감을 가능케 한 개인이라는 의미에 있어서이다."라고 말했다.

또한 그는 "교회는 버려도 예수에 대한 신앙은 변하지 않는다."고 선언한다. 이러한 사실로 인해 르낭이 反기독교적이 아니라는 견해가 표명되기도 한다.[7] 르낭의 이러한 견해에 영향을 받은 大正期 일본 문인들은 인간 예수를 소재로 한 작품을 남기고 있으며, 이러한 종교적 작품이 양산된 것이 大正文學의 한 특색[8]이라 할 수 있다. 김윤식은 김동인

---

6) Joseph Ernest Renan, 박무호 역, 『예수전』(홍성사, 1986)

7) 김춘미, 앞의 책, pp.33~35 참고.

8) 종교적 색채를 띠는 작품이 속출한 것은 白樺派文人을 중심으로 하는 大正文學期의 한 특색이었다. 白井吉見, 『現代日本文學史』, 筑摩書房, 1959, p.235. 김춘미, 앞의 책, p.35 재인용.

이 일본 단편소설의 대가였던 芥川龍之介의 영향을 받은 것에 주목하였다.[9] 芥川은 登壇時부터 일련의 기독교 작품[10]을 발표하여 방대한 양을 창작했다. 그의 작품에는 신앙인의 관점에서는 용인할 수 없는 지극히 세속적이고 인간적인 모습의 예수와 그가 행한 기적을 단지 과학적 현상으로 파악하려는 작가의식이 드러난다. 芥川의 작품에 나타난 기독교관은 大正期 문인들의 기독교관의 일면을 보여주는 것이다. 그는 예술지상주의를 신봉하고, 인생의 부조화를 예술을 통해 극복하고자 했으며, 한 작품마다 작풍을 변화시키고 양식을 바꾼 才士로서 소설 기교에 관심을 기울였던 작가였다.[11] 동인이 예술가를 특별한 존재로서 神의 위치에 올려놓게 된 것은 이들 大正期 문인들이 자신을 그리스도와 하나로 여기는 자존적 자기인식과 예술 최우위 사상의 영향을 받았기 때문이며, 소설 「이 잔을」에서도 이러한 일본 문단의 영향을 찾을 수 있다.

3. 「이 잔을」에 나타난 기독교 인식의 특징

「이 盞을」은 『개벽』 제31호(1923.1)에 발표된 단편소설이다. 신약성서의 사복음서(마태, 마가, 누가, 요한복음)에 나오는 예수의 최후의 만찬과 겟세마네의 기도 사건이 소설적으로 변용되었다. 플롯 전체의 내

---

9) 김윤식, 「반역사주의 지향의 과오」, 『문학사상』, 1972.11, p.293.

10) 김춘미의 위의 책에 언급된 작품명은 다음과 같다. 「煙草と惡魔」(1916), 「尾形了齊覺之書」(1917), 「さまよえる猶太人」(1918), 「るしえる」(1918), 「奉敎人の死」(1918), 「邪宗門」(1918), 「ぎりしとほろ上人傳」(1919), 「じゅりあの吉助」(1919), 「黑衣聖母」(1920), 「南京の基督」(1920), 「神神の微笑」(1921), 「報恩記」(1922), 「長埼小品」(1922), 「おぎん」(1922), 「絲女覺の書」(1924), 「續西方の人」(1927)

11) 吉田精一, 奧野健南, 柳 呈 옮겨지음, 『현대일본문학사』(정음사, 1984). p.128.

용을 예수의 행적과 심리적 변화 과정을 중심으로, 성서 누가복음 22장의 사건과 연관해 비교해 보면 다음과 같다.

a. 최후의 만찬과 예수를 잡으려는 무리의 기습, 예수의 도망, 그들과의 숨바꼭질 후 제자들이 가 있는 감람산으로 향함. (성서; 만찬의 정황이 다르고 예수의 도주 모습이 없다). 이 글에서는 제사장 무리에 쫓기는 예수의 긴박한 상황이 그려지고 있다. 성서에 나타난 의연한 모습과는 다르다.

b. 예수의 감람산 도착. 베드로와 대화, 예수를 따르리라는 그의 고백, 깨어 있으라는 예수의 당부. 죽음을 피하고 싶은 무의식적 두려움의 표출. (성서; 겟세마네의 순종의 기도, 대제사장의 종의 귀를 낮게 하심. 순순히 잡히심). 겟세마네 기도의 장면이 성서에서는 하나님께 순종하는 모습으로 귀결되는데 비해, 소설 속에서는 예수의 갈등과 고뇌 등의 인간적인 모습이 부각된다.

c. 예수의 과거에 대한 회상. 사십일 금식기도의 순간과 많은 이들에게 강도(講道)할 때의 기쁨과 백성들의 환호를 생각함. 죽음을 거두어 주시길 하나님께 탄원. 원망과 갈등의 절정. (성서; 인간적인 고뇌가 엿보이나 하나님의 뜻에 순종하는 예수의 모습). 인류 구속의 사명에 대해 원망하는 예수의 인간적인 면모가 강하게 드러남.

d. 하나님의 뜻을 이루기 위해 산제물이 필요함을 인정. 그러나 육신의 모친과 제자들에 대한 염려를 표현. 자신의 잔혹한 운명을 원망. (성서; 고뇌의 모습이 보이나 하나님의 뜻에 순종하기를 구함). 어느 정도는 자신의 죽음이 희생 제물이 된다는 사실을 인정하지만 인간적인 고뇌가 드러남.

e. 예수의 결심. 자신을 희생하여 다른 이들의 구원을 이루는 산제물이 되고자 함. 빛과 소금이 되는 십자가의 길을 가고자 결심하며 제자들을 독려함. (성서의 사실과 일치되는 귀결).

이 작품은 최후의 죽음을 앞두고 겪는 예수의 내면적 갈등[12]과 인간적 고뇌를 다루고 있다. 소설의 주제는 갈등[13]이 구체화되고 해결이

암시되는 가운데 표출되는 것이므로[14] 여기서 예수의 내면적 갈등은
중요한 의미를 지닌다.

    a. 오늘 이제로 카퍼나움이나, 막달라로 달아나든지, 그렇지 않으면 그
       들의 손에 잡혀서 죽든지, 다시 말하자면, 그가 아직 모든 괴로움을
       뚫고 하여 오던 일을 성공 직전에 허물어 버리든지, 그렇지 않으면
       죽든지, 이것이 그의 앞에 놓인 운명이다. 전자를 취하자면, (그의 아
       직껏 쌓아 온 인격과 명성이 무너질 것이다. 후자를 취하자면) 십자가
       위에 올라가지 않으면 안 될 것이다.[15]
    b. "여호바여! 제가 아버지라 부르는 하느님이여! 당신은 왜 이리 저를
       괴롭게 하십니까? 저는 아직껏 당신을 위하여 일하였습니다. 당신을
       위하여는 제 어머니와 막달라 마리아까지도 버려둔 저입니다. 당신의
       뜻을 펴칠 곳이 있으면, 온갖 핍박과 곤란을 무릅쓰고라도 갔습니다.
       제가 마음만 내면 능히 얻을 온갖 영광도 당신의 뜻을 펴치는 데 가로
       거치는 것이 되리라 생각할 때에, 저는 눈을 떠 보지도 않았습니다.

---

12) 김동인 소설의 플롯을 분석할 때 특징적인 것은 갈등 수법을 능숙하게 사용한다는 점이
    다. 동인은 『소설작법』에서 "플롯에 가장 귀한- 없지 못할 것은 단순화와 통일과 연결이
    다"라고 논하고 있다. 플롯은 모름지기 목적지를 향하여 곁눈질 않고 똑바로 나아가는
    것을 강조하는데, 소설의 문체. 구성, 주제는 무질서한 현실을 통일, 단순, 질서화하는
    작업이지만 특히 단편소설의 경우 압축성이란 절대요소이며, 소설의 플롯에서 압축성
    을 살리는데 중시되는 것은 갈등이라 할 수 있다. 갈등이 단편소설에서 특히 강조되는
    이유는 적극적 갈등일수록 독자의 긴장을 불러일으켜 갈등의 거리가 클수록 긴장이
    고조되기 때문이다. 윤홍로, 『한국근대소설연구』(일조각, 1992), pp.109~110.
13) 갈등이란 용어는 매우 폭 넓은 의미를 가지고 있는데 일반적인 해석은 일이 복잡하게
    뒤얽혀 알력을 낳게 하는 상태나 관계, 또는 정신 내부에서 각기 틀린 방향의 힘과
    힘이 충돌하는 상태로 내·외면적으로 모든 對比, 相反, 衝突, 矛盾 등을 지칭하는
    의미로 사용된다. 그러나 이러한 일반적인 의미와는 달리 소설에 있어서 플롯의 갈등은
    가장 중요한 핵심이다. 긴장을 구축해 나갈 뿐만 아니라 또한 스토리에 주어진 독특한
    상황에서 문제를 발전시켜 나가는 사건과 캐릭터의 상호작용의 과정이 곧 사건의 분규
    (complication)이다. Cleanth Brooks, Robert Penn Warren, *Understanding Fiction* (Apple-
    ton Century Crafts, Inc., N,Y., 1959), pp.264~265.
14) 구인환, 구창환, 『문학개론』(삼지원, 1994), p.375.
15) 『김동인문학전집』(대중서관, 1983), p.248. 괄호의 부분은 전집에 누락된 부분임.

그런데 당신은 제 죽음을 요구하시니, 웬 일이오니까? 제 죽음이 저 불쌍한 무리를 구원할 유일의 방책이란, 너무도 야속한 일이외다."

"하느님이여! 여호바여! 바랍니다. 참으로 바랍니다. 할 수만 있거든 이 잔을, 이 참혹한 잔을 제게서 떠나게 하여 주십시오. 제가 이 쓴 잔을 마시지 않으면 안된다고는 너무 혹독한 일이외다. 아멘!"16)

c. "아브라함의 하느님이여, 이스라엘 백성의 왕이신 여호바여! 저는 괴롭습니다. 제 마음은 아픕니다. 제 앞에 이른 쓴 잔으로 말미암아 저는 고민합니다. 당신은 구슬같이 흐르는 이 피땀을 보실 줄 압니다. 제 이 젊은 눈에서 흐르는 피눈물을 보실 줄 압니다. 온갖 고난과 박해도 두려워하지 않고 용감하게 나아가던 이 예수가 지금, 사시나무와 같이 떠는 것도 보실 줄 압니다.

"하느님이여! 저는 피할 도리가 있읍니다. 이 괴로운 잔을 쏟아 버리기는 아주 쉬운 일이외다. 이 감람산만 넘어서면, 예루살렘의 제사장들도 어찌할 수 없는 줄을 저는 압니다."

"그러나 하느님이여! 저 미련한 백성들은 피를 요구합니다. 산 제물을 요구합니다. 인자의 죽음을 바랍니다. 잔혹한 것을 보지 않고는 깨지 못할만큼 어리석은 그들이외다. 당신의 뜻을 이루기 위하여는 끔직한 피 제물이 필요한 줄을 압니다."

"그러나 제가 죽으면……제가 죽으면, 어린 양과 같이 모지고 쓸을 모르는 저 제자들, 또는 돌볼 이가 없는 제 어미, 이 사람들을 누가 가르치고 누가 돌봅니까? 죽을 수도 없고 살 수도 없는 제 처지외다. 어찌하오리까?"17)

a는 전지적 서술자의 시점에서 주인공 예수의 상황을 직접 묘사하고 있다. 예수가 처한 위기는 선택할 수 있는 두 가지 상황이 모두 어렵기 때문에 더욱 절박하다. 죽음을 피해 달아나는 일은 이제껏 쌓아온 예수의 명성을 허무는 일이며, 잡히는 것은 십자가의 죽음을 의미한다. '죽

---

16) 『김동인문학전집』 7권, p.253.
17) 위의 책, p.254.

든지'라는 표현에서 알 수 있듯이 인간의 대속을 위한 계시적, 예언적 죽음이 아니라 어쩔 수 없는 인간의 한계상황 속에서 맞게 되는 죽음의 이미지를 강하게 드러내고 있다.

여기서 서술자가 '말하고', '설명하는' 내용은 지극히 인간 중심적인 견지에서 보는 고민일 뿐이며, 현세적인 것에 지나지 않는다. 예수가 처한 죽음의 위기는 당시 권력자들의 이기심과 물욕에 가득찬 제자의 담합이 만들어낸 사건이지만 그가 맞이하는 죽음의 참된 의미는 지문 a의 담론 상에 나타난 것 이상의 뜻이 있다. 그럼에도 불구하고 전지적 서술자는 예수의 고민과 갈등이 단지 인간의 인격과 명성의 수호 내지는 육체적 죽음의 공포로 인한 것처럼 한정하여 제시함으로 독자들의 자의적 상상을 제한하고 있다. 이 점이 바로 작가의 의도를 알 수 있는 부분이다. 신적인 요소를 배제하고, 인간 그 자체인 예수를 그려보고자 한 것이다. 그러므로 a에 나타난 갈등에는 神이면서 인간의 모습으로 세상에 온, 성육신(incarnation)한 예수의 본질에 대한 이해는 부재하다. 오히려 예수의 인간적인 면을 부각시키고 세속화하여 신성을 약화시키고 있다.

b. c의 지문은 점차 예수의 고뇌와 내면의 갈등, 즉 마지막 죽음의 잔을 거부할 것인지 아니면 하느님께 순종하는 마음으로 받아들여야 할 것인지에 대해 갈등하는 모습이 나타난다. a가 전지적 서술자의 시점으로 예수의 갈등을 묘사했다면 b. c의 지문은 예수 자신이 일인칭 시점으로 자신의 심경을 고백하거나 토로하는 형식으로 모두 직접화법으로 서술되어 있다. b. c에 나타난 예수의 갈등은 a의 전지적 서술자 또는 함축적 작가가 의미했던 것과 다른 양상으로 전개된다. a에는 예수의 신성이 전혀 나타나지 않았다. 그러나 b. c에는 예수가 아버지 하느님, 여호와께 드리는 기도를 통해 그의 신분, 곧 신적인 능력과 권위를 하느님께 부여받은 神이자 인간임이 은연중 드러난다. 그러나 기독

교의 삼위일체 하느님에 대한 이해를 전제로 한 것이 아니어서 예수의 신적 속성은 그가 지상에서 행한 이적과 설교 등으로 설명적으로 제시될 뿐이고 인간적인 정서와 고뇌가 보다 강하게 표출된다.

a에서 선택적인 상황에 놓인 '잔'을 마시는 일이 b에서는 당위적인 일로 나타나고 그만큼 예수의 갈등도 심화된다. 여호와가 명하는 죽음의 길이기에 피할 수 없다는 것을 알지만 할 수만 있다면 피하고 싶은 것이 십자가의 길이다. 죽음만이 백성을 구하는 유일한 방책이라는 사실에 항변한다. c에서는 예수의 갈등이 절정에 이른다. 이제는 하느님께 대하여 자신의 고뇌를 직접 드러내고 은근히 죽음을 피할 인간적인 방법조차 언급한다.

그러나 점차 자신의 죽음이 왜 필요한지, 代贖의 의미가 무엇인지 깨닫게 된다. 어쩔 수 없이 순응해야하는 십자가의 죽음이다. 인간의 어리석음을 속죄하기 위한 속죄양의 역할이 지상에서 자신에게 주어진 최후의 일임을 받아들인다. 그럼에도 불구하고 남는 문제는 살아있는 자들을 위한 염려이다. 여기에 이르면 예수의 관심이 자신의 죽음에 대한 공포와 두려움에서 벗어나 죽음 이후 남는 이들에 대한 염려와 사랑으로 확대되고 있다. 죽음의 잔을 피하고자 했던 예수의 갈등은 십자가의 죽음이 가져오는 구원과 대속의 의미를 받아들였을 때 더 이상 두려운 것은 아니다.

> "여호바여! 알았습니다. 인제는 깨달았습니다. 제 몸을 미련하고 눈 어두운 무리를 위하여 산 제사로 내어놓겠습니다. 그럴것이외다. 저는 너무 이 몸에 집착했습니다. 그러나 만인을 어두운 데서 구하여 내는 데 필요하다 하면 요만 것을 무엇을 아끼리까? 뜻대로 하겠습니다. 아멘!"[18]

---

18) 『김동인문학전집』 7권. p.255.

육체의 죽음에 대한 집착에서 벗어나 예수가 지닌 갈등이 해소되는 과정이다. 여기서 김동인의 작가의식을 읽을 수 있다. 김동인의 관심은 인간 예수에 대한 것이었다. 그는 결코 예수의 신성을 부정하지 않는다. 다만 예수의 인성을 부각시켜19) 인간이 갖는 神과의 거리감을 축소하고 하나님의 인간 구원의 역사적 실재를 보여주고자 했다. 그는 인간의 구원은 육신을 지닌 예수를 통해 이루어질 때 그 고통과 희생의 의미가 보다 절박하고 숭고해질 수 있다고 생각했다. 작품의 전반부가 예수의 인간적인 면을 강조하고 고통을 벗어나고자 하는 약한 모습을 부각시키고 있다면 후반부는 이것을 초극하고 승화하여 神의 경지에 이르고 있음을 보여준다.

점진적으로 변화되는 예수의 심리묘사를 통해 예수의 人性을 강조함으로써 성서 속에 나타나지 않은 인간의 심층심리와 불안의식, 깊은 고뇌를 체현하고자 했다. 물론 이러한 표현방식은 일본 大正文學의 영향을 받았으리라는 추측도 가능하나 유년기에 접했던 기독교의 영향이 그의 내면에 영향을 미쳤음을 간과할 수 없다.20) 문사로서의 페르조나 (Persona)21) 뒤에 감추인 동인의 '개인적 체험'이나 '개인적 신화'22)가

---

19) 이인복은 "필경 동인은 예수의 이미지 속에 하나님의 속성보다는 인간적인 속성을 강조함으로써 모든 인간들이 하나님에게 항거하는 것이, 인간들의 기본 속성임을 나타내고 싶었던 것이 아닌지 모르겠다."(이인복,「한국소설에 수용된 기독교사상연구」,『문학이론과 비평의식』(삼영사, 1983), pp.279~280)고 하여 동인이 인성을 지닌 예수상을 형상화함으로써 신에게 대항하는 것이 인간의 속성이라는 것을 부각하고자 했다고 논했다.

20) 이문구는 김동인이 예수를 긍정적 각도에서 조명해 보려고 하는 자세는 소년시절 성경시험에 컨닝을 해서 중학을 중퇴했던 기독교 신앙생활의 오점에 대한 보상 심리나 독실한 기독교 가정환경에서 벗어나 방황하는 자신의 생활에 대한 속죄 심리까지 포함시킨 것으로 보았다. 이문구,『김동인 소설의 미의식 연구』(경인문화사, 1995), p.201.

21) 융(Jung)은 인간의 의식을 두 가지로 분석하고 있다. 하나는 성장과정이나 교육의 영향으로 형성된 규범의식이 만들어 내는 意識的 自我, 즉 人格假面(Persona)이고, 다른 하나는 페르조나의 표피 아래 깊숙한 내면에 존재하는 無意識的 自我이다. 이 무의식적 자아가 함축하는 제 충동은 억압에도 불구하고 자기존재를 주장하고 그 해방을 요구한다. 인간이 이러한 무의식적 충동을 억압하여 자신을 페르조나와 동화시키는 것은 자기

작용한 근거로 볼 수 있을 것이다.

1930년대에 이르면 기독교에 대한 김동인의 관심과 인식이 심화되고 있다. 당시 『조선일보』에 연재(1930. 12. 17~29)되었던 작품 「신앙으로」는 동인의 기독교 계열 작품의 완결판이라 할 수 있을 정도로 개인적 신앙의 변화과정이 잘 표현된 작품이다. 동인의 삶에서 이 시기는 사업의 파산 후 아내의 출분(1927년)과 재혼(1930) 등으로 굴곡이 많았으나, 왕성한 창작열을 보이는 기간이기도 하다.[23]

포기다. 진정한 의미의 '개성', '자기실현'은 이 무의식적 자아를 의식화시켜 자기화함으로써 획득된다. 이 의식적 자아와 무의식적 자아의 갈등을 겪고 나서 획득되는 '독자적 인격', '自己實現'은 그 과정으로 페르조나의 파괴를 거쳐야 한다. C. G. Jung, *Two Essays on Analytical Psychology* (Princeton Univ. Press, 1966), pp.245~286. 김춘미, 앞의 책, pp.19~20.

22) '개인적 신화'는 심리비평의 창시자인 샤를르 모롱(Charles Mauron, 1899~1966)이 문학 작품과 그 生成에 관한 이해를 돕기 위해 사용한 용어이다. 그의 비평은 본질적으로 작품에 관심을 갖지만 텍스트에 간과되어 오거나 불충분하게 알려진 제반 사실과의 관계들, 즉 그것의 근원이 되는 작가의 無意識的 自我를 발견함으로써 작품의 인식을 증대시키고자 한다. 한 작가의 작품들에는 서로 포개지는 무의식적 연산망이나 이미지의 집합체나 구조들이 반복되거나 변모하면서 나타나는데 이를 꿈과 메타포의 분석과 결합하면 개인적 신화의 이미지에 이른다. 이렇듯 작품연구를 통해 얻은 결과는 작가의 생애와 비교되어 조정될 수 있다. 무의식에는 文彩나 개인적 극화로서 표현되는 구조들이 존재하고 이러한 구조들은 개인의 유년기 초기에 일찍 형성되어 일생을 통해 재발견되며, 靜態的이거나 고정된 것이 아니라 변화 발전할 수 있는 것이다. 金治洙 외, 『現代文學批評의 方法論』(서울대학교 출판부, 1993). pp.65~100 참고.
이러한 모롱의 방법론이 김동인의 작품세계를 이해하는 데 기여하려면 그의 전 작품을 대상으로 동일한 의식의 흐름이나 구조의 특징, 상징체들을 찾아내고 그 이면에 잠재된 작가의식이 그의 심층적 무의식과 어떻게 연관되며, 그의 생애 속에서 어떻게 형성되어 왔는가 하는 연원을 살피는 것이 필요할 것이다. 그러나 동인의 기독교 관련 작품을 다룰 때 영향이 될 만한 구체적인 개인적 체험을 찾기는 어렵다. 그러나 유아세례의 수세자로서, 기독교계의 학교를 다니며, 일본 유학 시 교회에 다녔던 경험(田榮澤은 동인을 만나게 된 것이 명치학원 3학년 때 교회에서였다고 회상하고 있다. 『朝鮮文壇』 9호, 1925. 6. p.65) 등이 그의 작가의식 속에 긍정적이거나 부정적인 형태로 영향을 미쳤으리라는 것은 추측할 수 있다.

23) 이 시기 김동인의 왕성한 창작열은 그의 개인적 환경과 연결된 것으로 26, 27년 관개사업의 실패, 조강지처의 출분 등 사회적 자아의 파탄은 그의 원초적 자아를 궁지로 몰고 가며 괴벽에 가까운 비사교성과 거만, 정신분열증에서 오는 불면 등에서 허무를 의식하게 찢어진 원초적 자아, 파탄된 사회적 자아는 아이러니히게도 창소적 자아를 풍성하게

또한 「순교자」(1932, 동아일보 연재)는 친모가 出奔하고 서모와 살아가는 아들에게 위로와 용기, 참된 가르침을 주기 위해 김동인이 『동아일보』에 연재한 『아기네』 속에 담긴 서간체 형식의 작품이다. 아들에게 주는 글이기에 김동인 자신이 가장 가치 있는 삶이라고 여기는 위인들의 생애를 교훈적으로 이야기하고 있는데, 그 한 부분에 등장하는 것이 바로 한말 조선에 기독교의 복음을 전하러 왔다가 성경만 남긴 채 순교 당하는 서양 선교사의 이야기이다. 김동인의 기독교 소설에서 특이한 위치를 차지한다고 여겨지는 이 작품은 담론 형식이 서간문이라는 특징 때문에 작가의 주관적 감정이 사실적으로 표현되고 있으며, 사건에 대한 해설자적 평가가 곁들여지고 있다.

「신앙으로」에서 주인공 은희가 인생의 고난기에 신앙을 회복하고 종교의 세계로 회귀하는 것은 동인의 내면을 반영하는 것일 수 있다. 이미 방탕과 허욕과 才氣로 세상을 풍미하던 오만한 동인으로서는 기독교 신앙을 회복하는 일이 쉽지 않았을 것이며, 그의 자유로운 작가의식 역시 신앙의 규범 속에 자신을 속박하는 것을 용납할 수 없었을 것이다. 그러기에 불면과 질병으로 고통 받는 말년24)을 맞게 되었는지도 모른다.

이러한 의식의 대타 항으로 그가 탐닉하고 숨어 들어간 곳이 예술절대주의를 표방하는 탐미의 세계이며, 역사의 뒤안길이기도 했다. 젊은 시절 방탕에 빠졌던 그가 걱정한 것이 예수교의 신앙은 잃었을망정 자신의 방탕이 집안뿐 아니라 온 평양에 비밀로 하지 않으면 안 될 정도로 그의 집안은 예수교인으로 이름난 집안25)이었던 것을 생각할 때,

하여 예술적 의욕과 표현력을 고조시킨다고 할 수 있다. 윤홍로, 앞의 책, p.111.
24) 김동인은 심한 병고에 시달리던 6·25 직전에 상왕십리 부근에 있던 어느 교회 부흥회에 나가서 간곡히 기도를 드린 적인 있다고 한다. 또한 그는 평상시 기독교에 대해 매우 긍정적이었으며 교회 출석은 하지 않았고 성경은 늘 읽었다고 한다. 위의 사항은 이용남이 1976년 6. 3일에 동인의 미망인 김경애 여사와 면담한 내용임을 밝히고 있다. 이용남, 앞의 책, pp.42~45 참조.

동인에게 끼친 기독교 신앙은 그의 자유혼을 속박하는 굴레이자 벗어
버리고 싶은 짐이었을지도 모른다.

방탕한 생활과 도박, 약물 중독으로 이어지는 그의 생애의 굴곡 속에
서도 그가 "아직 남은 나의 경건한 양심은 끊임없이 나의 심령을 채찍
질하였다."라고 하거나, 파산과 失妻 후에 스스로 타락하지 않으려고
온 힘을 다했다[26]고 회고하는 것에서 김동인의 무의식 속에 종교적인
윤리관이나 신앙의식이 잔존해 있음을 알 수 있다. 그러나 현실에서 자
신이 지녀 온 文士로서의 페르조나를 깨뜨리고 '神 앞에 선 單獨者'로
서 자신의 내면을 보이고 신앙에 귀의하는 것은 쉽지 않았다. 여기에서
김동인의 내적 고뇌를 읽을 수 있다. 그의 기독교 소설은 聖과 俗의
경계선에서 방황하는 작가의 내밀한 의식의 한 층을 보여주는 것이라
할 수 있다. 동 시기 그의 작품들은 이러한 관점에서 비교하여 논의될
수 있을 것이다.[27]

외형적으로는 상반되는 김동인 문학의 상이한 양면성을 살펴볼 때,
철저히 인간의 욕망과 본능에 집착해 미적 세계를 추구한 이면에 동인
의 無意識的 自我는 신의 존재에 대한 인식으로 괴로워했음을 알 수
있다.[28] 그의 기독교 소설에 나타난 기독교적 언어가 성스러움을 추구

---

25) 「女人」, 『김동인문학전집』 2권, pp.348~353.

26) 위의 책, p.400.

27) 이인복, 앞의 책, p.55에서 동인의 반성의식은 「신앙으로」를 발표함으로 일단 평형을
유지하나 그것은 자유분방한 그에게는 죽음을 의미하는 것으로 혼란을 야기한다고 보
았다. 또한 생활인과 예술인으로서의 갈등, 여기에서 동인이 마지막으로 짐짓 시도해
본 항거의 작품들이 다름 아닌 「광화사」, 「광염 소나타」, 「발가락이 닮았다」, 「붉은 산」
등이며, 이들 작품들의 논조가 비록 간접적이기는 하지만 인간으로서는 더 이상 버틸
수없는 절대자에로의 귀의를 나타내 보인다고 보았다.

28) 전영택은 「기독교와 한국문학」에서 김동인에 대해 언급하면서 당시의 교회가 극단적인
보수적인 경향을 가진 선교사가 주입식 교육을 해 온 결과 형식적이고, 바리새적이며,
비인간적이었기 때문에 서구의 근대적인 사상을 호흡한 김동인 같은 청년들에게 맞지
않았으며, 그래서 동인 같은 이는 그런 신앙태도니 도덕관에 반발적인 태도를 가지고

하는 그의 의식의 한 단면이라면 동시기에 발표된 예술지상주의 계열 작품에 나타난 언어의 분열 현상은 俗惡한 현실을 자신의 의지로 살아가는 인간의 에고이즘을 보여주는 것이다. 이러한 양극적 경향을 통해 볼 때, 김동인이야말로 聖과 俗 사이에서 갈등하고 고뇌하는 인간의 실존적 모습을 보여주는 작가였다고 할 수 있다.

4. 맺음말

기독교가 전래된 초창기에 한국인들에게 기독교의 교리나 사상은 쉽게 받아들일 수 있는 것은 아니었다. 기독교를 신앙의 차원에서 믿음으로 수용한다 해도 어려운 문제들이 있을 것이고 이러한 면을 김동인과 같은 지식인은 작가적 상상력으로 해명해 보고자 하였다.

「이 盞을」에 나타난 동인의 기독교 이해와 예수의 형상화는 인간적인 관점을 강조한다. 이와 같이 동인이 예수의 신성(神性)보다 인성(人性)을 강조하여 창작한 이유는, 자유분방한 그가 기독교 가정에서 성장하면서 받았을 무의식적 부담감과 유아독존적인 동인의 자의식이 기독교에 대한 부정적 인식을 갖게 했기 때문이다. 장로의 아들에 대한 기대감과 주위의 시선은 동인의 자유의지에 제동을 걸고, 미션계 학교에서 성경시험 부정행위로 발각되자 스스로 등교를 거부했던 경험들은 동인으로 하여금 보다 적극적으로 자신의 의지대로 살아가는 방식을 취하

작품을 썼다고 보았다. 그래서 극단의 사실주의적 경향인 소설을 씀으로써 '데카단'에 가까운 것까지 있다는 평을 받는 것이지만, 동인이나 그와 같은 태도를 취하는 작가들이 기독교자체를 부인하거나 배격하는 것이 아니요, 도리어 그 깊은 기저에는 기독교적인 모럴이 흐르고 있다고 하였다. 표언복 엮음, 『전영택 전집』 제3권 (목원대 출판부, 1994), pp.190~191.

게 했다. 이후 이어지는 일본 유학을 통해 당시 일본 대정문학의 특징인 자유주의 신학의 영향을 받아 인간 예수에 대한 관심을 갖게 되고 정통 기독교 교리에 회의하는 문사적 기질로 창작하게 된다. 이는 『창조』 제7호(1920. 7)에 「자기의 창조한 세계」를 통해 '인형조종술'과 같은 자신의 문학론을 피력하며 예술가를 신의 위치에 두고29) 예술창작의 의미를 찾아나가는 그의 태도에서 찾아볼 수 있다.

그럼에도 불구하고 「이 잔을」과 같이 예수의 죽음을 다룬 소설을 창작하며 기독교 신앙에 대한 관심과 인식을 표현한 것은 그의 문학의 한 특징을 보여준다고 할 수 있다. 「이 잔을」에서의 '잔'은 예수의 겟세마네의 기도 "아버지여 만일 아버지의 뜻이어든 이 잔을 내게서 옮기시옵소서. 그러나 내 원대로 마옵시고 아버지의 뜻대로 되기를 원하나이다."(누가복음22:42)에서 알 수 있듯이 예수의 십자가 죽음을 상징하는 희생의 盞이며, 예수의 피와 땀, 눈물과 사랑을 담고 있는 구원의 잔이다. 이처럼 예수의 죽음에 대한 이해는 기독교 인식에 있어 가장 중요한 단서이자 신앙에 이르는 디딤돌이 된다. 동인이 그의 초기 문학기에 이러한 기독교 신앙의 중요한 문제에 관심을 갖고 성서적 인유를 통해 작품화했다는 것은 그의 작가의식의 심층에 기독교에 대한 관심이 있음을 보여주는 것이며, 김동인의 긍정적 기독교 인식의 태도는 이후 그의 기독교 소설 창작을 통해 명확히 드러나고 있다.

---

29) "어떠한 요구로 말미암아 예술이 생겨났느냐, 한마디로 대답하려면, 이것이다. 하나님의 지은 세계에 만족지 아니하고, 어떤 불완전한 세계든 자기의 정력과 힘으로써 지어놓은 뒤에야 처음으로 만족하는, 인생의 위대한 창조성에서 말미암아 생겨났다." 김동인, 「자기의 창조한 세계」, 『창조』 제7호, 1920.7.

제3장
전영택 소설과 기독교

1. 머리말

늘봄 전영택은 한국최초의 순문예 동인지 『창조』의 창간 멤버였으며 기독교 정신과 인도주의 사상을 융합하여 소설로 형상화한 작가다. 소설가로서 기독교 목회자의 역할을 함께 수행했던 늘봄의 소설에는 그가 언급[1]한 것처럼 그의 인간적인 면모와 신앙의 자세가 반영되어 있다. 전영택은 불행하고 고통 받는 이들에 대한 관심과 애정으로 작품을 창작했는데, 이러한 작가의식은 기독교 사상에 근거[2]한 것이었다. 전영

---

1) 내가 쓴 작품들을, 평론가들이 초기의 것을 자연주의에 속한다 했고, 그 후에 오늘날까지의 작을 인도주의적인 경향을 가진 것이라고 한다. 아무래도 좋다. 나는 그때 쓰고 싶은 것을 썼을 뿐이다. 나라는 인간과 내 신앙태도가 작품에 그대로 반영되었을 것은 당연한 일이다. 솔직하게 말하면 세상의 가장 불행하고 인생고에 시달리는 이들의 마음과 생활이 내 심정에 느껴지는 것을 그려 보았을 뿐이다. 전영택, 『전영택창작선집』(어문각, 1965). 序文.

2) 전영택은 그의 대표적인 논설집인 『生命의 改造』에서 자신이 이해하는 기독교에 대해 다음과 같이 표현하고 있다. "철학자 니이체는 예수교를 약자, 빈자를 편애하고 중시한다 하야 노예도덕, 노예종교라 비평하였지마는 실상은 도리어 여기에 예수교의 특징이 있고 본색이 있는 거시다. 이것이 예수교의 근본 의라해도 과언이 아니다. 엇지하야 그러냐하면 예수께서 잃어버린 한 마리의 양을 위해 오셨고 약한자를 도와주고 눌린자를 노아줌이 예수의 근본정신이요, 또 사랑의 하나님의 본의인 까닭이다." 전영택, 『생명의 개조』 (문우당, 1926), p.106. 전영택은 기독교의 본질을 그리스도의 사랑으로 보고 그것의 실천

택의 작품 세계를 정확히 이해하기 위해서는 그의 작가의식의 근본을 형성하는 기독교 사상에 대한 이해가 선행되어야 하며, 이러한 특징들을 작품을 통해 다시 찾아 내는 작업이 필요하다.

전영택 문학에 대한 평가는 초기 소설이 자연주의, 사실주의의 성격을 띠고, 후기에 이르러 기독교적 인도주의에 이른다는 견해가 지배적[3]이었다. 늘봄 문학에 대한 연구는 신앙에 경도되어 문학적 형상화가 약해졌던 후기 작품[4]보다는 기독교적 색채가 표면적으로 드러나지 않던 초기소설에 집중되어 있다. 그러나 이 글에서는 그의 초기 소설 가운데 그동안 잘 알려지지 않았으나 기독교적 관점에서 중요한 의미를 지닌 작품들을 중심으로 전영택 소설에 나타난 기독교적 특징을 살펴보고자 한다.

해방 이전에 발표된 그의 전 작품[5](산질되어 찾을 수 없거나, 아직 드러나지 않은 작품들 제외)을 검토해 본 결과, 기존의 논의에서는 언급되지 않았던 작품들[6]이 실제적으로 기독교 정신을 구현하고 있고, 그 형상화의 방법도 다양하게 나타나고 있음을 알 수 있다. 이러한 작품들은 주로 기독교 계통의 기관지에 발표된 것으로 기독교 문학으로서

적인 자세는 세상에서 버림받고 무시당하는 약한 자들에게 사랑과 관심을 보이는 것으로 인식하고 있다. 이러한 그의 신앙과 신념은 그의 작품에 지속적인 관심으로 표현되고 있는데, 구체적으로 인물의 설정과 배경을 통해 형상화된다.

3) 조연현, 『한국현대소설의 이론』(일지사, 1966), p.158.

4) 채 훈에 의하면 늘봄 문학의 시기 구분은 초 · 중 · 후기로 나누어진다. 초기(1919~1926)는 『창조』 동인으로 활동하면서 『생명의 봄』(작품집) 간행시기, 중기(1927~1945)는 창작 활동의 침체기, 후기(1946~1968)는 작품 창작은 많지 않으나 기독교적 경향이 짙은 작품을 주로 발표하던 시기로 나눈다. 이 글에서는 기독교적인 특징이 작품의 이면에 감추어져 있던 해방 이전을 초기, 이를 강하게 표면화 시키는 해방 이후를 후기로 나눈다. 채훈, 「늘봄 전영택론」, 『충남대 논문집』 제9집, 1970.

5) 표언복 엮, 『전영택 전집』 1권 (목원대 출판부, 1994) 참조.

6) 「벗」(『진생』, 1926. 10), 「마리아」(『진생』, 1926, 12) 「어머니」(『진생』, 1927. 3), 「곰」(『매일신보』, 1935. 11. 23~12. 3), 「크리스마스 전야」(『조광』, 1935. 12), 「버려진 장미꽃」(『새사람』, 1937. 1)

의 전영택 소설의 특징과 의의를 충분히 보여주고 있다고 생각한다.

2. 형식적 신앙 비판과 참된 신앙 추구

문학을 통해 인간이 처한 삶의 현실을 묘사하고, 神學을 통해 현실을 초월하는 신앙의 세계에서 인간의 궁극적 문제를 해명하고자 했던 전영택의 작품에는 종교적 위선과 기독교계의 모순, 기독교인들의 허위의식이 거짓없이 드러난다. 이는 곧 신앙인으로서의 자신을 돌아보는 작가의 자아성찰이기도 하며 세속화되어 가는 교회와 교인들을 향해 울리는 경종이기도 하다. 이러한 작가의식은 초기 작품에서 후기에 이르기까지 지속적으로 나타나고 있는데[7] 이는 종교의 세속화를 우려하는 작가의 관심을 보여주는 것이라 할 수 있다.

초창기 한국 기독교계의 모순과 부정적 측면에 대한 늘봄의 비판적 인식은 그의 초기 논설집인 『生命의 改造』를 위시하여 여러 글에서 나타나고 있다.[8] 작품 속에서 기독교인을 은연중에 비판하고 있는 작품

---

7) 전영택의 작품에는 교회의 성직자나 직위를 가진 이들의 허위의식을 드러내는 것이 많다. 후기 작품 중 「외로움」(1955), 「금붕어」(1959), 「한 마리 양」(1959), 「크리스마스 전야의 풍경」(1960), 「생일파티」(1964)에는 기독교인의 위선을 비판함으로써 역설적으로 참다운 신앙인의 모습을 찾고 있으며, 작가 자신의 모습을 성찰하는 계기로 삼는 작가의식을 볼 수 있다.

8) 『학지광』 제14호(1917년 11월 20일)에 발표된 「종교개혁의 기본정신」이란 글에서 그는 이렇게 쓰고 있다. "조선에서도 오래 어두운 가운데 있던 생명, 썩어졌던 양심이 기독교의 은택으로 겨우 소생하였읍니다. 그러나 조선 교회의 현상을 깊이 살펴보건대 완연히 문예부흥 이전, 종교개혁 이전의 상태에 있다고 할 수 있읍니다. 교회는 신앙·성경이란 이름을 방패삼아서 천연한 인정을 무시하며, 지식을 배척하고 물질적 과학, 진보적 사상을 혐오하며 제재하여 人智가 몽매하기 교계와 같은 데가 또 없읍니다. 그뿐 아니라 사람의 영성의 존중함과 양심자유의 힘을 모르고, 曰 교리, 曰 교법 하여 영성의 자유발달을 막고 하나님과의 친밀한 교통의 길을 막는 경향이 있읍니다. 따라서 교회에 생명이 없어지고 차차 타락하고 부패가운데 들어갈 염려가 있읍니다. 이에 吾輩는 조선에도

은 「마리아」, 「어머니」와 「벗」 등이다. 이 작품들은 1926, 27년에 발표된 것으로 게재된 지면이 기독교 단체의 기관지 『眞生』9)이었다는 점이 의미 있다. 이는 작품을 통해 기독교인들의 각성과 회개를 촉구하는 작가의식을 보여주는 것이다. 물론 이들 작품의 주제가 전적으로 기독교인의 비판에 중심을 둔 것은 아니지만, 세 작품 모두 공통적으로 기독교인, 특히 목사나 장로, 집사 등의 위선적인 신앙의 모습을 드러내고 있다.

「마리아」(『진생』, 1926. 12)는 지성과 미모를 갖춘 윤마리아라는 여인이 어머니의 반대에도 불구하고 신앙이 없는 한 모라는 부유한 남자와 결혼한 후 겪게 되는 어려움과 남편의 죽음을 통해 신앙을 회복하는 과정을 그린 작품이다.

주인공 윤마리아는 화려한 결혼식을 치르지만 고된 결혼생활을 하게 된다. 아내의 본분을 다하며 힘든 결혼 생활을 참아내는 마리아와는 달리 남편은 집을 떠나 동경과 서울을 오가며 온갖 방탕한 생활을 한다. 남편의 무관심 속에서 시댁의 홀대를 받고 쫓겨난 마리아는 아이들을 데리고 어려운 생활을 이끌어 나간다. 그러던 중에 병들고 가난하게 된 남편이 찾아오고 아내의 정성어린 간호로 남편은 병을 회복하고 딴 사람이 된다. 남편을 대하는 마리아의 모습은 '돌아온 탕자를 받아 주는 아버지의 모습'10)을 연상시킨다. 아무런 원망이나 되갚음도 없이 남편

종교개혁의 급무를 절규합니다. ……(중략)…… 루우터의 사백년 기념제를 당하여 우리는 조선 사람의 정신을 살펴봅시다. 온 조선에 이르는 곳마다 죄악이 창궐하고 각교회의 청년들은 도도히 탁류에 빠져들어 갑니다. 사회의 인심은 대구 썩어져서 거의 양심이 어둡고 심령의 생명을 잃어버리려 합니다. 이 어찌 한심한 일이 아닙니까. 이러한 백성이 장차 어찌 신문명을 건설하며 신천지를 개척할 수가 있읍니까. 그 앞길은 참 망연하외다."라고 하면서 기독교의 현실에 대해 통탄하고 있다.

9) 1925년 창간된 기독교 계통의 잡지로서 '기독면려회 전국연합회'의 기관지이다. 매호 국판 70쪽 안팎의 분량으로 발행된 월간 잡지로서 1930년 12월호로 종간된다. 윤춘병, 『한국기독교신문잡지백년사』(대한기독교출판사, 1984), p.65. 표언복, 앞의 책, p.24. 재인용.

의 모습 그대로를 받아 주는 마리아는 자신이 받은 고통을 선으로 갚는 아름다움을 보여준다. 그러나 새사람이 되어 생활하던 남편이 병으로 죽고 가족들의 슬픔은 극에 달한다. 슬픔이 지속되던 크리스마스 전날 밤 울다 잠든 마리아는 그동안 잊었던 교회 성가대의 새벽 찬양을 듣고 함께 새벽송을 돌고 온 후 아침에 아이들과 함께 예배당에 나가기로 한다.

> 자기네의 초라한 꼴을 구경시키기가 싫어서 아이들은 졸라도 예배당에 아니가기로 하였던 것을 마리아는 지난 밤 이야기를 하고 "나는 어제 밤에 너희 아버지를 보았다. 찬미하는 예배당 사람 가운데 너희 아버지를 보았다. 너희 아버지를 만나보려면 예배당에 잘 다녀야 한다" 하고 마리아는 아이들의 손목을 잡고 기쁜 마음으로 깊히 들었던 찬미와 성경을 찾아 가지고 예배당으로 향하였다.11)

그러나 목회자의 경우 '목사가 와서 잠시 장례식만 해주고 바쁘다고 일찍 가버리는'이라는 서술자의 묘사를 통해 진정한 위로는 찾을 수 없고, 형식에만 치우친 목회자의 모습을 보여준다. 작가는 이러한 모습과 친정어머니의 사랑을 대조하여 표현하기 위해 이야기 속에 직접 개입하여 해설자의 역할을 하는 서술방식을 취한다.

> 이 때에 정신일코 누은 마리아를 미음을 쑤어 먹이고 위로해주고 아이들을 얼러서 억지로 밥을 먹이고 밤잠을 못자면서 어린 것은 젖을 얻어 먹이고 잠을 재워서 네 식구를 살린 이가 있었다. 그는 (중략) 마리아의 어머니였다.12)

---

10) 누가복음 11장 11~32절의 잃었던 아들의 비유.
11) 『전영택전집』제1권, p.229. 이하 소설작품 인용은 1권에 해당됨으로 생략 표기함.
12) 『전영택전집』, p.228.

위와 같은 전근대적인 서술 방식과 찬송가 가사를 직접 인용하는 방식은 작품의 흐름을 방해하고 기독교적 가치와 정신을 효과적으로 형상화하는 단계에 이르지 못하게 한다.

「어머니(2)13)」(『진생』, 1927. 3)는 「마리아」의 후속 작품이라는 확신이 들 정도로 여러 면에서 유사하다.14) 이 작품을 단편 「마리아」의 후속 연작 형태로 본다면 「마리아」에서 신앙심을 되찾아 교회에 다니고자 결심하는 윤마리아의 모습은 다시 교회를 멀리하던 예전의 상태로 되돌아가는데, 그 이유는 교회의 세속적인 면과 성직자의 부패한 모습에 실망했기 때문이다.

> 예배당에서도 누구하나 얼씬아니하겠지오. 탄일 때에 예배당엘 갔더니 돈만 내라고 하지요. 돈 내야 복을 받는다고, 돈 안내면 복을 못 받는다고, 목사가 그래요. 그리고 아니꼬운 꼴들만 많아서 얼른 와버리고 다시는 영 아니갔지오?15)

그러나 마리아가 불신앙의 태도를 버리고 신앙인의 모습으로 이타적인 삶을 새로 시작할 수 있도록 도와 준 것은 참된 신앙을 지닌 옛 은사였다. 주인공 윤마리아는 머리를 깎아 음식을 장만할 정도로 어려운 생활을 하지만 시골로 오라는 어머니의 부탁에는 아랑곳하지 않는다. 그런 그녀에게 고등학교 시절 교사였던 K선생이 나타난다. 그는 미국에서 박사학위를 받고 귀국해 전문학교 교수로 있는데 마리아의 소식을 알고 찾아와 시골로 갈 것을 권한다.

---

13) 작품의 전반부는 산질로 확인이 안 되고 2회에 걸쳐 연재되었다는 사실만 확인.

14) 「마리아」의 주인공과 이름이 같고, 아이들이 있으며. 어머니가 역시 시골로 갈 것을 권한다. 한과 혼인했었다. 어머니의 명령을 거역했던 경험이 있다는 점에서 동일한 작품이라는 점이 확실시 된다.

15) 『전영택전집』, p.232.

마리아씨는 사람만 너무 생각하고, 하나님을 의지하고 예수를 믿는 마음이 적습니다. 사람을 믿지 말고 하나님을 의지하고 예수를 믿음으로 강한 사람이 되십시오. 마리아씨는 내 일신 내 집안만 생각했지 널리 여러 사람을 생각지 못하는 것이 흠입니다. 내자식을 위하여 공장에 다니고 머리를 깎던 마음으로 남의 자식을 생각하고 남의 자식들을 위해서 일을 좀 보십시오.

이내몸과 내자식을 돌아보지 아니하고 남을 위해서 헌신적으로 일을 해보십시오. 그러면 하나님께서 결단코 마리아씨와 마리아씨의 어린애들을 굶기시지 아니하시리다.[16)

K선생은 마리아를 독려하여 농촌에서 시골 부인들과 아이들을 가르치는 일을 주선하기로 약속하고, 마리아 역시 기쁜 마음으로 농촌 사업을 하고자 서울을 떠난다. K선생의 도움으로 마리아의 희생적인 사랑은 가정이라는 좁은 테두리를 벗어나 보다 넓은 사회를 위해 확대 된다. 마리아가 선택한 일은 당시의 민족의 암울한 현실 속에서 지식인 여성이 할 수 있는 실제적인 봉사의 영역을 보여주는 것이다. 나아가 기독교인의 삶의 모습을 적극적이고 진취적으로 표현함으로써 긍정적 신앙인의 모습을 제시하고 있다.

동시에 작가는 세속화되고 타락해가는 교회와 교인의 모습을 은연중 비판하면서 그들에 대한 각성을 촉구한다.[17) 늘봄은 당시 기독교의 양면을 객관적으로 묘사하면서 진정한 신앙의 의미는 형식에 있는 것이 아니라 실행에 있다는 것을 작품을 통해 보여주고 있다.

「벗」(『진생』, 1926. 10)은 3·1운동 당시 기독교 신앙을 지닌 청년

---

16) 『전영택전집』, p.233.

17) 문학이 인생에 기여할 수 있는 방법 중 하나는 현실 생활의 부조리와 죄악상을 깊이 탐색하여 그 원인과 실상을 규명하여 이의 교정을 촉구하는데 있다. 이러한 점에서 인간의 중요한 경험의 하나인 신앙생활, 특히 교회를 통한 종교 생활은 그 근본 원리에 비추어 반성과 비판을 받아야 할 것이다. 따라서 기독교 문학은 이러한 국면의 실상을 필연코 반영하지 않을 수 없다. 최종수, 『문학과 종교의 대화』(성광문화사, 1997), p.65.

김우식과 박인식이 어려움을 극복하며 민족과 이웃을 위해 기도하는 모습을 그린 작품이다. 고향 친구인 김우식과 박인식은 영변에서 서울로 함께 공부하러 온 고학생들이다. 그러나 생활고로 인해 나이가 많은 우식이 자신의 학업을 그만두고 인식의 학비를 대기 위해 장사를 하던 중 질병으로 고생한다. 그즈음 독립운동이 일어나고 불의를 참지 못하던 우식은 중대한 사건에 연루되어 구속되었다가 다행히 발각되지 않아 한 이십일 금고를 살고 나와 하는 수 없이 북간도로 떠나게 된다.

다시 만날 날을 약속하며 북간도를 향해 떠나는 우식을 보내고 인식은 함께 올라 기도하던 남산에서 조선의 모습과 그 동안 겪었던 고생을 생각하며 쓸쓸하고 외로운 마음을 느낀다. 그러나 곧 조선의 현실과 조선 사람들이 사랑이 없다는 것을 안타깝게 여기며 하나님께 기도한다.

"오오 주여 정처없이 먼 길을 떠난 형님을 돌아보아 주소서. 아버지께서 같이 행하소서. 같이 하실 줄 믿습니다.

오오 주여 저 불쌍한 사람들을 돌아보소서. 불쌍하고 가련한 조선사람을 진실로 긍휼히 여기소서. 저들에게는 사랑이라는 것이 한조각도 없습니다. 아아 조선사람에게는 그렇게도 사랑이 없습니까.

저들은 사랑을 모릅니다. 사랑을 모르고 자랐습니다. 조상적부터 사랑 없이 자랐습니다. 저들은 과연 불쌍합니다. 아버지여 사람이 어찌 사랑 없이 살 수가 있습니까. 밥 없이는 살 수가 있어도 사랑 없이는 살 수가 없습니다. 사랑 없이는 영혼이 말라 죽습니다. 저들은 다 그 영혼이 말라 죽었습니다.

저는 우식의 지극한 사랑으로 오늘날까지 살아왔사오나 많은 나의 형제 자매들은 누구의 사랑으로 삽니까. 누구의 사랑으로 살 수가 있습니까.

아버지여 저들을 돌아 보시고 살리시려면 저들에게 따뜻한 사랑을 부어 주소서. 저들에게 사랑을 주소서. 사랑을 주소서. 아버지여 아버지여 ……"18)

인식의 기도에는 민족의 죄악을 대속하고자 하는 속죄의 언어와 하나님의 사랑을 구하는 간절한 희원이 함께 표현되어 있다. 무정하고 사랑 없는 동포에게 수모를 받고 고생한 것을 원망하거나 비난하려는 의식보다는 민족의 무지와 무자비함을 불쌍히 여기고, 그것이 개선되기를 바라는 마음이 담겨있다. 작가는 이러한 기도를 통해 그리스도의 사랑을 모르는 무지한 상태를 깨우쳐서 영혼의 구원을 이루기 원하는 작가의식을 표현하고 있다.

인식과 우식 두 청년은 당시 기독청년의 의기를 보여주는 모델이다. 지방에서부터 신앙생활을 했던 이들은 서울의 열악한 환경에서도 서로 돕고 의지하며 기도하고 찬송하는 신앙을 견지한다. 그러면서 현실적인 어려움에 처할 때에는 희생과 양보의 마음으로 타인을 위해 헌신하는 기독교인의 모습을 보여준다. 현실이 암담하고 고통스러울지라도 낙심하지 않고 미래의 꿈을 키우는 이들에게서 당시 기독 청년들의 패기와 신앙의식을 엿볼 수 있다. 서울에서의 학업을 마치면 보다 넓은 세계로 나가 공부하려는 뜻이 바로 그러한 예이다.

또한 일제 식민지 상황에 처했던 당시의 시대상 속에서 3·1운동에 가담해 민족의 어려움을 극복하고자 했던 모습은 용기 있고 정의로운 신앙인의 모습을 보여주는 것이다. 동시기의 다른 작가들의 작품에 드러나는 현실 도피적인 지식인의 모습과 비교해 볼 때, 건강이 좋지 않음에도 불구하고 독립운동에 가담해 중대한 일을 행한 우식은 긍정적인 인물로 부각된다.

그러나 서울 생활에서 실제 그들이 고통을 받고 방세를 못내 쫓겨났던 곳은 집사나 장로가 주인으로 있는 집이었으며, 삶의 어려움을 겪으며 따뜻함이 그리워 찾아간 예배당은 언제나 차디찬 곳이었고, 목사나

---

18) 『전영택전집』, p.223.

장로는 그들의 외모를 보고 인사도 하지 않고 외면하는 인물들로 묘사된다. 여기서도 작가는 형식적이고 위선적인 신앙인의 모습을 부정적으로 묘사하고 있다.

3. 기독교적 대속과 구원의 상징

죄와 대속은 기독교를 이해하는 중심 코드이다. 이는 기독교의 상징인 십자가의 의미와도 통하는 것으로 그리스도가 인류의 죄를 위해 대속의 십자가[19]를 짐으로써 사람들이 서로의 죄를 용납하고 화해할 수 있는 본을 보였던 것이다. 「곰」은 이러한 기독교의 중심 사상이 상징적으로 표현된 작품이다.

「곰」(『매일신보』, 1935. 11. 23~12. 3)은 독특한 분위기와 문체를 지닌 소설이다. 작품의 배경은 산골마을이고, 숯구이 직업을 가진 남편 돌팔이와 착하고 힘없는 아내 복성이 어멈의 이야기가 펼쳐진다. 남편은 누구에게나 사납고 퉁명스러워 '곰'이라는 별명을 가졌다. 돌팔이 아내는 열네 살에 시집와 마흔이 넘도록 일만하고 무지막지하게 얻어맞으면서도 감내하고 살아간다. 돌팔이란 인물은 짐승처럼 야만적으로 아내를 때리고 학대한다. 그는 아내가 먹는 것조차 제대로 먹지 못하게 할 만큼 이기적이고 자기만 아는 사람이다. 남편 돌팔이의 행위 묘사는 과장되었다 할 정도로 비인간적이고 몰인정하게 그려진다. 이에 반해 아내는 미련하리만치 그 생활에 적응해 참고 산다.

---

19) 죄와 구원의 문제는 기독교 교리의 중심이 되는 것으로 구약성서 '창세기'부터 신약의 '요한계시록'에 이르기까지 지속적으로 언급되고 있다. 인간의 타락과 원죄로 인해 죽을 수밖에 없는 인간을 예수 그리스도가 십자가를 지고 대신 죽음으로 대속해 주셨으며 이를 믿는 이들에게 구원이 있다는 것이다. 성서 '요한복음', '로마서' 참고.

돌팔이 아내와 이웃의 만수 어머니는 서로 비슷한 처지에 동병상련을 느낀다. 인고의 모습으로 살아가는 두 여인에 대해 작중 화자는 "그러나 그들은 설움다운 설움도 느끼지 아니하는 모양이었다. 만수 어머니보다도 돌팔이 마누라는 더욱 그런 모양이다. 인간이란, 더욱이 여자란 그런 것인 줄 아는 모양이었다."라는 해설을 하면서 은연중 여성의 인격을 격하시키는 모습을 보인다.

평생 짚신 한짝 제대로 신어보지 못하고 맨발로 다니며 남편에게 복종하던 돌팔이 아내에게도 변화가 온다. 이는 회당(교회당)에 다니고부터 일어난 변화이다. 돌팔이 아내는 예배 때 헌금하지 못하는 것에 대해 무안하고 창피함을 느껴서 연보하기 위해 조금씩 돈을 모은다. 자연히 남편의 술바라지가 조금씩 소홀하게 되고 이를 안 돌팔이는 '예수 믿는다'는 이유로 그녀를 무자비하게 구타하고 박해한다. 그러나 돌팔이 아내는 예전의 순응적인 모습을 벗고 처음으로 남편에게 대들게 된다. 남편은 아내의 목을 매어 달아 죽이려 하고 아내는 그를 위해 기도한다. 약간은 희화적으로 그려진 장면이나 돌팔이 아내의 순전한 믿음을 보여주는 구절이다.

"내가 무슨 짓을 했다고 이렇게 때려. 회당에 댕기는 것이 무슨 죄야. 죽일테면 죽여." 마누라는 처음으로 이렇게 악을 쓰고 들이댔다.
"요년아 너 회당에서 요따위 버르쟁이 배왔니. 죽어라 죽어바라."
돌팔이는 눈이 벌개서 한손으로 마누라의 머리 끝을 잡은 채로 씩씩하면서 두리번 두리번 한다. 아랫목 모퉁이에 아이업는 띠를 집어다가 마누라의 목을 매어 가지고 대들보에다가 달아 매었다. 마누라는 얼마전에 도야지를 나뭇가지에 달아 매 놓은 것을 생각하였다. 그리고 회당 선생이 술먹는 사람은 마귀라고 하던 말을 생각하였다. 그리고 '아이구 아이구'하면서도 속으로 중얼중얼 하였다. 그것은 물론 기도하는 것이었으나 돌팔이는 알 까닭이 없다.

그 기도는

'하나님, 이 마귀를 불쌍히 여겨 주소.'

하는 것이었다. 돌팔이는 나가 버리고 마누라는 꼭 죽을 판이었다. 마침 그 때 얼마 동안 오지 아니하고 더구나 밤에는 오는 일이 없던 만수 어머니가 올라와서 풀어주어서 돌팔이 마누라는 요행 살았다.

"하나님께서 만수 어머니를 보내서 날 살려 주셨시다."[20]

위기를 면한 돌팔이 아내는 만수 어머니에게도 전도한다.

돌팔이 마누라는 깊은 자신이 있는 듯 하였다. 돌팔이 마누라는 좋은 기회라하고 회당에서 선생이 설교하든 이야기 선생이 그 집에서 그 부인을 사랑하든 이야기, 모두들 정답게 해주든 이야기를 하면서 만수 어머니에게 전도를 하였다.

"성님, 좀 가보소. 그 사람들이 사람입데다. 우리야 이거 어데 사람이오. 돼지지."

돌팔이 마누라는 제법 깨달은 말을 하는 것이었다.

"우리야 정말 돼지지."

만수 어머니도 대꾸를 놓았다.

"성님이 먼저 믿으면 영감님도 따라 갈 걸 머."

"웬걸 우리 영감이 그렇게 만만하게."

"기도 드리면 돼 성님. 우리 아이도 기도드려서 낫다고 안 그럽데까."

"우리 큰 아이 다리도 날까."

만수 어머니는 솔깃하였다.

"그럼 거저 기도만 정성으로 드리면 된다니께."[21]

여기서 알 수 있듯이 돌팔이 아내의 삶 속에 들어 온 기독교는 새로운 세계였다. 평생을 남편에게 학대 받으며 수모를 당하고 사는 것이

---

20) 『전영택전집』, p.261.

21) 『전영택전집』, p.262.

당연한 삶인줄 알았는데, 기독교인의 가정을 통해 아내를 사랑하는 모습을 보고, 교회를 통해 인격적인 대우를 받고 보니 이제껏 자신의 인생이 얼마나 무의미하고 가치 없는 것이었는지를 깨닫게 된 것이다. 늦게나마 돌팔이 아내는 자신의 존재에 대한 가치를 교회를 통해 찾게 되고 신앙생활의 기쁨을 느낀다. 또한 아이의 병이 기도로 나았다는 체험은 더할 수 없이 신앙을 강화시키는 요인이 된다. 그러나 이런 면들은 실제 기독교의 본질적인 요소는 아니다. 기독교의 치병 능력 역시 기존의 전통적인 신앙의식, 즉 祈福的이고 倪仰的인 요소와 상통하는 점이 있으며 전도에 실제적인 도움이 되었음을 알 수 있다. 그러나 이러한 요소가 기독교의 본질을 왜곡시키는 계기가 되기도 한다.

이렇게 해서 만수 어머니까지 교회에 데리고 갔던 돌팔이 아내는 이 일이 남편에게 알려져 다시 한 번 모진 구타와 학대를 당하게 된다. 돌팔이는 아내를 "미친개가 고양이새끼 끌고 다니듯" 산속으로 끌고 다니며 괴롭힌다.

"사람 살리소. 사람 살리소."
하고 애걸하는 것도 못들은 체하고 "이년아. 이년아" 하면서 그냥 일부러 바위에 부딪치고 하였다. 입에서도 피가 흘렀다.
"아이구"
돌팔이는 정신없이 엎드러졌다. 돌에 걸린 모양이었다. 발을 다치고 턱도 다친 모양이었다. 발에서도 피가 나고 입에서도 피가 난다. 마누라도 같이 쓰러졌다가 일어나면서 영감의 피나는 발을 어루만지면서 중얼거린다. 기도하는 모양이었다. 돌팔이는 부시시 일어나서 또 잡아 끌었다.
"아이구 하나님."
간신히 한마디를 하고는 마누라는 축 늘어진다. 돌팔이는 마누라를 털썩 놓고 입에서 흐르는 피를 빨으면서 한번 휘돌아 보았다. 흰 눈위에 거미줄 같이 그려진 붉은 피를, 피투성이 된 마누라의 몸둥이가 흰 눈같이 희어진 데다가 햇빛 환한 듯한 얼굴을 들여다 보고 돌팔이는 "쯔쯔" 하면서 온 몸에 아침해를 받으면서 언제까지나 눈이 멀개져 서 있다.[22)

돌팔이 아내가 죽는 마지막 장면이다. 돌팔이의 행위는 정상적인 인간의 행위라 할 수 없을 정도로 잔혹하고 비이성적이며 상식을 벗어난다. '돌팔이 마누라'는 죽을 만한 잘못을 저지르지 않았지만 단지 예수를 믿는다는 이유로 남편인 돌팔이의 감정의 분풀이 대상이 되어 불쌍한 죽음을 맞이하게 된다. 죽음에 대한 개연성도 없이 너무 쉽게 돌팔이 아내를 죽게 했다는 독자의 비난을 감수하면서도 작가가 궁극적으로 표현하고자 하는 것이 무엇이었을까 하는 점이 이 작품의 컨텍스트를 이해하는 관건이 될 것이다.

이 때, 먼저 돌아볼 수 있는 것이 돌팔이 아내의 죽음이다. 무자비하고 몰인정한, 人性보다는 獸性을 강하게 드러내는 원초적 죄인의 모습을 하고 있는 돌팔이는, 그의 삶에 대해 전혀 긍정적인 전망을 할 수 없을 만큼 황폐한 삶을 살고 있다. 누구의 도움이나 충고도 받아들이지 않을 듯한 자연 그대로의 악한의 모습이 그가 보여주는 기질이다. 그럼에도 불구하고 돌팔이 아내는 그를 섬기는 삶을 살아왔다. 저항할 수 없는 힘에 대한 굴종이었든, 체질화된 습관이었든 돌팔이 아내로서의 삶에 충실해왔다. 그녀에게 돌팔이는 지긋지긋하게 두려운 존재였지만 피할 수 없는 실존의 상황이었다.

그러한 그녀에게 변화가 찾아왔다. 이제껏 눌려왔던 자아가 깨이는 순간, 그녀는 남편의 실체를 보게 된다. 한없이 무의미하고 가엾은 존재로서의 남편, 인간의 원죄와 행위의 죄를 모두 지니고 있는 거인 같으나 왜소하기 그지없는 불쌍한 존재인 남편의 실체를 보게 되는 것이다.

이제껏 삶이 그러했듯이 돌팔이 아내는 자기를 죽이려 하는 남편의

22)『전영택전집』, p.263.

고통을 어루만진다. 그러나 죽음의 목전에서 "영감의 피나는 발을 어루만지며" 기도하는 모습은 맹목적으로 남편에게 순종하고 두려워하던 이전의 모습과는 다른 것이다. 이는 곧 그녀의 가슴 속에 담겨진 기독교 신앙이 행위로 표출된 것으로 진정으로 그의 영혼을 불쌍히 여기는 마음, 즉 신앙의 눈으로 남편의 죄악된 모습을 용서하는 것이었다. 원수까지도 용서하고 사랑하라는 예수의 가르침이 이제 막 신앙의 기쁨으로 인해 새로운 삶을 경험한 돌팔이 아내를 통해 실현되고 있는 것이다. 그러므로 여기서 보이는 아내의 죽음은 단순한 죽음이 아니라 남편의 죄악을 대신 속하고자 하는 대속적인 죽음[23]의 의미를 지닌다. 이는 '흰 눈같이 희어진 아내의 몸'과 '햇빛 환한 얼굴'이 상징하는 의미 속에서 보다 분명해진다. 흰 색, 흰 빛은 그리스도의 무죄함과 영광을 상징하는 기독교적인 표상이며, '빛'의 이미지는 절대자를 표상하는 것으로 전지·전능의 의미를 지닌다.[24] '햇빛 환한 듯한 얼굴' 역시 고통 속에서 허무하게 죽어간 여인의 죽음에서는 찾을 수 없는 평화와 희망을 상징하는 표현이다.

기독교적 관점에서 아내의 죽음이 이생의 고통을 마치고 천국에 이

---

23) 노드롭 프라이가 분류한 인물유형에 의하면 돌팔이 아내와 같은 인물은 파르마코스 (pharmakos)형에 해당된다. 파르마코스의 사전적 의미는 고대 그리스에서 한 도시나 공동체의 정화 혹은 보상의 도구로 희생되어 죽도록 운명이 결정된 사람이다. 이는 아이러니의 서사문학에 등장하는 인물로서 속죄양 즉 자신의 의사와는 관계없이 임의 적으로 택해진 희생자의 역할을 한다. 우연의 희생물이 되는 이러한 인물은 가정비극에서 구체적인 모습을 갖기 시작한다. N. Frye, *Anatomy of Criticism*, 임철규 역, 『비평의 해부』(한길사, 1982), p.62. 오양호, 「소설의 인물」, 『현대소설론』(평민사, 1995), p.151.

24) 필립 휠라이트는 '빛'과 '절대자'와의 상징적 관계에 대해 다음과 같이 말하고 있다. "빛과 주님의 개념은, 신격에 대한 복합적 원형심상 관념을 이루는 요소들, 즉 우리의 익숙한 경험 속에서 유도된 두 심상관념이다. '神은 그 빛이요 그분에게는 어둠이 전혀 없다'는 성경말씀은 빛을 신성의 상징으로 보는 많은 기독교적 확언의 하나이다. (중략) 신화적 개념인 빛과 주님, 그리고 신학적 개념인 전지와 전능은 대체로 필적하는 의미기능을 발휘한다." Philip E. Wheelwright, 김태옥 역, 『은유와 실재』(문학과 지성사, 1988), p.124.

르는 것이기에 소망스러운 것이라면, 남편에게는 아내의 순결한 죽음을 통해 그의 영혼이 새로워지고 거듭나는 삶을 기대할 수 있는 것이기에 희망을 주는 죽음인 것이다. '한 알의 밀알이 땅에 떨어져 썩어야 많은 열매를 맺는다'는 성경의 진리가 실현되는 단초가 되는 것이 바로 돌팔이 아내의 죽음인 것이다.

그녀의 죽음은 작가가 택한 최후의, 그리고 최선의 방법이었다. 왜냐하면 이 작품을 기독교적 관점에서 읽고 그 언어의 상징성을 해석하고자 할 때, 돌팔이와 같이 악한 인간을 구원하기 위해서는 죽음으로 갚는 길밖에 없기 때문이다. 이는 곧 그리스도가 인류를 위해 대속의 죽음을 감당한 것에 비유할 수 있는 기독교적 상징 모형이다. 죄없는 죽음이기에 대속의 의미가 있고 구원을 줄 수 있는 것이다. 이러한 암시는 남편에게 참혹하게 학대받으면서도 그의 아픔에 참여하여 그를 어루만지는 죽음 직전의 돌팔이 아내의 행위에서 읽을 수 있는 것으로 그녀의 죽음은 사랑을 지닌 자의 대신 죽는 행위에 해당한다.

그러므로 돌팔이 아내의 죽음의 순간에 빛나는 '빛'25)은 종교적 상징성을 지닌다. 대개는 속(俗)에서 성(聖)으로 나아갈 때 빛을 만나게 된다. 양적인 것에서 질적인 것으로, 지속적·평면적 시간으로부터 영원한 시간으로 비약하는데 처음 대면하는 것이 빛이다. 그러므로 빛은 유한성을 무한한 영역으로 비약하게 하는 안내자이며 최고의 앎, 자유의 레벨에서 나타나는 성스러운 힘의 발현이다.26) 이러한 빛을 보면서 아침을 맞고 있는 돌팔이는 아내의 무죄하고 순결한 죽음을 통해 새롭게 거듭날 수 있는 가능성을 얻게 된다. 이것이 바로 전영택의 기독교 소설

---

25) 빛의 유대적 관점을 요약해 보면 다음과 같다. 빛은 신으로부터 오는 것으로 신의 영광을 나타내며, 신과의 만남은 빛 가운데서 이루어진다는 것이며, 세상에서도 정의로운 자는 하느님의 영광의 표시로 그 얼굴이 빛날 것이라는 생각이 내포되어 있다. 이은봉, 『종교와 상징』(세계일보사, 1992), pp.147~148.

26) 이은봉, 앞의 책 p.139.

이 구원과 代贖의 상징 언어로 이루어졌음을 보여주는 것이라 할 수 있다.

위에서 살펴본 것처럼 「곰」은 작품의 구성과 문체의 특징이 전영택의 기독교 소설 가운데 독특한 위치에 있다. 우선 작품의 공간적인 배경과 등장인물의 설정이 여타의 기독교 소설에 나타난 도시적인 요소나 지식인 계층의 주인공을 선택한 것과 다르다. 문체 역시 투박하고 생경한 느낌을 주는데 이는 무지하고 몰인정한 등장인물의 모습을 부각시키기 위해 사용된 것이다.

「곰」은 돌팔이를 통해 인간의 모습이 어느 정도로 악할 수 있는지를 보여주며, 인간이 본질적으로 죄악된 존재임을 암묵적으로 드러내면서 그것을 해결하고 치유할 수 있는 것은 그리스도의 사랑임을 보여준다. 「곰」은 기독교적인 담론이나 웅변을 표층적으로 강하게 드러내지 않으면서 기독교 사상을 상징적으로 보여주는 작품이다.

4. 맺음말

전영택은 「기독교 문학론」에서 기독교 문학의 특징은 구속이 있다는 점이라고 하면서, 범신론에는 죄의 문제가 없고 그냥 고통 문제뿐인데, 기독교 문학에는 분명하고 확실한 구원이 있고 거기에 따르는 희망과 기쁨이 있음을 언급하고 있다. 기독교는 속죄애와 은총의 신을 보여준다는 것이다. 그는 기독교 문학과 비기독교 문학을 나누면서, 비록 절망의 밑바닥에서 몸부림을 치면서도 하나님과 그리스도를 놓지 않고 싸우며 나아가는 데는, 그런 생활과 체험에는 거기에 아무리 부패와 추악이 쌓여 있더라도 기독교 생활로서의 재생이 있고 기독교 문학이라고 볼 수 있으나, 아무리 훌륭한 철학과 예술이 있고 사업과 선행이 있더라도 하나님과의 인격적 교섭이 없고 신앙적 체험이 없는 곳에는 기독교와 문학이 있을 수 없다고[27] 말하고 있다.

전영택의 이러한 기독교 문학에 대한 견해를 반영하듯 그의 기독교 소설에는 고통과 절망 속에서도 낙심하지 않고 다시 일어서는 희망의 언어와 기독교 정신에 의거한 생명의 언어가 기독교적 상징의 형태로 표현되고 있다.

작품의 표면에 기독교 사상이나 표현을 드러내지 않는 작품조차도 그 내면의 풍경에는 기독교적인 상징과 표상이 은연중에 빛나고 있는 것이 늘봄 문학의 특징이다. 이처럼 전영택 소설의 곳곳에서 드러나는 기독교적 상징과 비유, 담론표현은 본격적으로 기독교 정신을 작품의 주제의식으로 형상화하고 있는 작품에서는 보다 선명하게 나타난다.

해방 이전 늘봄의 기독교 소설은 대체적으로 소설적 형상화가 미약하다. 그럼에도 불구하고 이 시기 소설들은 해방 후 늘봄의 본격적인 기독교 소설과 그의 문학을 이해하는 단초가 되며, 작가의 전기적인 사항을 고려할 때 중요한 의미를 지닌다.

이 시기 소설들은 기독교적 사랑과 봉사와 섬김의 덕목들이 중요한 주제를 형성하며 소설 속의 긍정적 인물들을 통해 구현되고 있다. 또한 기독교의 중심 사상인 사랑과 대속, 회개와 용서의 모습이 상징적으로 표현되어 있다. 나아가 기독교인들의 허위의식과 형식적인 신앙에 대한 비판도 병행하고 있어서 올바른 기독교 신앙을 정립하기 위한 작가의 관심을 찾아볼 수 있다. 이러한 작가의식은 늘봄의 기독교 문학론과 해방 후 발표되는 작품을 통해 보다 직접적으로 표현되고 있다.

---

27) 전영택, 「기독교 문학론」, 『기독교사상』 1, 1957, 『전영택전집』 제3권, pp.564~572.

제4장

한·중 작가의 기독교 소설 비교

1. 머리말

이 글은 1920년대 한국과 중국 작가의 단편소설에 형상화된 기독교 사상·정신의 제 양상을 비교 연구함으로써 작가 개인의 기독교 인식의 특징 뿐 아니라 외래 종교로 수용된 기독교가 개인의 삶과 당대 사회·문화 속에 미친 영향을 살펴보는 것이 목적이다.

1920년대 초반은 한국의 경우 일제 식민지의 수탈과 압제가 심하던 시기였고, 중국 역시 5·4 신문화운동 이후 사회·문화적으로 변혁기였다. 한국의 개화기에 개인과 민족 공동체가 기독교를 수용한 이유는 종교적인 측면보다는 사회적 영향이 컸으며,[1] 기독교는 근대문명을 가져오고 봉건적인 삶을 개혁할 수 있는 새로운 의식으로 받아들여졌다. 이러한 이유로 기독교는 당시 지식인과 지도자들에게 위기에 처한 민족을 구할 수 있는 방편으로 인식되기도 하였다.

중국 사회 역시 전통과 대립되는 현대적 의미의 문화개념을 필요로 했는데, 이를 위해 기존의 전통문화를 비판할 수 있는 도구로 외래문화

---

1) 이만열, 『한말기독교와 민족운동』(평민사, 1986) 참조.

가 유입되었다. 기독교에 대한 인식도 기존의 '제국주의 문화침략'의 관점에서 서구사회를 발전시킨 내적 요인으로 인식되었다. 그러므로 5·4 시기의 선각자들은 기독교에 대해 어느 정도 긍정적이었으며, 중국인들이 지닌 기독교에 대한 편견을 불식시키는데 기여했다.[2]

더욱이 기독교인으로 알려진 몇몇 작가들은 그들의 작품 속에 기독교 사상과 신앙을 표현하고 있는데 이를 통해 작가의 개인적 신앙의 측면을 추측할 수 있을 뿐 아니라, 당시 서구의 기독교 사상이 동양적 환경 속에 수용된 측면 역시 考究할 수 있을 것이다.

전영택(1894~1964)과 허지산(1893~1941)은 한국과 중국의 작가로서 거의 동시기에 출생하고 외국유학을 경험했으며, 개인적으로 기독교 신앙을 견지한 작가들이다. 전영택은 한국 기독교 문학을 논할 때 중요하게 언급되는 소설가이며, 허지산은 중국 신문학 작가 중 기독교 신앙을 표면화하고 작품화한 작가로 연구의 대상이 된다.

이 글에서는 전영택의 「마리아」(『진생』, 1926. 12), 「어머니」(『진생』, 1927. 3)와 허지산의 「철망노주」(『소설월보』, 1922. 2)에 나타난 기독교 정신과 작가의 기독교 인식의 특징을 비교하여 고찰하고자 한다. 연구 방법은 국제 간의 영향관계를 전제로 한 문학 상호간의 비교방법을 지양하고, 문학의 상호 영향관계의 전제나 혹은 지역적 제한에서 벗어나서 문학의 내용을 비교하는 방식[3]으로 두 작품에 내재한 내면적 미학을 중심으로 기독교에 대한 작가적 인식의 유사성과 차이점 등을 살펴보고자 한다.

---

2) 周作人, 『雨天的書 山中雜記』, "我想最好便以能容受科學的一神敎把中國現在的野蠻殘忍的多神 基實是拜物敎打倒, 民智的發達才有點希望" 朴星柱, 「중국현대문학에 나타난 기독교적 성향」, 『한국외대중국연구』제24권, 1999, p.136. 재인용.
3) Rene Wellek & Austin Warren, *Theory of Literature*, 백철·김병철 공역『문학의 이론』(신구문화사, 1980), 제5장 참조.

2. 전영택·허지산의 전기적 사항과 기독교 수용

늘봄 전영택은 기독교 정신과 인도주의 사상을 융합하여 소설로 형상화한 작가이며, 한국최초의 순문예 동인지 『창조』의 창간 멤버였다. 작가이면서 기독교 목회자의 역할을 함께 수행했던 늘봄 소설에는 그가 언급한 것처럼[4] 그의 인간적인 면모와 신앙의 자세가 반영되어 있다. 전영택은 불행하고 고통받는 이들에 대한 관심과 애정으로 작품을 창작했는데, 이러한 작가의식은 기독교 사상에 근거한 것이었다.[5]

전영택은 「기독교 문학론」에서 기독교 문학의 특징은 구속이 있다는 점이라고 하며, 汎神論에는 죄의 문제가 없고 그냥 고통 문제뿐인데, 기독교 문학에는 분명하고 확실한 구원이 있고 그에 따른 희망과 기쁨이 있음을 언급하고 있다. 즉 기독교는 속죄와 은총의 신을 보여준다는 것이다. 그는 기독교 문학과 비기독교 문학을 나누면서, 비록 절망의 밑바닥에서 몸부림치면서도 하나님과 그리스도를 놓지 않고 싸우며 나아가는 데는, 비록 부패와 추악이 있더라도 기독교 생활로서의 재생이

---

4) 내가 쓴 작품들을, 평론가들이 초기의 것을 자연주의에 속한다 했고, 그 후에 오늘날까지의 작을 인도주의적인 경향을 가진 것이라고 한다. 아무래도 좋다. 나는 그때 쓰고 싶은 것을 썼을 뿐이다. 나라는 인간과 내 신앙태도가 작품에 그대로 반영되었을 것은 당연한 일이다. 솔직하게 말하면 세상의 가장 불행하고 인생고에 시달리는 이들의 마음과 생활이 내 심정에 느껴지는 것을 그려보았을 뿐이다. 전영택, 『전영택창작선집』(어문각, 1965). 序文.

5) 전영택은 그의 대표적인 논설집인 『生命의 改造』에서 자신이 이해하는 기독교에 대해 다음과 같이 표현하고 있다. "철학자 니이체는 예수교를 약자, 빈자를 편애하고 중시한다 하야 노예도덕, 노예종교라 비평하였지마는 실상은 도리어 여기에 예수교의 특징이 있고 본색이 있는 거시다. 이것이 예수교의 근본 의라해도 과언이 아니다. 엇지하야 그러냐하면 예수께서 잃어버린 한 마리의 양을 위해 오셨고 약한자를 도와주고 눌린자를 노아줌이 예수의 근본정신이요, 또 사랑의 하나님의 본의인 까닭이다." 전영택, 『생명의 개조』(문우당, 1926), p.106. 전영택은 기독교의 본질을 그리스도의 사랑으로 보고 그것의 실천적인 자세는 세상에서 버림받고 무시당하는 약한 자들에게 사랑과 관심을 보이는 것으로 인식하고 있다. 이러한 그의 신앙과 신념은 그의 작품에 지속적인 관심으로 표현되고 있는데, 구체적으로 인물의 설정과 배경을 통해 형상화된다.

있고 기독교 문학이라고 볼 수 있으나, 아무리 훌륭한 철학과 예술이 있고 사업과 선행이 있더라도 하나님과의 인격적 교섭이 없고 신앙적 체험이 없는 곳에는 기독교와 문학이 있을 수 없다[6]고 하였다.

기독교 문학에 대한 전영택의 이러한 견해를 반영하듯 그의 기독교 소설에는 고통과 절망 속에서도 낙심하지 않고 다시 일어서는 희망의 언어와 기독교 정신에 의거한 생명의 언어가 기독교적 상징의 형태로 표현되고 있다.

전영택은 1908년 평양의 대성학교 입학을 계기로 기독교를 접하게 된다. 도산 안창호가 기독교적 교육 이념으로 설립한 대성학교는 전영택에게 기독교의 영향력을 미치기에 충분하였다. 대성학교를 졸업한 후 전영택은 1912년 일본 동경에 있는 청산학원 중학부 4학년에 편입하고, 고등학부 문과를 졸업한 뒤 다시 신학부에 입학하였다. 1919년 문예동인지『창조』의 동인으로 참여하고, 1921년 다시 일본으로 가서 청산학원 신학부에 복교한 뒤 1923년 졸업하고, 1928년 목사 안수를 받게 된다. 1923년부터 1929년에 이르는 동안 서울 감리교 신학교 교수와 아현교회의 목사직을 겸임하며 기독교 목사로서 활동을 시작하게 된다. 1930년 미국으로 유학하여 태평양 신학교를 마치고 귀국(1937)하여 기독교신문의 주간을 맡기도 한다. 해방 후에는 후학을 지도하는 신학교의 교수로서, 또한 기독교 관련 사업과 조직에 관여하면서 문서를 통한 기독교 선교와 활동에 전념하며 종교인의 삶을 산다. 이러한 삶의 체험과 신앙은 그의 문학에 반영되어 나타난다.[7]

허지산(1893~1941)은 대만에서 태어나 불교신자인 어머니와 애국주의자인 부친에게 교육을 받으며 자랐다. 그는 열 살 되었을 때 민남에

---

6) 전영택, 「기독교 문학론」, 『기독교사상』, 『전영택전집』 제3권, 1957, pp.564~572.

7) 늘봄은 1926년에 쓴 「기독교 문학의 발전 문제」에서 조선민족과 문화의 생명은 종교가 되어야 한다는 입장을 피력한다. 『생명의 개조』(문우당, 1926), p.113.

있는 런던회 소속 교회에 출석했으며, 중학시절에는 영국선교사에게 영어를 배우기도 했다. 교사로 활동하다 1917년 교회 장학금으로 북경의 연경대학에 진학하여 1920년 중국문학으로 학사학위를 받는다. 同年에 '문학연구회' 설립에 가담하고, 이듬해 소설 <命命鳥>를 발표하며 문학창작을 시작한다. 이어서 그의 나이 27세에 연경대학 신학원에 진학하는데, 해외생활을 통해 견문을 넓히고 교육자로서 다양한 경험을 했던 그의 선택이었기에 특별히 신학원 진학은 기독교 신앙에 대한 그의 관심과 경도를 보여준다. 1922년 졸업과 함께 미국 컬럼비아 대학과 뉴욕 신학교로 유학가 1924년 컬럼비아 대학에서 중국문학으로 석사학위를 받는다. 그 해 다시 영국으로 건너가 2년 간 옥스퍼드 맨스필드대학(Oxford's Mansfield College)에서 종교학을 공부하고 1927년 귀국한다. 그 후 연경대학, 북경대학, 청화대학, 중산대학 등에서 교수를 역임하며 비교종교학, 인도철학, 인류학 등을 강의한다.

허지산은 종교학을 연구했으므로 비교종교학에 관심을 갖고 불교, 도교, 인도철학에 대해 학문적 이해가 있었다. 그러나 유년시절부터 교회에 출석하며 신앙생활을 해 온 그는 일평생 동안 기독교 신앙을 지켜왔다. 유년시절부터 어려운 사람들의 생활과 그들이 고통받는 현실을 보면서 느꼈던 동정심은 인도주의 정신으로 발전했다. 그가 기독교에 가입한 것에 대해 기독교의 교의를 믿어서라기보다는 기독교 박애주의에 대한 관심 때문이라는[8] 견해도 있다. 그러나 그의 생애 마지막 수년간 홍콩에서 항일구국운동에 투신했던 기간에도 그는 매주 일요일이면 교회의 예배에 참석했고 기독교의 복음에 대해 강단에서 설교하기도 했으며, 찬송가 가사를 쓰기도 했다. 무엇보다 마지막 임종의 순간에도 '천국에 간다'는 말을 남길 정도로 기독교 신앙을 견지했던 작가[9]임을

---

8) 張祝齡, 『對于許地山敎授的一個回憶』, 周侯松, 杜汝森 編, 『許地山硏究集』, 南京大學校出版社, p.376.

알 수 있다.

3. 전영택·허지산 소설에 나타난 기독교 인식의 특징

1) 기독교 신앙의 역동성에 대한 인식

「마리아」(『진생』, 1926. 12)는 지성과 미모를 갖춘 윤마리아라는 여인이 어머니의 반대에도 불구하고 신앙이 없는 한 모라는 부유한 남자와 결혼한 후 겪게 되는 어려움과 남편의 죽음을 통해 신앙을 회복하는 과정을 그리고 있다.

주인공 윤마리아는 기독교계 학교를 다닌 신여성이다. 미모와 재능이 뛰어나 뭇사람의 관심과 구혼을 받지만 결혼 상대자는 외적 조건을 보고 선택한다. 신앙의 관점에서 불신자와 결혼하는 것을 말리는 어머니와 선생님의 의견을 무시하고 자신의 뜻대로 화려한 결혼식을 치른다. 그러나 기독교적 가치와 신앙에서 벗어나 인간적 욕망을 앞세운 결혼은 그녀의 삶을 고통으로 인도한다. 당시 기독교 교육을 받은 신여성들이 대개 부귀 영화를 찾다가 불행해진 것처럼 세속적 욕망에 따라 선택한 남편은 축첩과 방탕을 일삼고, 결혼생활은 힘겹게 된다. 그러나 모든 것을 참고 순종하며 사는 그녀에게 돌아온 것은 홀대받고 쫓겨나는 일이었다. 그 후 자녀와 함께 어렵게 살아가는 마리아에게 온갖 방탕한 생활 끝에 병들고 가난하게 된 남편이 찾아온다.

마리아가 남편을 용납하고 병을 치료하기 위해 애쓰는 과정은 성서

---

9) 周侯松, 「許地山年表」, 『許地山』(香港:三聯書店香港分店, 人民文學出版社, 1984), p.249.
   中國新文學叢刊, 『許地山選集』(黎明文化事業公司, 1965), pp.1~10.
   朴星柱, 「중국현대문학에 나타난 기독교적 성향」, 『한국외대중국연구』 제24권, 1999 참고.

에 비유된 '돌아온 탕자를 받아 주는 아버지의 모습'[10]을 연상시키며, 남편을 용서함으로써 '탕자' 같은 자신이 용서받는 이중적 구속(救贖)의 의미를 보여준다. 마리아의 정성어린 간호로 인해 남편은 병을 회복하고 딴 사람이 된다. 남편의 회복은 육체적인 건강 뿐 아니라 정신과 영혼의 회복을 의미한다. 마리아가 보여준 '용서와 사랑'의 힘은 남편을 재생시킨다. 따뜻한 가정의 의미와 가족의 소중함, 자녀에게 애정을 느낀 남편은 열심히 일하지만, 일 년 후에 병으로 죽게 된다.

남편의 죽음으로 비탄에 빠진 마리아의 모습은 성경에 나오는 '마리아'의 모습을 떠오르게 한다. 아들의 죽음을 목도해야만 했던 예수의 모친 '마리아'와 예수의 죽음을 장사하기 위해 슬픔에 쌓여 무덤을 찾았던 '막달라 마리아'의 모습과 겹쳐진다. 이름이 부여하는 기독교적 상징의 의미[11]가 여주인공 윤마리아의 삶 속에 표현된다. 그러나 성서의 여인들이 예수의 부활을 보며 새 희망을 얻듯이[12] 남편의 죽음 후에 슬픔에 쌓인 그녀가 힘을 얻는 것은 기독교 신앙을 통해서였다. 성탄절 새벽의 찬송소리를 통해 잃었던 기쁨을 되찾고 남편과 만나는 환상 체험을 통해 마리아는 기독교 신앙을 회복하게 된다.

자기네의 초라한 꼴을 구경시키기가 싫어서 아이들은 졸라도 예배당에 아니 가기로 하였던 것을 마리아는 지난 밤 이야기를 하고 "나는 어제 밤에 너희 아버지를 보았다. 찬미하는 예배당 사람 가운데 너희 아버지를 보았다. 너희 아버지를 만나보려면 예배당에 잘 다녀야 한다" 하고

---

10) 누가복음 11장 11~32절의 잃었던 아들의 비유.
11) 예수의 모친 마리아, 막달라 마리아, 나사로의 누이 마리아 모두 슬픔을 극복하고 예수 그리스도를 통해 참된 소망과 기쁨을 누렸던 여인들이다. 성경을 통해 볼 때, '마리아'의 이름은 순전한 믿음과 신앙인을 상징하기도 하며, 죄의 고통 속에서 벗어나 예수 그리스도의 사랑 받는 믿음의 여인을 상징한다.
12) 마가복음 15, 16장의 예수의 죽음과 부활을 목도한 여인들 가운데 마리아의 이름이 여럿 나온다.

마리아는 아이들의 손목을 잡고 기쁜 마음으로 깊이 들었던 찬미와 성경을 찾아 가지고 예배당으로 향하였다.[13]

작가가 보여주는 기독교 인식은 종교적 차원에서 기독교가 지닌 현실 초월적 사상, 즉 기독교의 구원과 천국의 소망으로 연결되고 있다. 현실 생활은 고통스럽고 어려울지라도 미래에 소망을 둔 것이 기독교 사상의 내세관이라면 작가는 소설의 말미에 그와 같은 기독교 인식의 특징을 선명하게 드러내고 있다.

「어머니(2)」[14](『진생』, 1927. 3)는 「마리아」의 후속 작품이라는 확신이 들 정도로 여러 면에서 유사하다.[15] 이 작품을 단편 「마리아」의 후속 연작 형태로 본다면 「마리아」에서 신앙심을 되찾아 교회에 다니고자 결심하는 윤마리아의 모습은 다시 교회를 멀리하던 예전의 상태로 되돌아가는데, 그 이유는 교회의 세속적인 면과 성직자의 부패한 모습 때문이었다.

예배당에서도 누구하나 얼씬 아니하겠지오. 탄일 때에 예배당엘 갔더니 돈만 내라고 하지요. 돈 내야 복을 받는다고, 돈 안내면 복을 못 받는다고, 목사가 그래요. 그리고 아니꼬운 꼴들만 많아서 얼른 와버리고 다시는 영 아니 갔지오?[16]

작가는 세속적으로 타락해 가는 교회와 교인의 모습을 은연중 비판

---

13) 표언복 엮, 『전영택전집』 제1권, p.229. 이하 소설작품 인용은 1권에 해당됨으로 생략 표기함. 인용문 중 일부 옛날 표기는 현대식으로 바꾸었음.

14) 작품의 전반부는 산질로 확인이 안 되고 2회에 걸쳐 연재되었다는 사실만 확인.

15) 「마리아」의 주인공과 이름이 같고, 아이들이 있으며, 어머니가 역시 시골로 갈 것을 권한다. 한과 혼인했었다. 어머니의 명령을 거역했던 경험이 있다는 점에서 동일한 작품이라는 점이 확실시된다.

16) 『전영택전집』, p232.

하면서 그들에 대한 각성을 촉구한다.[17] 이러한 태도는 당시 기독교의 양면을 객관적으로 묘사하고자 한 작가의식을 보여주는 것이다. 진정한 신앙은 형식에 있는 것이 아니라 실천적 삶을 통해 드러나야 한다는 것을 보여주고 있다. 이를 위해 작가는 마리아가 불신앙의 태도를 버리고 신앙을 회복하고 이타적 삶을 시작할 수 있도록 매개하는 인물을 창조한다.

K선생은 마리아의 고교시절 은사로서 미국에서 박사학위를 받고 귀국한 전문학교 교수이다. 그는 빈궁한 살림 속에서 어렵게 살아가는 마리아의 현실을 보면서, 그녀가 지닌 잠재적 능력을 계발하고 보다 확대된 삶으로 나아가도록 독려한다. 이 때 미래에 대해 긍정적 전망을 갖게 하는 토대가 되는 것이 바로 기독교 사상에 근거한 '이웃 사랑'이며, 그 사랑의 실천이다. 작가가 추구하는 인도주의 정신과 박애사상의 기초는 성경에 바탕을 둔 것임을 알 수 있다.

> 마리아씨는 사람만 너무 생각하고, 하나님을 의지하고 예수를 믿는 마음이 적습니다. 사람을 믿지 말고 하나님을 의지하고 예수를 믿음으로 강한 사람이 되십시오. 마리아씨는 내 일신 내 집안만 생각했지 널리 여러 사람을 생각지 못하는 것이 흠입니다. 내 자식을 위하여 공장에 다니고 머리를 깎던 마음으로 남의 자식을 생각하고 남의 자식들을 위해서 일을 좀 보십시오.
> 이내몸과 내 자식을 돌아보지 아니하고 남을 위해서 헌신적으로 일을 해보십시오. 그러면 하나님께서 결단코 마리아씨와 마리아씨의 어린애들을 굶기시지 아니 하시리다.[18]

---

17) 문학이 인생에 기여할 수 있는 방법 중 하나는 현실 생활의 부조리와 죄악상을 깊이 탐색하여 그 원인과 실상을 규명하여 이의 교정을 촉구하는데 있다. 이러한 점에서 인간의 중요한 경험의 하나인 신앙생활, 특히 교회를 통한 종교생활은 그 근본 원리에 비추어 반성과 비판을 받아야 할 것이다. 따라서 기독교 문학은 이러한 국면의 실상을 필연코 반영하지 않을 수 없다. 최종수, 『문학과 종교의 대화』(성광문화사, 1997), p.65.

K선생은 마리아를 독려하여 농촌에서 시골 부인들과 아이들을 가르치는 일을 주선하기로 약속하고, 마리아 역시 기쁜 마음으로 농촌 사업을 하고자 서울을 떠나간다. K선생의 도움으로 소극적으로 전개되던 마리아의 생애는 가정이라는 좁은 테두리를 벗어나 보다 넓은 사회를 위해 확대된다. 이는 당시 민족의 암울한 현실 속에서 지식인 여성이 할 수 있는 실제적 봉사 영역을 제시하고 농촌계몽의 비전을 보여준다는 점에서 의미 있게 여겨진다. K선생 같은 인물은 당시의 시대상황 속에서 민족의 개화를 위해 필요한 지식인으로 기독교 정신을 구현하는 긍정적 신앙인의 전형이라 할 수 있다.

1920년대 전영택 소설에 나타나는 기독교는 개인의 삶의 방향을 인도하는 중요한 정신적 지주역할과 나아가 당대 현실 속에서 전근대적이고 봉건적인 사회구조를 개선하는 견인차 역할을 하였다. 그러므로 외국 유학을 통해 기독교의 영향을 받았던 지식인들은 기독교 정신을 실천하는 긍정적 인물로 부각된다. 여성의 경우 역시 적극적이고 사회 참여적인 여성들은 기독교 교육을 받은 신여성으로, 기독교의 '이웃 사랑' 정신은 그들의 사회활동을 추진하는 동력으로 작용하고 있다.

2) 기독교 정신의 실천 양상에 대한 인식

허지산의 「綴網勞蛛」(철망노주)[19]는 여주인공 尚潔(상제)의 삶을 통해 기독교 정신의 핵심인 '사랑의 실천'을 보여준다. 죄와 사랑, 회개와 용서 같은 인간사의 중요한 문제들이 기독교적 대의 속에서 전개되는

---

18) 『전영택전집』, p.233.

19) 中國新文學叢刊, 許地山, 〈綴網勞蛛〉, 『許地山選集』(黎明文化事業公司, 1976), pp. 151~176.

작품이다. 단편 형식이어서 단일한 인물을 중심으로 소설의 서사가 전개되고 플롯 역시 단순하다. 이러한 점은 보다 선명하게 작품의 주제의식을 드러내고 작가의 중심 사상을 읽을 수 있게 한다.

주인공 상계는 평탄치 않은 삶의 역정을 지닌 여성이다. 혼례도 치르지 않고 남의 민며느리로 들어가 고된 시집살이를 하다 탈출해 그 때 도움을 준 남자와 함께 살지만 그에 대한 애정은 없다. 남편 長孫可望(창쑨커왕)은 성품이 좋지 못하고 아내를 음탕한 여인으로 의심하기도 한다. 쉽지 않은 가정 생활이지만 그녀는 자신의 도리를 다한다. 이처럼 그녀의 삶을 지탱할 수 있게 하는 것은 무엇보다 신앙의 힘이었다.

기독교 신앙은 그녀로 하여금 운명에 굴하지 않고 신앙의 양심에 따라 꿋꿋하게 살아가도록 이끈다. 그러던 어느 날 상계는 자신의 집 담을 넘다 다쳐 신음하는 도둑을 자신의 침상에 데려다 정성껏 치료한다. 일반적 상식을 넘어서는 그녀의 행위는 도둑조차 감동시킨다. 그녀의 이러한 행동은 인간 행위의 결과만을 보지 않고 그 심연에 깃든 인간의 고통과 상처를 이해하는 태도이며, 허지산 소설의 주요 인물들이 보여주는 기독교 정신의 핵심을 나타내는 것이다. '이웃 사랑'과 '죄의 용서'라는 주제의식은 성서를 통해 보여주는 예수 그리스도의 행위를 본받는 것으로 기독교 사상의 대의를 이루는 것이다.

> 그 도둑은 비록 눈은 감고 있었으나 방금 상계가 한 말을 똑똑히 들을 수 있었다. 그는 마음속으로 감격하여 그 자신이 죄인이라는 것도 잊고, 되레 그는 세상에서 가장 남의 사랑을 받을 수 있는 청년으로 느꼈다. 이러한 대우는 아마도 그의 평생에 처음 받아 보는 것이었다.[20]

---

20) 許地山,「綴網勞蛛」,『許地山選集』(黎明文化事業公司, 1976), pp.159~160.
  『세계단편문학전집』22권, 동양편 (정한출판사, 1976), p.399. 이하 한글 번역 부분은
  본 전집을 참고함.

도둑을 치료하던 중에 들어 온 남편은 외간 남자가 침대에 있는 것을 보고 상계를 의심한다. 분노한 남편은 오해를 풀기도 전에 그녀를 칼로 찌르고 집을 나간다. 그러나 상계는 남편이 자신에게 행한 대로 갚지 않고 오히려 선대한다. 남편이 이혼을 요구하자 자신의 재산과 어린 딸마저 남편에게 주고 史선생 부부의 도움으로 낯선 섬으로 떠난다. 그러나 그녀의 삶의 태도는 공간적 환경이 바뀌자 더욱 빛을 발하게 된다. 거칠고 무례한 뱃사람들을 감화시켜 예의를 알게 하고 무지한 섬사람들의 스승 역할을 하게 된다.

그러던 중 史선생으로부터 소식을 받게 된다. 그녀의 진실을 알고 도와주려다 교회에서 쫓겨난 우오평전 목사의 관심과 사랑으로 남편이 회심하여 아내에 대한 오해를 풀고 지난날의 잘못을 사죄한다는 내용이었다. 우오평전 목사 역시 신앙인의 참된 모습을 지키며 복음 전하는 일을 통해 교회에 다시 청빙되고, 상계는 집으로 돌아온다.

'집을 엮는 거미'로 표현될 수 있는 「철망노주」의 의미는 소설의 서두와 결미에 제시된 그물을 엮는 장면에서 상징화된다. 훼손된 그물 같은 인생이지만 다시 깁는 노력이 필요하고 스스로 선택하여 생을 의미 있게 이어나갈 때, '생의 거대한 영혼'이 형통하게 한다는 프레류드는 상계의 삶의 여정을 암시한다. 그녀는 자신의 삶을 거미로, 운명을 거미줄에 비유하며 거미가 끊임없이 거미줄을 새롭게 보수하는 것처럼 인생을 살겠다는 다짐을 한다.

「철망노주」는 작가의 기독교 인식의 깊이를 보여주는 소설로 먼저, 기독교 사상의 중심에 놓인 '하나님'의 존재(生的巨靈)에 대해 드러낸다. 하나님은 인간이 자신의 생을 엮어갈 수 있도록 자유의지를 허여하고 모든 인간에게 부여되는 생의 고난을 극복할 수 있는 힘을 주는 실체로 표현된다. 또한 성서적 언어를 서사적 담론으로 사용하고 있으며 인물의 행동묘사를 통해 그들의 행동 근원에 기독교 신앙이 자리잡고 있음을 보여준다.

소설의 주인공 상계 역시 삶의 고난과 역경을 경험한 여성이다. 운명론자처럼 자신이 처한 운명에 그대로 순응하기보다는 주어진 환경을 긍정적으로 받아들이고 개선해 나가려는 의지를 지닌 인물이다. 그녀가 세상의 이목과 비난에 대해 초연히 자신의 길을 갈 수 있었던 근거는 기독교 신앙 때문이었다.

> 그곳에는 부드러운 깔개가 있고 궤 위에는 몇 권의 성경과 기도문이 놓여있다. 그녀는 매일 밤 자기 전에 하는 일이 바로 그 깔개 위에 꿇어 앉아 두세 구절의 성경을 암송하거나 혹은 몇 마디 기도문을 읽는 것이다. 다른 일은 그녀가 잊을 수 있어도 오직 이 성스러운 일은 그녀가 소홀히 하지 않았다 [21]

상계를 통해 나타나는 기독교 정신은 '이웃 사랑'이라 할 수 있다. 이는 기독교의 황금률로 예수 그리스도의 가르침이다. 그녀의 삶의 모습은 하인들과 도둑을 대하는 태도에서 엿볼 수 있다. 상식적인 생각으로는 납득할 수 없을 정도로 극진하게 도둑을 치료하는 장면은 성서의 '선한 사마리아인 비유'[22]와 오버랩 된다. "이부자리를 더럽히는 것을 걱정말고 그를 잘 부축해 뉘어라"는 구절은 "비용이 얼마가 들더라도 대신 지불하겠다."는 강도 만난 이의 진정한 이웃이었던 선한 사마리아인의 모습을 떠오르게 한다. 허지산은 소설의 도처에 기독교적 담론을 제시하고 등장인물의 실천적 행위를 통해 작가가 인식하고 있는 기독교 정신의 정수를 보여주고 있다. 그가 인식하고 있는 기독교는 의식(儀式)적 차원을 넘어서는 것임을 알 수 있다. 그러나 소설의 부수적

---

21) 허지산, 앞의 책, p.397.
22) 누가복음 10장 30~37절

인물인 도둑이 감사를 표하는 대화23) 속에서 불교적 언어가 등장하는 것을 볼 때, 허지산이 생래적 환경으로 지니고 있는 불교적 영향은 다양한 종교 연구와 체험을 한 그의 의식 속에 '종교절충주의(Syncretism)'의 형태로 작용하고 있는 것으로 여겨진다. 이러한 점은 허지산의 다른 소설을 통해 볼 때 좀 더 명확히 찾아 볼 수 있다. 그럼에도 불구하고 그의 생애를 통해 변함 없이 견지해 온 기독교 신앙은 중심 인물들의 삶을 통해 나타난다.

3) 기독교 현실의 양면성에 대한 인식

전영택의 「마리아」, 「어머니」와 허지산의 「철망노주」에는 1920년대 한국과 중국의 남성중심의 봉건적 부부관계가 나타난다. 가정에 무책임하고 방탕한 남편이 집안을 돌보고 자녀양육과 부모공양을 다하는 아내보다 오히려 당당할 수 있는 전근대적 가족 형태가 등장한다. 이러한 구조 속에서 여주인공들이 받은 기독교 교육은 남편에게 복종하고 섬기는 자세를 갖도록 가르친다.24) 그러므로 아내들은 남편의 부정과 부당한 핍박이나 방탕한 모습조차 인내하고 용납하는 성숙한 자세를 보인다. 결국 이러한 삶의 태도는 남편이 회심하고 돌아오게 하는 근원적 힘으로 작용하고 주위의 사람들에게 긍정적 영향을 미치게 된다.

상계가 주어진 운명에 굴하지 않고 스스로 생의 난간을 헤쳐나가며, 환경을 극복해 나가는 데는 근본적으로 '그녀의 신'25)이 함께 했기 때

---

23) "자비하신 부인, 보살님이 자비하신 부인을 보우하십니다.", 앞의 책, p.399.
　　"慈悲的太太, 菩薩保佑慈悲的太太!" 中國新文學叢刊, 『許地山選集』(黎明文化事業公司, 1965), p160.

24) "아내들이여 자기 남편에게 복종하기를 주께 하듯 하라. 이는 남편이 아내의 머리됨이 그리스도께서 교회의 머리됨과 같음이니 그가 친히 몸의 구주시니라"(에베소서 5장 22~23절)

문이었다. 이를 통해 볼 때, 허지산의 소설 속에 등장하는 불교적 색채나, 이국 정취, 이국 종교(이슬람교) 등이 작가의 주된 관심사가 아니었음을 알 수 있다. 기독교 정신은 그가 애써 받아들이고 실천하고자 한 가치관26)이었음을 유추할 수 있다.

「철망노주」에 등장하는 史奪魁(스투오꿰이)선생 부부와 我奉眞(우오평전) 목사는 늘봄의 「어머니」에 나오는 K선생처럼 실천적 신앙을 지닌 바람직한 기독교인으로 등장한다. 특히, 우오평전 목사는 억울한 누명을 쓴 상제를 돕는 일로 교회에서 쫓겨났지만 스스로 노동하면서 각처에 복음을 전하는 진실한 성직자로서 바람직한 기독교인의 모형이된다. 그가 창쑨의 완악한 마음을 변화시킬 수 있었던 것은 사랑으로 성경을 가르쳤기 때문이다. 우오 목사가 전한 마가복음 십장27) 말씀은 결정적으로 창쑨커왕이 자신의 잘못을 인정하고 무고한 아내를 받아들이는 회심의 계기가 되었다. 「어머니」에 나오는 K선생 역시 절망과 어려움에 처한 마리아에게 용기를 주고 그 안에 있는 자질들을 일깨우는 역할을 한다. 이러한 인물들은 주인공과 더불어 보다 적극적으로 기독교 정신, 곧 사랑을 실천하는 모습을 보여주고 있다.

그러나 두 작가 모두 기독교의 긍정적 모습만 그리고 있지 않다. 문학을 통해 인간이 처한 삶의 현실을 묘사하고, 神學을 통해 현실을 초월하는 신앙의 세계에서 인간의 궁극적 문제를 해명하고자 했던 전영택의 작품에는 종교적 위선과 기독교계의 모순, 기독교인들의 허위의식이 거짓 없이 드러난다. 이는 종교의 세속화를 우려하는 작가적 관심의 표출이며, 세속화되어 가는 교회와 교인들을 향해 울리는 경종이기도

---

22) 허지산, 앞의 책, p.414.

26) 陳平原, 「論蘇蔓殊, 許地山小說的宗教色彩(節錄)」, 周侯松, 杜汝森 編, 『許地山硏究集』, 南京大學校出版社, p.294.

27) 마가복음 10장에는 사람이 아내를 내어버리는 것이 옳지 않고, 하나님이 짝지어 주신 것을 사람이 나누지 못한다는 말씀이 있다.

하다.

초창기 한국의 기독교계의 모순과 부정적인 측면에 대한 비판적 인식은 전영택의 초기 논설집인 『生命의 改造』를 위시하여 여러 글에서 나타나고 있다. 「마리아」, 「어머니」에서도 위선적인 기독교인에 대해 비판하고 있다. 이 작품들은 1926, 1927년에 발표된 것으로 게재된 지면이 기독교단체의 기관지 『眞生』[28]이었다는 점이 의미 있다. 물론 이들 작품의 주제가 전적으로 기독교인의 비판에 중심을 둔 것은 아니지만 기독교인, 특히 교역자의 위선적인 모습이 나타난다.

「철망노주」에서도 거짓 소문을 퍼뜨리고 자신의 이기심에 따라 성직자를 내어 쫓는 신도들의 모습이 묘사된다. 이는 종교적 인간들의 이중성과 세속화의 문제를 지적하는 작가의식의 반영이라 할 것이다. 그럼에도 불구하고 기독교 정신을 실천하는 긍정적 인물들이 갈등을 해소하고 새로운 소망의 세계를 만들어내는 역할을 하는 것은 기독교에 대한 작가의 긍정적 인식과 기대감의 표현이라 할 수 있다.

4. 맺음말

전영택과 허지산은 기독교에 대한 이해를 토대로 기독교 사상을 담지 하고 있는 작품을 창작했다. 두 작가의 단편소설은 본격적인 기독교 소설로서의 형상화는 미약하다. 그럼에도 불구하고 이 소설들은 기독교적 회개와 용서, 봉사와 섬김의 덕목들이 중요한 주제를 형성하며 소

---

28) 1925년 창간된 기독교 계통의 잡지로서 '기독면려회 전국연합회'의 기관지이다. 매호 국판 70쪽 안팎의 분량으로 발행된 월간 잡지로서 1930년 12월호로 종간된다. 윤춘병, 『한국기독교신문잡지백년사』(대한기독교출판사, 1984), p.65. 표언복, 앞의 책, p.24. 재인용.

설 속의 긍정적 인물들을 통해 이러한 정신을 구현하고 있다. 또한 기독교인들의 허위의식과 형식적인 신앙에 대한 지적과 비판도 병행하고 있어서 올바른 기독교 신앙을 정립하기 위한 작가의 관심을 찾아볼 수 있다.

소설가이자 목사로 기독교 문학의 창작에 관심이 있었던 전영택과 기독교적 토양이 척박한 중국에서 일평생 기독교 신앙을 견지하며 기독교 정신을 삶과 문학을 통해 실천하고자 노력한 허지산의 작품에는 공간적 배경은 다르지만 기독교 인식에 있어 유사성이 나타난다. 작품을 통해 알 수 있는 작가의 기독교 인식의 특징은 다음과 같다.

첫째, 기독교는 역동적 삶의 태도를 부여한다는 것이다. 기독교 교육을 받거나, 기독교 신앙을 지닌 주 인물들은 절망적 상황과 불행한 운명에 굴하지 않고 적극적으로 직면하여 고난을 헤쳐나간다. 그들의 삶을 세워주는 정신적 지주로 작용하는 것이 기독교 신앙이며, 성경말씀에 대한 믿음이다. 당시 기독교는 개인의 삶에 영향을 미칠 뿐 아니라 계몽운동을 통해 민족의 근대화와 봉건인습의 타파를 주도하는 사회변혁운동의 중심 사상으로 작용했음을 알 수 있다. 이는 기독교 교육을 받은 인물들이 선각적 지식인으로 등장하며 이들이 기독교 정신을 실천함으로써 보통 사람들의 삶을 변화시키는 역할을 했음을 보여주는 것이다.

둘째, 기독교의 부정적 측면을 비판한다. 기독교적 문화와 생활이 체질화되지 않은 상황 속에서 드러나는 종교의 물신화와 형식주의, 성직자들의 허위의식, 기독교인들의 세속적 삶의 양태에 대해 비판하고 있다.

셋째, 기독교 정신의 실천적 양상에 관심을 갖고 긍정적 인물을 통해 이를 표현하고 있다. 주 인물들의 삶을 통해 죄의 회개와 용서, 사랑의 실천, 이웃에 대한 봉사와 섬기는 삶의 자세를 보여주고 있다. 이 때, 주 인물들의 행위의 기반이 되는 것은 성경의 말씀으로, 성서의 구절들이 작품의 표면에 중요한 담론으로 나타난다.

넷째, 허지산의 경우 환경적 영향으로 불교적 요소와 언어들이 차용되고 있으나 그 정도는 미미하다. 비교종교학을 연구하며 다양한 종교에 접했던 작가의 종교적 지식은 그의 작품의 도처에서 찾을 수 있으나 작가의 기독교 정신에 대한 긍정적 인식은 보다 심도 있게 표현됨을 알 수 있다.

1920년대 동시기에 한국과 중국은 국가와 민족적으로 반봉건, 반외세의 기치를 내건 유사한 시대적 문화적 고난을 겪고 있었다. 이 시기 양국에서 기독교에 대해 수용적 입장과 배타적 측면을 함께 보이는 것은 진보와 수구, 문명개화와 전통보수의 양대 세력이 함께 하는 과도기적 시대상을 보여주는 것이다. 1920년대는 양국의 문화와 환경 속에서 기독교가 온전히 수용되기에는 시기상조였다. 종교와 사상은 단시일에 형성되거나 소멸될 수 없는 정신의 문제이기 때문이다. 이 때 보다 중요한 것은 개인의 종교 체험과 인식이라 할 수 있다.

제5장
이기영 소설과 기독교

1. 머리말

　민촌 이기영(1895~1984)은 일제 강점기 프로문학운동(KAPF)의 대
표적인 작가로 사회주의 리얼리즘문학론을 토대로, 일제 식민지하의
농민과 노동자들의 현실적 삶의 문제를 소설 창작의 중심 과제로 삼았
다. 그의 문학에 대한 연구는 다양하고 심도 있게 이루어졌지만 기독교
적 관점에서 행해진 연구는 드문 형편이다. 그러나 이기영 소설을 기독
교적인 관점에서 분석할 때 초기 소설로부터 해방 후 북한에서 창작한
작품 『땅』과 『두만강』에 이르기까지, 양적으로나 질적 가치에 있어서
도 기독교 문제는 중요한 요소로 작용하고 있음을 알 수 있다.1) 결과적
으로 이기영 문학에 나타난 기독교 인식은 기독교에 대한 비판과 부정

---

1) 이기영 문학을 기독교적 시각에서 연구한 논문으로는 표언복의 「이기영문학의 기독교
　인식」이 대표적이라 할 수 있는데, 그는 총 30여편에 이르는 작품이 기독교 문제를 다루
　고 있으며, 「옵바의 비밀편지」, 「외교원과 전도부인」, 「부흥회」, 「유혹」, 「인신교주」,
　「유한부인」, 「비」, 「산모」 등의 작품에서는 기독교 비판의식이 핵심적인 주제를 이루고
　있으며, 「민촌」, 「숙제」, 「묘·양·자」, 『고향』, 『인간수업』, 『어머니』, 『대지의 아들』,
　「생활의 윤리」, 『두만강』 등에서는 주제와 직결된 모티프로 다루어진다고 언급했다.
　표언복, 『한국현대문학의 이해』, 건국현대문학 연구회 (서광학술자료사, 1992).

적 시각이 지배적이고 반종교적 양상으로까지 나타나고 있다. 그러나 그에 의해 비판되는 기독교의 모습은 당시의 사회·역사적 현실 속에서 파악될 필요가 있을 것이다. 또한 지속적으로 행해진 기독교 비판과 부정의 논리 속에는 역설적으로 기독교에 대한 작가의 관심과 긍정적 개선의 열망이 담겨있음을 유추할 수 있다. 실제로 그의 소설『대지의 아들』에 이르면 기독교 정신과 교리, 기독교인의 근대의식 등 기독교에 대한 긍정적인 일면을 드러내는 기독교 사회주의의 모습이 대안[2]으로 제시되기도 한다.

이처럼 이기영의 작품에 반영된 기독교는 그의 작가의식과 세계관의 일면을 보여주며, 그가 기독교의 영향을 받았음을 암시한다. 그렇다면 구체적으로 작품을 통해 드러나는 기독교 인식의 특징과 기독교 비판 논리의 실체를 살펴봄으로써 이기영 문학의 한 특징을 고찰하고자 한다. 이 글에서는 1920년대부터 1940년대에 창작된 단편소설 중 기독교적 요소가 작품의 주요 모티프로 작용하며 작품의 주제를 형성하는 데 의미 있게 사용되는 세 작품을 선택하여 작가의 기독교 인식과 그 형상화 방법을 살펴보고자 한다.

2. 기독교 입교와 배교의 동기

이기영이 기독교에 입교한 시기가 언제였는지는 정확히 알 수 없지만, 그의 연보[3]에 의하면 1918년 경 기독교 계통의 논산 영화여고 교원 생활을 하고 남감리교파 교회의 권사직책까지 맡았다는 기록이 있다.

---

2) 표언복, 앞의 책, p.64.
3) 이기영, 『고향』, 『한국근대민족문학총서』 2, 이기영선집1 (풀빛, 1991), pp.582~597.

이 시기 할머니와 아버지가 열흘 사이를 두고 세상을 떠났으며 아버지 장례 후 혼백을 아궁이 속에 넣고 제사도 지내지 않는 등 미신타파의 행동을 하기도 했지만, 차차 예수교에 대한 환멸과 반항심을 갖게 되었다고 한다. 그 후 1922년 친구와 함께 일본 동경으로 고학의 길을 떠나 동경 세이소쿠영어학교(東京正則英語學校)를 다니던 중 직업적 사회운동가로 나서게 되는 친구의 영향을 받아 사회주의 서적을 접하고 러시아 문학을 애독하게 된다. 1923년 관동대지진으로 고향에 돌아오게 되고 이듬해『개벽』창간 4주년 기념 현상모집에「옵바의 비밀편지」가 당선되어 등단하게 된다.

「옵바의 비밀편지」(1924. 7)에서 신앙인으로서의 오빠가 교회 안에서의 모습과 실제 생활 모습이 다른 것을 비판하는 것이나,「가난한 사람들」(1925. 5)에서 작가의 자전적 인물로 보이는 주인공이 '예수도 불사르고 無信者'가 되는 모습을 통해 이기영이 이미 기독교 신앙에 회의하고 있거나 신앙에서 벗어난 상태임을 짐작할 수 있다. 이러한 사실로 미루어 이기영이 기독교에 입교해서 신앙생활을 한 것은 그가 학교를 졸업하고(1910년) 여러 가지 경험을 하고 남선지방을 유랑하다가 지금의 논산제일감리교회 안에 세워졌던 영화여학교의 교원이 된 시기로부터 도일 후 사회주의 사상을 접하기 전까지의 7~8년 동안임을 알 수 있다.

이기영이 기독교에 입문하게 된 동기는 몇 가지로 추정할 수 있다. 첫째, 기독교가 표방하는 서구적 근대의식이나 새로운 문명에 대한 관심 때문이었을 것이다. 그는 봉건적인 유제들과 사고방식, 구습의 폐해에 대해 부정적인 견해를 나타내고 이를 타파하려는 문제의식을 지녔으며, 합리적인 사고방식을 추구했다. 이러한 의식은 그의 작품의 인물을 통해 구현된다. 긍정적 인물들은 개화인의 모습을 띠고 있으며, 일체의 신분의식을 거부하고, 남녀평등을 주장하며, 조혼의 폐해 등을 지적

하면서 적극적으로 현실의 모순을 타개하려는 의지를 보여준다. 이러한 점은 당시의 기독교의 선교활동과 기독교가 표방하는 윤리의식의 영향4)을 받은 것으로 생각된다.

둘째, 보다 개인적인 요인으로 이기영이 처한 환경의 영향을 들 수 있을 것이다. 이기영은 몰락한 양반가문 출신이었다. 따라서 봉건적 신분질서의 해체나 식민지 치하의 사회·경제구조 속에서 더 이상 잃을 것도 얻을 것도 없는 현실적 조건 속에서 변화에 적응하기 위해서는 새로운 돌파구가 필요했는데, 이를 충족시킬 수 있는 것이 바로 기독교였다. 교회는 신분차별이 없고, 선교사의 도움을 받아 고등교육도 받을 수 있는 곳이며, 이전의 상실감을 대리충족 시킬 수 있는 공간이기도 했다. 이러한 기독교 선택의 현실적 조건들은 그의 작품의 도처에서 교회를 묘사하는 데 그대로 드러난다.5)

그가 기독교에 입교한 동기가 신앙적 이유보다는 사회적·현실적 조건에 의한 것이어서, 이러한 조건들이 만족스럽지 못할 경우 언제든지 기독교를 비판하거나 부정할 수 있는 소지가 있는 것이었다. 특히 1920년대 중·후반은 문단의 사회주의 운동이 조직화되고 반기독교운동이 확산되던 시기로6), 당시 문학 활동을 시작하던 이기영이 이러한 영향을 받았으리라 생각할 수 있다.

신앙의 본질과 종교에 대한 깊은 이해가 부족한 상태에서 기존의 가치체계와 봉건의식을 타파하고 새로운 가치와 가능성을 추구하기 위해

4) 박순경, 『민족통일과 기독교』(한길사, 1986), pp.134~135 참조.
5) 신식교육을 하는 곳으로서의 교회-「농부 정도룡」의 금순이, 「해후」의 S, 「흙과 인생」의 또용이 남매, 「야광주」의 숙희, 선교사의 도움으로 고등교육을 받을 수 있는 곳-「어머니」의 김인숙, 「생활의 윤리」의 석응주, 사회의 유력자들이 모여 교유가 가능한 곳이자 일제에 대한 소극적 저항의 의미를 지니고, 상실감의 대리충족을 주는 곳-『두만강』의 심상도, 윤용섭, 표언복, 앞의 책, pp.32~33.
6) 송건호, 「일제하 민족과 기독교」, 『민족주의와 기독교』(민중사, 1981), pp.87~96.

선택한 기독교 입문은 식민지 치하의 어려운 현실을 보면서 기독교가 해결할 수 없는 현실적 문제에 직면해 기독교에 대한 회의와 불신을 가져올 수 있었다. 더욱이 기독교 신앙과 배치되는 기독교인의 위선과 타락, 선교사들의 부정적 태도는 사회주의 사상에 경도된 이기영에게는 극복하고 타개해야 할 것으로 생각되었을 것이다. 이러한 상황은 기독교를 비판하고 배교할 수 있는 근거로 작용했을 것이다.

3. 이기영 소설에 나타난 기독교 인식의 특징

1) 기독교 교리에 대한 회의

「외교원과 전도부인」(『조선지광』, 1926. 5)은 이기영의 기독교 교리에 대한 부정적 인식이 뚜렷한 양상으로 드러나는 작품이다. 보험 외교원이 미래를 위해 보험 가입을 요청하는 것과 전도부인이 내세 천당에 가기 위해 복음을 수용할 것을 권하는 사건이 대칭을 이루면서 서로의 허위적인 부분을 꼬집어 보여주고 있다. 네 부분으로 구분된 텍스트를 스토리 차원에서 정리하면 다음과 같다.

생명보험회사 외교원 김인수는 친구의 소개로 전도부인이자 청상과부인 안마리아[7]의 집으로 찾아간다. 안마리아에게 보험에 들도록 권유

---

7) 이기영은 작중인물의 이름을 성경에서 빌려 온 경우가 많다. 이는 인물에 대한 복수적인 해석을 가능케 하고 작품 속에서 인물의 이미지와 성격을 부각시킬 수 있기 때문이다. 르네 웰렉과 오스틴 워렌은 『문학의 이론』(*Theory of Literature*)에서 "성격 창조의 가장 간단한 형태는 命名이다"라고 하면서 에펠레이션(Appellation)은 생생하게 개성을 부여하는 것이라고 말하고 있는데, 작가들은 작중 인물의 성격 창조에 있어서 이러한 에펠레이션의 효과를 충분히 고려한다. 박덕은, 『한국현대소설의 이론과 적용』(새문사, 1992). p.55.

하나 안마리아는 보험의 의미가 사람의 죽음을 기다리는 허망한 것이라는 이유로 반박한다. 김인수는 예수 믿는 이유도 같은 것이라고 하면서 설전을 벌인다. 그는 예수교의 허황됨을 강조하면서, 자신이 보험에 들라고 하는 것이나, 예수를 믿으라고 하는 것이 같은 이치라고 논박한다. 이에 분개한 안마리아는 오히려 그를 위해 기도한다. 이에 감동한 외교원 김인수는 솔직히 자신의 어려운 처지를 설명하고 예수를 믿을 터이니 보험에 들어달라고 부탁한다. 이에 안마리아는 오천원짜리 보험에 든다. 그러나 안마리아는 외교원과의 논쟁 후에 신앙에 회의를 느끼게 된다. 교회를 방문한 외교원에게 서로 거짓말쟁이가 되지 않는 방법을 묻자 홀아비 김인수는 서로의 일을 그만두고 소박하게 함께 사는 것이라고 말한다. 이 후 두 사람은 농촌에서 함께 살게 된다.

이 글을 통해 알 수 있는 것은 기독교의 기본 교리에 대한 이기영의 불신과 회의이다. 이는 주인공들의 설전을 통해 드러난다. 외교원 김인수는 천당은 보험만큼도 확실하지 않은데 이를 빌미로 예수교를 믿게 하는 것은 옳지 않다고 하면서 하느님과 보험회사는 결국은 같다고 말한다. 그가 '지금 세상은 돈이 하느님'이라는 말을 하자 안마리아는 외교원은 협잡군이며 거짓말쟁이라는 통념을 들어 그의 말을 반박한다. 이에 대해 김인수는

"어째서요? 어째서냐고? 전도부인이 거짓말쟁이라는 속을 말할 테니 자세히 들어보시오. 그래도 우리 보험회사는 보험에 든 사람이 죽었을 때 간혹 보험액을 타다먹는 것이 사실로 있지 않습니까?

그러나 당신이 믿는 예수교는 천당에 갔다는 이를 한 사람도 보지 못하였습니다. 그러면 우리 회사가 회사를 잘되게 하려고 보험액으로 꼬이거나 당신의 예수교가 교회를 흥왕하게 하려고 그런 꿈속 같은 천당을 꾸며놓고 꼬이거나 그래 당신이 못 믿겠다는 사람보고도 억지로 예수를 믿으라고 전도하는 것이나 내가 보험에 안 들겠다는 당신 같은 이에게도

기어이 들어달라고 조르는 것이나 그래 당신이 그런 전도를 하고 월급을 타먹기나 내가 이런 외교를 해서 생계를 삼는 것이나 피차일반이 아닙니까? 당신은 나보고 썩어질 육체의 양식만을 구한다고 경멸하시지요? 좋습니다. 그럼 한 가지 묻겠습니다. 당신은 왜 돈을 모아둡니까? 예수께서는 옷 두 벌이 있거든 한 벌도 없는 사람에게 내주라고 하시지 않았습니까? 화 있을진저 부자여! 하시고, 부자가 천당에 들어가기는 황소가 바늘구멍에 들어가기보다도 어렵다 하지 않았습니까?[8]

라고 하면서 언행이 일치되지 않는 것은 무엇이든지 거짓말이라고 하며 하느님도 허깨비라고 한다. 이러한 김인수의 논리에 의하면 돈 많은 전도부인이라는 것 자체가 모순이다. 그녀의 논리에 의하면 돈이라는 것은 '썩어질 양식'으로 치부의 수단이 되어서는 안 된다. 그럼에도 불구하고 그녀가 현실적으로 많은 돈을 가지고 있다는 것은 모순적이다. 이러한 지적에 대해 안마리아는 새파랗게 질려 자리에 엎어지며 기도한다.

"아, 당신은 마귀여요 마귀요! 아, 당신은 참으로 하느님이 두렵지도 않습니까? 성신을 거역하는 자는 영원히 멸망하고 구원을 얻지 못한다고 하셨습니다. 아, 하느님 아버지시여! 지금 이 자리에 옛날 오순절에 내리시던 그런 성신을 불같이 내려 주시와 세상 지혜에 사로잡힌 이 불쌍한 형제의 죄를 그저 감자껍데기 벗기듯 홀딱 벗겨 주시옵소서. 오, 주여! 당신의 옷자락만 스쳐도 열두 해 된 혈루증을 깨끗하게 하여 주시던 그런 기적을 베풀어 주시옵소서. 아, 주여… 주여 어서 이 형제를 하느님의 길로 인도해주소서. 아멘… "[9]

눈물을 흘리며 진정으로 기도하는 모습을 보고 김인수 역시 감동되

---

8) 이기영소설집, 「외교원과 전도부인」, 『가난한 사람들』(푸른사상, 2002) p.133.
9) 위의 책, p.134.

는 바가 있어 예수를 믿을 터이니 보험에 들어달라고 말한다. 자신도 외교원의 일이 양심에 꺼리는 바가 있으나 살기 위해 어쩔 수 없다고 하자 안마리아는 마침내 보험에 들게 된다. 보험에 들고 싶어서 드는 것이 아니고 예수를 믿는다기에 든다는 안마리아와 예수를 믿고 싶어 믿는 것이 아니고 보험에 든다기에 믿는다는 외교원은 서로 보험권과 생명록을 바꾼다.

그러나 그 후에 일어나는 사건에는 작가가 진정으로 하고 싶은 말이 담겨 있다. 마지막 단락에 이르면 지금까지의 작가의 서술방식과는 다른 전언체로 작가가 자신의 신념과 의도를 작중인물을 통해 드러내기보다는 타인의 말을 통해 흘리는 것처럼 서술함으로써 오히려 아이러니의 효과를 강화하고 사실의 신빙성과 타당성을 조장한다. 안마리아는 외교원이 하던 말의 영향으로 신앙에 회의를 느끼고 고민에 빠진다. 그러던 중 예배를 보러 온 김인수를 반갑게 만나 서로 거짓말장이가 되지 않고 사는 방법을 묻는다. 그 때 사내의 대답이

"당신이 전도부인 노릇을 그만두고 내가 외교원 노릇을 그만두고 당신은 과부노릇을 그만두고 나는 홀아비 노릇을 그만두고 그래서 당신은 무명을 짜고 나는 밭을 갈게 된다면 그때 우리의 생활이야말로 인생을 참으로 사는 게 되겠지요! "

"아! 그런! 그런! …… 저기다 언제 참새가 보금자리를 쳤네 ……" 하는 그때 안마리아의 두 뺨은 갑자기 장밋빛으로 곱게 물들었다.

작자가 들으니까 그 후에 그들은 그때 하던 말과 같이 사내는 외교원을 내놓고 여자는 전도부인을 내놓고 두 집안 식구가 한데 모여서 사는데 동대문 밖에 어느 농촌에다 조그만 가대를 마련해놓고 지금 새 살림을 오붓하게 꾸린다는 것이었다.[10]

---

10) 앞의 책, p.136.

결국 작가 이기영은 외교원 김인수의 기독교 비판의 관점에 손을 들어준 셈이다. 여기서 그는 감정과 정서적으로는 우세하나 이성과 합리적인 판단으로 볼 때 오류가 있는 것이 기독교라는 것을 김인수의 기독교 비판을 통해 보여준다. 안마리아의 기도로 감동이 되어 자신의 모습을 고백하고 교회에 나오게 하는 대목에서는 안마리아의 신앙이 우세한 것처럼 보이나 이러한 외적인 변화의 이면에서 행해지는 안마리아의 내적 갈등을 포착하고, 나아가 그녀가 신앙을 버리는 단계를 자연스럽게 그리고 있다. 그것 역시 작가의 개입으로 이루어진 것이 아니라 다른 사람들의 전언을 통해 들은 것처럼 꾸밈으로 마치 당연한 결과를 보는 듯한 효과를 자아낸다.

이 글을 통해 볼 때, 이기영이 위의 작품을 창작할 당시 이미 기독교에 관한 지식이 상당했고 그와 비례해 기독교를 비판할 수 있는 안목도 있었음을 알 수 있다. 안마리아나 김인수의 대화를 보면 구약과 신약의 성경 내용이 적절하게 인용되어 있다. 그러나 근본적으로 작가가 회의하는 바는 현실적 삶의 중요성을 배제한 허황한 천당에 대한 소망을 근거로 예수를 믿게 하는 기독교의 교리이다. 이는 기독교에서 가장 기본이 되는 내세관에 대한 불신이어서 그의 신앙에 대한 회의가 깊다는 것을 보여주고 있다. 또한 전도부인이라는 위치에 있는 안마리아의 신앙의 토대가 외교원의 기독교 반발 논리에 신앙의 갈등을 일으킬 만큼 약하게 드러나는 것은 개인적 차원의 신앙의 문제를 드러내기보다는 기독교 교리에 대한 이기영의 회의와 불신을 나타내는 것이라 할 수 있다. 기독교 신앙에서 가장 중요시하는 천국을 부정함으로써 기독교 전체의 신앙 체계를 의심하는 작가의식을 보여주고 있다.

2) 기독교 맹신에 대한 비판

「비」(『백광』, 1937.1)는 성경을 문자 그대로 믿을 정도로 돈독한 신앙을 지닌 오 속장이라는 인물이 현실의 문제에 부딪혀 신앙의 무력함을 느끼고 절망하는 결말 구조를 통해 신앙의 허구성을 비판하고 있는 작품이다. 텍스트의 서사과정에 따라 이야기를 정리하면 다음과 같다.

신앙심이 깊은 오 속장은 연일 내리는 비에 벼가 수해를 당하지 않도록 열심히 기도한다. 비가 그치지 않자 하나님을 원망하기보다는 정성이 부족한 까닭으로 여기며 가족과 함께 기도한다. 그는 성경을 그대로 믿는 사람이다. 가족 기도가 길어지자 아이들은 지루해 하고, 아들은 부친의 광신앙과 교회의 부패와 교리에 대해 비판한다.

오 속장은 가족의 정성이 부족함을 회개하며 밤을 새우고, 비는 심하게 내린다. 새벽에 논에 나간 오 속장은 풍년이 든 벼가 물에 잠긴 것을 보고 통곡한다. 집에 돌아와 정성껏 기도하지 않은 것을 탓하며 아내 수산나와 다투고 나간다. 그는 죄의 근원이 여자에게 있다는 성경 창세기를 들어 아내를 면박하고 아내 역시 이에 맞선다. 신앙이 깊은 오 속장은 하나님을 원망하고 조롱하는 이웃에게 노아의 홍수 사건을 들어 사람들의 불신을 일깨우고 경건하게 복음을 권한다. 남편의 일로 마음이 상한 수산나는 아들 요한을 야단친다. 밤늦게 술을 마시고 들어온 오 속장은 천당에 가려는 마음으로 잔을 마셨다고 하면서 기도를 드린 후 가족을 남기고 죽는다.

이 작품은 오 속장이라는 인물의 형상화를 통해 기독교 신앙을 비판하고 있다. 오 속장은 '속장'이라는 교회의 직분을 이름 대신 부를 만큼 교회의 일과 신앙에 있어 열심이 있고, 농부라는 신분이 보여주듯 성실하고 바르게 살아가는 인물이다. 성경을 문자 그대로 믿을 만큼 순수하고 우직한 신앙을 지니고 있다.

이기영의 소설에서 기독교와 관련된 인물들은 목사나 전도사, 전도부인, 교회 내의 직분자들의 경우 내면적 진실성이 결여된 신앙의 모습을 보이는데 비해 농부나 하층 민중들의 신앙은 오히려 견고하고 순수한 양태를 띠고 있다. 작가는 이러한 인물의 형상화를 통해 당시 기득권을 누리는 입장에 처한 기독교인들을 비판하며 기층 민중들에게는 연민의 시선을 보이고 있다. 이는 이기영 문학에서 견지하고 있는 작가의식의 표출로써, 사회주의 창작방법론에 투철했던 그가 기독교를 보는 시각에 있어서도 현실의 모순 앞에 신앙조차 잃을 수밖에 없는 가난한 이들의 문제에 관심을 갖고 있음을 보여주는 것이라 할 수 있다.

인간의 힘으로는 어찌할 수 없는 자연재해인 수해를 기도의 힘으로 극복하려는 오 속장의 신앙은 학교 교육을 통해 얻은 과학적 시각으로 신앙을 이해하고 해명하려는 아들에게는 지나친 미신행위로 간주된다. 심한 비에 논이 잠기고 잘 가꾼 벼도 묻혀 버린 것을 확인한 오 속장은 가족들의 기도가 부족함을 탓하고 아내와 다투게 된다. 이처럼 문자 그대로의 신앙에 경도된 오 속장이 예수를 믿기 시작한 것은 장가든 후의 일로, 믿지 못할 사람대신 하나님을 믿기로 작정한 때문이다.

> 그는 예수를 믿은 뒤로부터 모든 이 세상의 불행을 오직 내세의 거룩한 천복으로 대신 위안을 삼으려 하였다. 남에게 적악한 일이 별로 없고 그래서 교회에서도 독신자란 말을 들으니 설마 꼴찌로라도 천당구경을 할 수 있겠지. 그리고 천국에서는 가난하고 불쌍한 사람에게 더욱 복을 주신다고 성경에 씌어 있는 것이 믿음직하였다.[11]

이러한 오 속장에게 비탄과 실의에 잠긴 농민들은 "하늘이 뚫어졌나! 빌어먹을 …… 여보 오 속장, 당신 같은 하느님 아들이 사는데도, 비가

---

11) 이기영소설집, 「비」, 『가난한 사람들』, p.282.

이렇게 오는 법 있수?"라고 하면서 오 속장네 논은 안 떠나갈 줄 알았다고 조롱한다. 이에 대해 오 속장은 그들의 영혼을 가엾이 여기고 하나님을 망령되이 부르지 말라고 하면서 대답하기를

> "이 사람들아! 미련한 인간의 지혜로 어떻게 하느님의 뜻을 알 수 있겠는가. 이 세상에 죄악이 관영해서 하느님께서 시험하시는 줄도 모르고……"
> "시험은 무슨 시험이야. 누가 학교에 들어간다나! 허허 참."
> "아따 이 사람아, 요새 하느님은 궁해서 선생질하며 월사금 받아 먹는 줄 자네 모르나."[12]

사람들의 조롱에도 의연하게 하나님을 신뢰하고 믿음을 견지하는 오속장의 태도는 다음의 표현에서 여지없이 무너지고 있다. 신앙으로 극복할 수 없는 참담한 현실을 보면서 오 속장은 죽기를 작정하고 술을 마신다. 술 마시는 행위의 저변에는 표현할 수 없는 신앙의 회의가 잠재해 있고, 절망의 나락에 처한 인간의 모습이 나타난다. 서술자는 아이러니[13]의 표현을 사용해 오 속장의 행위를 비웃고 있다. 작가는 신앙이라는 것이 현실의 삶을 개선시키지 못하는 무의미하고 허황된 것임을 암묵적으로 드러내며, 순진하고 성실한 인물인 오 속장의 죽음 장면을 통해 기독교를 극도로 풍자하고 있다.

---

12) 앞의 책, p.283.
13) 아이러니의 가장 일반적 특징은 뮤케(D.C.Muecke)가 말한 "實在"와 "外觀의 對照", 외관은 외관이라는 확신적 不知(아이러니스트에게는 빙자하는 것에 불과한 것을 아이러니의 피해자에게는 진실이라고 믿는 것). 대조적인 외관과 실재에 대한 부지의 희극으로 나누어 볼 수 있다. 김상태, 박덕은 공저, 『문체의 이론과 한국현대소설』(한실, 1990), p.252.

"천당 가는 이가 웬 술은 먹었수?"

"수 …… 술 먹으면 어때. 예…예…수님도 포도주를 안 자셨나? 우리
조선은 포도주가 없는 대신에 마 막걸리를 먹을 수…밖에…그…그런데
뭐 ……"

"아이구 참 …… 당신두 미쳤수. 실성했수? 왜, 않던 짓을 별안간 하고
이러우 ……"

(중략)

"무식한 여인은 잠자쿠 있어……하느님의 독생 성자 예수 그리스도
께서는 만인의 죄를 대속하사 십자가에 못 박혀 죽으시기 전에 저… 겟
세마네 동…동산에서 피땀을 흘리시며 기도를 드릴 때 하느님! 하느님!
저에게 이 잔을 마시게 하시랍니까? 오— 그러면 마시겠나이다. 아, 그라
시지 않었나베!14)

오 속장이 소주를 마시고 죽는 장면이다. 이기영은 보다 근본적으로
신앙의 허위와 맹신적 요소의 폐해를 고발한다. 오 속장이 성경에서 예
수가 '죽음의 잔'을 마셨다는 상징적인 구절을 문자 그대로 믿고 하늘
나라에 가고자 독한 술을 마시고 자살하는 결말은 작가의 기독교 비판
의 강도를 알 수 있게 한다.

오 속장은 표면적으로는 끝까지 기독교 신앙에 대한 회의를 나타내
지도 않고 믿음을 포기하지도 않았다. 오히려 죽음의 순간에서조차 신
앙을 견지하고 확신을 갖고 천국으로 떠나는 듯한 모습을 보여준다. 그
럼에도 불구하고 독자가 느낄 수 있는 것은 오 속장의 절망이다. 표현할
수조차 없었던 그의 절대의 고통과 번민의 결과는 죽음으로 나타난다.
기독교에서 금기시하고 죄악시하는 자살을 통해 자신의 생을 마감할
수밖에 없는 그는 하나님의 존재, 기독교 신앙에 대한 깊은 불신을 드러
내는 작가의 의지가 만들어낸 희화적인 인물이기도 하다. 전혀 웃음이

---

14) 앞의 책, p.287.

나올 수 없는 상황에서 맥없이 헛웃음을 자아내게 하는 연민 어린 인물이 바로 오 속장이다.

작가는 이를 통해 기독교의 비현실성과 비합리성, 실제적으로 당면한 문제를 해결할 수 없는 무기력한 일면을 비판하고 있다. 성경을 전면으로 부정하거나 반기독교적 인물을 통한 기독교 비판이 아니라 오히려 기독교의 교리나 성경의 사건을 인용하여 아이러니의 효과를 자아내면서 보다 더 근본적인 기독교 비판을 행하고 있는 것이다.

3) 허위적 신앙인에 대한 풍자

「양캐」(1943)는 위의 두 작품이 창작된 이후로 오랜 시간이 흐른 뒤에 발표된 작품이다. 이기영은 지속적으로 기독교에 대한 관심을 지녔으며 이를 소설의 주요 화제로 삼고 있음을 보여준다. 소설은 미국 선교사의 위선적 신앙의 모습을 풍자하고 자주적인 위치에서 기독교 신앙을 받아들여야 한다는 진일보한 기독교 수용의 자세를 담고 있다.

여섯 부분으로 구성된 텍스트의 스토리를 정리하면 다음과 같다. 미국 선교사 로들러가 키우는 삽살개 '쫀'의 코를 교회 신자인 김소사네 개 신둥이가 물어뜯는 사건이 발생하자 개를 자식처럼 아끼는 선교사는 분노한다. 김소사 노파는 새끼를 낳은 신둥이에게 선교사의 개가 먼저 달려들었다는 것을 말하면서 용서를 빌지만 소용이 없다. 오히려 신둥이를 처치하지 않으면 교회 재판을 하겠다는 말을 듣는다. 중간에 선교사에게 아첨하는 교인 김유사는 김소사를 회유한다. 그러나 김소사는 더 이상 예수를 믿지 않으면 상관없는 일이라고 하며 교회에 가지 않는다. 이런 와중에 선교사가 평소 조선인을 야만인종이라고 멸시하는 오만한 태도에 불만이 있었던 전도사는 김유사에게 다음과 같이 말한다.

　　우리 교역자는 미국 선교회 돈으로 월급을 타먹으니까, 저 사람들한
테 지배를 받는다 하더라도 개까지 그런 학대를 받아야 할 경우가 어데
있습니까? 그래 선교사는 제집 개가 잘못한 것은 덮어두구 도리어 아무
잘못 없는 이 집의 새끼 난 개를 당장 없애라니, 그런 무리한 요구가
어데 있느냐 말야!15)

　　조 전도사는 교회가 참된 교회가 되고 진정한 예수교도가 되려면 경
제적 자립이 중요하며 그렇지 못하면 백년가야 영미국 선교사의 종질
밖에는 다른 아무 일도 못할 것이라고 말한다.

　　조선교회가 예수 그리스도의 정신으로 세워진 것이 아니라 영미제국
주의를 선전하기 위해 일종의 야심적 종교정책에 따라 세워졌다고 말
한다. 얼마 후 선교사에 의해 좌천되어 교회를 떠나게 된 조 전도사는
마지막 설교에서 교회가 선교사에 의존하지 않고 경제적으로 독립할
것과 예수를 믿어도 애국자가 되어 제 나라 민족의 생활풍속을 지키는
자주적인 신앙을 지녀야 한다고 설교한다. 이러한 말에 청년들은 동요
하고 반종교적 사상을 갖게 되어 교회를 떠나게 된다.

　　여기서 작가는 조 전도사가 예수를 믿은 동기가 일종의 정치적 책략
때문이었다고 서술한다. 고향인 전라도에서 3·1운동에 가담하여 3년
간 옥고를 치르고 일제의 주목을 피하기 위해 정치적 목적으로 예수를
믿게 되었는데 예수교회의 내막을 알고 보니 위선과 죄악의 소굴이었
다는 것이다. 이러한 서술자의 묘사는 당시 전도사라는 교회의 주된 사
역자조차 신앙적 동기가 아닌 정치적 목적에서 기독교를 받아들였음을
보여주고, 당시의 시대적 상황 속에서 기독교는 일제의 검열을 피하는

---

15) 이기영 소설집, 「양캐」, 『가난한 사람들』(푸른사상, 2002), p.402.

수단이나 도피처로 이용되었음을 보여준다. 그렇기 때문에 개인적 신앙의 고백이나 기독교 교리에 대한 깊은 이해와 실천보다는 사회현실의 타파를 중시하고 애국적 견지에서 기독교를 수용했음을 보여준다.

그러므로 미국 선교사들의 타문화에 대한 이해 부족과 시혜를 베푸는 듯한 태도, 무례한 언행은 사회주의 사상가들의 시각에서는 비판할 수밖에 없는 것이었으며, KAPF 작가들은 이러한 현실을 글을 통해 드러냈다.

「양캐」에서는 개 사건으로 교회 재판을 하려는 미국 선교사와 그 일로 인해 예수를 배반하는 인물을 통해 강단에서는 사랑을 외치나 실상 무자비한 처신을 하는 허위적 기독교인의 신앙을 비판하고 서양 선교사에 좌우되지 않는 자주적인 기독교 신앙을 주장하는 이기영의 작가의식을 찾아볼 수 있다.

4. 맺음말

이기영은 식민지 시대 대표적인 사회주의 작가로서 기독교를 수용하고 신앙생활을 했던 독특한 경험을 작품 속에 형상화했다. 그는 자신이 이해한 기독교 교리나 교회 생활의 경험을 바탕으로 소설을 창작했으며, 기독교인의 허위의식이나 위선적 신앙행위에 대해 예리하게 비판한다. 또한 기독교의 근본적인 교리나 사상에 대해서도 비판적 시각을 견지하는 데, 이는 사회주의 사상에 경도된 프로문학 작가로서 유물론적 관점에서 기독교의 유신론을 수용할 수 없는 모습을 보여주는 것이다.

그렇기 때문에 「외교원과 전도부인」에서도 기독교의 내세관에 대해 회의하며 현세적 관점에서 신앙을 부정하는 입장을 드러내고 있다. 마치 보험 판매원이 미래를 대비해 보험을 들게 하는 것이 온당하지 않은 것처럼 기독교의 천국 사상도 일종의 보험과 같으나 무가치한 것이며 증명할 수 없다는 사실을 들어 기독교 신앙을 의심하고 있다. 이러한 입장은 당시 KAPF 맹원으로서의 이기영의 입장을 대변하는 것이기도 하며 그가 경험한 기독교의 일면이라 할 수 있다.

「비」를 통해 이기영은 기독교 신앙이 현실의 삶을 개선시키지 못하는 무의미하고 허황된 것임을 암묵적으로 드러내며, 순진하고 성실한 인물인 오 속장의 죽음 장면을 통해 기독교를 극도로 풍자하고 있다. 이기영은 소설 속에서 주인공을 통해 성경을 인용하거나 성경의 사건들을 언급한다. 그러나 그런 비유는 기독교를 풍자거나 조소하기 위해 사용되는 경우가 대부분이어서 성경의 언어는 훼손되고 있다. 작가는 성경을 그대로 믿는 믿음을 조롱하고, 그것이 헛되고 거짓된 신념이라는 것을 드러내고자 한다.

「양캐」를 통해서는 기독교가 영미 제국주의 정책의 일환으로 전래된 것이며, 자주적 신앙을 지닐 것을 강조하고 경제적 독립과 민족적 풍속을 지키며 신앙생활을 해야 한다고 강조했다. 외국 선교사의 오만하고 무례한 태도를 비판할 뿐 아니라, 기독교의 가르침과 삶이 일치하지 않는 기독교인들을 비판한다.

이 소설은 당시의 시대적 상황 속에서 지식인들에게 기독교가 일제의 검열을 피하는 수단이나 도피처로 이용되었으며, 개인적 신앙의 차원이라기보다는 식민지 현실의 타파와 애국적 견지에서 수용되었음을 보여주고 있다.

이는 그가 대표적인 프로문학 작가로서 지녔던 그의 사상과 이데올로기적 상황과도 연관된 것으로 당대 시대 속에서 기독교의 역할과 기독교인, 선교사들의 행위를 살펴볼 때 충분히 비판받을 수 있는 부분을 소설로 형상화했음을 알 수 있다. 또한 기독교 신앙에 대한 보다 깊이 있는 인식과 이해가 부재한 것은 당시 식민지 치하에서 외국 선교사를 통해 전수된 기독교 사상과 교리가 충분히 대중들에게 내면화되지 못했기 때문임을 보여준다.

제6장

김남천 소설과 기독교

1. 머리말

　김남천(본명: 효식, 1911~1953)은 1930년대 한국 프로문학의 중심 이론가이자 당대의 주도적 비평가로서 이론을 작품에 적용하여 창작 활동을 한 작가다. 그는 1930년 6월에 『중외일보』에 「영화운동의 출발점 재음미」를 통해 등단한 이래 해방 직후까지 170여 편의 평론과 50여 편의 소설을 창작했다. '자기고발론, 모럴론, 로만개조론, 관찰문학론'에 이르는 창작방법론을 전개하며 비평에서 주창한 창작방법론을 실제 작품 창작에 적용하여 실험하는 독특한 작가의식을 보여주었다.

　김남천은 1927년 카프의 동경 지부에 입회하면서 사회주의 문예운동에 적극적으로 가담했으며, 카프의 맹원으로 1차 검거(1931) 때 기소되어 수감되기도 했다. 카프의 강경파였던 그는 카프 2차 검거(1934)로 일제의 탄압이 가중되자 카프 해산계를 경찰 당국에 제출한다. 이는 일제 치하 외압에 의한 일시적 해체일 뿐 사회주의 문학 운동의 기치를 놓은 것은 아니었다. 이후 비록 전향성(轉向性)을 띤 작품들을 창작하기도 했지만 해방 이후 임 화 등과 더불어 좌익문학의 주도자로 활동한다. 그는 해방 후 월북했다가 6·25 사변 직후 남하하여 종군작가로 참여했

으며 다시 월북하여 북한에서 숙청당한 것으로 알려졌다.[1]

1920~1930년대 프로문학 운동의 대표적인 인물로서 김남천의 활동은 한국문학사에서 의미 있게 평가되어 왔다. 그에 대한 연구는 비평과 창작방법론을 중심으로 이를 소설과 연관하여 분석한 것이 주된 주제였다. 이러한 연구들은 나름의 의의와 연구 성과를 축적해 왔으나 리얼리즘적 관점에서 창작방법론과 소설을 지나치게 연관하여 소설 자체에 대한 문학적 성과나 김남천의 작가 의식을 구명하는 데에는 미흡한 측면이 있다.

이 글에서는 한국문학사에서 프로문학 운동을 주도했던 문제적 비평가이자 작가인 김남천의 작품을 기독교적 관점에서 살펴보고자 한다. 이러한 작업은 기존의 김남천 연구에서는 간과되었던 부분으로 식민지 시대 프로문학 계열의 작가, 작품 연구에서 일반적으로 배제되는 영역이다. 이는 대부분의 프로문학 작가들이 기독교에 반감을 갖고 기독교를 사회주의 운동이 타개해야 할 대상으로 언급했기 때문에 개개인의 의식 속에 있는 기독교 인식의 다양한 측면, 긍정적 인식에 대한 연구는 미미했기 때문이다.

그러나 당시 프로문학 작가들의 작품들을 개별적으로 살펴볼 때 작가의 개인적 체험과 인식에 따라 당대 기독교의 모습은 조직 차원의 인식과는 다른 모습을 드러내는 것을 알 수 있다.

김남천의 경우 전기적 자료가 미비하고 기독교 관련 개인사가 잘 드러나지 않지만, 그가 쓴 작품과 비평을 통해 작가의 기독교 인식과 체험의 일면을 재구(再構)할 수 있다. 김남천에게 기독교는 작가의 세계관이나 가치관을 형성할 만큼 비중 있는 사상이나 종교는 아니었다할지라도 그의 작품 속에 나타난 기독교적 요소와 기독교에 대한 작가의

---

1) 이명재, 『김남천』(한국학술정보, 2003), pp.385~388.

인식은 의외의 결과를 보여준다. 이러한 것을 통해 당대 프로문학 작가들이 모두 기독교에 대한 반감과 적대심을 지녔을 것이라는 일반적인 통념을 수정하고 프로문학 작가들의 작품 속에 표현된 기독교의 현실적인 모습을 통해 당시 기독교의 제면모를 살펴볼 수 있을 것이다.

　이 글에서는 김남천의 작품 가운데 기독교가 주요한 소재로 작용하며 등장인물의 의식에 영향을 미치는 장편소설『대하』와「개화풍경」을 중심으로 작가의 기독교 인식이 선명하게 드러나는 단편소설 및 비평을 함께 분석하여 작품에 나타난 기독교적 요소와 그 표현 방식을 통해 작가의 기독교 인식의 특징을 살펴보고자 한다. 이러한 작업은 1930년대 문단의 지평 속에서 한 개인의 정신사 속에 깃든 다양한 내면 풍경을 보여줄 뿐 아니라 식민지 시대 기독교의 영향력과 기독교인의 모습, 당시 기독교 선교의 모습 등을 알 수 있게 하여 기독교 문학 정립에 도움이 될 수 있을 것이다.

2. 시대적 상황과 기독교 수용

　1920, 30년대 프로문학 운동가들은 문학 자체를 목적으로 여기는 것이 아니라 사회주의 이데올로기를 표현하는 하나의 수단이자 도구로 차용했다. "PASKYULA에서 KAPF에 이르는 조직체는 문학운동이 사상운동의 하나라는 사실을 입증하며, 그것은 정치운동의 한 변형이다."[2] 고 규정하고 있는 것처럼 프로문학 운동을 전개한 이들이 중점을 둔 것은 반종교론적 주장이다. 종교 가운데서도 특히 기독교에 대한 반감과 반종교 활동은 1925년 '전조선민중운동자대회'의 토의 안건 중

---

2) 김윤식, 『박영희 연구』(열음사, 1989). p.71.

'종교 문제에 관한 건'에서 보이는 것처럼 명확한 지침을 내리고 있다.

> 계급적 사회에서 治者계급이 피압박계급의 거세 수단으로 이용한 역
> 사적 사실은 여기 일일이 열거할 겨를이 없으나 특히 현대 종교의 본진
> 인 기독교는 자본가적 제도 옹호의 제일선이다. (중략) 종교적 교화가
> 민중문화의 발전에 공헌하는 바가 있다고 하는 등의 사례는 마치 아편도
> 때때로 인체에 주효하다는 것과 흡사한 유례에 불과한 것이다. 따라서
> 반종교운동의 횃불을 크게 일으켜 대중으로 하여금 마수에서 벗어나게
> 하는 것은 일대 급무 중 급무라 아니할 수 없다. 그러므로 제일착으로
> 기독교를 중심으로 하는 반종교활동을 일으킴에 있어 1. 종교는 대중을
> 마취시키는 일종의 아편에 불과함을 철저히 해명 선전할 것 2. 기독교의
> 정체를 철저히 폭로할 것 3. 학교의 종교교육을 철저히 반대할 것"3)

이처럼 프로문학 운동가들이 기독교를 타개해야할 주요 대상으로 삼
은 것은 당시 사회 현상 속에서 기독교의 영향력이 컸기 때문이며, 기독
교가 민중 속에 전파되는 것을 두려워했기 때문이다. 1930년대에 이르
러 프로문학 운동가들은 기독교를 사회주의와 대척점에 서는 새로운
이데올로기로 여기고『신계단』과『개벽』같은 잡지를 통해 반종교 활
동을 전개한다.『신계단』은 1932년 창간된 잡지로 임 화, 한설야 등의
작가들이 종교비판을 주로 한 매체였는데, 프로문학 작가들의 종교 비
판은 성경 구절을 인용하며 구체적으로 이루어지기도 하였다.

프로문학 작가들의 이러한 반종교 논단을 통해 볼 때, 그들의 종교
비판이 개인적 차원에서 경험했거나 알고 있는 기독교에 대해 부정적
인식이나 염오감을 표현한 것이라기보다는 유물사관에 입각하여 조직
차원에서 이루어 졌으며, 당시의 시대적 분위기나 흐름에 편승하여 행
해졌음을 알 수 있다. 그러나 이들의 종교비판 활동은 드러내놓고 행해

---

3) 김창준·김준엽,『한국공산주의 운동사』(청계연구소, 1990), pp.282~283.

진 것이 아니라 내부 지침에 의해 은밀하게 진행되었는데, 그 이유는 종교는 박해하면 할수록 종교적 신앙이 강화되는 특징이 있다고 보았기 때문에 직접적인 방법보다는 조직과 교양을 통한 반종교 활동을 전개했다.

이러한 상황 속에서 카프의 맹원이었던 김남천이 자신이 지닌 기독교에 대해 긍정적인 인식과 체험을 표현하기는 어려웠을 것이다. 그러나 여러 가지 자료를 통해 김남천의 생애를 고구(考究)해 볼 때, 그는 유년시절에 기독교를 접하고 기독교의 복음을 받아들인 경험이 있었다. 김남천이 태어난 평안도 성천은 초기 개신교 선교활동의 중심지였기 때문에 비록 어린 시절의 일이지만 외국인 선교사를 통해 기독교 복음을 접하고 신앙고백을 할 수 있었다. 김남천은 당시 사회적 신분이나 경제적 상황이 좋은 유복한 가정에서 부모와 누이들의 사랑을 받으며 여유롭고 넉넉하게 자랐다. 머리가 좋고 외모가 준수하며 지적인 풍모로 부르조아적인 분위기를 풍기는 인물이었다.4) 그러나 고향을 떠나 일찍 유학을 하며 사회주의 사상을 받아들이고 일본 유학을 통해 사회주의 운동에 가담하면서 기독교와는 멀어지게 된다.

당대의 시대적 상황 속에서 그가 드러내는 경향성과 문학적 특징은 김남천의 기질과 환경을 고려할 때 개인적 차원의 것이라기보다는 조직 차원에서 형성된 것으로 여겨진다. 사회주의 프롤레타리아 리얼리즘 이론에 기초하여 다양한 양상으로 전개한 창작방법론과 카프 해체 후의 전향적 특성, 해방 후 남로당 노선을 지지하는 입장의 대표로 활동했던 점 모두 시대적인 흐름 속에서 조직 속의 개인의 삶을 노정한다고 볼 수 있을 것이다. 사실 김남천의 개인적 성향과 낭만적 기질, 부르조아적 삶의 배경은 자신이 몸담고 있던 프롤레타리아 운동과는 생래적

---

4) 이명재, 앞의 책, pp.359~364.

으로 부합하지 않는 것임을 알 수 있다. 그러나 식민지 지식인으로서 민족이 처한 현실을 타개하기 위한 방안으로 선택한 사회주의 문학운동은 조직의 차원에서 개인의 삶에 영향을 미칠 수밖에 없었을 것이다.

그러나 카프 해체 이후 굴곡진 개인적 삶의 여정을 지나며 김남천 특유의 문사적 기질과 낭만적 특징들이 드러나는 일련의 소설과 단평 등을 통해 볼 때 작가의 무의식 속에 자리 잡고 있는 유년의 기억과 체험들이 매우 다채롭고 서정적으로 형상화되는 것을 볼 수 있다. 그 중심에서 기독교 관련 요소들을 찾아볼 수 있는데, 이러한 점은 프로문학의 지도적 위치에 있던 김남천의 문단 내 역할을 상기할 때 의외의 발견이라 할 수 있다. 이처럼 작가의 경험과 의식 속에 있는 기억과 인식의 영역은 쉽게 드러나거나 표백할 수 없기 때문에 문학이란, 집체성을 통해 해명할 수 없는 작가 개인의 고유한 창작 영역임을 다시금 인식하게 된다.

김남천의 소설 속에 나타난 기독교의 모습은 당시의 프로문학 작가들의 작품에 나타난 것과는 다른 양상을 띠고 있어 기독교 인식의 차별성을 보여준다. 작가의 작품에는 어느 정도의 자전적 요소가 깃들여 있다는 사실을 감안할 때, 김남천의 유·소년시절의 성장 환경과 기독교에 대한 체험이 이후 그의 작품에 긍정적으로 표현되고 있음을 알 수 있다. 이러한 점은 그의 작품 속에 나타난 작가 의식을 통해 확인할 수 있다.

김남천은 그의 소설과 비평 속에 성경의 사건과 구절을 인용하는 경우가 있는데 이러한 특징은 기독교도가 아닌 그가 작가적 관심에서 "성경을 뒤적이었다거나 마음이 소란할 때 읽는다."[5]는 표현을 통해 작가의 성경 지식의 근거를 밝히고 있지만, 일반적으로 기독교에 관심이 없

---

5) 이명재, 앞의 책, p.225.

거나 기독교 사상을 부인하는 이들이 성경을 가까이 하는 것은 매우 드문 현상으로 김남천의 경우 유년 시절 고향에서 성경 구절을 암송하며 읽었던 성경 지식이 이후에도 영향을 미치고 있음을 알 수 있다.

김남천은 「유다적인 것과 문학」에서 예수의 죽음과 그의 제자 유다, 베드로와의 관계를 고찰하면서 모럴에 대한 이야기를 한다. 성서에 기록된 것처럼 유다는 스승인 예수를 은 30냥에 팔았으며, 베드로는 대제사장의 뜰에서 스승 예수를 배반하였다. 그 배반에 대한 대가, 즉 후회로 유다는 목을 매 죽었으며, 베드로 역시 스승을 부인했던 것을 통곡하며 후회하는 데 이러한 유다의 모습이 당시 소시민 출신 작가의 모럴과 근접하다고 보았다.

유다가 괴로워하며 죽은 것 같은 민사(悶死)를 작가들도 자신의 내면에서 찾을 수 있는 모럴이 있어야 한다고 했는데, 이는 식민지 시대 일제의 탄압 하에서 강제적으로 전향하거나 철저하게 사상에 복무하지 못했던 작가적 태도에 대한 자기고발과 고도의 성찰을 의미하는 것이라 할 수 있다. 필봉을 휘두르기 전에 무엇보다 자신의 내면에서 '유다적인 것'을 발견하려는 태도가 작가의 최초의 모럴이 된다고 강조하였다. 시대적 상황 속에 작가들의 훼절과 변절을 겪으며, 이를 깊이 성찰하고 반성해야 한다는 김남천 자신의 치열한 의식이 성경적 사건을 예화로 예리하게 드러나고 있다. 아마도 김남천이 성경에 대한 관심과 이해가 깊지 않았다면 이러한 비유를 들 수 없었을 것이다.

김남천은 십대 후반에 같은 고향의 군수집 딸인 경성 약학전문학교에 다니는 김진해와 사랑하게 된다. 그러나 유교적 계율이 엄격한 당시에 동성동본인 두 사람의 혼인은 금기시되었고, 양가 부모의 반대에 부딪혀 함께 집을 나와 어렵게 결혼한다. 두 사람은 당시의 좋은 가문에서 자란 지식인들로 김남천이 일본에서 공부할 때 아내가 약국을 하며 뒷바라지를 했다. 김남천이 22세 때 평양에 가서 약국을 열고 안정된 생활을 하게 되지만 아내는 둘째 딸을 낳은 후 산욕열로 죽는다. 이후 김남천은 방황하며 글을 쓰지 못하다가 이전부터 알고 지내던 아내의 친구인 박복실과 재혼하게 된다. 그녀는 독립투사의 외딸로 독실한 기독교 신자인 홀어머니와 함께 약국을 경영하던 지성과 미모를 갖춘 여성이었다. 이들의 결혼은 기독교 신자인 그들 모녀의 뜻에 따라 서울 시내 교회에서 목사의 주례로 행해졌다.[6] 재혼한 김남천은 오랜 방황을 마치고 안정된 상태에서 다수의 작품을 창작한다. 그들 사이에는 희창과 희선 1남 1녀가 있었으며, 행복한 가정을 이루고 지냈음을 그의 작품 「등불」('누님전 상서')을 통해 알 수 있다.

잘 알려지지 않은 개인사를 추적하여 쓴 짧은 평전을 통해 볼 때, 카프 해체 이후 김남천이 『조선중앙일보』 기자로 일하면서 가족의 소중함을 느끼며 투쟁과 계급주의에 침잠했던 날들을 벗어버리는 모습을 볼 수 있다. 일찍이 집안에서 반대하는 결혼을 하고 사회주의 운동으로 객지를 떠돌며 수배와 투옥의 와중에서 아내의 죽음까지 맞았던 그로서는 재혼을 통한 안정된 삶의 경험은 새로운 자기 발견의 계기가 되었을 것이다. 여기서 독특하게 찾아볼 수 있는 것은 '기독교적 환경'인 것이다.

당시 프로문학 운동의 대표자였던 김남천이 교회에서 기독교 목사의 주례로 독실한 기독교 신자인 아내와 결혼식을 했다는 것은 그의 기독교 인식과 기독교 체험이 겉으로 알려진 피상적인 것과는 다른 것임을 보여준다. 카프 강경파의 일원으로 조직 내에서 기독교 비판을 행해왔지만 이는 시대적 흐름과 조직에 복무하는 문학 운동 차원의 것으로 개인의 무의식 속에 있는 기독교 인식과는 별개의 것임을 알 수 있다.

1942년에 발표된 「등불」('누님전 상서')에서 "우리 가족은 모다 무고

---

6) 이명재, 앞의 책, p.377.

합니다. 늘 염려해 주시고 기도해 주시는 덕분인 줄 압니다. 고정한 수입이 생겨서 생활의 계획을 세울 수 있는 것이 좋다고 합니다."[7]라는 표현을 통해 볼 때 가족들(누나) 역시 기독교적 환경 속에서 살아가고 있으며, 서로 위로와 격려를 주고받았음을 알 수 있다. 또한 동일한 글의 마지막 부분에서 잠들기 전 아들 창이에게 들려주는 이야기는 의미심장하다. 이야기의 내용은 이러하다. 여태껏 하느님한테 쫓겨나서 쓸데없는 일에 뒹구는 바른 팔을 하느님이 부르시자 바른 팔이 하느님 보좌 앞에 엎드려 죄를 용서해 주시길 기다리는 데 하느님은 옛날 일을 다시 생각하고 얼굴도 돌리지 않으신 채 다시 "지상으로 내려가거라. 네가 본 인간의 모양 그대로, 내가 충분히 관찰할 수 있도록 벌거숭인 채 산 위에 서는 거다."[8]고 말하자 이에 대해 바른 팔이 지상에 이르러 젊은 여인이 있는 곳에 가서 "나는 살고 싶다."고 말한다는 이야기다.

마치 자신의 고백 같은 이야기를 하고 있다. 하느님이 다시 보낸 세상에서 살고 싶다는 이야기는 작가의 내면 풍경을 보여준다. '하느님과 죄의 용서, 쫓겨났던 바른 팔, 다시 옛날 일을 기억하고 얼굴을 돌린 채 지상으로 보내시는 하느님' 등의 이미지는 김남천 자신이 보낸 세월을 이야기하는 듯하다. 이런 이야기를 어린 아들에게 독백처럼 들려주며 다시 포근한 느낌을 얻는 행복한 아버지의 영상이 소설 속에 그려진 작가의 자전적 모습이다. 김남천의 의식 속에서 지난 세월의 흔적을 지우고 다시 찾은 평온한 쉼은 가족과 기독교적 분위기 속에서 이루어졌음을 찾아볼 수 있다.

---

7) 이명재, 앞의 책, p.170.
8) 이명재, 앞의 책, p.171.

3. 김남천 소설에 나타난 기독교 인식의 특징

1) 반봉건 · 개화사상의 매개

　김남천의『대하』9)는 초기 기독교 전교의 모습과 기독교의 윤리관, 기독교인의 모습이 풍속사처럼 펼쳐지는 가운데 작중 인물이 봉건적 질서의 제약 속에서 새로운 성격으로 발전하는 데 기독교가 매개적 요소로 작용하고 있음을 보여주는 작품이다.

　『대하』에 나타난 기독교의 모습은 다분히 풍속사의 일부로 표현되어 있어서 기독교가 하나의 소재로써 작품의 배경을 형성하는 정도로 사용되고 있다는 선입견을 가질 수 있다. 그러나 작품의 골격을 이루는 유교적인 봉건의식을 타파하고 개화된 새 시대를 열어가는 매개 사상으로 수용된 기독교는 단지 '낯선 서구적인 것'이 아니라 개인과 공동체의 윤리체계와 가치지향점을 쇄신하고 보다 진보된 개인과 사회를 만드는 데 기여하며, 봉건 질서 속에서 개혁과 변화를 창조하는 역동적인 힘으로서의 의미도 지니고 있음을 보여준다. 그러므로 작품에 나타난 기독교 윤리의식과 사상이 어떻게 작품의 주제와 연결되고 있으며, 주 인물의 내적 변화에 관여하는가를 살펴보고자 한다.

　『대하』의 시간적 배경은 1910년 전후로, 이는 일제에 국권을 빼앗기

---

9) 김남천의 풍속소설『대하』(인문사, 1939)는 가족사 연대기소설로 나아가기 위해 제2부
　『동맥』(제1회는『신문예』제2호(1946.7)에, 제2회분은 제3호(1946.10)에, 제3회분부터
　제6회분까지는『신문예』가 改題된『신조선』에 1947년 2월호부터 6월호까지 발표됨)으
　로 이어진다.「개화풍경」(『조광』, 1941.5)은『동맥』의 4, 5회분과 내용이 동일한데 이는
　『대하』발표 이후 곧 후속으로 발표하려다가 일제의 저지로 일부분만이「개화풍경」으로
　발표되고 해방 이후『동맥』으로 발표되었기 때문이다. 내용의 흐름상『동맥』이 해방
　전 창작되어, 그 중 뒷부분이「개화풍경」으로 일제하에 발표되었고, 앞부분은 해방이
　되어서『동맥』이란 제목으로 발표되었다.『대하』에 대한 평가는 세태소설, 가족사 소설,
　풍속소설로 보는 견해로 대별된다.

던 수난의 시기일 뿐만 아니라 사회 제반에 걸쳐 신구질서가 바뀌어 가던 '전환기'였다. 공간적 배경이 되는 성천은 초기 개신교 선교활동의 중심지였으며 기독교를 통한 개화의 물결이 여타 지역보다 일찍 밀려왔던 곳이다. 여기서 일어나는 신구문화의 갈등, 가족사 내에서 구질서에 대한 반항 등이 당대의 풍속을 배경으로 펼쳐진다. 총 16장으로 구성된 미완의 장편『대하』에서, 제11장은 중심인물인 박형걸이 매개인물인 문우성 교사를 통해 자신의 주체를 정립해 가는 과정과 이와 함께 기독교에 대한 담론이 전체 내용을 형성하고 있다.

『대하』에는 성천 지역의 토착 양반 집안인 박리균 집안과 신흥 부자인 박성권 집안으로 대표되는 신구질서의 대립과 갈등이 나타나고 조선을 시장화하여 경제적으로 침탈하는 니카니시 일본 상점의 등장이 배경으로 서술되어 있다. 이 작품에서는 한말 격동기에 고리대금업으로 치부(致富)하고 그로 인해 자신의 욕망을 충족시켜 나가는 아버지 박성권과 그의 가족 이야기가 중심을 이룬다.

박성권의 다섯 자녀 중 셋째인 형걸은 서자로 태어나 차별 대우를 느끼는 인물이다. 그러나 그는 적극적인 기질과 태도로 인해 자신의 위치를 부각시키고, 주체적인 삶을 지향하는 인물로 부상한다. 동명학교 고등과 학생인 십구세의 형걸이 가족 공동체 안에서 겪는 봉건적 인습을 타파하고 자신의 주체를 확립하는 데 영향을 주는 매개적 인물로 문우성 교사가 등장하는데, 그가 표방하는 것은 기독교적 신사고(新思考)였다.[10]

문우성 교사는 평양 일신학교 출신으로 예수교의 독신자였고, 학교에서는 산술, 역사 등을 가르치는 서른도 안 된 젊은 선생이다. 문교사가 부임한 후 동명학교 학생들은 예수를 믿기 위해 예배당에 다니기

---

10) 조남현, 「『大河』1·2부 잇기와 끊기」, 『한국현대문학사상연구』(서울대 출판부, 1994), p.280.

시작한다. 이는 문교사가 예수교 선전을 해서가 아니라 학생들 스스로가 그의 영향을 받았기 때문이다.

"대성학교 물도 먹었고, 지난봄에 일신학교도 졸업했고, 신학문이나 개화사상엔 발이 넓은데다가, 또 하나 엎쳐서 예수를 믿는 덕에 양인들과도 교제상이 넓어 이즈음은 양서를 이책 저책 뒤적여 보는 판이니 학도들이 홀딱 반해 버릴 건 정해 논 이치였다."11)에서 알 수 있듯이 문우성 교사의 개인적 풍모와 자질이 학도들에게 예수교에 대한 관심을 증폭시키고 있다. 그러나 여기서 유의해 볼 것은 '개화사상'과 '양인과의 교제', '양서'라는 단어이다. 당시 학교 교육을 받는 학생들에게는 서학과 서양, 서양인에 대한 관심이 개화의식과 더불어 싹트고 있으며, 이에 대한 인식이 단순한 호기심의 차원을 넘어서고 있음을 보여주고 있다. 초창기 기독교를 받아들인 사회계층이 유교적인 풍토에 젖어있던 신진학자들이었으며, 기독교가 종교적인 측면에서 보다는 공리적인 필요에 의해 쉽게 수용되었음을 감안할 때, 기독교에 대한 관심이 유발된 것은 그것이 현실을 개선할 수 있는 '새로운' 어떤 것이리라는 기대때문이었다. 봉건적인 관습이나 신분제도, 사회구조로는 변혁기에 대처할 수 없다는 것과 이미 유교적인 것들의 폐해와 비합리적인 현실을 대하고 있는 입장에서는 선진 문명한 나라의 종교인 기독교에 대한 관심은 클 수밖에 없었을 것이다.

그러나 당시의 시대적 상황은 기독교가 보편화되지 않은 상태여서 유교적인 풍조 속에서 서학을 싫어하는 이도 있었으며, 그들은 문우성 교사가 기독교인이라는 사실에 "점잖은 선생님이 예수를 믿는다더냐고, 수상히 생각하는 이도 있었지만, 고을서 자라나서 기독학교를 치른 학도들에게는 전과는 달른 태도로 예수교를 다시 한 번 돌아보는 힘

---

11) 김남천, 『대하』, 『한국소설문학대계』 13 (동아출판사, 1996), p.177.

있는 동기가 되였든 것이었다."12)고 생각하기도 한다. 박형걸은 문 교사의 영향으로 교회에 다니게 되는데 그가 특별히 문우성 교사와 가깝게 된 데에는 진실한 대화가 동기가 되고 있다.

> 자상한 형걸이의 설명과, 그 설명 속에 얼키고 설킨, 형걸이와 형걸이 모친 윤씨의 고민을 낱낱이 듣고, 문 교사는 신분의 차별이나, 적서의 구별 관념이나가, 모두 어떤 시대의 찌꺼긴가를 소상하니 가르치고, 지금 문명하는 시대에는 그런 차별이 절대로 있어서는 안 될 것을 말하였다. 이어서 그는 비복을 해방할 것과, 미신을 타파할 것과 조혼 사상을 물리칠 것과, 생활 습속을 개량할 것을 말하고, 이것을 위하여 몸을 바침이 청년 남아의 할 것이라 가르치었다. 형걸이는 문교사의 이야기를 알아들을 대목도 있고, 터무니 무슨 곡절인지 영문인지를 모르고 넘기는 대목도 많았으나, 문교사의 하는 말은 모두 옳은 말이라고 생각하면서 잠잠히 듣고 있을 뿐이었다. 이런 일이 있은 다음부터는 형걸이와 문교사와의 사이는 유별난 교의로써 맺어져서, 사제의 엄격한 관계는 잊지 않으면서도 어딘가 그것을 넘는 정의를, 피차간 느끼고 있었다. […] 그는 얼마 안 해 공일날이나 삼일밤 예배 같은 때엔, 회당에 다니는 교인이 되어 있었다.13)

개화 기독교인의 상징인 문우성 교사가 주장하는 것은 봉건적이고 구시대적인 풍속을 청산하는 것이다. 위의 인용에 나타난 개화사상의 전개 윤리가 무엇인지 구체적으로 살펴보면 남녀평등과 계급타파, 구습타파라고 할 수 있다. 이러한 기독교 윤리의식은 형걸이 처한 서자의 입장을 차별하지 않았기 때문에 봉건적 체제 속에서 주변으로 밀려났던 형걸의 존재 의식을 새롭게 할 수 있는 것이었다. 이러한 기독교 사상의 영향을 받고 단오 대운동회의 기마전과 달리기를 통해 자신의 존재를

---

12) 김남천, 앞의 책, p.176.
13) 김남천, 앞의 책, pp.179~180.

부각시킨 형걸은 새로운 인물로 변모될 가능성을 보여주고 있다.

형선 역시 동명학교 학도로서 문 교사의 영향을 받고 기독교에 관심을 갖고 있다. 더욱이 그는 아내 정보부가 시집올 때 찬미책, 성경책, 성화 등을 가져온 것을 알고, 자신이 교회에 다닐 것을 의논한다. 처음에는 남편이 속을 떠보는 것인 줄 알고 시치미를 떼던 정보부도 남편의 마음을 알고 자신 있게 기독교에 대한 지식을 언급한다.

『대하』에는 기독교를 전도하는 훈련과 실제적인 전도의 장면이 나온다. 손대봉과 박형걸이 평양서 이사 온 기생 부용의 집에서 기독교 복음을 전하는 장면은, 교회라는 형식을 빌리지 않고 '참정신'을 깨닫는 것의 소중함을 언급한다는 점에서 진보적인 시각을 보여주는 것이라 할 수 있다. 여기서 구질서의 체제 속에서는 주변적인 인물로 차별 대우를 받는 부용과 형걸의 만남이 신윤리와 신사상을 표방하는 기독교를 통해 이루어진다는 것은 의미 있는 일이다. 새로운 세상을 향해 길을 떠나는 형걸이 문우성 교사를 만나러 떠나는 마지막 장면은 앞으로 전개될 인물의 변모를 암시하고 있다.

김남천은 『대하』를 통해 봉건적 사회 질서를 타개하고 새로운 문명을 받아들이는 시대정신을 강조했는데 그 중심에 기독교가 있으며, 기독교의 긍정적인 영향력을 주요 인물의 형상화와 담론을 통해 보여주고 있다. 그러나 중심 인물인 박형걸이 기독교를 종교적 차원의 개인적 신앙으로 승화시키지 못했기 때문에 기독교인으로서 행동의 변화는 가져오지 못하였다. 이러한 점은 김남천의 기독교 인식의 특징이자 한계를 보여주는 것이라 할 수 있다.

2) 기독교와 민족종교의 대립

「개화풍경」(『조광』, 1941.5)은 『대하』의 후속으로 발표된 중편소설 인데, 실제로는 『대하』의 제2부에 해당하는 『동맥』의 일부분이다. 「개 화풍경」은 박성권의 둘째 아들 형선의 장인이 되는 정좌수, 정봉석 장 로가 교회당을 신축하고 낙성식 준비를 하며 축하 행사로 행해진 웅변 대회가 배경을 이루고, 기독교 대표로 나온 이태석과, 같은 동명학교 학도인 천도교 대표 홍영구의 연설이 소설의 중심 이야기를 이루는 구 조로 되어있다. 웅변대회를 통해 기독교와 천도교의 갈등이 표면화되 고 기독교측 학생들이 홍영구를 찾아와 구타하고 이에 비분하는 홍영 구 모친의 한탄으로 이야기는 끝난다.

이 작품은 교회의 낙성식 모습이 소설의 전경에 내세워져 기독교가 성천 땅에 정착되는 모습을 보여주고 있다. 교회의 낙성식은 단지 교인 들만의 행사가 아니라 마을 공동체의 일이고 교회당은 마을 사람들이 회합하는 장소이며, 개화문명을 상징하는 곳이다. 낙성식 행사의 중요 인물로 초대되는 서양 목사에 대한 언급을 통해 기독교가 보편화되지 않고 우리 나름의 신학적 토대가 마련되지 않은 기독교 전교 초기에 있어서 당시 교회에 미치는 선교사들의 영향력이 어느 정도인지를 보 여주고 있다.

구주탄일이 낙성식에는 가장 적당한 날이긴 하나, 일년에 한차례 다 녀가는 서양인 목사의 내림이 이 고을 교인에겐 무엇보다도 간절하였던 것이다. 평양으로 기별을 띠어서 날짜를 조회해 본 결과 마균(馬均) 목사 는 십일월에 들어 둘째 주일날 이 고을 교회에서 예배를 보게 된다는 통지가 왔다. 평양서 나귀를 타고 길을 떠난 마균목사는 교회당이 있는 부락이나 장차 회당이 설만한 마을을 거쳐서 어떤 곳에서는 삼일 예배 를, 그 다음 촌락에서는 육일 예배를, 그리고 어떤 고을에서는 주일예배를, 이렇게 그의 맡은 구역을 일순하고 탄일전에 다시 평양으로 돌아 들어간다는 것이다. 이러한 순회설교의 중턱쯤해서 이 고을에 들릴 예정 이 서 있다는 것이다. 그래서 마균목사가 이교회에 머무는 날로 낙성식 의 일짜를 작정한 뒤에 다시 마균목사에게는 기어히 날을 어기지 말어달 라고 신신히 당부를 하여 두었었다.[14]

마을에 서학이 들어온 지 칠팔년 만에 지은 교회당은 바로 개화의 상징이었다. 이는 서양인 순회 목사에 대한 기대에서도 나타난다. 기독 교가 아직 자생적 능력이 갖추어지기 전 교리와 교회 의식을 알려주는 것은 서양인 선교사들이었으며 이들에 대한 의존도를 보여주고 있다. 이러한 특징들은 곧 민족 종교를 주창하는 천도교가 기독교를 비판하 는 요소이기도 하다. 웅변대회에 천도교 대표로 참석한 홍영구는 신축 교회당의 규모와 화사함과 천도교의 회당을 비교하면서 고독을 느낀다. "양인의 부박한 사치정신을 추종하여 쓸데없는 허영을 버려 놓은 데 불과하다. 역시 진정한 교도는 흙빛처럼 단순하고 신발냄새처럼 구수 한 우리 동학도인의 무리가 아닌가. 그렇게 생각하여 그는 자기의 고독 감을 털어 버리려 애쓴다."는 서술을 통해 신문명을 상징하는 기독교와 토착 종교인 천도교의 갈등을 드러낸다. 웅변이 시작되고 동명학교 대 표로 나온 이태석이 미신타파를 주장하며 문명한 나라의 생활을 비교 하여 말하고 마지막으로 동학의 미신적인 면을 지적한다. 이에 대해 천 도교측 대표로 나온 홍영구는 서학에 대한 비판과 더불어 천도교의 의 미를 강조한다.

서학은 활발하고 매력이 있는 종교임에 틀림이 없읍네다. 그러나 그 것은 민정이 다르고 풍속이 판이한 서양의 종교올세다. 서양문명의 찬란

---

14) 김남천, 「개화풍경」, 『조광』(1941.5), p.353. 이하 작품 인용은 수록 면수만 표기함.

한 결정을 받아 드리는데 인색하여서는 아니되겠사오나, 서양인이 가지고 온 종교가 서양사람의 것이라는 것도 잊어서는 아니되겠읍네다. 만약 우리가 우리 겨레의 타고난 사람성품과 오래인 전통에 싯기운 미풍양속까지를 일체로 돌아보지 않고 부질없이 외국의 풍속과 종교 종지를 추종하고 본다면, 그 결과로 무엇이 생겨날까는 이 또한 명약관화한 일이 아닐수 없겠읍네다. 지긋지긋한 사대사상, 부박스러운 사치정신, 체면도 자존심도 없는 양인숭배열, 이리하여 우리는 민심을 앗기우고 만국선각민의 경모의 대상이 되지 않을수 없겠읍네다. 서양문명의 강처를 받아들여 우리의 단처를 보충함은 현명한 정책이오 후진한 민족의 피할 수 없는 운명이로되, 공연한 추종과 민정을 돌보지 않은 모방정신은 단연코 이를 물리치지 않으면 아니될 그릇된 풍조가 아닐 수 없읍네다. [15)]

홍영구는 논리정연하게 서학의 무분별한 추종을 비판하고 동학의 의미를 전달한다. 홍영구가 지적한 현상은 당시 풍조를 정확하게 읽은 것이다. 그러나 작품 속에서 홍영구는 속시원한 웅변에 만족하는 동학교도의 축하에도 아랑곳하지 않고 자기 나름의 번민을 느낀다. 천도교 의식 가운데 있는 미신적인 요소에 대해 과학문명이 발달한 시대에 전혀 수긍할 수 없는 이단사설이라 생각하고 있는 그 자신의 내면적 갈등 때문이었다. 홍영구의 진실한 갈등의 모습은 비판적 시각을 지닌 살아 있는 인물로서의 그의 역할을 부각시킨다.

『대하』에 등장했던 박성권 가문의 인물들은 「개화풍경」에서는 등장하지 않는다. 단지 형선과 형식, 정보부와 보패, 두칠네가 배경처럼 나타날 뿐『대하』에서 보이던 인물들의 이야기는 없고 기독교와 천도교의 대립이 교회 낙성식 축하 웅변대회를 축으로 표면화되고 있을 뿐이다. 작가의 관심은 왜 이 부분에 집중되고 있을까. 김남천은『대하』를 통해 당시 풍속사의 일면으로 그 지역 특유의 토속어를 보여주며, 개화

---

15) 김남천, 앞의 책, p.368.

의 물결이 유입되던 전환기의 풍속을 30년대 후반에도 동일하게 느낄 수 있게 함으로써 "소설의 공간을 죽은 것이 아니라 역사의식이 살아 있는 공간으로 재구하였다."16) 그는 개화기에 새로운 문명으로 유입된 기독교의 수용과 이로 인해 야기되는 구질서와 민족 종교인 동학과의 갈등과 대립을 신구문화의 충돌을 상징하는 가장 첨예하고 보편적인 것으로 묘사하고 있다.

「개화풍경」은 기독교가 작품 전체의 중심 구도를 이룬다는 점에서 의미 있는 작품이다. 그러나 작가의 관점은 기독교의 본질적인 요소와는 무관하게 당대 현실의 중요한 풍속사의 일면으로 기독교를 드러내고 있다. 그렇기 때문에 교회의 낙성식, 외국 목사의 설교, 학습, 세례와 같은 교회의식 등을 관찰자적 입장에서 묘사하고 있으며, 웅변대회를 통한 동학과의 사상 비교나 윤리의식의 쇄신 등도 개화의 표정 중의 하나로 취급하고 있을 뿐이다.

3) 기독교에 대한 긍정적 체험의 반추

「그림」(『문장』, 1941. 2)은 김남천의 해방 전 창작활동의 마지막에 속하는 작품으로 유년의 기억을 서정적 회고체로 표현한 소설이다. 다분히 작가 자신의 자전적 이야기라는 느낌을 주는 짧은 이야기 속에는 '나'와 서양 목사 빠우엘이 등장한다. 이야기 속의 나는 새를 잡고 있다. 이때 나귀를 타고 오지의 교회를 순례하고 오던 서양 목사가 나를 알아본다. 그 후 이야기 속의 시간은 나의 회상을 통해 회고적인 시간 (retrospective time)으로 역전한다. 지난 해 여름 나는 서양 목사에게 학습(기독교의 세례식 이전에 치르는 의식)을 받으며 성경 지식과 암송으

---

16) 김재남, 『김남천문학론』(태학사. 1991), p.135.

로 목사의 칭찬을 받았다. 그 이튿날, 교회 근처에서 그림을 그리던 나에게 빠우엘 목사는 그림을 그릴 때 '눈'이 중요하다는 조언을 하며 자신이 지니고 있던 두 장의 그림을 준다. 오랜 뒤에 나는 그림이 라파엘과 세잔의 것임을 알게 된다. 이듬해 목사는 안식년을 맞아 캐나다로 들어가 나오지 않았다. 텍스트의 시간은 '그 사이' 십년이 흐르고, '지금'의 나는 화필을 들어 그림을 그릴 때마다 그의 이야기와 모습을 떠올린다.

텍스트 속에서의 시간은 '그 때,' '그 사이,' '지금'으로 나타난다. 지금의 나의 상황은 구체적으로 드러나지 않으나 회고적 이야기 속에서 알 수 있는 것은 주인공의 주관적 시간체험이 의미 있게 느껴진다는 점이다. 이는 작가가 카프의 맹원으로 미래의 가능성을 꿈꾸는 진보주의 사관을 신봉하는 입장에서, 과거로 회귀하여 소년시절의 체험을 복원하고 그리워하는 것은 "이미 그 시기에는 진정한 진보와 발전이 불가능하고 미래의 지평이 봉쇄되었음을 보여주기 때문이다."[17)는 견해처럼 "작가의 서사적인 시간의 체험은 바로, 희망과 기억의 체험이며, 이러한 체험은 신에 의해 버림받은 세계에서 인간이 존재의 본질에 가장 가까이 갈 수 있는 최대의 체험"[18)이라고 할 수 있다. "극단적인 신에 대한 부정의 시대를 거치면서 조금 더 영악해 진"[19)인간의 모습을 벗어나 어떤 '안식처의 소중함'에 눈뜨고 절대적이고 유일한 가치의 중압에서 약간씩 해방되고 있는 작가의 모습을 떠오르게 한다.

이 작품은 평화롭고 정겨운 유년의 기억이 회화체로 묘사되어 있다. 먼저 어린 소년의 눈을 통해 보이는 서양 목사의 모습은 매우 친근하고 성실하게 묘사되고 있어 기독교인에 대한 작가의 긍정적 인식의 면모

---

17) 변정화, 「1930년대 한국 단편소설연구」(숙명여대 박사학위논문, 1987), p.178.
18) 게오르크 루카치, 반성완 역, 『소설의 이론』(심설당, 1993), p.164.
19) 이준학, 「변증법인가 삶인가」, 『문학과 종교』 18.1, 2013. p.12.

를 보여준다. 서양 목사는 일 년에 1·2회 교회를 돌아보러 다니며 자동차를 탈 수 있음에도 불구하고 나귀를 타고 외딴 마을을 방문하면서 선교지를 순례한다. 이름조차 한문자인 '배열'로 짓고 유창한 조선말을 하며, 교회에 거주하면서 신실한 신앙생활을 한다. 이는 당시의 선교사가 우리의 현실을 인식하고 친밀하게 선교지 거주민과 동화되는 모습을 그린 것이다.

목사를 통해 '학습'을 받는 장면은 구체적인 성서의 인용과 신앙고백의 장면이 묘사되어 작가의 기독교 인식이 체험에 바탕한 것임을 보여주고 있다.

> "하나님 믿고 공경하시오?"
> "예."
> "예수 그리스도, 누구 위하여 십자가에 못 박혔소?"
> "우리 죄를 대신하여 십자가를 지셨습니다."[20]

위의 인용에 나타난 학습문답의 내용은 중심적인 기독교 교리와 기독교인의 생활상을 토대로 한 것으로 개인적 신앙고백을 통해 기독교를 종교로 받아들이는 과정을 구체적으로 보여주고 있다. 물론 어린 소년의 의식 속에서 나온 것이어서 어떠한 사상적 갈등 없이 순수하게 종교적인 믿음으로 기독교가 받아들여졌다는 것을 가정할 수 있으나 그렇기 때문에 어린 시절의 체험과 기억들이 이후 생애에 있어 기독교에 대해 긍정적이고 개방적인 의식을 표출할 수 있는 인식의 기반이 되었음을 보여주고 있다. 특히 기독교의 구원관, 감사에 대한 자세, 주일성수와 전도의 사명 등 중요한 요소들이 정확하게 인지되고, 성경암송을 통해 신앙을 공고히 하는 모습은 당시 시골에까지 파급된 기독교

---

20) 김남천, 「그림」, 『맥』(을유문화사, 1988), p.274.

의 종교적 영향과 그 교육내용을 짐작하게 한다.

작가는 작품 속에서 김순일의 유년의 기억을 회상하는 데 회화적인 표현과 공감각적인 표현을 사용함으로써 보다 환상적이고 아름다운 모습으로 어린 시절의 추억을 그리고 있다. 그림에 일가견이 있던 서양 목사의 그림에 대한 조언의 묘사와 은빛 수염과 수염 속에서 나직이 새어 나오던 이야기와 먼 곳에서 들려오는 듯한 목사의 나귀방울 소리의 환청은 추억을 현실로 이끄는 작용을 하면서 그리운 감정을 고조시키고 있다.

사회주의 이론가로 첨예하게 자신의 이론을 개진했던 작가의 작품으로 믿기지 않을 만큼 이데올로기의 흔적이 없이 순수한 어린 소년의 유년의 기독교 체험이 긍정적 영상으로 묘사되고 있다는 점이 특이하다.

「그림」에 나타난 것과는 정도의 차이가 있으나 같은 해 4월에 발표된 「오듸」(1941.4)와 「경영」(1940. 10)에서도 기독교적인 요소가 인물의 묘사에 사용되고 있다. 「경영」의 최무경은 기독교 신앙을 갖고 있다가 자칭 '타락된 교인'이라고 표현하듯이 기독교에서 멀어진 지식인 여성으로 등장하고, 청상 과부인 그녀의 어머니는 신앙생활에 열심있는 인물로 그려진다.

「오듸」는 작가의 소년시절 기독교 체험이 드러나는 작품이다. 액자적 회고의 구조를 지니고 있는 이 작품은 주인공 김 군이 전향자라는 점에서 작가의 자전적인 인물로 유추되는데, 그가 고향에 돌아와 친구들과 함께 술을 마시다가 술집에서 시중을 드는 기생 창엽이 자신이 17 · 8세 때 교회당에서 야학을 통해 가르쳤던 제자였던 것을 알게 되고, 옛날 박 진사댁 얘기를 내부 이야기로써 회고하고 있다. 여기에 묘사된 기독교의 모습은 단편적인 것이지만 당시 교회당을 통해 성경도 가르치고 야학 학습도 시켰던 주인공(작가의 자전적 인물에 해당함)의 청소년기의 기독교 체험은 당시 교회의 역할을 긍정적으로 묘사하고 있어서 작가의 기독교 인식의 단면을 알 수 있게 한다.

그러나 해방 후 좌익문단의 주축으로 민족문화건설을 주창하며 월북을 하고 북한에서 숙청당해 죽음에 이르는 과정에서 김남천의 기독교 관련 소설과 비평을 드러내는 문건을 찾을 수 없는 것이 이후 그의 의식의 변모를 더 확대 연구할 수 없는 한계라 할 수 있다.

4. 맺음말

김남천은 한국문학사에서 대표적인 프로문학 이론가이자 작가로 활약했다. 그는 자신이 주창한 창작방법론을 실제 작품 창작에 적용하여 실험하는 작가의식을 보여주며 식민지 시대 프로문학 운동가로서 일제의 탄압에 대응하는 나름의 방법을 모색했다. 당시 대부분의 프로문학 작가들은 기독교를 사회주의 사상에 대립하는 하나의 이데올로기로 인식하고 사회주의 운동의 지침에 근거하여 비판했다. 그러나 김남천의 경우 여타의 프로문학 작가들과 변별되는 기독교 인식의 특징을 보여주고 있다. 이는 김남천 자신의 개인적 체험과 기독교 인식이 조직 차원에서 행해진 것과는 달리 기독교적 삶의 배경을 통해 성립된 것이었기 때문이다.

김남천은 기독교의 영향을 비교적 많이 받았던 서북 지방 출신의 작가로, 어린 시절 기독교를 접하고 기독교 신앙생활을 한 경험이 있었다. 그랬기 때문에 사회주의 계열의 대표적인 이론가이자 작가라는 선입견과는 다르게 기독교에 대한 긍정적 인식이 작품을 통해 나타나고 있다.

김남천의 소설에서 기독교적 요소와 긍정적 인식은 주로 카프 해체 이후 1939년경부터이며 전향소설로 규정되는 작품들 가운데서 그 특징을 찾을 수 있다. 그는 기독교를 자아 각성과 민족개화의 매개사상으로 인식하면서 기독교가 한국사회에 미친 긍정적인 영향을 작품에 표현하거나, 기독교인을 개화인의 표상으로 묘사하고 있다. 또한 유년의 기억 속에 남아 있는 선교사의 자애로운 모습과 기독교적 의식(儀式)의 편린을 풍속화처럼 그리고 있기도 하다.

기독교적 담론을 사용하여 문학비평과 이론에 사용하거나 소설 속에서 기독교인 주인공을 내세워 진보적인 의식을 전개하기도 한다. 이러한 창작 방식은 김남천이 카프의 맹원이었으며 지도적인 위치에 있었던 점을 감안할 때 특별한 것이었으며, 기독교에 대한 그의 인식이 매우 긍정적이었음을 보여준다. 그럼에도 불구하고 기독교를 종교적 차원에서 개인적 신앙으로 승화시키지 못했기 때문에 작품 속 주인공들 역시 기독교인으로서 행동의 변화는 가져오지 못하였다. 이러한 점은 당시 시대적 상황 속에서 기독교 수용의 보편적인 모습을 보여주는 것이기도 하며 김남천의 기독교 인식의 한계로 지적할 수 있을 것이다.

해방 후 짧은 기간이지만 좌익문단의 기수로 활동하고 이후 월북하여 북한에서 죽음을 맞는 생애를 돌아볼 때 기독교가 김남천의 삶과 사상에 영향을 줄 만큼 의미 있는 것은 아니었으며, 기독교 사상은 단지 그의 의식 속에서 구시대를 벗어나게 하는 중요한 요소로 차용되었다고 할 수 있다. 그럼에도 그의 기독교 인식이 의미 있게 연구되는 것은 당시 시대적 상황 속에서 프로문학 이론가들의 다양한 기독교 인식을 살펴볼 수 있기 때문이다.

제7장
박계주 소설과 기독교

1. 머리말

박계주의 『순애보』는 1930년대 대표적인 대중소설이라는 것이 문학사적인 평가이다. 이러한 평가의 근거로는 스토리의 통속성과 대중 편향적인 구성 등의 작품 내적인 요인도 있지만, 이 소설이 당시 『매일신보』의 현상모집 당선작이며 신문연재소설이었다는 작품 외적인 요인도 작용했을 것이다. 그러나 이러한 선입견을 벗고 작품의 내용과 작품에 나타난 작가의식 등을 고찰해 볼 때, 오히려 기독교 소설로 命名할 수 있는 요소들이 많다는 점을 알 수 있다. 이 글은 순애보를 1930년대 대표적인 기독교 소설로 보는 입장에서 출발한다.

이 작품이 지닌 기독교 문학의 특징을 구명하기 위해 다음과 같은 방법으로 작품을 고찰하고자 한다. 먼저, 작가의 기독교 입문과 신앙생활의 특징을 예비적으로 살펴보고, 이를 토대로 작품에 나타난 기독교적인 요소를 찾아본다. 이를 위해 작품에 나타난 인물들의 특징을 인간이 처한 삶의 국면에 대비하여 유형적으로 분석하고, 인물이 묘사된 방법을 고찰함으로써 작가가 드러내고자 한 작가의 이념과 작품의 주제의식을 살펴보고자 한다. 나아가 작품에 나타난 기독교적 원형과 상징을 찾아보고, 성경에 근거해 작품의 언어를 분석할 것이다.

이러한 과정을 통해 작품의 내용이 성경의 진리와 기독교적 경험과 만나는 실상, 즉 작품의 기독교적 의미를 찾아보고자 한다. 이는 분석한 작품이 기독교적인가 아닌가를 평가하는 것으로, 작품 속에 담긴 사상이나 세계관을 기독교적인 신앙의 척도로 검토하여 거기에 기독교적인 요소가 있는지의 여부를 밝히기 위함이다.

실제로 작품을 기독교적 관점에서 분석하는 것은 작품이 지니고 있는 사상과 감정의 양식, 작품의 배면에 감추어진 세계관이나 도덕적 원리, 철학적 모형 등의 문제와 관련이 있는데, 이러한 것들이 작품 속에서 밝혀진다면 다음으로는 주제와 관계되는 기독교 사상과 비교해 보고자 한다. 여기서 중요한 기준으로 삼는 것은 기독교 문학의 원전이라 할 수 있는 성경1)이 된다. 성경이야말로 어떤 이론이나 신학적 관점보다 견고하게 어떤 작품이 기독교적인가 아닌가를 보여주는 기준이 될 수 있기 때문이다.

---

1) 전반적인 문학 장르에 대한 연구의 기초로서 성경을 이용하는 문제는 로오렌드 하인 (Roland N. Hein)의 논문 「성경적 소설관」(A Biblical View of Novel)에 언급되어 있다. 그는 소설연구에 적용될 수 있는 다섯 가지 성경적인 원리들을 추론하고 있다. 1. 성경은 소설가의 '인간경험의 진정한 특질'에 대한 집념의 가치를 인정한다. 2. 성경은 소설가의 인간 경험의 풍부하고도 '완벽한 의미의 탐구'를 허용한다. 3. 성경은 어떤 의미에서도 원형적이며 또한 중대한 목적을 가진 모든 설화에 있어서 거의 필수적인 운동의 한 모범을 우리에게 제공해 준다. 이 모형은 광명으로 이르는 심령적 탐색의 모형이며 문제로부터 해결로 움직이는 모형이며, 상상된 진실의 세계 안에 있는 의미의 모형인 것이다. 4. 성경은 문학 작품의 문학적 가치는 소설 또는 시의 자료에 의하여 그 주제나 의미를 확인할 수 있는 그 작품의 능력에 달려 있다는 점을 증명한다. 5. 성경은 그리스도의 본보기를 통하여 경험의 윤리적·심령적 국면들과 神人관계에 관한 소설가의 사색이 참된 것인가 아니면 그릇된 것인가를 규명해 줄 '완벽한 도덕적 판단의 모형'을 제공해 준다. Rolland N. Hein, "A Biblical View of the Novel", Christianity Today, 5. Jan. 1973. pp.17~19. 최종수, 『상상의 승리』(성광문화사, 1982). p.267.

2. 기독교 입문과 신앙생활

기독교와 관련해 박계주를 연구할 때 언급되는 전기적 사항은 그가
독특한 신앙생활을 했다는 점이다. 박계주는 1930년대 당시 유명한 기
독교 계통 신비주의[2] 목사인 이용도의 사상에 감화를 받아 그와 함께
일하며 그의 실천적 삶의 영향을 자신의 문학 속에 반영했다. 특히『순
애보』는 작품의 영향사적인 측면에서 이용도의 기독교 사상이 반영된
작품임을 증명한 논문들도 있다.[3] 이러한 점을 작품 창작의 배경적 요
소로 수긍하면서 박계주의 전기적 사실을 살펴보고자 한다.

서운 박계주(1913~1966)는 간도 용정에서 태어났다. 1926년 5년제
구산 소학교를 졸업하고, 용정에 있는 6년제 영신 소학교에 편입하여
졸업하였으며, 1927년에 영신중학교에 입학, 1932년에 졸업하였다. 그
가 기독교와 관계를 맺게 된 것은 중학 4년(1931년)에 감리교회를 다니
기 시작하면서이다. 이 시기 간도 용정에서 있었던 이용도 목사의 부흥
집회[4]는 대단했었는데 박계주 역시 부흥회를 통해 이용도 목사의 영향
을 받았음을 알 수 있다.[5] 이용도 목사의 무차별적인 사랑과 희생, 고난

---

2) 신비주의는 크게 두 가지 성스러운 신비주의(sacred mysticism)와 세속적 신비주의(profane
mysticism)로 나눌 수 있다. 전자는 뚜렷하게 종교적인 특징을 갖고 있는데 반해 후자는
단순히 합일(unitive)체험을 포함한다. 유신론적인 신비주의에서는 신과 하나가 되는 것-
신과 같게 되는 것이 아니라-을 추구하는 반면 일원론적(monistic) 신비주의에서는 어떤
보편적인 신적 원리와 같아지려는 것이 그 목적이다. 비종교적인 신비주의에서는 자연의
모든 것을 포함해서 어떤 일정한 사물이나 모든 것과의 합일을 꾀한다. 신비주의의 특징
으로는 합일감, 표현불능성, 실재성, 시공의 초월성, 直知的 특질, 역설성 등을 들 수
있다. 이 글에서 의미하는 박계주 문학의 기독교 사상은 신과 하나가 되는 경지를 추구하
는 신비주의를 의미한다. 메리 조 메도우, 리차드 D.카호, 최준식 역,『종교심리학』(민족
사, 1992), pp.260~271 참조.
3) 임영천,「박계주의 소설과 이용도의 신비주의」,『한국현대문학과 기독교』(태학사, 1995),
장광진,「『순애보』에 나타난 기독교 신비주의-이용도를 중심으로」(연세대 연합신대원
석사학위논문, 1992)
4) 변종호,『이용도 목사전집』제1~9권(초석출판사, 1986).「일기」, p.133,「서간집」, p.57.

의 신비주의 신학사상은 학문적으로 정립된 것은 아니지만, 식민지 현실 속에서 애국운동을 하고 삶의 현실 속에서 사랑을 실천했던 모습은 당시 기독교인들에게 영향을 미치기에 충분한 것이었다.

박계주는 1932년 영신중학 졸업 후 감리교 계통 소학교에서 교편을 잡았다. 1933년에는 미국유학을 위해 감리교 신학교를 지망하여 장학금을 얻게 된다. 그러나 연령미달로 대기하던 중, 사설 수도원인 신학산에 들어가게 되고, 거기서 그는 이용도를 중심으로 한 '예수교회' 창립에 참여하게 된다.[6)

박계주는 예수교회 창립 회원으로 예수교회중앙선도원 기관지『예수』[7)의 편집 책임자로 4년여 동안 일하면서 이용도에 관한 글들을 발표하였고, 이 기간 중에『순애보』를 구상하여 1938년『매일신보』에 응모하여 당선된다. '예수교회' 창설자인 이용도 목사는 1933년 10월 별세하였으나 그의 기독교 정신은 박계주의『순애보』를 통해 문학적으로 결실을 맺게 된다.『순애보』에 나타난 고난과 사랑의 기독교 정신이 독특하게 이용도 목사의 신앙과 실천적 삶과 상통하는 면이 있기에 이 작품이 이용도 목사의 '고난과 사랑의 신비주의'[8) 사상의 영향을 받았

---

5) 임영천,「박계주의 소설과 이용도의 신비주의」,『한국현대문학과 기독교』(태학사, 1995), p.276.

6) 한국기독교사 연구회,『한국기독교의 역사Ⅱ』(기독교문사, 1990), p.198.
민경배는 모든 사고를 초월하는 체험의 표현매체로 나타났던 이용도의 시와 산문의 문체를 언급하면서, 박계주가 전영택과 함께 이용도의 신비주의에 침잠했다가 그 후 순수문학을 했음을 언급하고 있고, 박계주는 이용도를 '心鳥'라 불렀음을 기록하고 있다. 민경배,『일제하 한국기독교 신앙운동사』(대한기독교서회, 1991), p.367.

7)『예수』지는 1934년 1월 창간되어 1941년까지 모두 58회 발행되었다. 장광진, 논문, p.47.

8) 이용도가 추구한 예수상은 자기를 비워 兼卑하신 그리스도, 자기를 낮추시고 죽기까지 순종하사 십자가에 죽으신 그리스도로서, 세계사의 주변부, 빈곤의 환경 속에 신음하는 아시아 민중에게 다가오시는 하나님이었음을 말하고, 이용도의 無言之言의 상징은 겟세마네와 골고다의 예수로서 고난 받으시는 그리스도 신비주의로 정의하고 있다. 박종천 외,『한국인의 예수체험』(다산글방, 1991), p.47.

다고 할 수 있다.

3. 『순애보』에 나타난 기독교 인식의 특징

기독교와 문학의 관계를 이해하는 데 있어서 먼저 기독교는 삼위일체 하나님의 계시에 기초를 두고, 인간의 정신적 삶의 깊이에 관계하며, 인간의 사회적 삶의 모든 총체적 영역에 관계한다는 것을 전제9)한다. 더불어 기독교를 문학적으로 형상화한 작품 역시 인간의 삶의 환경이 되는 시대적, 역사적 상황 속에서 종교와 문학의 의미를 찾을 수 있어야 할 것이다. 이러한 점에서 박계주의 『순애보』(1938년 12월 「매일신보」의 장편소설 현상모집 당선작, 1939년 1~6월까지 신문에 연재)는 식민지 시대 문학 속에서 기독교 정신을 구현한 대표적 작품이라 할 수 있다. 이는 이 작품이 한국적인 공간을 배경으로 반일사상을 표현해 민족주의를 고취할 뿐만 아니라 기독교의 본질인 회개와 용서, 희생과 봉사의 정신을 그리스도의 사랑에 기초하여 형상화하고 있기 때문이다.

박계주의 『순애보』에 대한 평가는 통속·연애소설10)이라는 것에서부터 기독교적 휴머니즘의 세계를 다룬 소설,11) 기독교 신비주의를 표현한 소설12), 나아가 한국기독교 문학의 대표작13)이라는 평가까지 다

---

9) 김영한, 『기독교와 문화』(한국기독교문화연구소, 1987), pp.16~17.
10) 백철, 『신문학사조사』(신구문화사, 1989), pp.527~528.
　　조윤제, 『한국문학사』(탐구당, 1990), p.520.
　　조동일, 『한국문학통사』 제5권(지식산업사, 1989), pp.340~341.
11) 정한숙, 「소설경향의 몇 가지 흐름」, 『한국현대문학사』(현대문학, 1988), p.177.
　　오양호, 『한국문학과 간도』(문예출판사, 1988), p.80.
　　김희보 편, 『한국의 명작』(종로서적, 1990), p.529.
　　김용직, 『한국현대명작 이해와 감상』(관악출판사, 1991), p.225.

양하게 행해졌다.

1) 기독교적 사랑의 형상화

『순애보』의 구성은 크게 최문선과 윤명희의 초월적 사랑이 종(縱)으로, 이철진과 장혜순의 삶이 횡(橫)으로 연결되어 두 개의 이야기가 씨줄과 날줄로 엮어져 전개된다. 작품의 주된 테마 역시 최문선과 윤명희가 보여주는 고난을 극복하는 사랑과 장혜순의 사랑으로 인해 이철진이 참회하고 보여주는 사랑의 실천에 집약되어 있다.

『순애보』의 주제를 기독교적 사랑의 정신에서 찾을 수 있다면 그러한 정신의 요체가 무엇인지 살펴볼 필요가 있다. 먼저 인물들의 유형을 인간 실존의 모습을 간명하게 유형화한 실존주의 철학자인 키에르케고르의 철학적 명제를 원용해 고찰하고, 나아가 구체적으로 인물이 묘사된 방법을 살펴보고자 한다.

『순애보』의 인물들을 실존주의 철학자 키에르케고르가 철학적 명제로 삼았던 인간이 보여주는 세 가지 삶의 형태, 즉 인간의 생의 체험에 있는 세 가지 국면14)에 대비하여 살펴볼 때, 주동 인물들은 모두 종교

---

12) 임영천, 『기독교와 문학의 세계』(대한기독교서회, 1991), p.25.
_____, 『한국현대문학과 기독교』(태학사, 1995), p.290.
13) 김우규 편, 『기독교와 문학』(종로서적, 1992), p.469.
14) 키에르 케고르 철학의 본질은 '생의 경험에는 세 가지 국면이 있다'고 하는 것이다. 이 세 가지 단계란 미적 단계와 윤리적 단계, 그리고 종교적 단계를 의미하며, 일반적으로 인간이 살아가는 인생의 세 가지 태도 또는 인생철학을 보여준다. 그런데 어떤 사람은 한 단계에서 다음 단계로 진보해 가는가 하면, 첫 단계에서만 계속 맴도는 사람도 있다. 이 세 단계 모두는 구원을 얻기 위한, 혹은 최고선에 대한 욕망을 충족시키기 위한 인간의 노력을 반영하고 있으며, 첫 단계 보다는 둘째 단계가, 그리고 둘째 단계보다는 셋째 단계가 보다 고차원적이며 성숙된 것이다. 키에르 케고르는 때때로 두 번째와 세 번째 단계를 합쳐 종교-윤리적 단계라고 통칭하기도 하였다. 그의 명저인 「이것이냐 저것이냐」에는 미적 단계와 윤리적 단계만이 상세히 다루어져 있다. William, S.

적 단계에 해당되는 인물이고, 반동 인물들은 점차 미적 윤리적 단계를 벗어나 참된 평화가 있는 종교적 단계로 나아가는 인물이다.

먼저, 미적 단계15)에 해당되는 인물을 살펴보자.

이에 해당되는 인물로는 회개하기 전의 신옥련, 이철진, 강형석을 들 수 있다. 이들은 육체의 쾌락과 헛된 환락에 빠져서 친구를 배반하고 정욕의 노예가 되는 삶을 산다. 서로가 깊은 신뢰로 맺어지기보다는 육체의 필요에 따라 선택하는 관계이다. 신옥련은 친구의 남편인 이철진과 결혼을 하고 이철진이 부재한 시기에 그의 친구인 강형석과 관계를 맺는 철저히 육체의 욕망을 따라 사는 인물이다. 그러나 작가는 이러한 인물에게조차 회심의 기회를 제공하고 변모된 삶의 단계로 승화시킨다. 이는 기독교적 사랑과 용서의 정신에 침잠된 작가 의식이 인간의 악한 상태를 방치하기보다는 선한 상태로 고양시키려는 의지로 작용했기 때문일 것이다. 이들의 실존의 상태를 한 차원 높은 단계로 고양시키기 위해 사용되는 것이 바로 '수혈 모티프'이다. 피를 나누어 주는 사건. 이는 곧 생명을 나누는 행위이며, 그리스도의 대속을 상징하는 것이기도 하다. 윤명희가 병석에 누운 최문선을 위해 수혈했던 것처럼, 그의 친한 친구인 장혜순 역시 자신의 원수와 같은 인물들에게 수혈을 해준다. 신옥련과 이철진의 비윤리적이고 몰인정한 의식에 인간다운 피를 돌게 하고 세상의 참된 진실을 볼 수 있게 한 것은 바로 장혜순의 수혈로 인한 생명 나누기였다.

Sahakian, *History of Philosophy* (NY: Harper and Row Publishers, 1968), p.343.

15) 미적 단계란 인간이 자기 실존의 의의와 책임을 아직 명확히 인식하고 있지 않은 단계이다. 이 단계에 있는 사람은 그 자신의 외면적 활동이나 자기 자신으로부터 만족을 얻고자 노력한다. 그는 스스로를 충족시키기 위해 사랑에 빠져들기도 하며 지식이나 쾌락을 추구하기도 한다. 하지만 이 모든 것들은 그를 궁극적으로 만족시키지 못한다. 따라서 그는 자기 자신과 자신의 활동에 대해 점차로 권태를 느끼게 되며, 이러한 권태로 인해 절망을 체험하게 된다. 만일 이 상태를 그대로 방치할 경우에 그는 자살을 꿈꾸게 된다. 죠쉬 맥도웰, 돈 스튜어트, 이호열 역, 『세속종교』(기독지혜사, 1987), p.143.

자신을 배반하고 더할 수 없는 고통을 안겨준 전 남편과 남편을 빼앗아간 친구가 교통사고로 죽음의 위기에 처한 순간, 장혜순이 이들에게 수혈한 후 명희와 나누는 대화에는 '선으로 악을 갚는' 복수의 형태가 나온다. 이는 성경 '로마서'에 나오는 말씀으로 악한 일을 행한 자에게 똑같이 악으로 악을 갚는 것이 아니라 오히려 선을 베풀어서 악을 갚는다는 역설적인 의미이다. 이성적 판단으로는 가능하지 않은 기독교 정신을 실천한 장혜순으로 인해 이철진은 새사람으로 거듭난다. 이러한 인물의 변모를 통해 작가는 입체적 인물을 형상화한다. 또한 작가는 전지적 시점의 서술자를 내세워 인물들을 해석하거나 문맥적 표현을 통해 인물들이 지닌 욕망과 갈등, 심리상태를 보여주고 있다.

다른 유형의 회심으로 최문선과의 관계에서 악한으로 등장하는 이치한의 경우를 들 수 있다. 최문선과 대치되는 인물로 작품의 긴장과 위기를 조성하는 인물인 이치한은 자신이 범한 살인죄를 최문선에게 뒤집어 씌우고 양심의 가책으로 최문선을 찾아 온다. 이치한으로 인해 실명의 상태가 되어 병원에 있는 처지에서 문선은 그와 대화를 나눈다. 이치한은 성경에서 죄지은 사람을 용서해 주라는 말을 어떻게 생각하느냐고 물으면서 최문선의 마음을 떠본다. 그리고 문선에게 용서하고자 하는 마음이 있다는 것을 알고 자신이 범인임을 고백한다. 그 순간 문선은 갈등한다. 그의 내면에서는 분노와 갈등이 일어난다. 문선은 '나는 위선자다. 방금 피엘 신부의 이야기를 하고 있건만, 그것이 내가 당하고 있는 일일 때 나는 용서는커녕 격노하고 있었구나. 나는 약자다. 나는 위선자다. 나는 인생의 패배자다.'라고 자책을 하면서도 '앞 못 보는 일생의 불구자를 만들어 준 원수! 그는 나의 앞날의 온갖 희망, 온갖 포부, 온갖 사업을 모조리 박탈하여 짓밟아 주었다. 게다가 나에게서 사랑하는 사람마저 떠나게 하지 않았는가?'라며 갈등한다. 이것이 바로 인간의 실존적 모습이며, 평범하고 자연스런 인간감정의 발로이다.

그러나 그는 경찰이 다가와 이치한의 존재에 대해 물었을 때 "그이는 제 친구입니다."라고 대답한다. 진범인 이치한의 입장에서는 실로 절체절명의 순간에 최문선의 한 마디가 그의 영혼을 죽음의 나락에서 끌어올려 주었다. 상상을 초월하는 인간의 인내이며, 사랑의 표출인 것이다.

물론 보는 관점에 따라 문선의 행위를 비판적으로 평가할 수도 있을 것이다.[16] 그러나 기독교적 문맥에서 텍스트를 읽을 때, 최문선의 마음을 변화시켜 이치한을 용서하게 한 동기는 개연성이 있는 것이다. 이는 최문선이 자신의 생의 지침으로 삼고 있는 성경의 가르침과 예수의 십자가의 의미가 그 순간에 떠올랐기 때문이다. "오직 너희 듣는 자에게 이르노니 너희 원수를 사랑하고, 너희를 미워하는 사람에게 선대하라."는 성경말씀 때문이었다.

인간의 이성으로서는 행할 수 없는 일을 최문선은 행한 것이다. 그는 "진리는 말만이 되어서는 안 된다. 진리는 생활이 되어야 한다."면서 이치한을 용서한다. 이러한 과정에서 최문선으로 하여금 이치한을 용서할 수 있게 하는 과정에서 '예수의 피'가 상징적으로 쓰인다.

> "저는 결코 피엘 신부거나 예수는 아닙니다. 그러나 내가 예수의 진리 속에서 살려고 했던 나의 생활 목표를 스스로 짓밟아 버릴 수는 없습니다. 예수는 나에게 인류는 한 하느님의 자녀인 것을 가르치셨고, 모든 사람은 계급 없는 친구가 될 것을 가르치셨습니다. 원수까지라도 친구로 사랑하라고……."

---

16) 조동일은 『한국문학통사』 5권(pp.339~340)에서 『순애보』가 애욕에 대한 순정의 승리를 다룬 점에서 흔한 형태이며, 강간 살인, 불구자가 되게 한 상해, 억울한 범죄 혐의로 이어지는 사건으로 자극제를 삼고, 원수를 사랑한다는 기독교적인 사랑을 이광수 소설에서보다 더욱 강하게 역설했으며, 주인공을 따르는 처녀를 겁탈하려다가 살해하고, 우연히 그 자리에 나타난 주인공을 습격해 장님이 되게 하고, 주인공에게 살인의 누명을 쓰게 한 원수를 너그럽게 용서하고 대신 사형언도를 받는 무의미한 희생을 기독교 정신의 발로라고 하면서 통속 연애 소설이라도 부도덕하다고 비난하지 못하도록 하고, 가치관의 혼란을 일으켰다고 평가한다.

(……)

"우리에겐 피가 있어야 할 것입니다."

"피란 무엇입니까."

"피는 사랑이요, 희생입니다. 다시 말하면 자기외(自己外)의 자기(自己)인 타아(他我)를 위해서 사는 일일 것입니다." (상권, p.162)

'강간 미수 살인죄'라는 치욕스런 누명을 쓰고, 자신을 눈 멀게 한 범인을 용서하면서 그로 인한 십자가조차 지고자 하는 최문선의 의식 속에는 그리스도의 대속의 피가 각인되어 있다. 자신이 죄에서 용서함을 받았기 때문에, 그 사랑에 의지하여 다른 사람의 죄를 용서할 수 있는 힘을 얻게 된 것이다. 이러한 생각으로 진범인 이치한을 용서하는 최문선의 모습은 키에르케고르가 말한 바 종교적 국면17)의 인생의 단계에 있는 인물로 기독교적 사랑으로 점철되고 승화된 삶의 모습을 보여준다. 원수를 친구로 여기고, 자신에게 주어진 고난과 형극의 길을 사랑과 용서를 실천할 수 있는 기회를 얻은 것으로 감사하는 최문선의 모습은 현실에서는 쉽게 찾아볼 수 없는 것이다.

이와 같이 종교적 국면에 이른 전형적 인물로 윤명희가 있다. 윤명희는 최문선이 '강간 미수 살인범'이라는 엄청난 죄목으로 사형선고를 받은 후에도 최문선의 결백을 믿으며 그를 사랑한다. 윤명희는 작품 속에서 전혀 성격의 변화를 보이지 않는 평면적 인물18)에 해당한다. 그녀는

---

17) 인간은 종교적 단계에 들어서게 됨으로써 최종적인 만족을 발견한다. 종교적 단계에서는 자신을 온전히 충족시켜 주시는 분, 곧 하나님께 스스로를 내어 맡긴다. 인간 스스로는 궁극적으로 온전한 자아를 확립할 수 없기 때문에 초월적 절대자인 하나님께 자신을 맡길 수밖에 없는 것이다. 죠쉬 맥도웰, 돈 스튜어트, 이호열 역, 『세속종교』, p.144.

18) 평면적 인물(flat character)은 단일한 사고와 자질을 중심으로 개성을 구성하는 많은 세부사항들이 제시되지 않아 한 구절이나 한 문장으로도 적절하게 묘사될 수 있다. 이러한 평면적 인물의 특징을 살펴보면, 첫째, 작품 속에 등장하기만 하면 쉽게 알아볼 수 있다. 둘째, 작품을 다 읽고 난 후에도 독자의 기억 속에 오래 남아 있게 된다. 따라서 평면적 인물은 전형적 인물로 변화되기 쉬운 성질을 가지고 있다. 결함은 개성을

심적 갈등조차 보이지 않는 선하고 순수한 여성의 전형적 인물이다. 기독교적 관점에서도 성경적 사랑을 실천하는 긍정적인 여성이며, 세속적인 욕망에 물들지 않고 진정한 사랑을 추구하는 인물이다. 그녀의 이런 성격은 서술자의 해설적 인물화를 통해 강하게 부각된다. 최문선이 사형을 언도 받은 후 그의 꿈에 나타난 윤명희의 담론은 현실에서 이루어진 것이 아니기에 서술자의 시각, 곧 작가의 인물에 대한 성격규정을 명확히 드러낸다. 꿈 속에서 함께 길을 떠나기를 재촉하는 명희에게 문선은 자신이 죄인이기에 감히 윤명희 앞에 가까이 갈 수 없음을 말한다. 이에 대한 윤명희의 대답이다.

"아냐요, 아냐요. 저는 당신에게 영원히 바친 당신의 것. 당신은 나의 전부. 하나님이 아닌 이상 사람에게는 실수가 있고 잘못이 있답니다. 그렇습니다. 사람이란 영원히 완전체일 수는 없을 것입니다. 제가 저를 당신에게 바칠 때에 거기에는 어떠한 한계가 있은 것은 아닙니다. 범죄하지 않는 때만 골라서, 그리고 범죄하기 전까지만 이 몸을 바쳐서 사랑한다는 그러한 규정을 세운 것은 아닙니다. 사랑이란 허물을 용서하는 것이요, 덮어주는 것이요, 그리함으로써 본래의 <자기>에게로 돌아오게 하는 것이라 믿습니다. 그것은 사랑은 주는 것이요, 가지는 것이 아니기 때문에 사랑에는 나를 제공하는 희생만이 있을 것입니다."
(……)
문선이는 아무말 없이 멍하니 섰기만 했다.
"만일 당신이 죄악에 빠졌다고 하면 저는 더욱 당신을 사랑하여야 할 것입니다. 그리고 그 사랑으로써 당신을 새로운 사람으로 부활시키는 것이 사랑의 임무일 것입니다." (상권, p.183)

이와 같이 윤명희의 의식 속에는 기독교적인 사랑과 성서적인 가르

잃고 일반화되기 쉬우며, 그만큼 리얼리티를 얻기 어렵다. 박덕은, 『한국현대소설의 이론과 적용』(새문사, 1992), p.59.

침이 침윤되어 있다. '죄가 있는 곳에 은혜가 더하다', '예수께서는 죄인들을 더 사랑하셨다', '사랑은 허다한 죄를 덮는다' 등등의 성서의 가르침이 윤명희의 담론 속에 용해되어 있는 것이다. 윤명희의 헌신적이고 진실한 사랑은 작품 전체를 감싸고 있다. 그녀의 사랑의 결정체는 최문선과의 결혼 이후의 삶에서 더욱 빛을 발하는데 이는 장혜순이 김영호에게 보낸 서신에서 드러난다. 최문선에 대한 윤명희의 지극한 헌신은 도덕적인 의무감이나 어떠한 계약조건이 아닌 일체의 조건을 초월한 순수하고 진실된 것이기에 감동의 진폭이 크다고 할 수 있다. 이 두 인물들의 삶을 통해 기독교 정신이 실천적으로 구현되고 있다.

최문선과 윤명희의 이야기와 함께 장혜순과 이철진의 이야기가 전개된다. 여기서 주목되는 인물은 이철진인데 그는 장혜순의 사랑으로 인해 다시 태어난다. 죽음의 위기에 있는 자신에게 수혈을 해 준 이혼한 전 부인이 바로 장혜순이다. 쓸데없는 오해와 이기심, 육체적 욕망으로 인해 자신을 버리고 자신의 친구와 함께 사는 전 남편 이철진은 장혜순의 입장에서는 용납할 수 없는 존재였다. 그럼에도 불구하고 그녀는 수혈을 통해 그의 생명을 거듭난 생으로 이끌어 준다. 이러한 사건이 있은 후 이철진은 낙동강 연안의 수재민 구호 사업에 참가해 격류 속에서 사람을 구한 후 상처를 입고 죽음을 맞는다. 장혜순이 죽음의 위기에서 살려준 경험과 신옥련의 불륜으로 인해 인생의 의미를 자각하고 타인을 위해 헌신하는 이철진의 모습은 미적 단계에서 윤리적 국면[19]으로 전이되는 성숙한 삶을 보여준다. 철진의 죽음을 통해 신옥련 역시 욕망

---

19) 미적 절망 상태에 빠진 인간에 대한 치유책을 키에르 케고르는 윤리적 책임을 자각하고 이를 수행함으로써 삶의 의미를 찾는 것이라고 보았다. 이렇게 함으로써 인간은 미적 단계에서 벗어나 윤리적 단계로 들어서게 될 뿐만 아니라 자아를 되찾게 된다고 하였다. 윤리적 단계에 있는 인간은 스스로의 윤리적 사명을 깨달아가기 시작하며 열정과 감성을 동원하여 책임있는 행위를 선택해 간다. 이제 그는 미적 충동에 의해 아무렇게나 행동하지 않으며, 먼저 선택하고 결정한 후에 행동함으로써 고결한 자아와 인격을 형성해 간다. 죠쉬 맥도웰, 돈 스튜어트, 이호열 역, 앞의 책, pp.143~144.

의 화신과 같던 과거의 삶을 청산하고 수도원으로 들어 간다. 진실한 사랑의 행위 앞에서 모든 인간은 본래의 선한 본성을 회복하게 되는 것이다.

이처럼 변화된 또 다른 인물로 김인순을 살해한 진범 이치한을 들 수 있다. 이치한도 자신의 죄를 참회하고 최문선의 무죄를 밝힌다. 최문선의 생명을 버리는 사랑으로 인해 이치한의 생애가 변화되었다. 그러나 작가는 마치 이치한이 세상에 더 이상 소망이 없는 상태, 아들과 아내가 모두 죽어서 더 이상 삶의 의미를 찾을 수 없게 된 듯한 상황을 설정해 이치한의 회심의 동기를 약화시키고 있다. 그럼에도 불구하고 작가는 끝없는 욕망을 추구하는 인간들이 자신의 영혼을 고양하고 초월적 가치를 지향할 수 있게 하는 것이 바로 기독교의 사랑과 희생의 정신임을 보여주고 있다.

다음은 위에서 분류한 인물들이 묘사되는 방식을 고찰하고자 한다. 작가는 주제와 연관하여 나름의 의도를 가지고 인물의 성격이나 행동을 창조하기 때문에 소설 속의 인물을 고찰하는 것은 작품의 주제를 이해하는데 도움이 된다.

현대소설에서는 사건, 플롯 혹은 인물의 행동보다 성격의 창조, 인물의 묘사가 더욱 중요하게 부각되고 있다.[20] 소설 속에서 인물을 묘사하는 방법은 직접 제시와 간접 제시가 대표적이다. 직접 제시는 화자가 작중인물의 모습이나 성격을 독자에게 직접 해설해주거나 다른 인물의 입을 통해 해설해주는 방법이다. 간접 제시는 작중인물의 행동을 자세히 묘사하여, 이를 통해 독자가 인물의 성격을 미루어 알 수 있도록

---

20) 고대에는 서사문학에서 사건전개, 즉 스토리와 행동과 플롯을 위주로 했지만 인간의 해방과 자아의 각성 및 개성의 신장을 부르짖은 근대소설에 있어서는 성격창조와 인물묘사, 심리묘사 등에 중심을 두게 되었다. 구인환, 『한국근대소설연구』(삼영사, 1983), p.80.

하는 방법이다. '말하고', '설명하는'21) 직접 제시는 간접화법을 사용하여 인물의 내면을 효과적으로 묘사하며, '장면을 제시하고', '보여주는' 간접 제시는 작중인물의 언어, 행동이나 배경, 소도구 등의 주변묘사에 의해 인물의 성격을 보여주는데, 주로 직접화법이 사용된다. 그러나 소설 속의 인물은 이중적 감정을 지니고 있으므로 이 두 가지 방법을 명확히 구분하는 것보다는 이 둘을 적절히 사용하여 인물의 성격을 창조하는 것이 필요하다.22)

『순애보』에서 작가는 작중인물을 통해 작가가 추구하는 기독교적 사랑과 기독교 사상을 형상화하고 있다. 『순애보』는 전지적 시점으로 서술되고 있어 화자가 작중인물에 대한 정보와 심리상태까지 세밀하게 묘사하고 있다. 간접적 제시로 등장인물을 형상화하기보다는 화자나 내포작가의 목소리에 의해 직접적으로 묘사함으로써 인물에 대한 판단과 논평을 가하고 있다. 특히 작가의 관심이 집중된 최문선과 윤명희의 자질과 성격 묘사는 보다 직접적인 방법으로 이루어진다.

  a. 문선이는 그림에 천재적 재질을 가졌을 뿐만 아니라, 글에도 비범한 천분을 가졌었다. 동요라든가, 시라든가, 에세이라든가, 단편소설이라든가, 그 밖에 논문같은 것도 기성 작가의 수준에 오를 만치 문장이 세련되었고, 묘사 또는 기교, 그리고 내용의 깊이에 있어서도 놀랄 만한 것이 있었다. (상권, p.35)
  b. 몸이 더욱 약해가는 것도 취직을 허락지 않는 한 원인이기는 했지만, 사범학교를 나오지 못했으니 소학교 교원 노릇도 할 수 없고(할 수 있다 하더라도 문선이는 일본 교육을 시키는 교원 노릇이나, 일본 총독부의 관청에 취직할 생각은 손톱만큼도 없었다) 민족적 양심을 가

---

21) Wayne C. Booth, *The Retoric of Fiction*, 이경우, 최재석 역, 『소설의 수사학』(한신출판사, 1977), 김천혜, 『소설구조의 이론』(문학과 지성사, 1994), pp.184~185.
22) 조미숙, 『현대소설의 인물묘사 방법론』(박이정, 1996), p.12.

지자니 이것저것 가리고 나면 결국 중학 졸업생으로서는 당시의 일본 정치 아래서는 육체 노동밖에 없었기 때문이다. (상권, p.38)

c. 솔직히 고백하여 명희는 문선이를 애모한다. 그러나 자기의 연정을 모르는 듯한 문선이를 바라볼 때, 명희는 안타깝다. 못견디게 초조를 느끼기도 한다. 그러나 뒤이어 이러한 자기인 것을 새삼스러이 발견하게 될 때, 명희는 부끄러움을 금하지 못한다. 그리고, (이렇게 못견디게 남자를 그리워하는 것은 여자로서 온당하지 못한 짓이 아닐까.) (상권, p.81)

이러한 직접 제시는 인물의 특성을 쉽게 파악할 수 있게 한다. a의 지문은 텍스트의 첫 부분에서 화자가 이미 작중인물에 대해 상당한 지식을 갖고 있다는 판단을 보임으로써 앞으로 전개될 사건의 개연성을 주는 암시와 복선의 역할을 하고 있다. 이는 최문선이 작품 속에서 아이들에게 단편소설과 이야기를 들려주는 역할을 효과적으로 수행하는 장면에서 확인된다. 작가는 인물의 내면 상태를 묘사하는 전지적 서술자의 위치에 있어서 독자가 인물의 성격이나 행위를 유추하고 판단하는 것을 저해하고 있다. 그러나 기독교적 사유나 기독교 사상을 행동으로 나타내는 실천적 모습은 구체적인 대화나 장면을 통해 간접 제시의 방법을 통해 객관화시키고 있다.

d. "기독교에서는 밀고 정신을 가장 미워합니다. 지금 말씀했듯이 죄지은 자를 용서해 주되 일흔 번을 일곱 번이라도 용서해 주라 했을 뿐만 아니라, 원수를 대신하여 십자가에 달려야 하는 것이 기독교의 정신이니까요." (중략)
"물론 우리 범속한 인간으로서는 어려운 일이겠지요. 그러나 그것은 노력 여하에 따라 즉, 신앙과 사랑으로 인한 인격 건축의 완성에 따라 가능한 일일 것입니다. 신앙과 사랑에 의한 노력은 지옥도 천국으로 변하게 할 수 있으니까요." (상권, p.151)

이러한 주인공의 의식은 곧 화자나 내포작가의 신념과 사상이 반영된 것이라 할 수 있다. 기독교 정신을 강조하고 실천하는 삶을 보이기 위해 삽입 이야기의 장면들이 제시된다. d의 대화에 나타난 '밀고'하는 태도가 기독교 정신에 위배되는 예로써 '박치의 이야기'가 나온다. 작가는 기독교 정신을 실천적으로 구현하는 인물을 묘사하기 위해 직접 제시와 간접 제시의 방법을 다각적으로 사용하고 있다. 먼저 인물의 성격을 부여하거나 특징을 설명하기 위해서는 직접 묘사를 하고 있으며, 구체적인 행동과 극적인 장면은 '보여주기'의 기법으로 간접 묘사를 함으로써 보다 신빙성있고 객관적인 위치에서 작품의 주제를 형상화한다. 직접화법이 주가 되는 간접 제시는 담론상에서도 기독교적인 언어의 사용이 지배적이며 작품의 주제를 표현하는데 효과적이다.

그러나 이 작품에서 서술자의 빈번한 개입과 설명투의 해설은 현대 소설의 서술상황을 벗어나 고소설적인 일면을 보여주기도 하는데 이는 전지적 서술자가 작중인물의 심리를 있는 그대로 설명하는데서 오는 부자유스러움과 함께 『순애보』를 대중 편향적 통속소설로 평가되게 하는 요인이 된다.

e. 형석이는 주머니에서 돈을 꺼내 주며, "부탁대로 잘만 해 주면 이따가 화대는 따로 줄 테다"한다. 이때만 할지라도 댄스 홀이 허가가 되지 않았기 때문에 여자를 낚으려면 이런 부류의 사람들은 술이 흥분제로나 마취제로 가장 좋았던 것이다. (상권, p.255)

f. 이래서 남자를 어수룩하다 하고 여자를 요물이라 하는가보다. (하권, pp.7~8)

g. 아이들은 제가끔 다투어 청년의 손을 먼저 잡으려 하는가 하면, 팔을 붙잡기도 한다. 그리고 길을 안내하려 한다. 청년은 앞 못 보는 소경이었으며, 그가 최문선이라는 것은 벌써부터 알고 있어서 설명이 필요하지 않을 것이다. (하권, p.85)

h. (친구와의 의리를 짓밟아 가면서까지 자기의 사랑하는 남편을 빼앗 았던 요부! 원수!) 생각만 해도 치가 떨리는 존재요, 발길로 차도 시원 치 않을 인간이다. (하권, p.171)

i. "혜순이는 성녀요, 성녀요! 이 더러운 요부에게, 악마에게 손을 대지 마오."

"내가 성녀가 될 수 있다면 옥련이도 성녀가 될 수 있다오. 그렇소. 지금 옥련이 눈물을 뿌리며 뉘우치는 그것이 성녀가 될 첫걸음일 것 이오. 옥련의 그 눈물로써 내 마음의 원한도 다 가셔졌소. 자기가 자기 의 잘못을 깨닫고 고친다는 것처럼 아름다운 일이 어디 있겠소. 나는 도리어 기쁘오. 만족하오." (하권, p.172)

위의 지문은 서술자의 목소리가 과다하게 개입되어 있거나 작중인물 의 대화가 여성의 대화임에도 불구하고 남성적 어투와 문어적 표현의 어색한 화법으로 구사되고 있는 예이다. 이러한 부분은 화자가 지나치 게 노출23)되어 있어서 이야기의 흐름을 방해하거나 독자의 판단을 저 해한다.

『순애보』의 중심 인물들은 작품 내에서의 비중에 따라 주요 인물과 보조 인물로 나누고, 주요 인물은 주동인물과 반동인물로 구분할 수 있 다.24) 주요 인물 중 최문선, 윤명희, 장혜순이 전자에, 이치한, 일본 경

---

23) S. 리몬 케넌은 화자가 지각되는 정도는 최대한으로 숨겨진 상태에서로부터 최대한으로 드러난 상태에까지 범위가 넓은데 화자가 숨겨진 텍스트에서도 화자는 존재하고 있다 고 했으며, 채트먼은 화자가 드러나는 경우를 지각 가능성의 정도에 따라 다음과 같이 열거하고 있다. 배경묘사, 작중인물에 대한 판정, 시간적 요약, 작중인물의 한정, 작중인 물이 말하지 않고 생각하지도 않은 것에 대한 보고, 논평 등으로 화자의 상태를 알 수 있다고 보았다. S. 리몬 케넌, 최상규 역, 『소설의 시학』(문학과 지성사, 1985), pp.143~150.

24) 주동인물(protagonist)의 본래적인 의미는 작가의 관심과 애정의 정도 면에서, 또한 작가 와의 거리 면에서 1차적인 인물을 의미하고, 반동인물(antagonist)은 주동인물보다 2차 적 관심의 인물이거나 주동인물과 대립되는 역할을 하는 인물을 의미한다. 그리고 작품 내에서 주동인물과 반동인물보다는 미미한 역할을 하는 인물이 보조인물(minor character) 이다. 조미숙, 앞의 책, p.65.

찰과 그의 앞잡이 노릇을 하는 조선인, 이철진, 신옥련, 강형석 등이 후자에 속한다. 이 외에 김영호, 윤형구 목사와 윤명근, 황인수, 인순, 남 빈 등이 보조 인물로 등장하는데 이들에 대한 작가의 시각이 긍정적임을 서술자의 인물묘사를 통해 알 수 있다. 이러한 인물들의 특징을 살펴보면 먼저, 긍정적 인물들은 대개 기독교 신앙을 지니고 있으며, 직업은 모두 가르치는 일(교육자, 목사)에 종사하고 있고, 민족주의 사상을 지니고 있는 인물들이다.

프로타고니스트에 대칭이 되는 안타고니스트들은 세속적인 욕망과 물질을 추구하거나(이철진, 신옥련, 강형석, 이치한) 일제의 권력에 붙어서 민족을 배반하는 일을 서슴지 않는 인물들이다. 그러나 작품 속에서 이들은 동적 인물로 행동의 변모를 보인다. 프로타고니스트인 최문선과 장혜순의 사랑으로 자신들의 그릇된 행위를 반성하고 새로운 모습으로 거듭나는 과정을 보여준다. 인물들의 변모는 서술자의 심리묘사를 통해 직접적으로 제시되는데 이러한 의식의 전환을 가져오는 요인으로 기독교의 사랑과 용서, 화해의 정신이 작용하고 있다. 그러므로 『순애보』에는 진정한 의미의 안타고니스트가 존재하지 않고 작가의 의도대로 신비주의적 기독교 신앙으로 사랑을 실천하는 이상적인 인물들과 화해적 인간관계만이 나타난다.

2) 기독교 정신에 의거한 민족의식 고취

이 작품은 일제의 군국주의가 심화된 시기에 반일의식의 민족주의를 담론 표면에 드러내면서 민족의식을 고취시키고 있는 것이 특징적이다.25) 작품 속에서 최문선은 부친이 만주에 망명해 독립운동을 한 집안

25) 이보영은 일제의 탄압을 받고 있던 당시 한국기독교계의 상황으로 보아서 민족의식이

의 애국청년으로 등장한다. 최문선이 옥고를 치르게된 이유도 학교에서 아이들에게 반일감정을 주입하는 이야기를 했기 때문이다. 수감된 후에도 그는 당당하게 고문에 맞선다.

> 일본 침략자에게 총살당한 아버지를 생각해서도 옥중에서 고생해 본다는 것은 좋은 일이요, 조선민족의 한 사람으로 그 민족의 이름 때문에 투옥된다는 것은 부끄러운 일이 아닐뿐더러 선구 투사들의 고생을 몸소 경험해 본다는 것도 좋은 일이라고 문선이는 생각했다. (상권, p.133)

이러한 사건이 있은 후 그가 강간 미수 살인범의 누명으로 구속되었을 때 일어나는 일본 경찰의 일련의 행위는 최문선의 민족의식에 대한 미움이 작용하고 있음을 보여준다.

> 어쩌면 경찰은 의식적으로 나를 범인인 것처럼 발표했는지도 모른다. 진범인이 잡힐 때는 잡히더라도 배일(排日)사상을 가진 나를 미워하여 매장시킬 양으로 우선 이렇게 파렴치한으로서 발표한 것이리라. 진범인이 안 잡힐 때는 경찰의 면목과 위신을 세우기 위해서도 나를 진범으로 몰아 세울 것이며, 그리하여 배일사상을 품은, 소위 그들이 말하는 악질 불령선인(不逞鮮人)을 하나라도 없애 치우려는 일석이조의 흉계가 내포된 것이리라. (상권, pp.146~147)

최문선의 심리상태를 묘사하는 서술자의 시각에서 알 수 있듯이 작가는 이치한의 범행의 근본원인을 "조선사람이기 때문에 일본인의 공장에서 해고당한 일"로 설정하여 조선인의 극한 상황을 조장하는 데

뒷받침되지 않은 기독교 신앙은 거짓일 수밖에 없으며, 박계주는 해방 후에 『순애보』의 일부를 고쳐 항일적 민족주의 색채를 짙게 해 놓았으며, 이는 진정한 기독교인의 행동이 아니라고 비판하고 있는데, 이 부분은 보다 확실한 규명을 요한다. 이보영, 「기독교 문학의 가능성」, 『예술원 논문집』 20집, 1981, p.19.

일제의 식민통치가 구조적인 모순으로 작용하고 있음을 간접적으로 시사하고 있다. 최문선의 곁에서 항상 그를 돕는 인물로 등장하는 김영호 역시 "일본 정치를 싫어하여 만주에 들어가서 여러 해 있었으며, 삼일운동에 가담했던 불온 사상가라 하여 일본 경찰의 요시찰인 명부에 올라 주목받는" 인물이다. 인물에 대한 상황의 설정이 애국적인 관점에서 그려지고 있는 것과 함께 실제 담론에서도 일제의 식민통치를 비판하는 서술이 드러난다.

> 이 해 봄부터 이미 일본 정치 강도 전위부대의 소굴인 총독부는 조선 오백년사를 중등 학교 교과서에서 빼어 버리게 하였을 뿐만 아니라, 일반 간행물로도 출판 금지를 시켰다. 이것은 조선역사를 말살하려는 첫 단계였으며, 그리함으로써 다음 세대의 조선 아동들에게서 조선적 의식을 빼어버리자는 것이다. 그것은 이른바 왜구들이 꿈꾸는 민족 동화 정책의 첫 화살이었던 것이다.
>
> 그와 병행하여 신사참배(神社參拜) 강요를 또한 자행하기 시작했다. 언어와 풍속이 다른 일본 민족과 조선 민족을 동근 동조(同根同祖)라 하여 그 최고의 조상인 <아마데라스 오오미까미>(天熙大神)를 경배하라는 것이다. 신화(神話)에 속하는 가공적이요 인위적인 인물인 아마데라스 오오미까미를 실재했던 역사의 인물로 숭상하라는 것부터가 미신을 장려하는 20세기의 희극이었지만, 그리고 2600년의 역사를 가진 일본 나라의 조상이 4300년의 역사를 가진 조선 나라의 조상이 된다는 것도 천치나 정신병자가 아니면 못할 소리였지만, 그들 일본 침략자들은 백주에 이것을 짖어대고 있었던 것이다. (상권, pp.97~98)

일제의 교육정책과 민족말살 정책에 대한 비난의식이 강하게 드러나는 서술에서 특징적인 것은 신사참배 문제에 대한 시각이다. 미신적인 것을 숭상하라고 강요하는 일제의 정책은 기독교인으로서는 더욱 수긍할 수 없는 것으로 실제 일제시대 신사참배를 반대했던 기독교계의 입장26)을 대변해 주는 부분이기도 하다. 이처럼 기독교 정신에 의거한 작가의 민족의식은 최문선이 작품 속에서 전해주는 삽입이야기를 통해 더욱 직접적으로 드러난다. '박치의 이야기'가 대표적인데 십구세 소년 박치의가 일본 경찰서 습격에 대한 누명을 쓰고 일본 경찰의 잔혹한 고문을 받으면서도 실제의 주범을 밀고하지 않는 장면에서 민족의식의 저변에 기독교 정신이 흐르고 있음을 보여준다.

　"폭발탄을 어디서 입수했니?"
　"나는 기독교에서 밀고나 고발이 비루한 죄악의 하나라는 것을 배워 왔소. 특히 남을 위하여 나를 이용시킬 수는 있을지언정 내가 살겠다고 남을 고발하여 악형이나 벌을 받게 한다는 것은 내가 믿는 예수의 정신 에 반역하는 일이 되는 것이오." (하권, pp.193~194)

　아무리 회유와 채찍을 가해도 박치의는 굴하지 않는다. 사형집행에 이르러서도 사람 죽인 죄를 회개하라는 권유에 대해 "고맙소. 그러나 나보다도 여기 서 있는 검사가 더 많은 살인을 하고 있으니 저 검사더 러 회개하라고 권유하는 것이 좋겠소. 그리고 한국에 침입하여 강도처 럼 착취를 자행하고 무고한 양민들까지 학살하는 당신들 일본 사람더 러 죄를 뉘우치고 어서 자기 고국에 돌아가도록 권유하시오."라고 당당 히 충고한다. 죽음에 임한 사람의 태도라고 하기에는 두려움과 비굴함 이 전혀 엿보이지 않는 담대하고 의연한 자세를 읽을 수 있다. '하나님 의 진리로 배부르다'는 표현과 오히려 최후의 기도에서 일본이 죄를 깨닫기를 구하므로 일제의 탄압과 잔인함에 선으로 악을 이기는 역설

---

26) 한국기독교와 신사참배문제에 관한 논문으로 김성건의 「한국기독교의 신사참배, 1931~ 1945; 종교사회학적 분석」, 『종교와 이데올로기』(민영사, 1991), pp.273~292 참조. 이 당시 정황 속에서 신사참배의 문제를 사회학적으로 해석해 내고 있다는 점에서 도움이 된다.

적 승리의 모습을 보여주고 있다. 최문선은 박치의의 의로운 죽음에 대해 이야기함으로써 아이들에게 민족의식을 고취하고 있는 것이다.

『순애보』에는 박치의 이야기 외에도 최문선에 의해 전달되는 삽입 이야기27)가 여섯편 나온다. 최문선에 의해 전달되는 삽입이야기는 그 때 그 때 글의 전개에 적절하게 사용되어 주인공의 민족의식과 사랑의 정신, 심리적 변화 등을 표현하는 데 효과를 더한다. 첫째로 기생 월향과 응서의 이야기는 남녀 간의 개인적인 사랑을 나라를 위한 사랑으로 확대해 가는 것으로 나라를 구하고자 하는 애인의 뜻을 이루기 위해 기생 월향이 일본 적장을 유혹해 죽이고 자신을 희생함으로 나라를 구할 수 있었다는 숭고한 사랑을 그린 것이다. 최문선은 이 이야기를 아이들에게 해준 것 때문에 일본 경찰의 고문을 받게 된다. 두 번째 이야기는 이치한에게 들려준 피엘 신부의 이야기이다. 피엘 신부는 자신에게 살인죄를 뒤집어 씌었던 그로카이유를 사랑으로 용서하며, 이로 인해 그로카이유의 참회를 가져왔다. 이 이야기를 통해 최문선이 이치한을 용서할 수 있다는 암시를 주고 실제 자신의 이기적이고 나약한 마음을 돌아보게 된다.

세 번째 이야기는 홀란드 소년 피터가 마을의 수문을 막기 위해 온 몸을 다해 수고한 이야기로 애국애족의 정신을 고취하기 위해 사용했다. 네 번째 이야기는 소년 예수가 모래로 밀을 만드는 이야기로 하나님은 능력이 있지만 노력하지 않고 먹으려 하면 안 된다는 것을 강조하기 위해 사용한다.

다섯 번째는 가난한 나무꾼의 소원 이야기로 허황된 욕심을 버릴 것

---

27) '삽입'이란 에피소드와 액자소설의 두 경우를 의미한다. 에피소드란 짧고 간단한 이야기가 하나의 큰 행동 속에 끼어 들어가 있는 경우를 말한다. 바깥 이야기가 강하고 우세하면 안 이야기는 에피소드 또는 보조 줄거리가 되고, 안 이야기가 반대로 강하고 확실하면 그것은 액자 행동이 된다. 김천혜, 『소설구조의 이론』(문학과 지성사, 1994), p.166.

을 보여주는 이야기이며, 여섯 번째로 등장하는 박치의 이야기는 기독교 정신에 의거한 신념 있는 삶의 모습을 통해 일제의 잔혹함을 고발하고 민족의식을 고취하는 내용이며, 마지막으로 나오는 쇼팽의 이별곡에 얽힌 이야기는 명희의 약혼 소식을 듣고 비탄에 빠진 최문선의 심정을 묘사하기 위해 사용되고 있다.

3) 담론 표현의 성서적 典故

노드롭 프라이는 성경이 문학교육의 기반이 되어야 한다고 주장해 왔다. 그는 무엇보다도 먼저 성경을 일찍부터 그리고 철저하게 가르쳐서 마음의 밑바닥에 깔리도록 해야한다고 하여 문학 연구에 있어서 성경의 중요성을 강조했다.28) 서구 문학의 경우에는 성경을 가장 위대한 문학 원전으로 간주하는데, 이러한 인식은 우리의 기독교 문학을 해석하는 데 있어서도 유용하다. 성경을 신앙의 준거로 삼고, 성경적인 가치관을 주제화하는 기독교 문학에 있어서 문학 작품 내면에 흐르는 정신의 깊이를 이해하거나, 작품에 나타난 기독교적 원형과 상징을 해석하기 위해서는 성경에 대한 이해가 선행되어야 한다. 이러한 점에서 『순애보』를 살펴볼 때, 이 작품 전체가 성서에 준거하고 있음을 알 수 있다.

『순애보』에는 기독교 정신이 담론상에 그대로 드러나거나 인물들의 삶의 모습을 통해 상징적으로 나타난다. 기독교 정신을 "하나님의 나라와 공의를 위해서 이웃을 내 몸 같이 사랑하는 정신이며, 기본적으로 하나님의 영광을 위하고 인간의 가치를 높이며, 하나님 나라의 형성을

---

28) Nothrop Frye, *The Educated Imagination* (Bloomington: Indiana Univ. Press, 1964), pp.110~111.

위해서 정의와 사랑을 실천하는 정신"[29]이라고 할 때, 이러한 기독교 정신을 담고 있는 성서의 말씀이 어떻게 소설 속에 형상화되어 있는가를 살펴보는 것은 중요하다. 실제로『순애보』의 사상은 모두 성서에 전거(典據)하고 있으며, 그러한 증거는 성서의 구절을 그대로 차용한 예에서 찾아 볼 수 있다.

최문선이 수업 도중 불성실한 학생을 야단친 후 스스로 자책하면서 자신을 반성하는 대목이다.

> 베드로가 예수를 보고,
> "주여! 형제가 제게 죄를 지으면 몇 번이나 용서하여 주리이까? 일곱 번까지 하오리까? 하고 물었을 때 예수는, "일곱 번만이 아니라 오직 일흔 번을 일곱 번이라도 할지니라."[30]하고 대답하지 않았던가. 이 성귀 (聖句)를 수없이 읽던 자기가 아니냐. 그럼에도 불구하고 노를 발하고 폭력을 가하기까지 자기의 신념과 지조를 헌신짝 같이 집어던졌다는 것 은 얼마나 추한 꼴이냐. (상권, p.106)

위의 지문에서 최문선을 통해 나타내고자 하는 작가의 주된 관심은 기독교적 사랑과 용서이다. 신에게 큰 용서를 받은 자로서 용서 못할 것이 없다는 의식이 작품 전체에 나타나고, 성서에 나타난 예수의 고난과 사랑의 정신이 작품 전체를 지배하고 있다. 성서중에서도 특히 '요한복음'과 '누가복음', 구약성서인 '아가서'에『순애보』의 전 사상이 집중되어 있다. 먼저 신약성서의 구절들이 소설의 담론 상에 나타난 것을 검토해 보자.

---

29) 구창환,「한국문학의 기독교사상연구」,『한국언어문학』제15집 (한국언어문학회, 1977), p.211.
30) 마태복음 18장 21~22.

이치한이 최문선을 찾아와 자신이 진범임을 고백했을 때, 심리적 갈등과 미움에도 불구하고 그를 '친구'로 명명한 최문선의 마음 속에 들리는 예수의 말씀이다.

'오직 너희 듣는 자에게 이르노니 너희 원수를 사랑하고, 너희를 미워하는 사람에게 선대하라.'31)

사형을 언도 받은 후 독방에 들어와 부르는 최문선의 노래와 기도 역시 그대로 성서에서 온 것이다.

"주님이여, 일찌기 주께서 베들레헴의 한 더러운 외양간의 구유에서 탄생32)하셨듯이 지금 나의 더러운 마음의 구유에서 주님은 빛으로서, 그리고 사랑으로써 탄생해 주시옵소서. (생략)
"엘리, 엘리, 라마 쇠파다니!"33) (하나님이여, 하나님이여, 어찌 나를 버리시나이까) 하고 예수가 십자가 위에서 최후로 부르짖던 하소연을 마음 속으로 조용히 읊조린다.

장혜순이 신옥련과 이철진에게 수혈을 해서 위기에서 구해준 후 윤명희와 나누는 대화, '선으로 악을 갚는다'34)는 것 역시 성서의 구절이다. 『순애보』는 성서의 언어가 그대로 실천되는 삶의 현장을 묘사함으로서 작품의 중심 사상이 성서의 영감을 통해 이루어졌음을 보여준다.

이철진이 수혈을 통해 생명을 얻은 후 장혜순에 대한 자신의 행동을 회개하는 대목에도 성서의 구절이 쓰인다. "너희는 사람을 죽이는 것만

---

31) 누가복음 6장 27절.
32) 누가복음 2장 7절.
33) 마가복음 15장 34.
34) 로마서 12장 17절.

살인이라고 하지만 오직 나는 너희에게 말하노니, 사람을 미워하는 것이 곧 살인이니라.”35)라는 말씀을 통해 이철진은 자신이 곧 살인자라는 죄의식을 느끼게 된다. 평범한 도덕적 차원에서는 죄인이라고 할 수 없는 '미움'이 커다란 죄로 느껴지고 참회를 하게 하는 데는 성경의 가르침이 있었던 것이다. 신옥련과 강형석의 불륜의 장면을 목격한 후 자신의 잘못을 돌아보며 자신이 뿌린 악의 결과가 자신에게 그대로 떨어진 것임을 반성하는 구절에서도, “나쁜 씨를 뿌리면 나쁜 열매를 맺을 것이요, 좋은 씨를 뿌리면 좋은 열매를 맺으리라.”36)는 성경의 구절이 떠오르며 자업자득의 상황에 처한 자신의 모습을 반성한다.

월향과 웅서의 사랑이야기, 최문선과 윤명희의 초월적 사랑을 표현할 때 등장하는 것은 구약성서 '아가서'의 “사랑은 죽음같이 강하다.”37)는 성경 구절이다. 죽음조차 초월할 정도로 헌신적이고 이타적인 사랑의 모습을 그릴 때, 예수 그리스도의 사랑의 모형을 상징하는 위의 구절이 반복되어 제시되고 있다. 이처럼 『순애보』에는 고통을 인내하고 베푸는 사랑과 원수조차 용서하는 기독교 사상이 성서적 언어로 확실하게 표현되고 있음을 알 수 있다.

4. 맺음말

이상에서 박계주의 『순애보』를 기독교적 관점에서 고찰하였다. 그 결과는 다음과 같이 정리할 수 있다.

---

35) 요한일서 3장 15절.
36) 누가복음 6장 43절.
37) 아가서 8장 6절.

첫째, 서운 박계주는 기독교 신앙을 가졌던 작가이며, 그의 작품『순애보』에는 그의 독특한 신앙체험과 기독교 이해가 나타난다.

둘째,『순애보』의 인물들을 실존주의 철학자 키에르 케고르가 철학적 명제로 삼았던 인간이 보여주는 세 가지 삶의 형태, 즉 인간의 생의 체험에 있는 세 가지 국면에 대비하여 볼 때, 주동 인물들은 모두 종교적 단계에 해당되는 인물이고 반동 인물들은 점차 미적, 윤리적 단계를 벗어나 참된 평화가 있는 종교적 단계로 나아가는 인물이다.

셋째, 인물의 묘사에는 직접 제시나 간접 제시 방법이 다각적으로 사용되고 있으며, 주요 인물의 자질과 성격, 내면 상태를 묘사할 경우에는 직접제시를 사용하여 인물의 행위에 대한 개연성과 일어날 사건을 암시하고 있다, 그러나 기독교적 사유나 기독교 사상을 행동으로 나타내는 실천적 모습은 구체적인 대화나 장면을 통해 간접제시의 방법을 통해 객관화되어 나타난다.

넷째,『순애보』의 긍정적 인물들은 대개 기독교 신앙을 지니고 있으며, 직업은 모두 가르치는 일(교육자, 목사)에 종사하고 있고, 민족주의 사상을 지니고 있는 인물들이다. 반동 인물들은 세속적인 욕망과 물질을 추구하거나, 일제의 권력에 붙어서 민족을 배반하는 일을 서슴지 않는 인물들이다. 그러나 작품 속에서 이들은 자신들의 그릇된 행위를 반성하고 새로운 모습으로 거듭나는 동적 인물이다. 이들의 변모는 서술자의 심리묘사를 통해 직접적으로 제시되는데 이러한 의식의 전환을 가져오는 요인으로 기독교의 사랑과 용서, 화해의 정신이 작용한다.

다섯째,『순애보』는 일제의 군국주의가 심화된 시기에 反日意識의 民族主義 思想을 담론 표면에 드러내면서 민족의식을 고취시키고 있으며, 그 사상적 배면에 기독교 사상이 작용하고 있다. 이를 통해 당시 기독교가 민족의식을 고취하는 중심 사상으로 작용하고 있음을 알 수 있고, 일제 시대 진정한 기독교 문학은 반일·항일의식을 통해 민족의식을 고취시키는 역할을 중요시했음을 알 수 있다.

여섯째, 작품 속의 여러 개의 삽화는 이야기의 전개를 돕고 극적인 효과를 높이는데 사용된다. 그러나 기행문 형태의 장면 이동, 전지적 서술자의 지나친 개입, 플롯의 핍진성 결여, 인물의 정형화 등은 『순애보』의 결함이라 할 수 있다.

일곱째, 『순애보』는 신에 대한 깊이 있는 탐구와 인간의 삶과 구원에 대한 치열한 문제의식이 드러나지는 않는다. 이는 작가의 관점이 기독교 사상을 그대로 수용하는데서 오는 한계이다. 그러나 작품의 내면에 기독교 사상을 나타내는 원형과 상징(그리스도의 대속의 피를 상징하는 '수혈모티프') 들이 사용되고 있으며, 작품의 언어가 성서에 典據하고 있고 나아가 기독교적 사랑이 주 인물들의 삶을 통해 실천적으로 구현되면서 작품의 주제를 형성하고 있는 점을 고려할 때, 『순애보』는 일제하 대표적인 기독교 소설이라 할 수 있을 것이다.

제8장
박화성 소설과 기독교

1. 머리말

박화성(1903~1988)은 1925년 단편 「추석전야」로 등단하여 1988년 타개하기까지 60여 년 이상 창작활동을 지속해 온 여류소설가이다. 한국현대문학사에서 대표적인 동반자 작가로 알려진 그녀는 일제 식민지 상황 속에서 고통 받는 민중의 삶을 그린 사회성이 짙은 작품으로 이름을 떨쳤다.

박화성에 대해 당시 문단의 평자들은 주로 '사회주의 사상에 경도된 경향파 작가'1)로 표현하고 있다. 이는 박화성이 보여준 남성적인 필치2)와 일제하 민중의 빈궁한 삶의 모습을 리얼리즘적 기법으로 적나라하게 드러내고자 했던 작가의식 때문이라 여겨진다. 이러한 박화성 소설의 특징은 곧 그의 소설에 대한 부정적 평가3)의 근거가 되기도 하였다.

---

1) 김문집, 「여류작가의 성적 귀환론-화성을 논평하면서」, 『비평문학』(청색지사, 1938), p.355. 김우종 역시 박화성을 '프로문학에 대한 동반자적인 입장'을 지닌 작가로 규정한 바 있다. 김우종, 「김명순, 박화성 기타 여류들」, 『한국현대소설사』(성문각, 1982), p.245. 백철, 「인텔리와 동반자작가」, 『신문학사조사』(신구문화사, 1992:중판), p.406.

2) 안회남, 「박화성론」, 『여성』 1938.2.

3) 박화성 소설을 부정적으로 평가한 당대 평자로는 안회남, 김문집, 홍구와 한효 등을 들

그러나 해방 후에는 여성문제, 사회문제, 중상류층 가족사의 문제들을 주요 모티프로 창작하여 문학세계의 변모를 보여주었다.

기독교적 관점에서 작가와 작품을 연구할 때 1930년대 대표적인 경향파 작가인 박화성이 관심을 끄는 것은 그녀의 전기적 삶과 작품에 나타난 기독교 인식의 특징이 한 개인의 문학세계와 정신사적인 이해의 지평을 넘어 당대 경향파 작가들의 기독교 인식의 흐름을 살펴볼 수 있는 일례가 되기 때문이다.

일제 강점기 민족주의적 입장에서 사회주의에 경도되었던 작가들의 경우 초기에 기독교 신앙의 세례를 받았다 할지라도 사회주의적 입장에서 기독교를 비판하거나 부정하는 단계로 나아갔으며 기독교 신앙을 견지하는 경우는 드물었다. 민족주의에 근거한 사회주의 이데올로기의 이념과 그것을 신봉하는 조직 차원의 노선과 이에 복무하는 작가적 신념이 개인적 체험과 수행을 중시하는 종교적 입장과는 상충될 수밖에 없기 때문에 이러한 가운데서 작가들은 신앙을 버리기도 했다.

박화성의 경우 유아시절부터 기독교적 배경에서 자라 세례를 받고, 기독교 학교에서 교육을 받았으며, 신앙심이 깊은 어머니로부터 지속적인 신앙의 권면을 받았던 것을 고려할 때, 그녀가 기독교 신앙을 부인하거나 기독교에 대해 비판적 입장이었다는 것은 이유를 구명(究明)할 필요가 있을 것이다.

이는 개인의 신앙보다 사회주의 작가로서의 신념이 더욱 우세하게 보일 수밖에 없었던 일제하 시대적 풍경을 읽는 일이 될 것이며, 사회주

수 있다. 안회남과 김문집은 그의 작품에 드러나는 탈여성성에 대한 불만을 피력한 반면, 홍 구는 "씨의 작품에 흩으는 모든 사실은 오로지 개인적 불행과 불운의 눈물겨운 기록"일 뿐이라고 혹평했으며, 한효 또한 "여사 자신의 愛와 희망의 강조를 위한 內省的 理念"만을 표상했다고 비판한 바 있다. 안회남, 「박화성론」, 『여성』 1938.2.
김문집, 「여류작가의 성적 귀환론」, 『비평문학』(청색지사, 1938), pp.353~365.
홍구, 「1933년의 여류작가의 군상」, 『삼천리』 1933.3, p.87.
한효, 「박화성 여사에게」, 『신동아』 1936.3, p.181.

의 작가들의 기독교 인식의 기미를 찾아 볼 수 있는 기회가 될 것이다. 무엇보다 난세를 살아왔던 식민지 지식인으로서, 다섯 남매의 어머니로서, 사회주의자의 아내였다가 민족주의 자본가의 아내로 부침하는 시대의 흐름을 거슬러 올라온 한 여성의 내면세계를 이해하며, 신념과 신앙 사이에서 갈등하는 인간의 모습을 살펴볼 수 있을 것이다.

이처럼 개인의 내밀한 신앙과 신념의 문제는 외부에서 쉽게 판단하고 평가할 수 있는 문제는 아니다. 더욱이 작가가 이미 작고한 상태일 경우 이를 알 수 있는 것은 그의 작품에 나타난 작가의 담론이나 작가의식을 통해서일 것이다. 이를 위해 이 글에서는 박화성 개인의 삶의 역정을 진솔하게 그리고 있는 자전적 장편소설 『눈보라의 운하』[4] (1963. 4부터 『여원』 연재)와 박화성 자신의 삶과 문학이 투영된 장편소설 『북국의 여명』[5](1935. 4~12, 『조선중앙일보』 연재)을 중심으로 1930년대 대표적인 단편소설 및 해방 이후 단편소설과 수필에서 중심주제와 제재가 기독교와 연관된 것들을 기본 텍스트로 하여 박화성 문학에 나타난 기독교 인식의 특징을 살펴보고자 한다.

2. 시대적 상황과 사회주의 이데올로기 수용

근대 초기 지식인들이 기독교인이 되었던 이유는 기독교가 효과적인

---

4) 박화성은 『눈보라의 운하』(1963.4)의 전기(前記)에서 다음과 같이 쓰고 있다. "자신의 애기란 비록 결점일지라도 자기의 선전이나 자랑으로 여김 받기 십중팔구다. 그래서 나는 아직 나의 자서전을 생각해 본 적이 없었다. 그러나 언젠가는 한 번 없어져야 할 몸, '그 전에 기록이라도……'하는 주위의 권유로 붓을 들기로 했다." 박화성, 서정자 편, 『눈보라의 운하』(푸른사상사, 2004), p.29.

5) 박화성의 자전적 성격이 짙은 이 작품은 한 지식인 여성이 어떻게 프롤레타리아 혁명의 투사로 나아가게 되는지를 보여주는 성장소설이라 할 수 있다. 서정자 편, 『북국의 여명』(푸른사상사, 2003), p.3.

사회개혁 및 정치운동의 한 방편이 될 수 있다고 믿었기 때문이었다. 그들에게 종교는 목적이라기보다는 수단이었고 민족운동이 궁극적인 목표였기에 기독교의 종교적 체험엔 관심이 없었다. 그러므로 기독교에서 민족운동 역량의 한계가 드러나면 기독교를 포기하고 다른 이념이나 종교로 전향할 수 있었던 것이다.

따라서 3·1운동을 통한 독립운동의 실패와 함께 기독교의 독립운동 방법과 전략에 한계를 느낀 민족주의적인 기독교인들은 다른 곳으로 눈을 돌리게 되었다. 이 때 많은 기독교인들이 사회주의에 경도되게 된다. 이는 당시 선교사 중심의 기독교가 할 수 없는 민족의 독립을 반제 국주의적이요 민중적이라고 이해되었던 사회주의가 채워줄 수 있으리라는 기대감이 크게 작용했기 때문이었다.[6]

이처럼 1920년대에 사회주의 사상이 풍미하면서 한국교회 내에도 진보적 이념이나 사회주의 이론들이 소개되고 교회는 위기에 직면하게 된다. 기독교에 대한 사람들의 일반적인 인식도 이전과는 다르게 비판적이 되었다. 이에 대해 당시 선교사들은 정치적 측면에 관여하지는 않았으나 종교의 존재를 위협하는 문제들에 대해 우려를 표했다.[7]

이러한 과정 속에서 운동으로서의 문학을 표방하고 나선 것이 「염군사」와 「파스큘라」였으며, 이들을 통합해 보다 높은 문예운동조직으로 결성된 것이 카프였다. 카프의 결성(1925. 8)은 문학인들의 순수한 문학적 동향에 의한 것이라기보다는 조직적인 틀 속에서 활동하던 사회운동가들의 영향력 속에서 이루어진 것이며, 그 조직 역시 단순한 문학가단체가 아닌 문학운동단체로서 무산계급운동의 일역을 담당하고자 한 것이었다.[8]

---

6) 박성령, 「1920년대 사회주의에 대한 기독교인의 대응연구」(감리교신학대학교 신학대학원 석사학위논문, 2002), pp.15~20.

7) 박순경, 『민족통일과 기독교』(한길사, 1986), pp.130~132.

1920년대 중반 이후 결성된 사회주의운동을 표방하는 문인단체들은 마르크스주의의 종교비판을 적용하면서 반기독교운동을 전개했다. 이들은 기독교가 '자본주의의 走拘'로서 계급적으로 자본가와 착취계급을 옹호하고, 일반대중에게는 복종과 후세천당을 가르쳐서 식민지 침략자를 돕고 있다고 보았다.9) 또한 자본가와 기독교는 서로 결탁하여 상조하며 발전해 왔고, 기독교는 자본가의 해외식민지 확장까지 도와주는 제국주의의 수족이며, 자본주의 국가를 옹호하는 무기라고 비난했다.

사회주의자들은 기독교가 일제하 민중들의 현실적 도피처 역할을 하며, 기독교의 내세 천국사상은 현실을 부정하는 민중들의 의식 속에서 일제의 가혹한 정치적 탄압과 경제적 수탈을 피할 수 있는 정신적 피난처 역할을 한다고 보았다. 이러한 점이 곧 계급투쟁을 통한 사회주의의 과학적 세계관의 실천을 저해한다고 여겼으며10), 현대는 과학사상이 지배하는 시대이므로 神의 섭리나 존재는 더 이상 필요치 않다11)고 하면서, 미신적인 기독교를 퇴치하여야 한다고 주장했다.

사회주의자들의 이러한 주장과 같이 비타협적 민족주의자들도 기독교에 대해 민족적 사명을 촉구하고 기독교의 역사참여를 강력히 제기하게 된다. 이처럼 1920년대에 기독교를 대하는 시각이 사회주의 사상으로 인해 비판과 부정적인 양상을 보이기도 했으나, 선교 초기부터 행해진 기독교의 사업이나 활동을 점검하고, 당시 한국 사회의 문제에 대해 근본적인 물음을 제기함으로 민족의 주체의식과 역사성을 살필 수 있는 계기를 부여했다는 점에서는 고무적이었다. 그러나 종교로서의

8) 역사문제연구소, 『카프문학운동연구』(역사비평사, 1992), pp.233~245.

9) 박헌영, 「역사상으로 본 기독교의 내면」, 『개벽』, 제63호, 1925. 11. pp.64~70.

10) 이정윤, 「반기독교운동에 대한 관찰」, 『개벽』, 제63호, 1925. p.76.

11) 배성룡, 「반기독교운동의 의의」, 『개벽』, 제63호, 1925. pp.59~61.

기독교를 인식하지 못하고 사회개혁의 수단으로서만 이해할 때 파생되는 문제는 더욱 심각한 것임을 간과한 면이 있다.

사회주의자들은 조직의 강령이나 지령에 따라 체계적으로 기독교에 대해 비판을 가하거나 반종교활동을 했으며, 카프에 속한 문인들 역시 기독교에 대한 개인적 견해나 체험을 넘어 조직 차원의 입장에서 기독교를 비판하는 작품을 창작했다.

사회주의 입장에서 이처럼 기독교를 적대시하고 반종교활동을 행한 것은 당시 기독교의 세력과 영향력이 컸음을 방증하는 것이기도 하다. 그런만큼 사회주의 계열의 작가들 중에도 당시 기독교의 영향을 받아 기독교에 입교했다가 배교하거나, 기독교를 체험했다가 신앙에서 멀어진 이들이 있었으며, 이들의 시각에서 기독교가 비판되는 경우가 적지 않았다. 이에 따라 작가들은 자신이 체험한 기독교의 부정적 측면과 모순을 작품으로 형상화했다.

박화성의 경우 카프의 회원은 아니었지만 프로문학의 이념에 동조하는 동반자 작가로서 1920, 30년대 작품에서 사회주의 이데올로기의 영향을 받아 그에 따른 창작방법론으로 작품을 형상화한 경험이 있으며, 기독교에 대해 비판적 시각을 보여주기도 하였다.

3. 박화성 소설에 나타난 기독교 인식의 특징

1) 부재하는 신과 주체적 신념

전기적 관점에서 박화성(1903~1988)의 삶을 살펴보면 기독교와 매우 가까운 환경에서 성장했음을 알 수 있다. 모태 신앙은 아니었지만, 그녀가 태어나자마자 부모가 신앙생활을 하여 기독교 가정에서 성장했을 뿐 아니라, 유아세례를 받고 성경과 찬송을 가까이 하며, 기독교계 학교에 진학하여 공부한다. 1910, 20년대 당시에 기독교를 접하고 미국 선교사들을 통해 기독교 교육과 기독교 교리를 배웠다는 것은 문화적 인 차원에서 매우 진보적인 것이었다.

어려서부터 명민했던 박화성은 일곱 살이 되던 해 미션스쿨인 정명 여학교 3학년으로 입학해서 일 년 만에 5학년으로 월반하고, 1913년 10세에 신학제에 따라 고등과 3학년이 된다. 그녀가 11세 때 기독교 신자인 아버지가 가족의 간청에도 불구하고 첩살림을 끊지 못하는 모 습을 보면서 아버지를 미워하게 되는데, 이렇게 형성된 유년의 체험은 그녀의 의식 속에 남아있게 된다. 기독교 신자였던 아버지의 비윤리적 인 삶으로 인해 가정이 몰락하고 어려움에 처했던 유년의 기억은 60여 년의 세월이 지난 후에도 그녀의 작품 속에 반영된다.[12] 박화성의 후기 소설 「평행선」(『월간문학』, 1970. 11)에서 작가는 이중적 신앙인의 모 습을 지닌 남자 주인공의 모습을 고발하고 있다. 겉으로는 흠 없는 신자 로서 고결한 인품과 삶의 태도로 칭송받는 학자인 윤 박사가 보여준 허위의식 역시 다름 아닌 아내 몰래 다른 여인을 두고 있었다는 것이다. 박화성에게 있어 유년에 겪은 아버지의 부정한 삶으로 인해 당한 가족 의 고통은 쉽게 치유되지 않는 상처로 남아있음을 알 수 있다.

그러나 그녀의 어머니는 평생 신앙을 견지한 인물이다. 그녀는 박화 성이 신앙생활에서 멀어지는 것을 안타까워했다. 박화성은 열 살 때 특 별한 경험을 한다. 한 달 넘게 중병을 앓던 중 꿈에 당시 유명한 이기풍 목사가 나타나 먹여주는 약을 먹고 낫는 체험을 한다. 그 때 일에 대해 박화성은 "내 현몽의 소문이 교회에 퍼지고 하나님이 다시 살려 내신 것이라는 단안이 내려졌다. 부모님도 나도 내 목숨은 그때 다시 이어받

---

12) 서정자 편, 『박화성문학전집』 17권, 단편집 2(푸른사상사, 2004), p.448.

은 것이라는 것을 굳게 믿었다. 열 살 때 받았던 비몽사몽간의 환상은 지금까지도 내 망막 속에 새로운 것이다."[13]라고 기록하고 있다.

그러나 어린 시절 신앙체험을 통해 신실한 믿음을 지녔던 그녀도 15세 때부터 지방 학교의 교원을 거쳐 다시 상급 학교에 들어가 공부하고 유학을 하는 동안 신앙생활에서 점차 멀어져 간다. 당시 시대 상황 속에서 지식인 여성으로서 민족의 독립과 회생을 갈망하던 그녀가 사회주의 이념에 경도되어 신앙에서 멀어지는 모습은 자전적 소설을 통해 찾아볼 수 있다. 그 때 작가의 어머니가 보여주는 신앙적 염려가 소설속에 나타난다.

『북국의 여명』(1935.4~12월, 『조선중앙일보』연재)에는 박화성과 동일 인물임을 알 수 있는 여주인공 효순이 등장한다. 주일인데도 불구하고 예배당에 가지 않고, 신앙생활에서 멀어진 효순을 보며 어머니가 하는 말이다.

" 너는 인제 영 주일은 잊어버렸구나. 주일날 빨래를 아니하나. 무엇을 사지를 않나 그 최가라는 사람도 예수 안 믿는다냐?"
"그럼은요 새 청년이 제법 사람다운 사람이면 무엇을 하겠다고 예배……"
하다가 효순이는 입을 다물며 그 어머니의 눈치를 힐끗 보았다.
"못써 못써. 네가 예수 안에서 자라나 가지고도 예수를 배반하면 될거냐?" (『북국의 여명』, p.247)

효순이 어머니는 최진이와 효순의 약혼이 성립되었다는 말을 듣고 처음에는 뛸 듯이 기뻐하였지만 "그 사람이 세례를 안 받았다지?"하고 물어보는 자기의 말에 "세례는 무슨 세례를 받아요? 예배당에 단겨 본 일도 없는 사람이……"하는 딸의 대답에서 크게 실망하였다.

---

13) 서정자 편, 『눈보라의 운하』(푸른사상사, 2004), p.55.

(중략)

"자네 말이네, 이왕 우리 영재하고 약혼을 했다면 꼭 내 말 하나를 들어줘야 하겠네."하고 효순 어머니는 최진에게 명령하듯 말하였다.

"어디 말씀해 보시지요."

(중략)

"자네도 물론 생각이 있을 것이니 이번에 서울 가서부터는 예수를 진실히 믿소. 영재 졸업하고 나서 혼인할라면 아즉도 만 삼 년이나 남았으니까 그 동안 세례도 받게 될 것이네. 그래서 자네가 참신한 신자가 된 후에라야 혼인을 허락하지 만일 그렇지 않으면 나는 영재 치마끈에 목을 매고 죽드라도 그 혼인은 못하게 할 터이니 알어서 하게."하고 그 어머니는 입을 다물었다. (『북국의 여명』, pp.350~35)

효순의 어머니는 효순이 최진과 파혼하고 일본에서 김준호와 결혼하여 자녀를 낳고 옥에 간 남편의 뒷바라지를 하며 어렵게 사는 것을 보면서 "어려서 그렇게 얌전하고 순하던 것이 어째서 저렇게 미쳐버렸는가 몰라. 그것도 교회 안에서 나간 탓이지."라고 신앙생활을 하지 않는 딸을 원망한다. 그러나 작가의 분신과 같은 효순은 '새 청년이 제법 사람다운 사람이면 무엇을 하겠다고 예배……'라고 하며 당시 지식인 청년들은 기독교 신앙을 외면하고 있음을 보여준다.

유년기 특별한 신앙의 체험에도 불구하고 그녀가 미션 스쿨인 정명학교에서 경험한 성경시간 역시 그녀에게 하나의 트라우마로 작용하여 미국 선교사와 선교방침에 대해 부정적인 인식을 갖게 했다.『북국의 여명』에는 기독교계 학교에 다니는 주인공 효순이 성경 시간에 겪은 에피소드가 등장하는 데 이야기의 대강은 이러하다. 성경 시간에 조선말이 서툰 서양 부인(미국 선교사)이 '모세의 장인'을 '모세의 시아버지'라고 표현하자 학생들은 이를 지적한다. 그러나 선교사가 고치지 못하자 학생들은 웃음을 터트린다. 이에 선교사가 "우리가 공부하는 동안에는 시험에 빠지도록 하여 주옵소서."라고 기도하고 학생들은 더욱 웃음을 참지 못하고 웃는다. 이 때 서양 부인은 효순이 가장 크게 웃었다는 이유로 점심시간에도 "하나님께 죄지은 사람 육신의 밥 먹을 수 없소."하며 교장실에 한 시간 동안 서 있게 한다. 주인공은 어린 소견에 매우 분하고 원통하여 한 시간을 줄곧 운다. 그 후로 주인공은 "서양사람 보기를 원수와 같이 하고, 선교의 목적을 띠고 와서는 저희는 좋은 집에서 편히 살면서 조선아이들을 가르칠 때는 저희 마음대로만 후리러 들고 그들에게 알랑거리고 아첨하는 사람만을 도와주고 사랑하면서도 조선 사람을 가축과 같이 알아주는 그 서양 사람들이 끝없이 미웠다."고 표현한다.

이러한 인식은 자전적 소설 『눈보라의 운하』에도 동일하게 나타나는데, "워낙 성격이 상냥스럽지 못하고 붙임성이 없는 나는 어릴 때부터 누구의 비위를 맞춘다거나 하는 아부성은 머리털만큼도 없는 까닭에, 서양부인들과는 성경시간 외에는 접촉이 없어서 선교사들의 사랑이나 도움을 받은 일은 오늘까지 한 번도 없었다."[14]고 적고 있다.

이처럼 어린 시절부터 마음속에 자리 잡은 미국 선교사에 대한 부정적 인식은 그녀가 사회주의 이데올로기를 신봉하고, 일본 유학을 통해 민족주의적 신념으로 사회변혁을 도모하면서 한층 강화되었음을 알 수 있다. 박화성은 구체적으로 작품을 통해 미국 선교사의 선교 방식과 생활양식을 비판하고 있다.

박화성의 작품 「한귀(旱鬼)」(『조광』 창간호, 1935. 11)에는 서양의 목사와 한국 농민들 사이에 야기되는 갈등이 나타난다. 당시 농촌에 찾아온 미국 목사는 자국의 선교정책에 따라 파송된 선교사였다. 그는 선교지의 농민들이 겪는 현실적인 고통의 문제보다 신앙과 교리의 문제가 더 중요했기 때문에 신앙의 율법적인 측면에서 농민들을 정죄하고 죄

---

14) 위의 책, p.59.

의 회개를 촉구한다. 그러나 선교사가 의미하는 죄의 문제는 농민들이 이해할 수 없는 것이었다. 목사는 근원적인 기독교의 '원죄'[15]에 대해 이야기하나 농민들은 일상의 삶 속에서 범하는 윤리적이고 도덕적인 죄를 생각한다. 그러므로 농민들 자신이 직면한 생존의 문제, 인간의 힘으로는 불가항력적인 가뭄의 문제가 자신들의 '죄' 때문이라고 했을 때 분노할 수밖에 없었다. 주인공 성섭이 표현한 것처럼 농민의 삶이란 소박하고 진실해서 '남을 대접하기를 네 몸같이 하라', '원수를 사랑하라'는 계명을 지주나 가진 자들보다 생활 속에서 잘 지키는 순박하고 착한 삶이다. 단지 걸리는 점이 있다면 농부들이 바빠서 주일을 제대로 지키지 못한다는 것인데 이것 때문에 하느님이 벌하시는 것은 '야속한 일'이었다.

비가 내리길 원하는 농민들에게는 하느님이 곧 천지신명이며, 기우제를 드리는 대상과 동일한 의미이다. 단지 기독교라는 서양의 종교가 서양인 목사에게 더 가까울 듯하여 그를 매개로 하느님에게 祭를 드리고자 긴급한 요청을 한다. 그러나 이에 대한 미국 선교사의 반응은 냉정하고 이성적이지만 선교지 문화에 대한 무지를 드러내고 있다.

> "형님들 죄를 회개하시오. 형님들 죄가 많은고로 하느님 성내셨소. 옛날 소돔과 고무라 죄 많기 때문에 하느님 불로 멸하였소. 이 세상 말세되었읍네다. 그러므로 형님들 죄 회개하고 하느님께 간절히 기도하면 하느님 사랑 많습네다. 곧 비 주실 것이요"하고 파란 눈알을 굴리며 말할 때 농군들은
> "우리가 무슨 죄가 있단 말이요? 원 이때까지 죄라고는 모르고 사요"

---

15) 고전적인 기독교 전통에서 원죄(original sin)는 아담의 타락 이후의 모든 인간이 가지고 있는 보편적이며 유전적인 죄성을 가리키는 말이다. 하나님의 율법을 의식적으로 범하는 죄인 자범죄와는 다른 것이다. 반 A. 하비 著, 장동민 譯, 『신학용어 핸드북』(소망사, 1992), pp. 237~239.

하고 소리 질으니까 "오 그런 말 하는 것 죄 많은 증거요 형님들 죄 때문에 죽어도 좋소."하고 목사가 성을 내서 휙 돌아섰다.

"저런 놈 보소. 하 우리보고 죽으라고? 애시 이 놈 그러지 않아도 우리는 죽게 생겼다. 이왕 죽을테면 네까짓 양돼지 몬저 죽이고 죽자."

(「한귀」, p.259)

농민들의 분노는 극에 달하게 되고 순간 미국 선교사를 폭행하게 된다. 당시 농촌의 현실적인 조건은 선교사들이 바라는 것처럼 자국 문화와 같은 방식으로 예배하고 신앙생활을 할 수 있는 형편이 아니었다. 그들의 신앙에는 민족의 기층 문화적 정서가 잔존해 있고, 기우제, 서낭당, 굿거리, 제사와 같은 민간신앙의 요소가 체질화되어 있기 때문에 선교사들이 이를 이해하고 극복해 가는 과정이 필요했다. 그러나 소설 속 미국 선교사는 선교지 문화를 이해하지 못하고 가뭄으로 인한 농민들의 고통 역시 알지 못했다. 이처럼 선교사와 선교지 농민들 사이의 갈등을 형상화함으로써 작가는 기독교 수용의 과도기적 상황과 당시 종교로서의 기독교의 의미가 얼마나 공소한 것인지를 보여주고 있다.

「시들은 월계화」(조선문학, 1936. 8)는 미국 여선교사에 대한 작가의 부정적 인식을 보여주는 작품이다. 작가는 삼인칭 전지적 시점을 사용하여 여선교사의 내면을 표현하고 있다. 소설 속 주 인물은 한국에 온 지 30년이 지난 오십대 미국 여선교사 미스 베인이다. 미스 베인은 결혼과 연애를 동경하지만 부족한 외모로 인해 독신을 약속한 다섯 명의 여성 선교사 중 혼자 남게 된다. 이러한 상황 속에서 자신을 한탄하고, 늙어가는 자신의 모습을 보며 인생이 허무하다고 느낀다. 그러나 곧 이러한 마음의 동요를 의지적으로 극복하고 회개하는 신앙인이다. 박화성은 여성이 지닌 섬세한 심리를 잘 포착하여 중년 여선교사가 겪는 내적 갈등과 욕망을 리얼하게 표현하고 있다.

그러나 생애를 낯선 이국땅에서 헌신하고 있는 선교사가 겪는 문화적 갈등과 선교의 어려움 등은 간과하고 외모와 결혼, 연애와 같은 문제에 집중하는 모습을 그림으로써 여선교사에 대한 편협한 시각을 보여주고 있다. 작가는 베 부인이 순회 전도하는 지역의 한 청년을 좋아하는 에피소드를 삽입하여 여성이 지닌 고독과 사랑에 대한 갈망을 표현한다. 작품 속에서 베 부인은 교회에 오지 않고 전도에 반박하는 청년을 좋아하는데 이유는 "첫째 그가 총각이고 둘째, 체격과 얼굴이 잘 나고, 셋째, 말소리가 듣기 좋고, 넷째는 성격이 남자답고 씩씩해서"[16]이다.

어느 날 주일 저녁에 청년은 베 부인에게 세상이 외롭게 느껴지지 않는지 묻는다. 그녀는 "나 외롭지 않소. 하나님 말씀 또 예수님 항상 내 맘에 있소. 외롭지 않소."하고 말하자 청년은 사람의 육신은 하느님의 말씀만 가지고 살 수 없다면서 외로울 때는 사랑하는 사람이 있어야 한다고 말한다. 베 부인은 하느님 말씀만 있으면 죽을 때까지 잘 살 수 있다고 말하지만, 청년은 만개한 월계꽃 한 송이를 주면서 작은 식물도 물과 햇빛을 주고 가꾸어야 잘 자라는 것처럼 높은 생명을 지닌 사람은 하느님의 말씀으로만 살 수 없다고 말하며 그녀가 만개한 꽃처럼 피었다고 말한다. 이로 인해 그녀는 마음이 명랑해지며 '사람에게는 하느님의 말씀보다도 시들은 이 꽃 한 송이가 더 큰 위안을 준다'고 생각한다.

박화성은 기독교 성직자, 선교사들 역시 세속적인 삶과 분리될 수 없는 인간의 본성을 지니고 있음을 희화적으로 보여주고, 기독교 신앙보다 현실적으로 당면한 인간의 욕구를 충족시켜주는 것이 중요함을 강조하고 있다.

이러한 점은 동반자 작가로서의 박화성의 특징을 보여주는 것이라 할 수 있다. 1930년대 그녀의 작품에 나타난 기독교 인식의 독특한 면은 기독교 신자의 모습을 풍자적으로 그리면서, 무기력한 신앙인으로

---

16) 서정자 편, 『박화성문학전집』 16권, 단편집 1(푸른사상사, 2004), p.393.

표현하며, 신앙의 허무함 등을 강조하여 기독교가 현실적인 문제를 해결하지 못하는 것으로 표현하고 있다.

앞에서 언급한 「한귀(旱鬼)」는 기독교적 관점에서 중요한 의미를 지닌 작품이다. 소설은 가뭄과 거듭되는 흉년으로 인해 피폐하게 된 농촌의 모습과 농민들의 고통스런 삶을 보여주고 있다. 그러나 단순히 농촌의 궁핍한 실상을 드러내는데 그치지 않고 당대의 현실 속에서 기독교의 의미는 무엇이며, 기독교인의 실천적 삶과 현실과의 관계, 기독교의 토착화와 이국 선교사와의 갈등 양상, 나아가 신의 섭리에 대한 의문을 제기하는 신정론(神正論)에 이르기까지 기독교와 관련된 문제를 담고 있다. 텍스트에 나타난 이야기를 사건과 함께 중심 인물인 성섭의 내면의식을 따라 정리하면 다음과 같다.

성섭이 사는 나주와 영산포의 농촌마을에서 기우제를 드린다. 성섭은 마른 땅에 힘들게 물두레를 품고 돌아와 가족의 생계를 걱정한다. 흉년을 가져오는 자연재해를 보며 하느님의 존재를 의심하는 아내를 달래지만, 착한 농군에게 고통을 주는 하느님의 뜻이 무엇일까 의아해 한다. 하느님을 잘 섬길 수 없는 농군들의 현실적 처지를 생각하며, 이를 벌하는 하느님을 야속하게 생각한다. 부흥회, 새벽기도, 가족예배를 중시했으나 차차 등한히 여기게 된다. 흉년이 들면 자살해버리겠다는 아내에게, 자살은 하느님께 죄가 된다고 타이른다. 지난 해 흉년 때에 소작논의 흉작을 자신의 논에서 난 곡물로 갖다 주었던 일을 책망하는 아내에게 착한 맘은 하느님이 복주실 것이라고 위로하지만, 도리어 다리를 다치게 되고 아내가 이를 핀잔하던 일을 생각하며, 은근히 않는다. 비를 내리게 해달라는 농군들의 애원을 무시하고, 오히려 죄를 회개하라고 촉구하는 미국 목사를 폭행하는 농군들을 말리다 곤경에 처하고, 돈을 받고 예배당을 지킨다는 오해를 받기도 한다.

이러한 일을 통해 점점 교회에 대한 애착이 없어지고, 한여름 심한 가뭄으로 인해 수난을 겪는 가족과 자신의 질병으로 인한 고통으로 현실을 '산지옥'으로 인식하게 된다. 극한 상황 속에서 미신과 귀신을 섬기는 아내의 변모를 꾸짖지만 하느님만 믿을 때 좋은 일 있었느냐는 아내의 원망과, 지옥도 이보다 낫겠다는 아내의 탄식에 내심으로는 공감한다. 집사의 직분과 착한 짓을 버리고 현실의 이익을 챙기라는 아내의 독기 푸른 눈을 두려워한다. 상처 입은 개가 담아 둔 물을 먹자, 이를 말리던 딸과 아내를 개가 물어뜯는 것을 보고 눈이 뒤집혀지고 화가 나서 "에-ㄱ 나를 이렇게 산채로 지옥에 집어넣는 놈이 누구냐? 나는 아무 죄도 없는 사람이다. 웨 나를 이렇게 못살게 하느냐? 응?" 이렇게 소리지르며 달려 나간다.

위의 내용에서 보듯이 성섭은 신앙의 양심에 따라 착하고 성실한 생활을 하는 독실한 기독교인이다. 농촌마을에 세워진 지 이십여 년이 된 교회의 집사로서 교회의 일에도 열심을 내고 마을일에도 앞장서는, 부정적인 모습을 찾을 수 없을 만큼 순수하고 진실한 농군이며 기독교인이다. 그러나 그의 개인적 신앙의 정도와는 상관없이 현실의 상황은 그에게 우호적이지 않다. 가장 가까운 곳에서 함께 신앙생활을 하는 아내조차 성섭의 행위를 비난하며 그의 변화를 요구한다. 하느님에 대한 절대적인 믿음과 성경의 가르침에 따라 정직하게 사는 삶을 벗어나 현실의 난관을 극복할 수 있는 보다 구체적이고 실질적인 삶을 택하도록 요구하는 것이다. 하느님에 대한 믿음이 강했을 때는 아내의 말을 일축하고 그녀를 통제할 수 있는 위치에 성섭이 서 있으나, 아내의 불평과 불만이 가족의 생활과 현실의 치열한 생존 문제와 연결될 때 성섭의 신앙은 약화되면서 내면의 갈등이 싹튼다. 이는 곧 그가 신앙생활에서 멀어지는 현상으로 나타난다. 그러나 보다 궁극적인 문제는 모든 것에 하느님의 뜻이 있다고 믿었던 그의 믿음은 선한 이들(농민)이 겪는 자연재해와 그 고통 앞에서 배반당하는 경험을 하게 된다는 것이다. '착한 사람이 왜 고통을 당해야 하는가?'라는 물음17)이 성섭이 풀 수 없는 문제였다.

이는 성서 '욥기'의 사건을 통해 일반적으로 제기되는 神正論18)의 문제이다. 신학적으로도 명쾌히 대답할 수 없는 이러한 물음에 대해 생각할 수 있는 것은 '신의 섭리, 신의 뜻'이란 무엇인가에 대한 고민이다. 성섭은 이런 근원적인 문제에 대한 회의를 진지하게 제기하고 있다. 이러한 것에 대한 고뇌와 그것을 해결하려는 열정과 관심은 부정적이든 긍정적이든, 점차 신앙을 바르게 정립시킨다는 것을 생각할 때, 성섭의 회의는 단순한 愚問 이상의 의미를 지닌다.

「한귀」는 경향파 작가의 작품으로서는 드물게 신의 섭리에 대한 물음과 관심을 문제화하고 있으며, 이의 발전적 전개는 기독교 문학의 주제로 승화될 가능성을 보여준다고 할 수 있다. 그러나 당장의 현실적인

---

17) 이 세상에 악이 존재한다는 사실은 하나님의 존재를 부인하는 가장 결정적인 단서로 간주된다. 그리고 수많은 反神論的 사상들이 악의 문제를 근간으로 형성되었다. 예컨데 '만일 하나님이 지극히 선한 분이라면, 그는 모든 악을 없애 버리길 원할 것이다'라는 물음에서 제기되는 문제는 첫째, 선하신 하나님이 악을 선한 목적으로 이용할 수 있다는 것이며, 둘째, 이 논증에서 시간이라는 요소를 염두에 두지 않았다는 점이다(죠쉬 맥도웰, 돈 스튜어트, 이호열 옮김, 『세속종교』(기독지혜사, 1987), p.37). 이러한 점에서 다음의 의견은 기독교적 관점에서 인간의 고통을 이해하는데 시사하는 바가 있다. "하나님의 궁극적인 섭리 하에, 고난 또한 어떤 의미를 지니고 있는 것이다. 따라서 기독교에 있어서 악의 존재란 깊이 숙고해 보아야 할 대상일 뿐이지 하나님의 존재 자체를 부인하게 하는 요소는 아니다." Richard Purtill, *Reason to Believe* (MI: William B.Erdmans Publishing Company, 1974), p.52.

18) 신정론(Theodicy)은 '신'과 '정의'를 의미하는 두 헬라어 단어의 합성으로 이루어진 말로써, 이 세계에 있는 수많은 악에 대해서 하나님의 선하심을 정당화하려는 시도를 뜻한다. 이 문제는 하나님에게 능력과 선함을 동시에 귀속시키려하는 모든 형태의 유신론에 존재하기 마련이다. 신정론의 문제는 다음과 같은 유명한 딜레마로 표현될 수 있다: 하나님은 악을 막을 수 있으면서도 막지 않거나, 아니면 막으려 하지만 막을 수 없거나이다. 만일 후자가 옳다면 하나님은 전능하지 않고, 전자가 옳다면 그는 자비하지 않다. 이 문제에 대한 전통적인 해답은 수많은 철학적 문제들과 얽혀 있으며, 啓示와 理性의 문제와 같은 넓은 지식이 요구된다. 이에 대한 간단한 해답은 피상적일 수밖에 없다. 반 A. 하비 著, 장동민 역, 『신학용어 핸드북』(소망사, 1992). pp.125~129 참조.

상황만을 보고 신의 존재와 섭리 자체에 대해 회의 하는 모습은 근본적으로 기독교에 대한 인식이 부족하였음을 보여주는 것이라 할 수 있다.

작가는 극한적 실존 문제에 처한 기독교인 성섭의 의식의 변모 과정을 보여줌으로써 현실의 삶을 개선하지 못하는 무기력한 기독교 신앙을 부각시키고 있다. 무엇보다 착한 사람을 고통 받게 하는 신은 이미 신이 아니라는 항변을 아내의 담론을 통해 직접적으로 드러냄으로써 하나님에 대한 깊은 불신을 드러낸다.

여기에서 박화성이 지니고 있는 신앙의 변모를 살펴볼 수 있다. 주인공 성섭이 지녔던 순수한 믿음 생활은 박화성이 그녀의 유년기와 청소년기에 보여준 신앙의 모습일 것이다. 순수하게 신의 존재를 믿음으로 세계와 불화하지 않고 갈등을 겪지 않던 시기이다.[19] 그러나 개인의식이 성장하고 사회 속에서 다양한 삶의 모순과 갈등을 경험하면서 신의 존재에 대해 부정하고 회의하는 단계에 이르게 된다. 박화성의 경우 고향을 떠나, 신앙심이 깊은 어머니와 유리되어 주체적인 지식인 여성으로서의 삶을 살아가면서 신앙은 사회적 자아의 신념에 자리를 내어주게 된다. 더욱이 사회주의 이념에 경도되어 그에 따른 창작방법론과 경향성에 따라 작품을 창작하던 시기에 이르면 신의 존재, 신의 섭리에 대한 근본적인 회의와 부정이 따를 수밖에 없는 형편일 것이다.

처음 박화성의 신앙의 모습은 성섭이 보여주는 순수한 믿음의 상태였다가 성섭의 아내가 보여주는 냉소적인 냉담함을 거쳐 극한 상황을 겪으며 신의 존재를 부정하고 불신하는 성섭의 단계에 이르고 있음을

---

19) 『북국의 여명』(1935.4~12월 『조선중앙일보 연재』)은 작가의 자전적 색채가 강하게 드러나는 장편소설로 작품에 나타난 에피소드와 사건, 인물 등을 통해 작가가 지닌 기독교 인식의 특징과 그 원인을 이해할 수 있는 단초를 제공한다. 작품 속 주인공인 효순은 유복한 기독교 집안에서 태어나 기독교 학교를 다닌다. 효순이 고향을 떠나 경성에 있는 학교에 입학하여 일요일 새벽에 교실로 가서 새벽기도를 하는 모습에서는(p.129) 기독교에 대한 반감과 신앙에 회의적인 모습을 찾을 수 없다.

알 수 있다. 일제 강점기 어려운 시대를 헤쳐 나가며 고통 받는 민중의 모습을 보면서 민족의 앞날을 걱정하고 이를 위해 의미 있는 일을 하고 자 한 지도자 의식이 강한 박화성의 신념은 현실의 고통 앞에서 신앙보 다 우세하게 드러난다. 박화성 소설에서 이념이 절의적(節義的) 성격[20] 을 띠며 강하게 나타나는 이유인 것이다.

신앙에는 위험과 모험이 따르고, 특정한 시기에 개인이 가졌던 체험 의 확실성과 자기 자신이 확신하는 바가 진정한 신앙의 힘을 중립화하 거나 무효로 만든다[21]는 것을 참고할 때, 성섭이 경험한 현실적인 고통 의 체험은 그의 신앙을 무효화할 수 있을 것이다. 그러나 이 작품의 경우 성섭의 회의와 갈등이 기독교에 대한 깊이 있는 천착에서 나온 것이 아니라는 사실은 작가가 보여주는 기독교 인식의 한계로 지적될 수 있을 것이다.

그럼에도 불구하고 작품 속에 제기되는 성섭의 물음과 같은 근원적 인 종교의 문제, '신의 섭리'와 '인간의 연약함', '선과 악의 판단' 등과 같은 심오한 문제를 작품화했다는 점은 작가가 기독교에 대해 원초적 관심과 관련이 없다면 도달할 수 없는 형이상학적 물음이며, 당대 한국 소설에서 찾아볼 수 없는 심도 있는 종교적 질문이라는 점에서 의미를 찾을 수 있다.

---

20) 서정자는 그의 『한국근대소설연구』에서 박화성의 이념추구를 절의적(節義的) 성격이 라고 보았는데 이는 당시 소설이 보여주는 이념추구의 일반적 현상이기도 하였지만 박화성의 경우 그의 기독교 신앙과 관련지어 이해하고자 했다. 모태신앙인 박화성이 어려서 이적 체험도 했으며(중병을 앓는 중 꿈에 목사가 나타나 치유 받는다), 어머니가 독실한 기독교인이어서 그 영향을 받지 않을 수 없었지만, 이 기독교 신앙은 아버지의 축첩으로 시련을 겪는 데 크로포트킨의 '청년에 고함'을 읽으면서 불신에 빠져들었으나 하나님에게 향하던 신앙이 이념에로 바뀌었을 뿐이어서 그의 소설에서 이념이란 더욱 절의적 성격을 띠게 되었다고 판단한다. 서정자 편, 『북국의 여명』(푸른사상사, 2003), p.7.

21) Northrop Frye, *The Double Vision-Language and Meaning in Religion*, (University of Toronto Press, 1991), p.72.

2) 관념적 신앙과 회의하는 지식인

그렇다면 해방 이후, 전쟁과 휴전, 분단으로 이어지는 역사의 소용돌이 속을 지내오면서 박화성이 견지해 온 신념 혹은 작가의식은 어떤 양상으로 변모했을까 궁금해진다. 무엇보다 기독교 신앙의 관점에서 그녀가 보여준 기독교에 대한 인식, 기독교 사상에 대한 이해의 지평은 어떠했는지 살펴보고자 한다.

1972년 5월에 쓴 수필 중 '백일기도(百日祈禱)'가 있다. 이 글에서 작가는 자신이 부처님께 백일기도를 드린 이야기를 한다. 어려서부터 기독교 신앙 안에서 성장하여 마리아상이나 부처님께 예배하는 것을 십계명의 제2 조를 범하는 것이라고 비판하던 작가가 인간의 의지가 극도로 쇠약해졌을 때 그 신념이 흔들릴 수밖에 없으며 뜻하지 않은 타종교의 신앙까지를 감행하게 된다는 것을 체험으로 깨닫게 되었다고 말한다.[22] 그 일은 6·25 동란이 난 지 십여 일 후 친구에게 불려 나간 후 돌아오지 않는 큰 아들을 기다리던 즈음, 한 관상쟁이가 아들의 친구는 고인이 되었으나 그녀의 아들은 살아 있으니 부처님께 정성껏 백일기도를 드리면 돌아온다고 한 말을 듣고, 집에서 멀리 떨어진 절에 백미를 두 가마나 보내고, 아침 저녁 7시에 두 차례씩 불공을 드린 것이다. 작가는 법당에서 불공을 드리던 순간을 "내가 예수교인이란 것도 잊었고, 십계명이니 뭐니 하는 딴 생각은 털끝만큼도 떠오르지 않았다. 다만 대자대비의 크나큰 공덕으로 이 가련한 창생의 소원을 이루어 주십사 하는 일편단심 뿐이었다."고 적고 있다. 백일기도가 끝나고 고인이 되었다는 아들의 친구는 살아 돌아왔으나 작가의 아들은 감감 소식이지만, 20년 전에 지성을 다하여 드린 기도는 부처님을 감동시켰으리라

---

22) 서정자 편, 『박화성문학전집』 20권(푸른사상사, 2004), pp.44~45.

믿고 언제까지든 기다려 보기로 한다고 적고 있다. 작가는 당시 무아지경에서 오로지 한 마음으로 부처님께 소원을 빌던 그 갸륵한 정성은 작가의 생애에 두 번 다시 없을 것 같다고 적고 있다.

해방 이후 그녀가 50세를 전후하여 불교의 영향을 크게 받았다는 근거는 명확하지 않으나 목포 문학관의 박화성 기념관에는 그녀의 방에 말년까지 있었다는 보살상이 비치되어 있다[23])는 것으로 보아 휴머니즘적 삶의 태도를 견지해 왔던 그녀가 불교의 가르침을 존중하고 흠모했음을 알 수 있다.

'나의 인생 노트'(1972.1.16)라는 글에서 박화성은 "이브가 에덴에서 쫓겨나지 않았던들 우리 인류가 존재할 수 있었을까?"라고 자문자답을 하며 이브의 범죄는 뱀으로 이브를 시험한 여호와에게 전적인 책임이 있고, 애초에 그가 사탄을 만들었기 때문이며, 뱀의 꾀에 넘어간 것도 이브가 신이 아닌 사람이기 때문이라고 하며 "여호와의 경륜에 따라 사람은 만들어졌지만 여호와는 그들에게 생명만을 부어 주었을 뿐 인류 각자의 인생과는 관계가 멀고 인류 각자가 인생 생활을 만들어 내는 것은 인류 각자 스스로의 일일 뿐 구약성서에서 보이 듯 여호와가 직접 개입되어 있는 것은 아니라는 결론"을 내리고 있다.

그녀는 기독교 신자의 가정에서 자라면서 어려서부터 신앙생활을 열심히 했지만 11세 때 아버지가 교회와 가정을 버린 것으로 인해 하느님을 원망하며 그 때부터 인간의 강한 집념은 그것이 선의든 악의든 간에 하느님도 돌이킬 수 없다는 것을 깨닫고, 덮어놓고 믿기만 하면 된다는 맹신의 자세에서 벗어나게 되었다고 말한다.[24]) 그러면서 중요한 것은 인간의 신념이라고 하였다.

---

23) 정태영, 『박화성과 이난영 그들의 사랑과 이즘』(뉴스투데이, 2009), p.117.
24) 서정자 편, 『박화성문학전집』 20권 (푸른사상사, 2004), p.246.

"지금 우리에게는 다시 올 메시아도 없거니와 예수나 석가모니와 같은 성인을 힘입어 영혼의 구원을 얻는다는 사실은 하나의 전설로 들 만큼 우리는 이미 약해져 있는 것이다. 그렇다면 어떻게 할까? 우리는 우리 스스로 자신을 구할 수밖에 없다. 자신을 다시금 살피고 하루에도 몇 번 씩 자신을 깊이 반성하여 우리의 타락된 정신을 쇄신하고 정화시킬 메시아를 우리 자신에서 찾아내야 할 것이다. 메시아는 구세주다. 메시아는 곧 구원과 사랑의 상징이 아닌가. 나를 희생하여 남을 사랑할 때 메시아의 정신은 재현되는 것이다."25)

위 글을 통해 볼 때, 박화성의 기독교 인식, 기독교 신앙의 양태는 일반적인 믿음의 양상과는 다른 것을 알 수 있다. 기독교 신앙은 하나님이 인간의 모든 일을 주관하시고 간섭하는 무소부재한 존재이며 다시 오실 메시아임을 믿는 믿음에 기초한다. 그러나 위의 글에 나타난 작가의 기독교 인식은 기독교의 중요한 교리와 사상을 부정하고 있다. 이브의 범죄가 여호와의 책임이라는 인식과 인간의 의지가 하나님의 섭리보다 강하다는 인식이나 인간이 스스로 삶에 책임을 져야하며, 메시아가 온다는 것과 예수로 인한 영혼구원을 전설로 여기는 인간 중심적인 관점은 기독교 사상을 벗어나는 것이라 할 수 있다. 신에 의지하여 사는 신앙인보다는 자신의 이성과 의지로 현실의 어려움을 타개해 나가는 인간상을 추구하고 신앙보다 도덕적 삶의 양태를 더욱 중요시하는 지적이고 인간적인 모습이 강하게 드러난다.

「수의」(囚衣)(『월간문학』, 1971.11)는 80세에 접어든 애국투사 진유경이 윤달을 맞아 자신의 수의를 짓는 이야기다. 진유경은 아끼는 지인 김 여사에게 수의를 만드는 과정에 함께 하고자 청한다. 삼인칭 시점으로 전개되는 이야기에서 이야기의 중심 화자는 김 여사다. "내야 신자니까 윤달이니 뭐니 가릴 턱이 없지만 윤달엔 뭐 살이 끼지 않았다나

---

25) 위의 책, p.249.

해서 일반이 모두 행한다니까 자손들을 위해서라도 묵인한 셈이지." 라는 진 여사의 말에 "그럼요 미신이라기보다는 하나의 풍습이랄까 그런 거니까요."라고 응대하는 김 여사는 아무도 봐주지 않는 육체와 더불어 썩어지는 수의를 만드는데 열심인 진 여사를 의아해 한다. 진 여사는 하나님 앞에 영원한 신부로 가는 데 아름다워야 한다고 하지만 영혼의 살아있음에 회의적인 김 여사의 심정은 착잡하다. 무언가 표현할 수 없는 마음으로 인간이란 허무한 존재이며, 인생 역시 초로 같은 생활의 연속뿐이라는 허탈감을 느낀다. 며칠 후 진 여사의 부음을 듣고 장례를 치른 후 김 여사는 '지금쯤 선생님은 그 너울을 쓰고 하나님 앞에서 신부처럼 수줍은 웃음을 띠고 계실까? 영원히 영혼은 살아 있다고 장담하셨지만 영혼이 살아 있는 것이 아니라 진유경이란 이름만이 살아 있는 게 아닐까? 그래서 선생님도 다른 사람들도 그 이름이나마 살리려고 일생을 허덕대다가 선생님같이 그렇게 허무하게 사라지는 것이 아닐까?26)'라고 생각한다.

작가는 이야기의 중심 화자인 김 여사를 통해 자신의 이야기를 하고 있다. 죽음을 앞두고 영혼의 문제, 죽음 이후의 일들에 대해 알 수 없는 마음, 기독교적 신앙관, 내세관을 믿지 못하는 작가의 심정이 잘 그려져 있다. 이미 칠순을 바라보는 나이에 창작한 소설을 통해 작가는 영원한 생명을 추구하는 기독교 신앙에 대한 강한 회의를 보이지만 딱히 그것을 표현할 수도 없는 자신의 내면의 의심과 불안을 내보이고 있다. 그런 그녀의 내면 풍경은 인간이 허무한 존재라는 상념으로 인한 허탈감이다. 지상의 삶에 갇혀있는 수인, '가둘 수'자가 수의에 적합하다는 것이다.

이러한 박화성 문학 후기의 작품을 통해 볼 때, 그녀는 기독교의 교

---

26) 서정자 편, 『박화성문학전집』 17권, 단편집 2(푸른사상사, 2004), p.311.

리와 사상에 대해 끝까지 회의한 지성인이다. 기독교와 무관할 수 없는 태생적 환경이 있었지만, 신앙보다 사회주의 이데올로기적 신념이 강하게 작용하던 시대를 살아오며 불온하고 부조리한 현실 문제를 해결해주지 못하는 무기력한 종교를 택하기보다는 적극적으로 인간이 주체가 되어 현실의 난제를 타개해 나갈 수 있는 인간 중심의 세상을 꿈꾸었고, 해방과 분단 이후 휴머니즘적 관점에서 작품을 창작하면서 역시 인간이 중심이 된 사상과 인간의 의지를 더욱 신봉하는 모습을 보이게 된다. 기독교 신앙에서 강조하는 내세의 소망이 없기에 불안할 수밖에 없으며, 인생의 허무함을 보게 되고, 윤리적으로나 도덕적으로 완숙하지 못한 인간의 나약함과 허위의식에 절망하게 된다. 그리하여 더 깊이 인간의 정화와 헌신을 추구하게 된다. 그러나 그럴수록 지선(至善)에 이룰 수 없는 인간의 모습을 그릴 뿐이다.

4. 맺음말

박화성는 1925년 등단하여 1988년 세상을 떠나기까지 60여 년에 이르는 시간 동안 창작활동을 해 온 작가다. 일제 강점기와 해방기, 한국 전쟁으로 인한 분단과 이후의 시간 속에서 다양한 양식으로 문학 세계의 외연을 넓혀왔으며, 작품을 통해 작가의식의 변모를 보여주었다. 무엇보다 그녀의 생애는 기독교적 배경과 관계가 깊었으며, 유년 시절 그녀가 경험한 기독교 체험은 그녀의 작품 속에 다양한 양태로 표현되었다. 그녀는 1920~1930년대를 보내며 동반자 작가로서 사회주의 이념에 동조하여 계급의식을 문학적 소재로 취하면서 지도자 의식을 드러내고 사상가로서의 자신을 부각시키려고 노력했던 적극적인 여성 작가였다.

동반자 작가로서 그녀의 문학작품 속에 나타난 기독교의 모습은 대체로 부정적이다. 특이한 점은 그녀는 자신이 기독교 신앙에서 멀어지고 있는 모습을 독실한 신앙을 지닌 어머니의 언사를 통해 보여주면서 일말의 안타까움을 표현하고 있으나, 당시의 시대적 풍조 속에서 지식인 청년들이 보여준 반기독교적 정서는 민족주의적 신념에 따른 것으로 자연스러운 현상이었음을 강조하고 있다. 이는 당시 선교사 중심의 기독교 신앙체제가 일제의 탄압 아래 있는 민족의 현실을 타개하지 못하는 안타까운 상황을 반영하는 것으로 일본 유학을 통해 사회주의 사상과 활동에 접한 작가들의 경향성을 보여주는 것이라 할 수 있다.

당시 시대적 상황 속에서 박화성이 기독교를 소재로 창작하고 그 가운데 기독교 신앙에 대해 깊이 있는 물음을 던질 수 있었던 것은 여타의 경향파 작가들과는 다른 그녀의 기독교적 배경 때문임을 알 수 있다.

「한귀」는 경향파 작가의 작품으로서는 드물게 신의 섭리에 대한 물음을 문제화하고 있으며, 이의 발전적 전개는 기독교 문학의 주제로 승화될 가능성을 보여준다고 할 수 있다. 물론 불가해한 현실의 문제만을 보고 신의 존재와 섭리 자체에 대해 회의하는 주인공의 모습은 근본적으로 기독교에 대한 인식이 부족했음을 보여주고 있다. 그러나 이 역시 작가가 기독교에 대해 원초적 관심과 관련이 없다면 도달할 수 없는 형이상학적 물음으로, 당대 한국소설에서 찾아볼 수 없는 심도 있는 신학적 질문을 제기한 것이라 생각한다.

그러나 박화성이 견지한 신앙에 대한 회의, 관념적 신앙의 양태는 그녀의 생애 동안 지속되었다. 박화성의 후기 문학이 추구하는 휴머니즘에 기초한 정의감, 윤리의식 등은 인간의 지성과 도덕을 중시하는 것으로 이성의 세계를 넘어서는 기독교 신앙의 초월성과는 거리가 있었으며, 박화성은 그 경계에서 고뇌하는 지성인의 모습을 보여주고 있다. 지극히 부조리한 삶의 현실 속에서 살아가는 인간의 모습 역시 완벽할 수 없기에 이에 대한 회의와 허무로 괴로워했던 모습을 찾을 수 있다.

작가가 비기독교인, 혹은 반기독교인일지라도 종교성을 추구하면 기독교 문인이라고 할 수 있다[27]는 포괄적인 의미로 기독교 문인을 지칭하는 입장에서는 허무주의와 신의 부재를 고민하는 부조리 문학의 작가들까지 종교적인 문인으로 간주하기도 한다. 물론 엄밀한 의미로 기독교 문인을 언급할 경우[28]에는 이러한 작가들을 기독교 문인이라 할 수는 없다.

박화성은 실존의 극한 상황에 처한 인간의 문제를 통해 신의 부재에 대한 인식과 신의 섭리에 대한 회의를 문학을 통해 표현하면서 신에 대한 관심을 표명한 작가다.[29] 이처럼 60여 년의 문필 활동을 통해 지성으로 해결할 수 없는 신앙과 믿음의 문제에서 고뇌하고 갈등하는 작가의식을 보여주었다는 점에서 박화성 문학에 나타난 기독교 인식의 특징을 찾을 수 있다.

---

27) 양병헌, 「현대문학비평의 이해 및 역할」, 『문학과 종교의 만남』(한국문학과 종교, 1995), p.281.

28) 기독교 문인들이 갖추어야 할 세 가지 덕목을 최종수는 다음과 같이 언급하고 있는데, 이는 기독교 문학을 이해하는 척도가 될 수 있다. 첫째, 작가로서 인간적인 생활경험을 내면적으로 또 외부적으로 심화 확대시켜야 하고, 둘째, 진실한 신자로서 신앙체험을 소중히 생각하고, 신앙의 올바른 이해를 위해 수고를 아끼지 말아야 되고, 셋째, 기독교적 문인은 문학예술의 매체인 말과 글에 대한 예술적 구사력을 익히고, 신앙적 사상과 정서와 경험을 작품으로 형상화시키는 기교의 터득에 각별한 노력을 경주해야 한다는 것이다. 최종수, 『문학과 종교의 대화』(성광문화사, 1987), pp.14~16.

29) 송상일은 「不在하는 神과 小說」에서 기독교 문학이라고 이름할 수 있으려면 기독교가 소재로 취급되는 것이 아니라 문제로 추구되어야 하며, 고정관념화된 기독교나 그것을 빌어 진술하는 것이 아니고 기독교 신앙과의 대결을 통해 암묵적으로 존재하는 진정한 신앙을 추구하는 경우라야 한다고 했다. 또한 기독교 소설에서의 신앙 또는 神은 不在의 양태로만, 훼손된 모습으로만 나타나며, 그럼으로써 기독교는 소재가 아닌, 소설의 본질적인 요소로써 내재하게 된다고 했다. 기독교는 작가에게 고정관념이 아닌 문제로서 인식되어야 하며, 기독교를 고정관념으로 옹호하거나 비난하는 이들이 붙들고 있는 것은 언제나 시대착오적인 기독교의 '신화'일 뿐이라고 했다. 송상일, 「不在하는 神과 小說」, 『현대문학과 기독교』(문학과지성사, 1984), p.91.

제2부

현대소설과 기독교

제1장
『사반의 십자가』와 제3 휴머니즘론

1. 머리말

　김동리는 '究竟的 生의 形式'으로서의 문학을 주장하며 창작과 비평을 함께 추구했던 작가다. 김동리가 주장한 '구경적 삶'[1]이란 생명현상으로서의 삶을 넘어서 이 세계와 자아의 근원적 관련을 깨닫는 데로 나아가는 삶을 의미하며, 문학이 현실문제나 특정한 정치적 이념을 갖지 않고 인간 존재의 근원적 의미와 운명에 대한 탐구가 이루어질 때 실현할 수 있는 삶의 모습이다. 그러므로 김동리는 역사적 시공을 초월하여 인간 존재의 근원적 의미와 운명을 탐구하는데 문학적 지향을 두었으며, 시대적 삶의 문제는 이에 종속되는 배경적 사실로 여겼다.[2]

---

1) 우리는 한 사람씩 천지 사이에 태어나 한 사람씩 한 사람씩 천지 사이에 사라지고 있다는 사실을 통하여 적어도 우리와 천지 사이엔 떠날래야 떠날 수 없는 유기적 관련이 있다는 것과 및 이 '유기적 관련'에 관한 한 우리들에게는 공통된 운명이 부여되어 있다는 것을 발견하게 되는 것이다. 우리는 우리들에게 부여된 우리의 공통된 운명을 발견하고 이것의 타개에 지향하지 않으면 안 된다. 우리가 이 사업을 수행하지 않는 한 우리는 영원히 천지의 파편에 그칠 따름이요, 우리가 천지의 분신임을 체험할 수는 없는 것이며, 이 체험을 갖지 않는 한 우리의 생은 천지에 동화될 수 없기 때문이다. 그리고 우리는 우리에게 부여된 우리의 공통된 운명을 발견하고 이것의 타개에 노력하는 것, 이것을 가르쳐 구경적 삶이라 부르는 것이다. 왜 그러냐하면 이것만이 우리의 삶을 완수할 수 있는 길이기 때문이다. 김동리, 「문학하는 것에 대한 사고」, 『백민』 4, 2, 1948. 3 pp.44~45.

이와 같이 '구경적 생의 형식'으로서의 문학의 순수성을 주장했던 초기 그의 문학론은 해방 이후 좌우익의 문학논쟁을 계기로 문학의 본령 정계를 의미하는 '순수문학'으로 정립되고, 국가회복의 민족적 과제에 직면한 시대적 상황 속에서는 우파 측의 민족문학론을 대변하는 일종의 창작방법론으로 대두된다. 그가 주장한 '순수문학론'은 좌익의 목적주의 문학과 상대적 개념으로 사용되며 문학의 본령이 인간성 옹호에 있음을 전제로 한 휴머니즘문학과 연계된다. 이러한 순수문학론은 특정한 정치적 이념을 지향하는 목적주의 문학에 대항해 제3 휴머니즘 문학론[3]으로 이어진다. 그의 제3 휴머니즘 문학론은 민족성, 세계성, 영구성을 그 속성으로 하여 민족만의 문학이 아니라 민족의 문학이면서 동시에 세계 문학을 추구하는 일종의 창작방법론이기도 하다. 이처럼 해방 이후 민족문학 논쟁의 과정에서 '구경적 생의 형식'이라는 추상적 담론은 또 다른 형태의 문학론으로 변화하여 나타나게 된다.

이와 더불어 김동리는 자신의 독창적인 문학관을 작품으로 표현하면서 자신의 문학론에 따라 창작에 변화[4]를 보여준다. 그러나 창작과 비

---

2) 나는 문학이-특히 장편소설일 때-시대적 사회적 의의와 공리성을 가질 것을 주장한다. 그러나 그것이 문학적 사상의 주체가 되거나 유일한 것이 된다고 생각하는 것은 배격한다. 왜 그러냐 하면, 참다운 문학적 사상의 주체는 시대와 사회를 초월하여 인간의 보편적이요, 근본적(구경적)인 문제-다시 말하자면 자연과 인생의 일반적인 운명-에 대한 독자적인 해석이나 비평에서만 가능한 것이며 시대적·사회적 의의니 공리성이니 하는 것들은 이 주체적인 것의 환경으로서의 제이의적·부수적 의의를 가지는 데 지나지 못하기 때문이다. 끝으로 이러한 참다운 문학적 사상의 주체는 작가 자신에게 출발한다는 것을 말하여 둔다. 왜 그러냐 하면 시대와 사회를 초월하여 인간이 영원히 가지지 않을 수 없는 인간의 보편적이요 근본적인 문제, 즉 인간의 일반적인 운명은 작가 자신에게도 부여되어 있기 때문이다. 권영민, 『한국민족문학론연구』(민음사, 1995). p.373~374.

3) 최택균, 「김동리의 제3 휴머니즘과 『사반의 십자가』」, 『성균어문연구』, 제30집, 1995, p.167.

4) 김동리 문학은 초기의 낭만적 세계인식이 해방기라는 특수한 시대인식에서 참여문학을 지향하면서 작가의 의식과 실천사이의 분열 양상을 드러내며, 50년 이후 역사물을 통해 30년대의 세계로 회귀하고 있다. 진정석, 「김동리 문학연구」, 『현대문학연구』(서울대학교 현대문학연구회, 1993) 참고.

평이 항상 일치된 방향으로 나타나는 것은 아니다. 작가는 자신의 문학론을 작품에 반영하거나 표현하고자 해도 이론과 실천 사이의 간격이 있기 때문이다. 이 글에서는 김동리가 해방 이후 지속적으로 주장5)해온 그의 제3 휴머니즘(신인간주의) 문학론의 실체를 살펴보고, 그의 문학론이 작품 속에서 어떠한 양상으로 구현되고 있는지 장편소설『사반의 십자가』를 통해 고찰하고자 한다.

김동리의『사반의 십자가』는 제3 휴머니즘론과 연관하여 논의되어왔다. 연구자에 따라『사반의 십자가』를 제3 휴머니즘 이론을 형상화한 작품으로 보며,6) 김동리가 주장하는 제3 휴머니즘의 세계란 결국 '동서양 정신의 창조적 지양'의 세계이며, 그것은 나아가 상호 이질적 두 세계의 변증법적 통합과 지양을 보여주는데 이 작품이 그의 문학론을 형상화하고 있다고 긍정적으로 평가7)하기도 한다. 그러나『사반의 십자가』에 나타난 김동리의 제3 휴머니즘은 동서양 정신의 창조적 지양이라기보다는 동양적 왕도주의의 추구8), 한국적 영웅의 재현9), 혹은 고대 영웅소설의 변형10)이며, 김동리의 제3 휴머니즘론을 제대로 형상화하지 못했다는 비판적인 입장 역시 존재한다. 기독교 문학으로서의 가능성을 탐색하는 글에서는 이 소설이 한국적으로 변용된 기독교, 즉 샤머니즘의 변용으로서의 기독교11)를 표현했으며, 새로운 신의 탄생을 언

5) 이형기, 「신인간주의의 구현」, 『사반의 십자가』해설(삼중당, 1990), p.353.
6) 김우규, 「하늘과 땅의 변증법」, 『현대문학』, 1959.1 참고.
   이형기, 「신인간주의의 구현」, 『사반의 십자가』(삼중당, 1990)
7) 이규태, 「김동리 문학에서의 신인간주의」(경북대 교육대학원 석사학위논문, 1985).
   최택균, 「김동리 소설연구」(성균관대학교 박사학위논문, 1998)
8) 김윤식, 김현, 『현대문학사』(민음사, 1984), pp.244~247.
9) 손우성, 「하늘과 땅의 비중」, 『동리문학이 한국문학에 미친 영향』(중앙대학교 예술대학 문창과, 1979)
10) 정혜영, 「김동리소설연구」(경북대 대학원 박사학위논문, 1996). pp.128~134.
11) 김병익, 「한국소설과 한국 기독교」, 『상황과 상상력』(문학과 지성사, 1979)

급했다고 보았다.

기존의 논의에서는 주로 『사반의 십자가』의 인물 중 예수와 사반이 각각 천상과 현실, 성과 속, 서구와 동양을 대표하는 인물로 관심의 대상이 되어 김동리의 신인간주의, 제3 휴머니즘론을 동양적 자연관과 신비한 운명론과 연관하여 논하고 있는데,[12] 이 경우 대부분의 논자들이 김동리의 관심이 사반에게 있음을 주장하고 있다. 그러나 정해진 인간의 운명은 거부할 수 없으며 운명을 거스를 때 남는 것은 패배임을 보여주는 사반의 모습은 김동리가 주장한 제3 휴머니즘의 정신과 일치하지 않는다. 그렇다면 김동리가 작품을 통해 구현하고자한 신인간의 모습은 무엇이며, 그것을 형상화한 작품 속 인물은 누구인가에 의문을 갖게 된다. 이 글은 이러한 관심에서 시작한다.

2. 제3 휴머니즘론의 전개와 의미

김동리는 1930년대 후반 세대논쟁의 신인 측 중심인물로서 평론가 중심의 기성세대(당시 30대)의 신인비판 논리에 대응하며 자신의 문학론을 전개해 나간다. 당시 문단의 30代(임화, 이원조, 유진오)와 1935년 전후 등단한 신인(김동리, 오장한, 정비석, 최명익, 박영준, 허준 등) 사이에 벌어진 세대론은 30代와 신인 사이의 '순수논쟁'을 일으키는데 신인측은 모두 작가로서 자신의 주장을 대변할만한 평론가가 없는 상황에서 김동리가 평론을 겸하게 된다. 世代論에서 30代는 프로문학을 옹

오현숙, 「기독교 문학의 입장에서 본 『사반의 십자가』 연구」(전남대학교 교육대학원 석사학위논문, 1988)

12) 손봉주, 「『김동리 사반의 십자가』의 분석적 연구」, 『청람어문학』, 1993

호했던 비평가로 실제 그들이 공격한 것은 '구인회' 그룹과 이태준, 정지용 중심의 '문장'파였다. 그들은 '문장'을 직접 공격하는 대신 그 아류로 여겨지는 신인들을 공격했는데, 이는 카프 해체 이후 기존의 카프 세력과 순수문학 계열 사이의 대립이 잠재된 것이었다.

당시 세대논쟁은 비평과 창작, 반영론과 표현론이라는 상이한 관점을 근거로 '순수'의 개념에 대한 논쟁을 이끌게 되는데, 기성 측의 유진오가 신인들의 비문학적 야심행위를 순수의 대타 개념으로 사용한데 비해 김동리는 순수의 의미를 문학예술의 자율성 문제로 해석하며 이를 예술가의 주체 정립의 문제로 확장시킨다.

시대적 고민 없이 기교위주의 작품을 쓰는 신인들이 비순수하다는 30대의 공격에 김동리는 현민이 정의한 순수의 개념이 신인들이 지향하는 문학태도임을 주장13)하면서 대응해 나간다. 이러한 논쟁 속에서 김동리는 문학예술의 자율성을 강조한다. 이러한 김동리의 문학관은 '생명의 구경탐구'로 일관되고 있는데, 이는 창작 주체의 내면적 경험을 강조하는 근대적 미의식의 핵심을 드러낸다는 점14)에서 의의를 찾을 수 있다.

문단 질서의 재편 과정에서 구 카프 계열과 구인회 및 순수문학 계열 사이의 대립으로 야기된 '세대논쟁'에서 김동리는 문학의 자율성을 토대로 주체적 문학관을 모색해 나간다. 기성측을 주체적 사상 부재로 비판하면서 김동리는 객관보다 주관을 우위에 둔 자신의 독특한 '리얼리즘론'15)을 전개한다. 김동리에게 있어 문학은 절대적 가치를 지니고 전

---

13) 김동리는 누구나 작가가 되는 순간부터 자기 분열과 고민에 처해지며, 기교나 표현 없는 정신이란 있을 수 없다고 주장함. 「순수이의」, 『문장』, 1939. 8, p.114.

14) 서재길, 「1930년대 후반 세대 논쟁과 김동리의 문학관」, 『한국문화』 31(서울대학교 한국문화연구소, 2003. 6), p.165.

15) 김동리, 「나의 소설수업」, 『문장』, 1940. 3. p.174. "작자의 주관과 아무런 교류도 없는 현실(객관)이란 어떠한 경우에도 그 작가적 리얼리즘과는 아무런 상관도 없는 것이다.

존재를 걸고 추구해야 하는 것이었기에 근대적 사유에 기반한 문인들이 해방 후 신체제의 수락으로 이어질 때 문학 절대주의의 운명론적 문학관은 근대 자체와 맞설 수 있는 근거가 되기도 한다.[16] 그러나 시대정신이 부재한 초역사적 의미를 지닌 그의 문학관은 종교의 절대성과 혼합되며 합리적 사유로 판단할 수 없는 절대적 낭만성을 지향하게 된다. 이것이 곧 김동리 문학의 특징이라 할 수 있다.

해방 이후 김동리는 좌우익의 문학 논쟁 속에서 김동석, 김병규 등과 대립하게 되는데, 이 때 그는 자신의 문학정신을 '순수문학'으로 집약하여 여타의 목적에 예속되지 않고 현실 문제를 문학의 자율성 속에서 주체적으로 해결할 수 있는 것이 순수문학이라고 주장한다. 김동리는 문학의 본질이 인간성의 옹호에 있음을 전제로 순수문학을 휴머니즘문학과 연계하여 목적주의 문학에 대항하는 제3 휴머니즘 문학론을 주장한다.

1948년 발행된 그의 평론집 『문학과 인간』(청춘사)은 그의 이러한 사상적 지향을 보여준다. 김동리는 순수문학의 본질은 휴머니즘이 기조가 된다고 하며 서양적 범주에 제한하여 휴머니즘을 3기로 나눈다.[17] 김동리가 언급한 바 제1 휴머니즘은 희랍문화를 의미한다. 이 시기는 신화적 미신적 궤변과 계율에 대한 항거와 타파로써 가장 원본적인 인간성의 기초 확립을 특징으로 한다. 이어서 신의 영광을 중시하고 교회의 절대 권력 앞에 인간의 자유가 억압당하는 중세 암흑기가 오는데,

---

한 작가의 생명(개성)적 진실에서 파악된 '세계'(현실)에 비로소 그 작가의 리얼리즘은 시작하는 것이며, 그 '세계'의 여율과 그 작자의 인간적 맥박이 어떤 문자적 약속 아래 유기적으로 육체화하는 데서 그 작품(작가)의 '리알'은 성취되는 것이다. 그러므로 아모리 몽환적이고, 비과학적이고 초자연적인 현실이드라도, 그것은 가장 현실적이고 상식적이고 과학적인 다른 어떤 현실과 마찬가지로 어떤 작가의 어떤 작품에 있어서는 훌륭한 레알리즘이 될 수 있는 것이다."

16) 서재길, 앞의 논문, p.161.

17) 김동리, 「순수문학의 진의」, 홍신선, 『우리문학의 논쟁사』(어문각, 1985), pp.11~13.

이 암흑기를 벗어나 인간의 권위를 회복하고 인간본위의 시대를 여는 르네상스를 제2기 휴머니즘으로 보았다. 르네상스로 시작된 제2기 휴머니즘의 특징은 헬레니즘계의 이성적 인간정신이 위주가 되어 과학시대를 초래하는 것이다. 그러나 과학정신의 구경적 발달은 공식주의적 번뇌이론과 과학주의적 기계관을 산출하게 되어 '과학'이라는 새로운 현대적 우상을 낳게 되는데, 그는 특히 유물사관을 과학주의 기계관의 결정체로 보았다. 김동리는 과거 경향파 계열의 문학인을 중심으로 '진보적 리얼리즘', '혁명적 로맨티즘', '과학적 창작방법' 등의 과학주의적 기계관을 바탕으로 하는 일련의 공식론이 추출되는 현상을 개탄한다. 그는 이러한 현상이 민족문학 수립에 저해가 된다고 하면서 민주주의로 표방되는 세계사적 휴머니즘의 연쇄적 필연성에서 오는 민족단위의 휴머니즘의 필요성을 강조한다.

김동리는 르네상스로 시작된 제2기 휴머니즘이 근대문화를 일궈온 점은 인정하나 이 역시 기독교 정신이 흐르고 있는 서구문화이기에 아무리 기독교 정신의 새로운 전개라 할지라도 그러한 정신이 바탕이 된 서구문화의 위기를 생각할 때 새로운 신을 찾는 것이 필요하다고 생각한다. 그것이 바로 김동리가 말한 바 제3 휴머니즘이다. 제3 휴머니즘은 신인간주의로 번역할 수 있다. 그는 제1, 제2의 휴머니즘을 낳은 서구는 이미 지력이 다했으며, 제3 휴머니즘의 발생지는 동양이어야 하고, 그 중에서도 세계문화의 차원에서 중심이 된 적 없는 한국이 제3 휴머니즘의 발생지가 되어야 한다고 주장한다.[18]

김동리의 제3 휴머니즘은 당대 진보적 리얼리즘 문학에 대한 우파측의 대항정신으로서 민족문학에 대한 나름의 지향의식이 담겨있는 논의라 할 수 있다. 그는 제3 휴머니즘론을 통해 물신화되고 기계적인

---

18) 이형기, 「신인간주의의 구현」, 『사반의 십자가』(삼중당, 1990), pp.353~354.

목적주의 문학에 대항하는 논리를 펼치게 된다. 제3 휴머니즘론은 순수문학을 옹호하는 과정에서 얻어진 것으로 '동서정신의 창조적 지양'을 추구하며 개성의 자유와 인간성의 존엄을 목적하는 민주주의와 민족정신으로 이루어진다. 김동리는 순수문학이란 문학정신의 본령정계의 문학이며, 순수문학의 본질은 휴머니즘이 기조가 된 것이므로 민족단위의 휴머니즘을 기본내용으로 하는 순수문학과 민족정신이 기본이 되는 민족문학과의 관계는 본질적으로 같은 것이라고 하여 순수문학과 민족문학, 제3 휴머니즘을 연관하여 언급하고 있다.

이러한 김동리의 주장은 비현실적이고 관념적인 면이 있지만 해방기 문단 상황 속에서 민족문학 수립의 헤게모니를 잡으려는 좌우익의 다툼 속에서 제기된 것임을 고려할 필요가 있다. 김동리의 민족문학으로서의 순수문학론은 반제, 반봉건 민주주의 민족문학을 주창하는 좌익의 논리에 우익 측 저항정신으로서 대두된 것으로 순수문학이 문학의 본질적 원칙론이라는 것을 강조한다는 점에서 의의를 찾을 수 있다.

또한 김동리는 민족문학이란 민족만의 문학이란 뜻이 아니며 민족의 문학인 동시에 세계적인 문학이고, 세계적이란 말은 시간적 영구성을 포함한 공간적 보편성을 지니게[19] 되므로 민족문학이 세계문학이 되기 위해서는 민족성이 바탕이 되어야 한다는 창작원리를 주장한다. 이 때 민족성의 바탕이 되는 '민족고유의 얼'을 찾게 되는데, 김동리의 경우 '자연주의적 삶의 양식', 즉 저마다 주어진 고유한 인간의 운명을 최대한 수용하며 사는 것에 관심을 갖고 이를 작품을 통해 보여주고자 하였다.

이처럼 그가 주장한 우리 민족의 운명에 대한 나름의 모색, 그것은 작가 김동리가 해방 직후에 강력하게 좌익에 반대할 수 있었던 사상적

---

19) 김동리, 「민족문학론」, 『대조』, 1948. 9. pp.19~20.

무기였던 셈이다.

　　제3 휴머니즘은 이와 같이 자본주의 사회의 모순과 결핍을 근본적으
로 시정하는 일방, 맑시즘체계의 획일적 공식적 메카니즘을 지양하는
데서 새로운 고차원의 제3세계관을 확립하려는데 그 지향이 있다. (중
략) 다시 말하면 자본주의적 기구의 결핍과 유물변증법적 세계관의 획
일주의적 공식성을 함께 지양하여 새로운 보다 더 고차원의 제3 세계관
을 지향하는 것이 현대문학정신의 본령이며 이것을 가장 정계적으로 실
천하려는 것이 시방 필자가 말하는 소위 순수문학 혹은 본격문학이라
일컫는 것이다.[20]

　　제3 휴머니즘론은 김동리로 하여금 근대 자본주의와 사회주의를 부
정하고, 토속적인 것에서 우리 민족의 심성과 운명을 읽어 내면서 운명
에 맞게 사는 것에서 삶의 의미를 찾는, 즉 그로 하여금 운명론자와
반근대주의자가 될 수 있게 하는 사상적 배경이 된다. 해방기에 김동리
의 최대의 적은 유물론이라든지 과학주의 등으로 표현되는 근대성이었
다. 문학을 통하여 '구경적 생의 형식'에 닿고자 했던 김동리의 관심은
종교적 인간의 삶의 형식에 모아지며 당연히 비종교적이고 탈 신성화
를 가치의 우위로 삼는 근대인의 사유구조와 대립할 수밖에 없었다.[21]
그러므로 그가 주장한 제3 휴머니즘이 인간성을 옹호하는 것이라 할
때 그 구체적인 개념이 부재한 상태에서 예측할 수 있는 것은 어떠한
이념과 물질주의에도 침윤되지 않은 원시적 세계 속의 인간상이다. 그
렇다면 실제 작품 속에서 그의 문학론이 어떠한 양상으로 구현되고 있
는 지를 살펴보고자 한다.

---

20) 김동리, 「본격문학과 제3세계의 전망-특히 金秉達氏의 항의에 붙여-」, 『대조』, 1947.
　　김윤식, 『한국근대작가론고』(일지사, 1997), p.324.
21) 조회경, 「김동리소설연구」(숙명여대 박사학위논문, 1996). p.117.

3. 제3 휴머니즘론의 형상화 양상

『사반의 십자가』[22]는 제3 휴머니즘의 사상적 배경 아래 성서를 기초로 작가의 허구적 상상력이 빚어낸 장편소설이다. 김동리는 민족이 겪은 역사적 사건을 통해 인간의 유한성과 부족함에 대해 인식하고 인간을 초월할 수 있는 강력한 존재, 즉 신의 존재를 추구하게 되었으며 인간과 신의 관계에 대해서 생각하였기 때문에『사반의 십자가』를 창작했다고[23] 한다. 그러므로『사반의 십자가』는 인간의 구원에 대한 물음을 제기하는 작품이다. 사반과 예수가 지상적 삶과 천상의 삶을 대표하는 인물로 설정되어 방법론적으로는 현격한 차이를 보이지만 인간의 구원이라는 동일한 목표를 추구하고 있다.

이 작품 속에서 유대민족이 로마의 속국을 벗어나 자유를 누릴 수 있기를 갈망하며 행동하는 사반과, 유대민족 뿐만 아니라 모든 인류의 영적인 구원을 위해 하나님 나라를 전파하는 예수의 행동은 대칭구도로 전개되며, 사반과 예수가 추구하는 세계는 합치되지 못한다. 현세적 욕망과 지상적 구원을 추구하는 사반의 행적은 서술자의 직접서술 형식을 통해 상세히 나타나고 있으나 초월적 의지와 천상적 구원을 구가했던 예수에 대한 서술은 등장인물들에 의한 보고 형식으로 간접화되어 나타난다. 이러한 방식은 성서의 역사적 공간을 소설의 배경으로 취할 때 제한될 수 있는 작가의 상상력을 발휘할 수 있도록 성서의 담론

---

22) 1955년 11월부터 1957년 4월까지『현대문학』에 연재되었으며, 1957년 단행본으로 출간된 후 1982년 일부 개작되어 홍성사에서 출간되었다. 본고는 김동리,『사반의 십자가』,『한국문학전집』14(삼성출판사, 1972)를 인용하고, 필요한 경우 개작본을 참고한다.

23) 김동리는 "원로와의 대화: 김동리의 문학세계"(『광장』1982. 3. p.143)에서 해방 후에 민족적인 얼을 찾아야겠다는 것에 구애받지 않고 보다 더 신과 인간의 관계를 광범위하게 찾아보고자 하는 뜻에서『사반의 십자가』라든가「목공요셉」등의 기독교 계통 작품을 너 댓 편 썼다고 언급한 적이 있다.

을 단순한 설화적 진술에 머물게 하는 태도라 할 수 있다[24]. 작가는 사반과 예수의 유대 민족 구원에 대한 인식을 평행선상에 놓고 두 인물의 의식과 행동을 독립적인 구조로 서술해 나간다.

주인공 사반[25]은 유대인으로서 자기 민족이 로마의 속박을 받고 사는 것을 구하고자 '혈맹단'이라는 지하조직을 결성하여 때가 되면 무력투쟁을 통하여 민족을 구하려는 투지를 불태우는 인물이다. 사반은 로마제국에 의해 압제 당하고 있는 유대민족을 구하기 위해 메시아의 힘을 빌기를 원한다. 민족의 구원이 자신의 능력만으로 이룰 수 없는 거사이기도 할 뿐더러 운명적인 예언에 의해 취해야 할 방법이기도 했다. 그러기 위해서는 '메시아'라고 일컬어지는 예수를 만나 확인하고 자신의 뜻을 전해서 함께 민족을 구하는 투쟁을 해야 했다. 이러한 의도로 사반은 예수에 대한 무한한 기대를 안고 그를 만나러 간다. 모두 세 차례의 만남이 행해지는데 그 때마다 사반은 예수와 자신과는 합치될

---

24) 최택균, 「김동리의 제3 휴머니즘과『사반의 십자가』」, 『성균어문연구』, 제30집, 1995. p.169.

25) 『사반의 십자가』는 발표되기 20년 전에 이미 구상된 것으로, 작가는 일제의 질곡 속에서 민족이 고통을 겪을 때, 허무와 절망을 대표하는 사반보다 희망과 구원에 결부된 예수를 주인공으로 쓰고자 했다. 그러나 초월적 피안주의를 버리고 절망적인 민족상황을 구원한다는 관점에서는 인간적인 고뇌와 한계를 지닌 사반이 작품을 이끌어야 한다고 생각하여 사반을 주인공으로 설정한다. "나는 어려서부터 예배당엘 다녔고, 또 중학교도 미션 계통이었기 때문에 그 당시의 우리의 불행한 처지를 예수 당시의 유대나라(로마에 대한)의 그것과 흡사하다고 일찍부터 생각하고 있었다. 따라서 나는 당시의 나의 정신적 체험을 정면으로 쓴다는 것은 생념도 할 수 없는 형편이었으니까 예수 당시의 유대나라로 무대를 바꾸어서 생각해 보리란 생각이 어느덧 나에게 깃들어 있었던 것이다. …… 나의 이러한 계획은 그 뒤 나의 속에서 강렬하게 머리를 치들게 된 인간주의 의식에 의하여 좌절되고 말았다. 내가 막연히 희망과 구원을 결부시키려 했던 예수의 광명과 승리는 지상의 것이 아니었기 때문이다. 이와 같은 예수의 초월적인 천국사상이나 피안주의가 현세적이며 지상적이기를 요구하는 인간주의 의식과 서로 용납되지 않았다. ……나는 나의 암담했던 민족의식과 보다 더 광명적인 인간의식을 사반에게 결부시키게 된 데는, 8·15의 덕택이 컸다. 이와 동시에 나는 예수의 천상적인 광명과 승리에다 나의 민족적인 희망과 구원을 굳이 결부시키려고 하지 않아도 좋게 되었던 것이다." 김동리, 『사반의 십자가』(개작본)(홍성사, 1982), pp.393~394.

수 없는 근본적인 차이가 있음을 깨닫는다.

그럼에도 불구하고 사반은 예수에 대한 관심과 메시아의 날에 감연히 일어서리라는 희망을 버리지 않고 그의 행적을 주시하게 된다. 이는 사반 자신의 주체적인 판단에 의한 것이 아니라 하닷의 예언과 예수가 행하는 이적 때문이었다. 김동리는 소설 텍스트를 통해 예수가 행한 성서의 이적들을 그대로 표현하고 있다.26) 여기서의 이적이란 예수의 사역 가운데 두드러지게 나타나는 하나님의 능력을 의미하며, 자연의 법칙에 어긋나게 활동하는 하나님의 직접적이고 초자연적인 간섭으로 예수의 신성을 증명하는 증거이다.

그러나 김동리는 기독교 교리에서 중요시하는 神人兩面27)을 지닌 예수의 신성에 초점을 맞추기보다는 현실을 초월하는 예수의 신이한 능력에 관심을 보인다. 이러한 점들은 김동리의 기독교 수용 소설에서 종종 찾을 수 있는 모티프로써 이러한 이적은 주로 육체의 질병 치유나 초월적 능력의 구현을 위해 사용된 것으로 신앙적 차원에서보다는 세속적 욕망으로 구해진 예가 많다. 눈에 보이는 이적에 대한 지나친 강조는 이적보다 말씀을 중시했던 예수의 관점과 달리 기독교를 샤머니즘의 세계로 떨어뜨리는 것이라 할 수 있다.

> 예수의 이적에 대해서는 여러 사람들이 여러 가지 말들을 한다. 나는 처음부터 천박한 합리주의에 대해서는 비판적이었다. 그것은 처음부터

---

26) 『사반의 십자가』 제6장에는 예수가 행했던 이적의 내용이 다음과 같이 나온다.
　・안식일 날 회당에서 한 쪽 손 마른 사람을 회복시킨 일
　・베데스다 못 가의 행각을 지나다 서른여덟 해 된 병자를 일어나 걷게 한 일
　・가버나움에서 백부장의 사랑하는 종의 병을 고친 일
　・나인성 과부의 죽은 외아들을 살리신 일
27) 이는 예수그리스도의 成肉身(Incarnation)을 의미하는 것으로 이는 예수 그리스도의 신적 로고스가 육체가 됨을 뜻한다. 반 A. 하비, 장동민 역, 『신학용어핸드북』(소망사, 1992). p.100.

나의 철학적 입장이었지만 그 뒤 내가 읽은 현대의 심령과학의 수많은 과학적 증언들은 나의 이러한 신념을 더욱 굳혀 주었다. (중략) 이 작품에 나오는 예수의 이적에 관한 이야기나 하닷의 점성술은 나의 다른 작품에서 다루어지는 샤머니즘과도 일치함을 밝혀둔다.[28]

위와 같은 김동리의 관점은 『사반의 십자가』의 개작을 통해 더욱 분명하게 부각된다. 기독교 신앙에 대해 중립적인 입장에서 최소한의 호의를 갖고 서술했던 작가의 시각이 개작본에 이르면 기독교 신앙에 대한 부정적 인식으로 확고하게 나타남을 알 수 있다. 예수의 부활은 예수가 지닌 神性을 보여주는 기독교 신앙의 중요 요소다. 그러나 "그 정도 일이라면 일개 점성술사도 이미 그 전에 성취한 바 있다."는 식으로 예수의 신성을 부인해도 그의 부활에 대해 설명이 가능하다는 작가의 태도는 기독교 교리에 대한 부정적 인식을 보여주는 것이다. 이러한 작가의식의 기저에는 겉으로 보기에 초월적이거나 신비적인 현상도 일상적인 세계의 논리로 설명할 수 있다는 심령과학을 신봉하는 김동리의 세속적 합리주의가 자리잡고 있음[29]을 알 수 있다.

김동리는 예수의 관점이 천상적인 것에만 있다고 생각하는 사반의 대화를 강조함으로써, 현세의 삶에도 관심을 갖고 사람의 영혼과 육신을 아우르는 예수의 언어는 간과하고 있다. 그는 천상의 구원을 추구하는 유대 나라의 메시아에 대한 이해보다는 압제받는 민족을 구원하기 위해 행동하려는 사반에게 관심을 둔다. 예수와 사반의 죽음을 대비해 예수의 모습을 고통스럽게 서술하는 것과는 달리, 죽음에 임하는 사반의 내면의식을 "나는 왜 이렇게 죽음이 두렵지 않고 오히려 시원한지 알 수가 없었다."라고 직접 서술함으로써 서구문화의 중심축으로서의

---

28) 김동리, 「개작에 붙여」, 『사반의 십자가』(홍성사, 1982), p.397.
29) 이동하, 「세속적 합리주의의 길」, 『우리문학과 구도정신』(문예출판사, 1992), pp.244~261.

기독교, 기독교 神에 대한 압도를 표현하고 있다.

그러나 김동리가 의욕적으로 표출하고자 했던 인간이 중심이 된 인간 삶의 구원은 사반의 죽음으로 이룰 수 없게 된다. 김동리는 신본주의를 대표하는 예수와 인본주의를 대표하는 사반을 작품 속에서 모두 죽게 함으로써 제1, 제2의 휴머니즘이 구원을 이루지 못하고 새로운 신인 탄생의 출현을 기대하게 한다.

그렇다면 김동리가 관심을 갖고 창조한 제3 휴머니즘의 구현 인물은 누구인지 구명할 필요가 있다. 소설은 사반과 예수, 하닷이라는 중심인물로 구성된다. 김동리가 관심을 갖고 구상한 주인공은 사반이며, 예수는 인간을 대표하는 사반과 동격으로 설정된 인물이다. 그러므로 작가는 예수의 신적 속성을 강조하지 않는다. 사반과 예수 두 중심인물이 각각 자신이 추구하는 세계의 구원을 이루기 위해 분투하나 뜻을 이루지 못하고 죽음을 맞는 자리에서 남게 되는 인물은 하닷이다. 하닷은 사반과 예수에 비해 부각되지 않지만 작품 속에서 사반과 예수의 위치를 암별과 숫별의 대등한 관계로 설정하여 신적 존재로서의 예수의 속성을 인간의 차원으로 낮추고 휴머니즘의 관점에서 작품의 틀을 유지해 나가는 인물이다.

하닷은 사반의 정신적 멘토(mentor)였으며 종교[30]였다. 그렇다면 사반은 왜 하닷을 그처럼 의지했을까. 여기서 사반이 믿었던 것들의 실체를 생각할 수 있다.

---

30) 융에 의하면 종교란 기독교, 불교, 힌두교, 유교 등과 같은 종파를 말하는 것이 아니라, 무의식적 경험에 대한 인간의 특수한 자세를 말하는 것으로 어떤 종류의 동적인 요인을 신중히 고려하고 관찰하는 태도이다. 여기서 동적인 요인이란 "힘, 정령, 악령, 신, 법률, 관념, 이상 등 인간이 이 세상에서 발견한 힘 있고 위험하고, 도움을 준다고 생각한 것들이거나 경건하게 숭배되고 사랑받을 만큼 위대하고, 아름답고, 의미 있는, 이러한 요소들에 주어진 이름들을 말하는 것"이라 할 수 있다.
이은봉, 『宗敎와 象徵』(세계일보, 1992), p.266.

사반은 본래부터 여호와 하나님도 어떠한 신도 믿지 않았으며, 또 어느 교파의 어떠한 교의(教義)도 계율도 지키지 않았으나, 다만 인력 이상의 신이력(神異力)과 특히 메시아의 모든 권능을 믿고 있었던 것이다. 따라서 그가 예수를 쉽사리 메시아로 믿으려 든 것도 예수의 모든 이적을 믿고 있었기 때문이다. 그와 동시, 그가 하닷을 그렇게도 믿고 의지하고 사랑한 것도, 그와 하닷 사이에 얼크러진 여러 가지 운명적인 연고와 사귐 이외에, 하닷의 신이력을 크게 샀기 때문이기도 했던 것이다.[31]

실제로 사반의 행동은 하닷의 점성과 신이력에 의지하는 면이 강하기 때문에 유대민족을 구원하고자 하는 그의 의지도 로마군에 잡힌 하닷을 구출하려다 잡혀서 무산되고 죽음에 이르게 된다. 사반이 로마군에게 추격당하는 위기에 몰렸을 때와 하닷이 자신의 곁에 없다는 것을 알고 보이는 태도는 사반이 하닷을 얼마나 의지하고 있는가를 보여준다.

"스가라! 내가 용기를 잃은 건가? 하닷이 나의 용기였단 말인가? 나는 무엇을 잃은 건가? 예수? 마리아? 난 마리아나 예수를 잃었을 때에도 예수에게서 더 기대할 수 없게 되었을 때에도 나는 이렇지 않았다. 하닷이 나에게 무엇이란 말인가? 하닷이 나의 용기란 말인가? 나는 무엇을 잃었단 말인가?"[32]

하닷은 본래 아라비아 사람으로 열다섯에 혼인을 하고 열일곱에 집을 나와 도술을 닦기 시작해 몇 년에 한 번 집에 들르고는 수도와 방랑을 계속하며 점성술을 익혔다. 그에게는 만천의 별들이 혈연관계로 맺어진 듯하고 모든 별들이 감정과 성격을 지닌 존재로 여겨졌으며 별의

---

31) 김동리, 앞의 책. p.348.
32) 김동리, 앞의 책, p.348.

지시대로 사는 것이 그의 삶이었다. 하닷은 본래 동방 태생으로 이방민족의 방식33)으로 유대인인 사반에게 민족을 구원할 것을 제시한다. 자연 현상을 통한 인간의 운명에 대한 예시가 바로 하닷이 사반에게 준 가르침이다. 그러나 사반은 하닷이 지시하는 대로 기다리지 못하고 운명을 거스르다 죽음을 맞게 된다. 결국 유대인으로서 유대인의 방식이 아니라 타민족의 방식대로 민족의 구원을 이루려고 했던 행위는 "자기 전통과 자기 민족의 집단무의식을 통해서만 가장 바르게 하나님을 만날 수 있다는 견해"34)와는 배치되는 것이다. 이는 김동리가 주장한 민족 고유의 정신세계가 바탕이 된 세계성의 확충을 역설적으로 강조하는 것이다.

예수와 사반이 각각 제1, 제2의 휴머니즘을 구현하는 인물로 대응될 수 있다면 하닷은 김동리 자신이 주장한 제3 휴머니즘의 출현 배경이 되는 동양적 인물이며, 우리 민족의 속성을 담지하고 있는 인물이어야 한다. 그렇다면 우리 민족 고유의 얼과 정신을 통해 세계문학의 가능

---

33) 점성술은 고대로부터 내려오던 것으로, 당시 소아시아에 널리 퍼져 있다가 유대로 들어온 시벨레(Cybele)신, 애티스(Attis)신, 애굽의 이시스(Isis)신, 페르샤의 미트라(Mithra)신 등과 함께 모두 異敎的 신앙의 산물이었다. 남상학, 「『사반의 십자가』의 문제점-기독교 문학의 전개를 위한 반성」, 『기원』 1권, 1973. p.13.

34) 융은 인간의 무의식층에는 집단무의식이 있으며 이 층의 가장 저변은 영원한 존재 자체인 神과 잇닿아 있다는 것을 주장했는데 기독교 신학자인 폴 틸리히(Paul Tillich)는 이러한 융의 통찰을 수용해 자신의 신학을 전개했다. 그에 의하면 하나님은 모든 존재의 기반이 되시며, 각기 자기 민족의 고유한 문화와 종교를 통해서도 모든 존재의 근원이 되시는 하나님을 만날 수도 있다는 것이다. 이러한 견해는 오직 유대- 기독교문화 전통만이 유일하게 하나님을 만날 수 있는 길이라고 믿고 있던 당시 기독교인들에게 깨달음을 주었다. 여기서 나아가 융이 말하는 집단무의식에 내포되어 있는 민족적 집단무의식 층이 지닌 종교적 의미를 철저화하고 확대시키면 틸리히가 도달하지 못한 새로운 신학적 사고의 영역으로 확대할 수 있는데 이는 자기 전통과 자기 민족의 집단무의식을 통해서만 가장 바르게 하나님을 만날 수 있다는 것이다. 즉 한국인은 한민족의 얼이 담긴 자신의 문화전통과 그 문화전통 속에 담긴 한민족의 얼을 통해서만 진정되게 하나님께 나아갈 수 있다는 주장이다. 이재훈, 「한국인의 집단무의식과 한국의 기독교」, 『한국의 문화와 신학』(대한기독교서회, 1993), pp.48~49.

성을 탐지하고 민족문학을 세계문학으로 확장하고자 하는 김동리의 제3 휴머니즘론을 사상적 배경으로 하는 작품 속에서 하닷이 지닌 의미를 통해 그의 제3 휴머니즘(신인간주의)론의 구체적 실체를 찾아볼 수 있다.

먼저 하닷은 자연의 이법에 따른 인간의 운명을 예언하는 동양 태생의 점성술사다. 김동리 자신이 하닷을 샤머니즘의 변형으로 본 것[35]처럼 하닷이 추구하는 삶의 양식은 서구의 기독교에 침윤되지 않고 자연현상에 순응하고 따르는 문명 이전의 원초적 인간의 모습을 찾아가는 것이다. 이는 곧 우리 민족의 무의식 속에 깃든 샤머니즘 사상의 문학적 수용이며, 무속적 요소를 기층 신앙으로 하는 우리 민족 고유의 정신세계에 대한 작가적 인식이기도 하다. 결국 김동리가 기독교라는 세계 문화를 소재로 만든『사반의 십자가』속에 담긴 것은 우리 민족의 사상적 원류라 할 수 있는 샤머니즘의 세계임을 알 수 있다.

이는 그의 순수문학론, 제3 휴머니즘의 창작방법론과 연관되는 여타의 작품 세계에서 보여주는 문명 이전의 인간 삶의 양태를 통해서도 알 수 있는데 그 하나의 예가 여러 작품에서 공통적으로 발견되는 근친상간 모티프라 할 수 있다. 혈연관계의 근친상간 이미지에는 원시적 인간의 모습이 담겨있다. 이성과 윤리를 초월하는 자연 상태의 인간에게서 발견할 수 있는 근친상간의 모티프는 인위적으로 피해갈 수 없는 불가해한 인간 운명의 뒤섞임과 자연이 만들어 놓은 관계의 고리를 인식하게 하는 장치이다. 소설 속에서 사반과 마리아와의 근친상간 모티프는 혈육간에 서로 끌리게 되는 인간 본연의 속성을 복선으로 하여 나타난다. 그러나 근친 간의 관계에 대한 암시도 자연의 한 흐름, 운명에 의해 만났다 헤어지는 과정에서 있을 수 있는 일로 단순화되고 윤리

---

35) 김동리, 「샤머니즘과 불교」, 『문학사상』, 창간호, 1972, p.127.

적 죄의식은 존재하지 않는다. 단지 운명에 따를 뿐이다. 이와 같은 소설의 구성은 김동리가 견지해 온 창작 방법론을 보여준다. 김동리는 인간의 존엄성을 추구하고 개성의 자유를 주장하는 휴머니즘을 주장했지만 그가 추구한 것은 자연과 그 자연이 빚어 논 인간의 운명을 거스르지 않고 최대한 그 운명에 맞추어 살아가는 삶인 것이다.

그러므로 주인공인 사반의 죽음을 이해할 수 있다. 지상적 구원의 주체로 설정된 사반이 죽게된 원인은 그에게 주어진 운명을 따르지 않았기 때문이다. 하닷의 점성에 의해 때를 기다리지 못하고 스스로의 의지대로 결전했을 때, 혈맹단의 조직이 노출되고 로마군의 공격을 받게 된다. 이처럼 사반의 행위를 통해 보여주는 것은 지상의 인간의 삶 속에는 거역할 수 없는 운명이 있으며 이에 순응하고 따르지 않을 때 결과는 패망할 수밖에 없다는 작가의 운명론적 사상이다.

사반은 인간의 문제와 구원을 위해 노력하는 의지와 개성을 지닌 인물로 김동리가 주인공으로 설정한 인물이다. 그러나 사반이 구가해 온 민족의 구원을 위한 구체적인 행위는 운명에 순응하고 기다리는 것으로 실현될 수 있다는 점에서, 또한 그러한 운명의 때는 점성가의 성점에 좌우된다는 구성은 김동리가 주장한 신인간주의를 적극적으로 반영하는 것이 아니라 오히려 그의 초기 문학에서 보여준 운명관으로 이어진다.

이는 그의 제3 휴머니즘 문학론이 결국 그가 초기부터 견지해 온 동양정신의 추구를 의미하며, 인간과 자연이 유기적으로 연결된 공통의 운명을 발견하고 그의 打開를 위해 노력하는 것이 구경적 삶이라고 언급했던 그의 문학관의 변형임을 의미하는 것이다.

4. 맺음말

　김동리는 창작과 비평을 동시에 추구하면서 자신의 문학세계를 구축해왔다. 해방 이후 그는 문학의 본령인 휴머니즘 정신에 입각한 순수문학론을 민족문학으로 정리하면서 민주주의에 기초한 현대의 휴머니즘을 제3 휴머니즘으로 규정하고 민족문학이 세계문학으로 나아가는 단초를 마련한다. 그러나 해방기 좌우익의 문학논쟁 속에서 주장된 그의 문학론은 관념적이고 논리적이지 못한 부분도 발견된다. 그는 자신의 문학론을 소설 창작으로 나타내고자 노력했는데, 『사반의 십자가』는 그의 제3 휴머니즘론을 구현한 작품이다.

　김동리는 제3 휴머니즘론을 주창하면서 자신의 작품 속에서 억압받는 민족을 구원하려는 사반을 주인공으로 하여 그의 시대적 관심을 표현하고자 노력했다. 그러나 김동리가 그의 문학 초기부터 지속적으로 관심을 보였던 샤머니즘의 초윤리적인 신비주의와 생명주의는 『사반의 십자가』에서도 그대로 유지되고 있어 그의 신인간주의론을 작품에 구현하는 데는 부족함이 있었다. 예수와 대척의 지점에서 사반에게 민족을 구원할 새로운 사명을 부여하고 그를 통해 '보다 광명적인 인간의식'을 통해 새로운 신의 모습을 형상화하려 한 작가의 의도는 사반 역시 죽음을 맞게 됨으로써 이루어지지 않는다. 김동리가 의도한 대로 신인간주의론에 부합하기 위해 창조된 사반은 실제 작품 속에서는 민족의 해방과 민주적인 사회 구현 등을 위해 행동하기보다는 오히려 자신의 욕망과 이익에 탐닉하는 인물로 해석될 수 있다.

　이처럼 소설 속에서 형상화 된 사반의 모습은 김동리가 의도한 신인간주의론의 세계관을 실현할 수 있는 인물은 아니다. 오히려 사반의 정신적 지주로 사반의 행위를 주장하는 하닷이야말로 신인간주의를 실현할 수 있는 잠재된 인물로 여겨진다. 동양 태생의 점성술사로서 자연의 이법에 따른 인간 운명을 예시하는 하닷은 김동리 자신이 주장했던 휴머니즘의 의미, 즉 휴머니즘이란 "인간이 신의 피조물이 아닌 자연의 산물이라는 데서부터 출발하기 때문에 자연이 그 바탕이요 母胎"가 된다는 관점에서 인간을 신의 피조물이라기보다는 자연의 산물로 여기고 그 자연의 운행, 운명에 순응하는 인물을 구현하려 했던 김동리 문학관을 보여주는 인물이다.

김동리는 문학을 통해 인간의 구원과 생의 궁극적 의미를 해명하려고 애썼기 때문에 인간의 운명, 죽음과 같은 형이상학적 문제에 천착했다. 현실세계에 대한 문제의식은 초월적 세계를 지향하게 되고, 이는 곧 종교에 대한 관심으로 귀착되어 그의 문학에 반영된다. 따라서 현실을 초월하는 샤머니즘의 세계나 불교, 기독교를 소재로 자신의 문학관과 생의 철학을 형상화한 것은 김동리 문학의 특징이 되었다. 그는 일제 암흑기를 지나며 샤머니즘의 세계 속에서 우리 민족의 얼과 넋을 보존해 나갈 수 있는 토대를 찾고 민족의 정신세계를 지배해 온 고유한 특성을 발견했다.

결국 김동리의 제3 휴머니즘은 해방 이후 좌익 문단과의 문학논쟁 속에서 대두된 것으로 1930년대 그의 '생의 구경탐구' 문학론의 변형이며 그 자체 논리적 결함을 담보하고 있다. 그러므로 시대적 상황이 바뀐 50년대 이후 창작된 『사반의 십자가』는 김동리가 의도한 제3 휴머니즘의 본질이 무엇인지를 보여준다. 그가 좌익문단과의 논쟁 중에 이론적 근거로 삼은 제3 휴머니즘론은 현대사회가 지향하는 인간성을 기조로 하여 억압받는 인간성 해방을 목적으로 한 것이지만 작품을 통해 찾을 수 있는 휴머니즘의 옹호는 운명순응주의나 샤머니즘에 대한 집착으로 나타난다. 김동리는 우리 민족 고유의 정신세계를 지배하는 샤머니즘의 세계 속에서 자연과 친화하고 이성과 문명을 넘어서는 인간구원의 가능성을 탐색하고 있다. 그런 의미에서 김동리의 제3 휴머니즘(신인간주의)론은 샤머니즘의 변형이며 이를 통해 세계문학으로 나아가고자 했음을 알 수 있다.

제2장
현대소설과 신정론

1. 머리말

소설은 인간과 삶에 대한 관심에서 시작된다. 예측할 수 없는 삶의
양상과 변화무쌍한 인간 행동의 동기, 생의 이면에 깃들인 다양한 이야
기들을 풀어내기에 소설은 유용하다. 그러나 인간의 삶에 대해 알아갈
수록 인간의 힘과 의지로는 해결할 수 없는 어떤 영역이 있음을 알게
되고 초월적 존재에 대한 관심과 지향을 드러내게 된다. 문학이 종교의
영역과 만나게 되는 것도 이 때이다. 그러나 그 때 역시 종교적 관점을
다루는 문학이 삶의 현실을 떠나 초월적 세계의 지향이나 신비적 영역
만을 다루는 것은 아니다.

오히려 속악한 인간의 현실 속에 드러나는 어찌할 수 없는 인간의
심연, 예측할 수 없는 인간 삶의 조건과 과정을 드러내면서 그 안에
숨겨진 생의 의미를 생각하고 보다 근원적인 인간 실존의 한계에 대해
고민하게 한다. 그러면서 문학은 인간으로 하여금 불가해한 신의 섭리
에 의문을 던지고 나아가 신의 존재를 회의하며 부정하는 단계로 나아
가게 이끌기도 한다. 그러나 이러한 일은 전적으로 무신앙의 인물에게
일어나는 일이 아니라 나름대로 신앙을 지닌 인물의 삶을 통해 나타나

는 현상이기에 종교적 상황 속에서 인간이 겪는 문제를 살펴보는 일은 신학과 문학 모두의 영역에서 필요한 작업일 것이다.

신정론(theodicy)은 문자적으로는 '하나님의 의'(justification of God) 라는 뜻으로, 하나님의 정당성에 대한 논의를 의미한다. 신정론은 현실에서 직면하는 고통과 악에 대한 물음에서 출발한다. "만약 하나님이 선하시고 공의롭다면, 왜 악한 사람이 잘 되고 착한 사람이 고통을 당해야 하는가? 왜 세상에 악이 승하고, 착한 사람에게 고통을 허용하는가?"에 대해 묻는다. 이러한 물음은 신학적으로도 피할 수 없으며, 인간의 삶을 다루는 문학에서도 제기되는 문제이다.

이 글은 신학의 영역에서 탐구해 온 신정론의 문제가 문학 속에 구현되는 양상에 관심을 갖고, 인간이 쉽게 풀 수 없는 실존적 물음을 두 편의 소설을 통해 살펴보고자 한다. 이청준의 「벌레 이야기」와 송우혜의 「고양이는 부르지 않을 때 온다」는 기독교 정신의 요체인 용서의 문제를 다루며, 알 수 없는 신의 섭리 앞에서 반항하고 절망하는 인간의 모습을 보여주고 있다. 두 작품은 신앙으로 극복할 수 없는 인간의 분노와 갈등을 정직하게 보여주며, 그로 인해 훼손된 인간의 내적 평화와 상처의 흔적을 통해 기독교 신앙의 문제에 대한 물음을 제기하고 있다.

이 글에서는 신정론에 대한 신학적 이해를 토대로 소설에 나타난 신의 섭리에 대한 의문과 회의에 대한 요소를 비판적 시각으로 살펴보고, 이를 통해 기독교 인식을 새롭게 하고 참된 신앙의 자세를 돌아보는 반성적 계기를 마련하고자 한다.

2. 신정론에 대한 이해

기독교인은 성서에 근거해 하나님이 이 세상을 창조했으며. 인간의 삶에 관여하신다는 것을 믿는다. 그런데 이 세상에서 일어나는 불의한 고통과 이유 없는 죽음들을 대할 때, 이 세상 자체가 '하나님의 의'에 의해 다스려진다는 사실에 의문을 갖게 된다. 그 때 '선하고 의롭고 전능하신 하나님은 진정 존재하는가, 또는 그처럼 전능하신 하나님이 존재하신다면 무엇 때문에 하나님은 당신이 만드신 세계 안에 악과 고난을 허용하시는가'와 같은 신정론적인 물음1)을 던지게 된다.

이러한 물음에 대해 전통 신학은 하나님의 정당성을 확고히 변호한다. 인간이 겪는 고통과 악의 기원이 하나님께 있다는 것은 하나님의 속성과 모순이 된다고 지적한다. 하나님은 거룩하신 분이므로 죄와 함께 할 수 없으시며 더욱이 죄의 조성자일 수 없다는 것이다. 그러므로 인간이 겪는 고통과 악은 인간에게 원인이 있다는 것이다. 인간의 타락을 통해 죄가 세상에 들어오고 그 대가로 인간은 고통을 겪게 되었다는 것이다.

신정론은 어떤 형태로든 고통을 정당화한다. 그러므로 다양한 고난의 상황에 대해 하나님의 '섭리'를 내세우며 자신의 책임을 회피하는 태도를 야기할 수도 있다.2) 고통에 대한 성서의 대답은 자신이 지은 죄에 대한 벌, 혹은 연단을 위한 시련이라는 것이지만 때때로 이러한 대답은 착한 사람들이 고난을 겪고 악한 사람들이 오히려 잘 사는 현실

---

1) 신정론을 의미하는 영어 단어 theodicy는 하나님과 의가 합친 말이다. 그러므로 원래 하나님의 의를 나타내는 개념이다. 이는 악이 존재하며 인간이 이유 없이 당하는 고통에 대해서 하나님의 공의를 주장한다는 의미이다. 나학진, 「신정론에 대한 연구1」, 『신학사상』 42호, 1983. pp.612~613 참조.

2) 이지현, 「악의 문제와 광주민중항쟁」(이화여대 대학원 석사학위논문, 2006), pp.95~96.

과는 맞지 않는다. 더욱이 아무 잘못이 없고 천진난만한 어린아이들이 겪는 고통을 '시련'이라고 하기엔 쉽게 납득 되지 않는다. 고통에 대한 이러한 적용은 고통 받는 사람에게 이중의 고통을 부여하는 것이 될 수 있고, 하나님의 사랑을 약화시키는 해석이 될 수 있다. 전통신학이 하나님의 권위와 위엄을 앞세우고 인간의 타락과 죄악을 지목하는 그 지점에서 자칫 인간이 겪는 고통의 상황 자체를 간과할 수도 있다고 본다.

그러나 성경은 이와 더불어 또 다른 관점을 제시한다. 세상의 죄를 대신 진 '고난 받는 예수그리스도'를 통해 인간의 죄를 대신해서 예수 그리스도가 고통을 당한다는 '대속'의 개념이다. 인간은 매우 악하지만, 그럼에도 불구하고 살아갈 수 있는 것은 악에 저항하며 악을 이기기 위해 고난당하고 대신 희생한 의인이 있기 때문인 것이다. 이는 개인적 차원을 넘어, 전 인류의 죄를 대속하신 하나님의 사랑을 의미한다.

이처럼 신정론에 대한 신학적 논의는 신의 섭리를 알 수 없지만 인정 하는 것이 일반적 입장이었다. 그러나 20세기에 들어서 신정론은 심각 한 의문을 맞는다. 두 차례에 걸친 세계대전은 신정론 자체에 회의를 품게 하였다. 특히 제2차 세계 대전을 겪은 후 서구에서는 소위 아우슈 비츠 이후의 신학이라는 용어가 생겼는데,[3] 이는 20세기 초반까지의 역사에 대한 순진한 낙관론이 더 이상 통용될 수 없음을 의미한다. 제2 차 세계 대전을 겪으며 그동안 신학이 간과한 인간 내부에 숨겨진 악함 과 한계가 노출되었고, 기독교 이상사회를 건설할 수 있다고 안이하게 믿던 기독교는 깊은 좌절을 맛보았다. 제2차 세계 대전은 신 부재의 현실을 상징적으로 나타냈고, 이는 곧 60년대의 '신 죽음의 신학'의 배 경이 된다. 그래서 아우슈비츠 이후의 신학은 결코 아우슈비츠 이전의

---

[3] 한상봉, 「몰트만 신학에 나타난 "하나님의 고난" 사상 연구」(호서대연합신학전문대학원 석사학위논문, 2002), pp.25~30 참조.

신학과 같을 수 없다는 말이 나오게 된다.

과거 신정론에 대한 질문의 핵심은 '왜 무고한 자가 이유를 알 수 없는 고통과 죽음을 당하는가?'였다. 이 질문은 동시에 '어디에서 악이 기인하는가?'라는 질문과 연관되어 있었다. 그러나 아우슈비츠의 경험은 신정론에 새로운 물음을 던진다. '하나님은 고통의 현장에서 무엇을 하시는가? 하나님은 그의 자녀들이 죽음으로 신음할 때 그 기도를 듣고 있는가?' 이러한 질문은 더 이상 하나님으로부터 어떠한 기대도 하지 않으면서, 그러나 아직 신앙을 잃지 않은 자들이 던지는 극단의 질문이다. 이 질문에 대한 답변을 현대 신정론4)이라고도 한다.

그러나 기독교적 관점에서 볼 때, 죄는 인간이 하나님을 떠나면서 생겼으며 그에 따른 고난과 시련은 불가피한 것이다. 인간의 죄악에서 비롯된 고난의 직접적인 원인을 하나님께 돌리고 하나님이 모든 것을 해결해주기를 바라는 것은 올바른 태도는 아니다. 오히려 고난의 원인을 그것을 허용한 우리에게서 찾으려는 것이 의미 있는 일이다. 이 글은 이러한 관점에서 소설 속에 나타난 신정론적 물음에 대한 답을 기독교적 관점에서 생각해 보고자 한다.

3. 현대소설에 나타난 신정론

1) 신의 섭리에 대한 불복, 자살

---

4) 그러나 신학자 몰트만은 그의 저서 『십자가에 달리신 하나님』, 김균진 역(한국신학연구소, 2000)에서 우리의 고난의 때에 찾는 하나님은 십자가에 있으며, 예수의 고통스런 죽음에서 고난에 처한 자를 이해하시는 그리스도를 발견하고 신정론에 대해 기독교적 관점에서 해석한다. 『오늘 우리에게 그리스도는 누구신가?』, 이신건 역(대한기독교서회, 1997), 『하나님 체험』, 전경연 역(기독교서회, 1982) 참조.

이청준5)의 「벌레 이야기」는 초등학교 4학년 외아들인 알암이가 유괴되어 살해된 후 아내가 겪는 극한 절망과 회복, 또 다시 절망하여 끝내 자살에 이르는 이야기를 남편인 '나'를 통해 일인칭 관찰자시점으로 서술하고 있는 소설이다. 「벌레 이야기」는 인간이 겪을 수 있는 가장 고통스러운 실존의 문제인 자녀의 죽음을 모티프로 하여 죄와 용서, 기독교인의 삶의 자세와 신정론에 이르기까지 심도 있게 인간의 문제를 다룬다.

「벌레 이야기」는 제목의 우의성 만큼이나 다양한 해석이 가능하다. "부조리한 현실과 그에 대한 해결책이 따로 없는 상황, 그리고 그러한 현실을 바라보고만 있는 '침묵의 신'에 대하여 저항하며, 은혜니 섭리니 사랑이니 하는 추상적 관념으로 감싸져 있는 기독교의 교리나 계율에 대하여 보내는 작가의 도전"6)으로, 혹은 " '인간이라면 그 누구도 신의 모습을 완전한 형태로 파악할 수 없다.'는 숙명 앞에서 각자 나름대로의 문제점을 내포한 방식으로 대응하다가 실패한 사람들의 이야기"7) 로 평가되기도 하며, 1980년대 전반기라는 정치적 상황과 연계하여 정치적 알레고리로 해석하여, 애써 용서하려 해도 용서받을 당사자가 용서받을 준비가 되어 있지 않거나 용서의 자리 밖에 있을 때의 광주 항쟁 유족의 억울한 항변으로 읽어내는8) 경우도 있다.

그러나 이 글의 관심은 작가가 의도했든 아니든 소설 속에 드러난 기독교적 담론을 통해 신정론에 대한 인간의 의문과 이해, 회의와 갈등

---

5) 작가는 스스로 비신앙인임을 자처하지만 인간의 삶과 현실을 깊이 있게 천착하며 인간이 궁극적으로 도달할 수밖에 없는 종교와 신앙의 문제에 직면해 이를 소설로 풀어내는 작업을 해 온 바 있다. 『낮은 데로 임하소서』, 『당신들의 천국』, 『비화밀교』, 『가위 밑 그림의 음화와 양화』 등이 있다.

6) 임영천, 『한국현대문학과 기독교』(태학사, 1995), p.406.

7) 이동하, 『우리 小說과 求道精神』(문예출판사, 1994), p.279.

8) 우찬제, 「'틈'의 고뇌와 종합에의 의지」, 『눈길』(두산동아, 1997), pp.760~761.

의 양상 등 인간이 보여주는 다양한 삶의 양태를 기독교적 관점에서 분석해 보는 것이다.

소설의 줄거리를 정리하면 다음과 같다. 아들이 유괴 당한 후 고통을 겪는 '나'의 아내에게 이웃의 김 집사가 찾아온다. 기독교 신앙에 의지해 살아갈 것을 권면하여 열심히 위로하고 전도하는 김 집사를 통해 아내는 현실을 받아들이고 신앙생활을 시작한다. 그런 중에 범인이 체포되는데 그가 다름 아닌 아들이 다니던 학원의 원장임을 알고 아내는 극도의 증오와 분노를 느낀다. 그러나 김 집사는 아내를 찾아와 범인을 용서하고 사랑할 것을 권면한다. 처음엔 반발하며 거부했지만 차츰 신앙생활을 통해 마음의 안정을 회복하게 되자 아내는 종교적 가르침에 이끌려 범인을 용서하려는 마음을 갖게 된다.

마침내 아내는 마음을 열고 사형을 선고받은 범인을 찾아가 용서하고자 한다. 그러나 사형수를 만나고 온 후 아내는 다시 심연을 알 수 없는 깊은 절망과 고통 속에 빠진다. 그것은 사형을 앞두고 있는 범인이 이미 기독교에 귀의해 너무도 평안한 상태로 그녀를 맞았고, 오히려 아내를 위로하는 얘기치 못한 상황 때문이었다. 아내는 자기보다 먼저 범인을 용서한 하나님에 대해 분노하며, 하나밖에 없는 아들을 빼앗아 가더니 이제는 아들을 죽인 범인을 용서할 수 있는 기회마저 빼앗아 갔다고 신을 향해 절규한다. 아내는 이미 신의 용서를 체험하고 성인 같은 모습을 한 범인을 다시 용서할 필요가 없음을 보고 그것이 신의 공평한 사랑이라면 자신은 차라리 신의 저주를 택하겠다는 선언을 하고 범인의 처형 소식이 있은 후 자살하고 만다.

소설 속에는 세 명의 주요 인물이 등장한다. 소설 속 갈등과 사건의 중심에 있는 서술자의 아내, 아내를 지켜보며 아내의 심정과 행동을 서술하는 나, 아내를 기독교로 이끌고 끊임없이 성숙한 기독교인의 단계로 고양시키고자 애쓰는 김 집사가 있다. 소설 속 사건은 인간이 경험할 수 있는 고통의 한계 상황이다. 천진난만한 어린 자녀, 그것도 독자인 아들이 유괴 당해 주검으로 나타난 상황은 피해 당사자인 가족 뿐 아니라 타인조차 왜 그러한 일이 일어났는지 이해할 수 없는 일이다.

'나'를 통해 그려지는 아내의 행위 양태는 사건의 추이에 따라 입체적으로 변한다. 먼저, 아들의 유괴를 알고는 아들의 생환을 위해 사력을 다해 적극적으로 움직인다. 이 때, 사찰과 교회에 거액을 헌금하며 아들의 생환을 바란다. 그러나 아들의 죽음이 밝혀지자 절망하며 하나님을 원망하면서 범인을 찾기 위한 독기로 자신을 지탱한다. 이후 범인이 검거되고 복수의 표적이 사라지자 초조해 한다. 다시 김 집사의 권유로 기독교에 입교해 아들의 구원을 위해 열심히 신앙생활을 한다. 점차 신앙이 깊어지며 범인조차 용서하려는 의식의 변화를 나타낸다. 그러나 자기 용서의 증거를 위해 교도소에 수감된 사형수를 만난 후 치유할 수 없는 절망으로 자살한다.

아내가 보여주는 신앙의 양태는 불신앙에서 기독교에 입교, 회의와 절망, 하나님의 섭리 부정, 다시 종교에 귀의, 광신적 신앙생활, 자기용서의 확신을 구하고, 성숙한 신앙의 단계인 용서의 증거를 보이려고 하다 결국 하나님의 섭리와 인간 사이의 갈등을 극복하지 못하고 죽음에 이르는 과정을 보여준다. 그 와중에 김 집사는 신앙과 불신앙, 하나님과 인간의 중재자적인 입장에서 매번 아내의 심리적 상태를 회복시키며 종교의 테두리 안에서 사건을 볼 수 있도록 돕는 역할을 한다. 아내가 절망하며 하나님께 대한 원망과 분노를 토로할 때도 인간이 알 수 없는 '하나님의 섭리의 역사'를 언급하며 알암이의 영혼 구원을 확신하고 죄인 용서를 종용한다. 김 집사의 담론에서 알 수 있는 기독교 신자의 믿음의 언술은 기독교적 관점에서는 신의 섭리에 대한 인간의 일반론적 태도라 할 수 있지만, 아내의 항변과 대치되어 나타날 때는 공소한 느낌을 준다. 이는 서술자인 '나'의 서술 방식과도 연관된 것으로 내가 보이는 중간자적 입장이 기독교 신학적 물음에 대한 답변과 진지성을 평범한 일반적 담론으로 만들고 있기 때문이다.

소설 속에서 '나'는 아내와 함께 기독교 신앙 갖기를 권면하는 김 집사에게 아내를 먼저 교회로 이끌 것을 당부하며, 자신은 회피한다. 남편인 내가 아내의 종교적 생활을 부추기는 것은 삶의 의욕을 잃고 고통과 분노 속에 사는 아내를 감당할 수 없을 뿐 아니라 종교가 고통을 치유할 수 있는 방편이 될 것이라 생각하기 때문이다. 아내가 마음의 상처를 씻을 수 있다면 교회에 내는 많은 헌금을 개의치 않고 그녀가 보이는 '광신기'9) 조차 모르는 척 감내한다. 그러면서도 "아내의 그런 잦은 감사의 기도는 그 동안 아이와 아내 때문에 모든 것을 깡그리 바쳐오다시피한 나에겐 어떤 가벼운 배신감마저 느껴져 왔다."10)고 표현할 만큼 '나'는 신앙 자체에 대해서는 무관심한 인물이다.

단지 아내의 심리상태가 종교 생활로 인해 호전되는 것에 만족하는 수준에서 아내와 소통하고, 끊임없이 아내를 인도하는 김 집사에 대해서는 긍정적 시선으로 바라볼 뿐이다. '나'는 아내의 고통과 절망을 직접 책임질 일도 없으며, 신앙의 깊은 단계에 대한 성찰이나 고민 역시 감당하지 않아도 된다는 양가적 책임 회피의 모습, 즉 자유인의 위치에 선다. 그러므로 아내가 범인을 용서하겠다는 심정의 변화를 보이자 '나'는 막연히 반대할 수도 없어 김 집사의 판단에 맡기게 된다. 결국 아내의 시도가 실패하고 다시 절망한 상황에서 나는 속수무책으로 아내를 지켜보며, 아내가 죽음에 이르는 상황을 맞게 된다.

그가 "사람에게는 사람만이 가야하고 사람으로서 갈 수밖에 없는 길이 있는 모양이다. 그리고 사람에겐 사람으로 할 수 있고 할 수 없는

---

9) 이청준, 「벌레 이야기」, 『한국소설문학대계』 53 (두산동아, 1997) p.625.
10) 이청준, 앞의 책, p.625.

일이 따로 있는 모양이다."11)라고 한 것은 작가 이청준이 작품을 통해 말하고자 한 주제일 수 있다. 작가는 "인간의 구원이란 인간끼리의 책임과 관계 속에서 용서받은 다음 이루어지는 것이고 인간의 한계를 벗어났을 때 마지막으로 신 앞에 나가는 것이다. 그런데 인간의 윤리나 용서를 비껴가 막바로 신하고 직교하면 비인간화하게 된다."12)고 한 바 있다.

아내가 신의 섭리와 인간의 의지 사이에서 갈등하고 방황하는 인간 유형을 보여준다면, 김 집사는 신의 대리자처럼 신의 계율을 지키려 하고 아내를 강압하는 인물이며, '나'는 이 둘의 입장과는 무관하게 중도적 위치에서 관찰자의 역할을 한다. 아내와 김 집사에 비하면 나는 사건의 중심에 있지 않고 표면적으로 드러나지 않는다. 그러나 점차 관찰자의 시점은 전지적 시점으로 변화되면서 아내가 겪는 내적 갈등과 근원적 절망에 대해 기술해 간다. 이는 작가 자신이 소설을 통해 드러내고자 하는 인간의 한계에 대한 인식이기도 하다. 아내의 절망은, 이미 신앙을 통해 신의 계율과 섭리에 대해서도 어느 정도 알고 있으나 현실의 삶 속에서 신과 인간 사이에서 갈등하고 방황할 수밖에 없는 인간의 연약함을 보여주는 것이다.

'벌레'는 전지전능한 신 앞에 선 인간, 스스로 강하게 신에게 항거할 수도 없고 신의 능력에 도전할 수도 없는 나약하고 의지할 데 없는 인간의 모습을 비유적으로 나타낸 것이다. 작가는 알암이 엄마가 겪는 고통을 통해 '왜 나에게 이런 일이 닥쳤는가?, 신은 왜 아무런 악행도 저지르지 않는 순진무구한 어린이를 죽게 두었는가?, 왜 하나님은 저런 자를 선택하셨는가?' 에 대한 신정론적 물음을 던지고 있다. 그러나 이

---

11) 이청준, 앞의 책, p.627.
12) 서울신문, 1985. 8.31

러한 질문에 대한 직접적인 답을 하는 것은 어렵다. 그러므로 신의 선한 뜻을 신뢰하면서 자신에게 닥친 고난을 묵묵히 이겨내는 실천적 노력이 필요한 것이다.[13]

이제 소설 속에 나타난 주 인물인 알암이 엄마의 신앙의 측면을 돌아봄으로써 기독교 교리에 대한 이해와 그의 실천에 대한 일면을 살펴보자. 먼저, 알암이 엄마가 거액의 헌금을 하며 죽은 자녀의 복락을 기원하는 것은 기독교 교리에 의한 올바른 신앙 행위는 아니다. 이러한 자기 중심적 행위는 '불신앙의 결과'[14]로 이해되기도 한다. 그녀가 '자기 용서의 증거'를 위해 범인을 만나 용서를 확신시키려 한 것 역시 표면적으로는 문제가 없어 보이지만, 자기 만족을 위해, 경건의 모양을 갖기 위해, 혹은 사람들에게 보이기 위해 종교적으로 선한 일을 하는 것은 오히려 더 세속적인 것이며, 스스로 속이지 않으려면 행위 뿐만 아니라 내적 동기를 살피는 것이 필요하다[15]는 관점에서 문제를 지적할 수 있다.

신학자들은 '자기 의'를 '영혼을 파멸하는 암적 요소'[16]로 여기고 '자기의 의'를 의지하게 되면 필연적으로 '그리스도의 의'를 불필요하게

---

13) 이태하, 『종교적 믿음에 대한 몇 가지 철학적 반성』(책세상, 2000), pp.66~68 참조. 또한, 소설가 박완서가 아들의 죽음 후에 쓴 글이 도움이 될 수 있다. 박완서는 장성한 외동아들을 잃은 후 이렇게 고백한다. "나는 내 아들이 이 세상에 없다는 무서운 사실을 견디기 위해서 왜 그런 벌을 받아야 하는 지 영문을 알아야 했다." 그는 아들의 죽음이 자신의 교만에서 온 '벌'이라 생각하기에 이른다. 그리고는 다시 항변한다. "사랑 그 자체란 하느님이 그것 밖에 안 되는 분이라니."하면서 "온종일 신을 죽였다."고 하기도 한다. "신이 생사를 관장하는 방법에, 특히 그 종잡을 수 없음과 순서 없음에 대해 아무리 분노하고 비웃어도 성이 차지 않았다."고 했다, 하지만 오랜 절망과 비탄과 슬픔 끝에 그는 다음과 같은 결론에 이른다. "주지도 않고 받지도 않은, 타인에 대한 철저한 무관심이야말로 크나큰 죄라는 것을, 그리하여 그 벌로 나누어도 나누어도 다함이 없는 태산 같은 고통을 받았음을, 나는 분명히 깨달았다."고 고백한다. 박완서, 『한 말씀만 하소서』(솔, 1994), pp.22~32, p.90.

14) 임영천, 앞의 책, pp.406~407.

15) 조셉 얼라인, 이길상 옮김, 『회개의 참된 의미』(목회자료사, 2000), pp.90~91.

16) 조셉 얼라인, 앞의 책, p.91.

생각하게 된다고 했다. 그러므로 선한 일을 했을 때는 자신의 의를 배설물과 같이 여기는 자세[17]와 그리스도께로 향하는 마음을 갖는 것이 필요하다고 보았다. 성경적 관점에서 볼 때 우리가 죄 사함을 받는 유일한 근거는 예수 그리스도의 속죄의 은혜 때문이며, 우리가 우리에게 죄 지은 사람을 용서해 줄 수 있는 것도 그 은혜 때문이다.[18] 그러므로 악인에 대해서도 그가 회개하기를 바라고, 그 영혼의 구원을 위해 기도하는 것이 거룩한 성도의 자세[19]라 할 수 있다.

이런 의미가 결여된 알암이 엄마의 의지적 용서는 결국 한계를 맞게 된다. "주님의 섭리와 자기 '인간' 사이에서 두 갈래로 무참히 찢겨, 왜소하고 남루한 인간의 불완전성 그 허점과 한계를 먼저 인간의 이름으로 아파할 수가 없는 한 누구도 이해할 수 없는 절망"[20]을 안은 채 실패하게 된다. 이러한 비극적 결말은 인간이 실존적 현실에서 보여줄 수 있는 보편적 모습이며, 소설이 다루는 인간의 문제이다.

2) 신의 침묵에 대한 저항, 방화

송우혜의 「고양이는 부르지 않을 때 온다」[21]는 신앙인의 불신앙의 문제와 신의 섭리에 대한 회의, 성직자의 내적 갈등을 보여준다. 이 소설을 통해 두 가지 문제를 생각할 수 있다. 첫째는 불가해한 신의 섭리에 대한 인간의 반응이다. 아무 이유 없이 봉변을 당해 몰락하게 되는

---

17) 빌립보서 3장 9절, 이사야 64장 6절.
18) 김홍전, 『주기도문강해』(성약출판사, 2000), pp.116~117.
19) 김홍전, 앞의 책, p.119.
20) 이청준, 앞의 책, p.637.
21) 송우혜, 『21세기 문학』(1998, 가을, 겨울호), 이하 단행본 『고양이는 부르지 않을 때 온다』 참고.

불쌍한 피해자가 있는가 하면 그에게 고통을 준 가해자는 오히려 번성하게 되는 현실을 보며 그런 상황을 용인하는 신에게 항의하는 인간의 모습이 나타난다.

둘째는 부조리한 현실에 직면한 인간의 실존 상황과 고통 받는 신자에게 진정한 도움을 주지 못하는 성직자의 고뇌, 이와 더불어 타성적이고 현실적인 성직자의 삶의 양태에 대한 비판의식이다.

소설은 삼인칭 관찰자의 시점으로 전개된다. 소설의 서술자인 '그'는 서울의 대형 교회에서 부목사로 있으며 신학대학 박사과정에 재학 중이다. 그는 시골의 작은 교회를 담임하고 있는 신학교 동기인 이강석 목사가 교통사고로 입원 중에 자신의 교회 주일 예배 집도를 부탁하자 서울에서 왕복 410km나 되는 율리 교회를 방문한다. 그런데 예배 후 심방을 청한 교인의 집에서 예기치 못한 상황을 만난다.

> "하나님께 불가능은 없으시다구요. 예. 아무튼 생전 처음 보는 목사님께서 날 위해 기도까지 해주시겠다니 눈물겹게 고맙네요. (중략) 기도가 거식증에 효험이 있다 해도 그래요. 우리 할머니 같은 분의 기도로도 안 된다면, 생전 처음 보는 목사님이 한마디 삐죽 기도해 준다고 해서 내 거식증에 대체 무슨 효험이 있겠어요. 우리 할머니가 어떤 분인 줄 아세요? 세상에서 가장 착한 사람이에요. 그런데, 그런 분이 드리는 기도조차 전혀 효험이 없단 이야기에요.
> ....
> 하나님이 천국에 앉아서, 착한 사람의 기도 같은 건 아예 필요 없고, 잘 대우 받고 잘 먹어서 얼굴이 희멀금한 목사들의 기도만 골라서 특별히 접수하겠노라고 선언하셨다면 몰라도요. 그렇지 않다면 나로선 목사님의 기도 같은 건 아예 사절이에요. ...."[22]

---

22) 송우혜, 「고양이는 부르지 않을 때 온다」(생각의 나무, 2001), pp.327~329.

관절염을 앓고 있는 할머니와 거식증을 보이는 19세 손녀 딸 정민을 위해 기도해주기 위해 방문한 목사는 소녀의 비웃음을 듣고 평정을 잃고 당황하게 된다.

입원한 이강석 목사로부터 듣게 된 할머니와 정민의 병의 원인은 다음과 같다. 정민은 어려서 부모를 잃고 할머니와 여섯 살 위의 오빠와 함께 살고 있었다. 공부 잘 하고 성실하던 오빠는 고3 때 동네 불량배에게 폭행 당해 죽고 범인은 5년 징역을 선고받는다. 사건 후 할머니와 정민은 열심히 신앙생활을 하면서 보냈다. 그런데 최근 범인이 모범수로 출옥하고 교도소에서 배운 제과 기술로 제과점을 내어 아들을 낳고 잘 살아가고 있으며, 더욱이 범인이 독실한 기독교 신자가 되어 신앙생활을 잘 하고 있다는 사실을 알게 되면서 할머니와 정민은 병을 앓게 된다.

할머니는 범인을 잊고 용서할 수 있도록 기도를 부탁하지만 정민은 밥을 먹지 못한다. 기도조차 거부하는 정민의 항변은 "피해자인 자기네 집안은 아무 잘못도 없이 저주 받은 자들처럼 고통을 당하고 있는데, 가해자인 범인의 집안은 도리어 큰 축복을 받은 자들처럼 잘 풀려나가고 있지 않느냐. 그런 상황을 도저히 이해할 수도 없고 용납할 수도 없다는 것"[23]이다. 이러한 상황에서 교회의 성도들은 '사랑보다 정의'를 보기 원하며 그들의 치유를 위해 목사에게 기도를 요청한다. 계속되는 기도에도 별다른 효과가 없어 자신의 능력에 한계를 느끼던 중 이강석 목사는 사고로 입원하게 된다. 그 때 평소 '슬픈 독경'으로 신자들의 감정적 측면에 영합한다고 경멸했던 친구의 도움이라도 얻고자 그를 청했지만 그 역시 거식증 앓는 소녀의 도전적인 언사에 당황하여 달아난다.

---

23) 송우혜, 앞의 책, p.346.

며칠이 지난 후 입원 중인 이강석 목사로부터 소식이 온다. 정민이가 오빠를 죽인 범인의 제과점에 불을 내고 교도소에 잡혔다는 것이다. 면회를 부탁받았지만 거절한 그는 정민이가 경찰에 체포된 뒤부터 밥을 먹기 시작했다는 말을 듣는다. 이 소설 속에서 '밥'과 '밥을 먹는다'는 사실은 중요한 모티프이다.

정민은 알 수 없는 신의 섭리를 수락하고 순복하는 대신에 자신이 할 수 있는, 인간의 보응을 택했다. 그 길이 결국 사회 속에서 정당하게 인정되지 않는 불의한 방식일지라도 자신의 원한을 해원하기 위해 선택하고, 살아야 할 투지를 불사르는 행위였다. 이러한 정민의 태도는 「벌레 이야기」에서 알암이 엄마가 알 수 없는 현실의 고통을 신의 섭리로 받아들이는듯하지만 결국 자신의 내적 상처와 분노를 극복하지 못한 채 자살하는 것과 대조를 이룬다. 두 작품 모두에서 작가는 인간이 할 수 있는 용서와 화해의 영역과 신의 영역이 엄연히 구분되어 있음을 말한다. 그것을 위반했을 때 인간은 부대끼고 불행할 수밖에 없다는 것이다. 작가의 관심은 인간의 측면과 삶의 현실에 관계되어 있다. 인간의 욕망과 본성, 자연스런 의지를 벗어나 보다 차원 높은 신의 경지에 이르고자 하는 것은 어려운 일이며, 실제로 인간이 감당할 수 없는 것임을 말하고 있다.

소설의 주요 모티프로 유추해 볼 때 작가는 작품을 통해 인간의 감정에 호소하는 '슬픈 독경' 같은 종교적 의식이 결국 인간의 자율적인 의지와 올바른 의식을 흐리게 할 수 있다는 점에서 비판한다. 알암이 엄마가 죽은 아들의 천국행을 위해 거액의 헌금을 드리는 것이나 성도의 마음에 감동을 주어 헌금과 시주를 많이 하게 하는 설교와 찬송들에 대해, 본질을 벗어난 종교 행위로 은연중 비판하고 있다. 이 소설의 마지막 장면에서 담임 목사를 대신해 중요한 설교를 준비하던 '그'가 감동과 감격과 은혜와 깊은 슬픔을 불러일으키는 문장과 일화로 잘 짜여진 자신의 설교에 대해 이전에는 느끼지 못하던 낯선 불안을 느낀다는 서술자의 목소리는 이를 보여주는 것이다.

이러한 점에서 「고양이는 부르지 않을 때 온다」의 전개는 기독교 신앙에 대한 도전과 불신[24]으로 읽힐 수 있다. 소설의 말미에서 정민이가 오빠를 죽인 가해자의 제과점에 불을 지르고 구속된 후 그 동안 먹지 못하던 밥을 먹기 시작했다는 것은 정민이가 침묵하는 신의 뜻을 찾기보다는 보다 적극적이고 인간적인 방법으로 부조리한 현실에 대응하여 생의 투지를 불태우려는 자세를 나타내는 상징적 행위이다. 이처럼 소설 속에서 신정론에 대한 인간의 행위는 신의 섭리, 신의 존재에 대한 불신으로 나타난다. 그렇다면 극한 삶의 고통 속에서 제기되는 신에 대한 의문을 해결하는 인간의 자세를 돌아볼 필요가 있다.

먼저, 기독교적 관점에서 '용서'의 의미를 생각할 때, 할머니와 정민은 범인을 진정으로 용서한 적이 없다. 범인이 체포된 후 그들이 신앙생활을 하는 것은 자기 수양과 평안을 위한 방법이었다. 그러므로 범인이 석방되고 잘 살고 있다는 소식을 들었을 때 극도의 불안과 분노를 극복하지 못하고 결국 자신을 불행하게 한 가해자에게 보복하는 방화를 저지르게 된다. 「벌레 이야기」의 알암이 엄마의 경우처럼 이들을 더욱 절망하게 한 것은 살인자들이 구원을 받아 평안한 삶을 누리고 있다는 사실이다. 그들을 용서한 신의 섭리를 알 수 없기에 인간으로서 갈등하고 저항하는 모습이 바로 자살과 방화로 나타난다.

---

24) "냉혹한 인간의 현실 앞에서도 종교는 힘을 쓰지 못한다. 종교는 인간의 고통 그 어느 것도 구원해 주지 못한다. 이것은 앞에서 인용한 바 있는, 정민이가 그에게 쏟아 붓는 냉소어린 비아냥에 잘 나타나 있다. 선과 악이 뒤바뀐 할머니와 정민이의 현실 상황을 두고 이 목사도, 서울의 대형교회의 부목사인 그도 어쩌지를 못하고 급기야는 그들에게 시험까지 당하게 된다. 신이라는 존재가 인간이 만들어낸 하나의 허구물에 지나지 않는다는 엄연한 사실을 상기해 보자면, 하기는 그럴 것이 당연하지만 말이다."라고 하며 신을 허구적 존재로 간주하고, 소설의 인물들이 겪는 회의와 절망은 당연히 풀 수 없는 인간의 몫으로 돌리고 있다. 『문학과 창작』 월평, 2000, 3.

기독교적 관점에서 인간이 서로를 용서할 수 있는 근거는 '용서받은 그리스도인'이라는 성경적 원리 때문이다. 하나님으로부터 값없이 용서를 받고 구원 얻은 신자들은 그 은혜로 인해 내게 잘못한 형제를 용서할 수 있으며, 용서해야 한다는 것이 성경적 관점이다. 그러나 현실 속에서 이러한 용서를 실천하는 것은 어려운 일이다. 기독교 신앙에 대한 확신과 믿음이 없을 경우 미움과 증오의 감정, 상처 입은 영혼의 치유는 진정으로 이루어질 수 없다. 그러한 과정을 도와주는 것이 교회, 성직자의 역할이라고 할 때 소설 속에는 그러한 점이 간과되어 있다. 이강석 목사와 '그'로 나타나는 소설 속 서술자인 대형 교회 부목사는 신의 섭리에 저항하며 불신앙의 언사를 직설적으로 발설하는 주인공 정민보다 더한 내적 침체와 회의에 빠져있다.

이강석 목사는 할머니와 정민이를 석 달 동안 거의 매일 찾아가 기도했다. 물론 자발적 의사라기보다는 교회 신도들의 부탁 때문이었다. 그러나 별다른 변화가 없자 부담을 느끼며 오히려 교통사고로 입원하게 된 것을 홀가분해 한다. '고문처럼 계속해야 하는 고통스런 기도'[25]를 벗어날 수 있기 때문이었다. 그는 세속에 영합하지 않는 순수한 의지로 신앙생활을 하는 목사다. 그는 자신의 신념과 '자기 의'에 경도되어 신적 가치나 초월적 영역에 대해 간과하는, 즉 인간의 현실에 가슴아파하고 인간의 힘으로 이를 개선하고자 노력하는 현실주의적 목회자다. 그렇기 때문에 그는 현실의 삶을 넘어서야 하는 정민이 가족에게 큰 힘을 주지 못하고, 스스로도 한계를 느낀다. 친구인 서울의 대형 교회 부목사인 '그'는 보다 현실적이며 사람들의 감정에 어필하는 법을 알고 있지만 자신과 무관한 이들의 고통에 깊이 동참하는 것을 부담스러워 한다.

기독교 신앙생활에 있어 성직자의 역할은 중요하다. 실제 일상의 삶

---

25) 송우혜, 앞의 책, p.348.

속에서 신자들이 성직자에 의존하는 경우는 다양하다. 인간의 생애와 관련된 관혼상제 뿐만 아니라 일상의 소소한 상담에 이르기까지 성직자의 사역은 전방위적이며, 성직자는 매 순간 자신의 역할에 신중해야 한다. 목회자는 상처의 치유나 기도의 응답, 용서 베풂과 같은 문제에 대해서는 보다 근원적인 가르침을 제시하는 것이 필요하다. 인간적 측면에서는 가능하지 않은 상한 감정의 치유는 성경적 방식의 가르침을 통해 보다 객관적으로 직시할 수 있도록 돕는 방법이 요구된다.

그러나 이강석 목사나 친구 목사의 오류는 신자의 냉담함이나 악에 대해 꾸짖기보다는 단순한 위로나 형식적인 기도로 돕는 데서 찾을 수 있다. 소설 속에서 두 목사는 성경적 원리에 근거한 기독교인의 용서와 사랑에 대해 언급하지 않는다. 우선 표적을 구하는 이들에게 담대하게 하나님의 말씀을 선포하지도 못했으며, 오히려 '슬픈 독경' 처럼 감정을 울리는 기도를 통해 순간적인 위안을 주고자 했다. 목회자에 대한 신자들의 기대는 자기들이 듣기 원하는 대로 위로해 주기를 바라며 자신들의 처지를 그대로 이해하고 받아주기를 바란다. 이 때 목회자가 해야 할 일은 성도가 하나님을 두려워하도록 세워주고 바른 것을 추구하는 법을 배우게 해야 한다26)는 것이다.

성직자로서 이런 역할을 다하지 못했을 때 자신감이 결여되고 흔들리는 모습은 잘 나가는 대형교회 부목사인 '그'가 자신이 준비한 '잘 짜여진 설교를 낯설게 여기는' 소설의 마지막 장면에서 알 수 있다.

소설 속에서 주어지는 또 다른 중요한 문제는 침묵하는 하나님에 대한 항의이다. '신의 숨어 있음'은 기독교적 신의 본질적인 면모 가운데 하나이며, 성서는 '이사야서 45장 15절'27)과 같은 구절을 통하여 이 점

---

26) 존 칼빈, 서문강 옮김, 『칼빈의 욥기 강해: 욥과 하나님』(지평서원, 2000), pp.192~193.
27) "구원자 이스라엘의 하나님이여 진실로 주는 스스로 숨어 계시는 하나님이시니이다."

을 명백히 보여준다. 그러나 세상의 부조리와 모순된 현실에 대해 침묵하는 하나님은 심지어 존재하지 않는 것처럼 보이기도 한다. 그러므로 신앙인들조차 세상에서 일어나고 있는 일을 하나님에 대한 신앙 및 신앙의 원리들과 조화시키는 것은 어려운[28]일이다.

작가는 이 소설을 통해 신의 뜻을 좇기보다는 자신의 의지대로 저항하며 고통을 극복하려는 고독한 인간의 모습을 강조하고 있다. 현실의 모순과 인간이 겪는 불가해한 삶의 양태를 통해 하나님의 의에 대한 불신과 신 존재의 허구성을 말하는 것은 문학의 영역에서는 가능한 일이다. 그러나 기독교적 관점은 신의 침묵에는 의미가 있으며, 이웃을 향해 사랑과 용서를 베푸는 것이 인간이 해야 할 일임을 역설적으로 보여준다.

4. 맺음말

이청준의 「벌레 이야기」와 송우혜의 「고양이는 부르지 않을 때 온다」는 현실에서 일어날 수 있는 부조리한 삶의 모순으로 인해 상처받고 절망하는 인간의 모습을 다루고 있다. '착한 사람이 고통 받고 악한 사람이 오히려 잘 되고 평화를 누리는 납득할 수 없는 현실 속에 신은 존재하는가, 존재한다면 왜 그러한 현실을 허용하는가?'의 문제가 집요하게 대두 된다. 그러나 쉽게 대답할 수 없는 불가해한 문제여서 인간은 절망하고 불안하며 고독할 수밖에 없다. 문학은 그런 인간의 모습을 정직하게 보여준다. 알암이 엄마와 정민의 절망은 신의 섭리와 인간의 의

---

28) 마틴 로이드 존스, 박영옥 옮김, 『하나님은 왜 전쟁을 허용하실까?』(목회자료실, 1998), pp.57~76 참조.

지 사이에서 갈등하며 저항하다 결국 좌절하는 인간의 연약함을 보여준다.

두 편의 소설을 통해 작가는 피해자가 입은 상처를 치유하기에 '화해와 용서'가 얼마나 힘든 일인지 보여주며, 용서를 말하는 기독교의 초월성에 회의적 입장을 표한다. 인간의 고통과 실존의 문제에 대해 종교가 너무 안일하고 소극적이라는 것을 은연중 비판한다.

그러나 기독교적 관점에서 볼 때, '신의 섭리'에 대한 인간의 부정적 반응은 재고의 여지가 있다. 알 수 없는 신의 침묵과 섭리에 반항하기보다는 인간의 측면에서 고통의 원인에 대해 성찰하고 부조리한 상황을 극복하려는 노력도 필요하기 때문이다. 이러한 점에서 소설 속 인물들은 성경에 근거한 신의 섭리에 대한 이해가 부족했음을 알 수 있다. 성경은 그리스도를 통해 구속 받은 은혜대로 이웃의 죄를 용서하도록 가르친다. 그러나 현실 속에서 이는 어려운 문제이다. 소설 속 주 인물들은 결국 '죄와 용서'의 문제, 신의 섭리에 대한 의문을 자신의 의지로 해결하려 했기에 좌절했다. 오히려 두 편의 소설에 나타난 신정론에 대한 의문은 결국 신앙의 관점에서 해결할 수밖에 없는 문제임을 역설적으로 보여주고 있다.

나아가 소설이 인간의 현실 속에서 직면하게 되는 다양한 실존의 문제를 극복하는 분투의 과정을 그리는 것임을 생각할 때, 두 소설은 인간의 내면과 신앙의 문제를 깊이 있게 천착하여 한국현대소설의 주제를 형이상학적 차원으로 고양시키고 있다는 점에서 돋보인다. 세속적 삶에서 신을 향한 초월의 문제를 다루는 일은 문학의 영역에서도 그만큼 어려운 일이기 때문이다.

제3장

현대소설과 종말론

1. 머리말

세상의 종말, 혹은 역사의 종말에 대한 담론은 인류의 역사가 진행되는 동안 지속되어왔다. 특히 종교적 관점에서 순환론적 사고를 지향하는 동양 사상이나 동양의 종교와는 달리 역사의 선조성을 근거로, 시작과 끝이 있다고 믿는 헤브라이즘 사상과 종교관에서 종말은 중요한 화두가 된다.

문학이 인간의 궁극적 삶의 문제에 관심을 갖고 그에 대한 정직한 물음과 해답을 추구하는 정신의 활동이라 할 때, 소설은 그 가운데서 가장 치열하게 인간의 문제에 천착하는 장르라 할 수 있다. 현대소설 작품 중에 정 찬의 「종이날개」, 조성기의 「거대한 망상」, 이승우의 「그의 광야」는 세상의 종말을 제재로 그에 대한 인간의 사유 방식과 반응 양태를 형상화한 작품이다. 세 작품의 작가들은 각기 독특하고 개성 있는 작가의식과 소설 창작으로 자기만의 작품 세계를 구축하고 있지만 인간의 삶에 대한 깊은 문제의식과 관심이 죄와 구원, 성과 속, 신과 인간의 문제 등의 초월적 영역으로 확대된다는 점에서 공통점을 지닌다.

이 글에서 관심을 갖고 살펴 본 세 작품 역시 기독교 신앙에서 중요하게 다루고 있는 종말을 소재로 하는데, 구체적으로 1992년 당시 한국의 종말론을 주도하며 휴거를 강조하던 다미선교회의 10월 28일 휴거설이 소설의 주요 모티프로 사용되고 있다. 소설은 시대를 반영하며 시대 속에서 살아가는 인간의 다양한 삶의 양태, 인간의 심연 속에 있는 갈등과 문제의식, 인간의 지향에 대해 말하고 있으므로, 세 작품을 통해 동시대 한국교회의 모습과 한국 사회의 단면을 살펴볼 수 있을 것이다.

먼저, 세 작품의 공통적 배경이 되는 10월 28일 휴거설을 주장한 시한부 종말론에 대해 알아 본 후, 종말을 신봉하는 소설 속 주 인물들의 의식의 변이, 행동 양태를 분석해 보고자 한다. 이를 위해 세 편의 소설이 일인칭 관찰자 시점으로 전개되는 점을 중시하여 서술자의 시점에서 주 인물의 행위를 서술, 판단하는 방식을 살펴보고, 소설 텍스트와 사회적 상황이 어떻게 연관되고 있으며, 이를 통해 작가가 궁극적으로 표현하고자 한 것이 무엇인지를 구명(究明)해 보고자 한다.

2. 한국사회와 시한부 종말론

기독교 신앙에 있어서 종말론은 중요한 신학적 요소일 뿐 아니라 개인의 신앙생활에 있어서도 중요한 의미를 지닌다. 종말론과 죽음의 문제는 기독교 시간관과 세계관의 토대를 이룬다. 종말론은 개인과 인류 전체, 세계의 미래, 그리고 끝날 그 후에 일어날 모든 일에 관하여 성경이 제시하고 있는 것을 조직적으로 살펴보는 것이다.

기독교 종말론의 핵심은 새 하늘과 새 땅에 대한 하나님의 약속과 이 약속에 대한 믿음과 희망이다. 정통 기독교는 성경에 이른 대로 예수께서 다시 오심을 믿지만(요14:3, 행1:11, 살전4:16, 벤후3:10, 요일3:2)

재림의 정확한 때는 '아무도 모른다'(막13:32)는 점도 분명히 밝히고 있다. 다만 성도들은 때가 가까울수록 올바른 신앙생활을 하며 가정에서나 사회에서 자신이 해야 할 일들을 진실하고 성실하게 행함으로써 그리스도의 재림 시에 부끄러움이 없어야 한다는 점을 강조한다. 또한 예수 그리스도의 재림은 전 우주적이며 가시적인 재림이며 특정한 장소에서 일어나는 것이 아님을 알아야 한다.[1]

그러나 과학기술의 발달과 문명의 이기로 인한 생태계의 파괴, 인류의 도덕적 타락과 부패 등 현대 세계의 위기 상황은 세계의 종말을 주장하는 시한부 종말론의 등장을 가능케 했다. 사회학적인 측면에서는 사이비 종말론의 발생 원인이 '사회구조적인 결함과 기성종교의 기능상의 문제점' 때문이라 할 수 있다.[2] 사회적인 병리현상인 물량주의, 업적주의, 개인주의, 경쟁주의, 권위주의와 교회의 극심한 분열주의는 사회의 병리 현상에 찌든 영혼들을 위로하거나 치유하지 못하고 오히려 실망시키는 역기능을 보여주기도 했다. 또한 기성종교는 사회에서 소외된 자, 눌린 자에게 친근한 종교가 아니라 거대화된 중산층 중심의 종교로 변화되면서 사회에서 소외되고 상처받은 이들이 사이비 종교를 택하게 하는 요인이 되기도 했다.[3]

오늘날 우리 사회의 불신과 혼란, 위기 상황은 사람들로 하여금 보다 나은 세상을 희구하게 하지만 현실에서 오는 절망감은 시한부 종말론에 빠져들기 쉬운 상황과 구조를 제공하고 있다. 이러한 사회 분위기는 급변하던 80년대부터 이어져 1992년 10월 휴거를 주장하던 일단의 시한부 종말론자들에 의해 한국 교회와 사회가 크게 혼란에 빠지게 된다. 종말적 믿음은 현실 도피적이고 체념적인 삶을 살게 만들 뿐 아니라

---

1) 대한예수교장로회총회, 『주요이단대책종합자료집』, 2008. p.34.
2) 노길명, 『한국의 신흥종교』(가톨릭신문사, 1988). p.25.
3) 노길명, 앞의 책, p.35.

왜곡된 성서해석으로 종말의 시기를 임의로 산출하여 공포와 불안을 주는 사회 분위기를 조성하기도 했다.[4]

시한부 종말론은 신학적인 측면에서 살펴볼 때 기독교 근본주의 (Fundamentalism) 신학에 토대를 두고 있다. 개신교 근본주의는 자유주의적 신학이나 신앙 성향에 대하여 공격적인 태도를 갖는 종교적 보수주의 경향을 말하는 것으로, 근본주의자는 천년왕국 신앙에 기초해 그리스도의 재림에 대한 강한 믿음을 갖고 있다. 근본주의 신앙은 구원의 확증을 강조하는 만큼 배타성도 강하며 지도자의 권위와 카리스마를 중시한다. 한국교회는 근본주의 성향이 매우 강한데 그 이유로는 종교 문화적으로 한국에는 미륵사상, 동학운동, 정감록 등에서 나타나는 메시아적 전통이 있었고, 영적 무아경을 중요시하는 샤머니즘 전통이 있었으며, 초기 미국 선교사들은 대부분 근본주의자였다는 점을 들 수 있다.[5] 이러한 전통이 한국 교인들이 시한부 종말론을 쉽게 받아들이게 했다.

또한 시한부 종말론이 유행할 수 있었던 배경으로 한국인의 종교적 특성을 들 수 있다. 한국인은 종교 문화적 측면에서 주술적, 비합리적, 열성적 종교성을 지니고 있어 초자연적이며 초월적 존재에 대한 의존도가 높고 기독교 역시 무속적 종교 혼합현상을 보여주는 경향이 있다.[6] 이러한 종교적 성향으로 한국교회의 신앙이 초기 미국의 선교사들에 의해 전파되어 정착되었지만 1907년부터는 한국인 전도자를 중심으로 대 부흥 운동이 시작되었다. 이 영향은 한국교회의 종말의식의 원천이 내세관적 종말론에 있음을 보여준다.[7]

---

4) 조아진, 「한국교회의 시한부 종말론에 대한 비판적 연구-J. Moltman의 관점에서」(감리교 신학대학원 석사학위논문, 2007). p.2.

5) 조아진, pp.21~24.

6) 이원규, 「해방후 한국인의 종교이식구조 변천연구」, 『현대한국종교변동연구』(한국정신 문화연구원, 1993), pp.168~180.

급격하게 변화하는 한국 사회의 상황과 세계정세를 통해 독재와 전쟁, 대형 사고와 사건으로 인한 불안의식이 팽배하게 되어 이에 대처하지 못한 초조감은 그릇된 종말론에 관심을 갖게 했다. 나아가 급격한 도시화와 산업화는 공동체의 붕괴와 개개인의 정체성 상실을 가져왔으며, 많은 사람들이 상대적 박탈감과 소외감, 무력감을 느끼게 했다. 그러나 기성 종교가 이러한 상황에 처한 사람들을 수용하지 못하고 그들에게 올바른 길을 제시하지 못할 때, 사회적으로 소외당하는 계층이 종교로부터도 소외당할 때 그들은 세상의 파멸과 비극적 종말을 기대하는 반사회적 성향을 보이기도 하며 기성 종교에는 구원이 없다고 하여 기성종교의 신앙 형식에 반하는 행동을 하기도 한다.

시한부 종말집단에서는 반사회적 분위기를 조성하고 집단생활을 강조하며 지도자의 카리스마적 능력을 중요시한다. 시한부 종말집단의 지도자는 때로는 위장된 초능력을 행사하거나 미래를 예언하면서 구성원들에게 강한 신념을 불어넣어 준다. 그러므로 불안과 불만에 젖어있는 사람들에게 패배의식을 고취시켜 무력감과 분노를 갖게 하며 그들만의 집단으로 응집하게 하고 다음으로 우월주의 의식을 고양시켜 교주 및 집단에 대한 충성심과 집단 연대감을 강화시킨다. 이들은 사적 소유를 포기하고 기존관계를 단절하도록 강요하며 집단 내에서 소유를 공유하거나 집단의례를 통해 교제를 강화하고, 경우에 따라 위협과 폭행을 가하기도 한다.[8]

그러나 이를 올바르게 이끌어야 하는 교회는 건전한 성서적 종말의식을 심어주지 못하고 현실 상황에서 파생되는 종말론적 문제들에 대해 묵과해 왔다. 그 결과 다미선교회의 시한부 종말론 사건[9]과 같은

---

7) 심창섭, 「한국교회에 나타난 종말사상」, 『목회와 신학』(두란노, 1994). p.43.
8) 조아진, pp.48~50.
9) 다미선교회의 대표인 이장림씨는 1988년 10월 『다가올 미래를 대비하라』는 책을 출판하

일들을 겪게 되었다. 시한부 종말론은 구원의 소망과 사랑보다는 상대적으로 파멸시기와 고난과 최후 심판의 공포를 주로 강조하고 있다. 예수가 재림하여 지배한다고 하는 천년왕국의 도래에 대하여 시한부 종말론은 구원의 '긴박성'과 '절박함'에 대해 매우 강한 생각을 갖고 있으며, 사회 참여적이 아니라 도피적이고 수동적인 삶의 태도를 조장했다.

시한부 종말론 집단은 1992년 10월 휴거설이 거짓으로 드러난 후 사라진 듯 했으나 그동안 잠복해 있다가 다시 대열을 정비하고 IMF 한파와 같은 경제적 위기와 국내외적으로 많은 사건이 발생하는 세기말적 불안이 팽배한 상황을 배경으로 다시 등장하고 있다. 그러나 이들은 92년의 현상과는 다르게 은밀하게 확산되고 있어 정확한 상황을 파악하기 어렵다. 이들은 종말의 시점을 구체적으로 언급하지 않지만 곧 마지막이 도래한다고 하면서 사람들을 현혹하고 있다.10)

현실에 적응할 수 없는 신앙인들에 의해 야기되는 종말 현상을 직시하면서 한국교회는 정신적, 물질적 소외를 겪고 있는 사람들을 이해하고, 그들을 위한 대책을 마련해야 할 것이다. 한국교회의 종말론이 역사의 종국적 의미를 올바르게 제시하지 못하고, 한국교회 스스로가 현실문제에 답할 수 없었기 때문에 시한부 종말론이 존속되기도 했다. 이러한 시점에서 하나님 나라의 현재성에 의미를 두고, 기독교인의 현재의 삶이 앞으로 올 영원한 삶을 위한 훈련의 도장이며 준비 장소라는 것을 인식하고 개인의 구원과 미래의 삶에만 관심을 두는 것이 아니라 인간

기 시작하여 『1992년의 열풍』(1990. 11) 내기까지 4권의 시리즈를 출간하며 시한부 종말에 관한 내용 즉, 휴거의 시기, 대환란, 적그리스도, 천국의 세계, 지옥의 세계, 미래를 향한 대비, 어린이들을 통한 독특한 계시에 관한 것을 주 내용으로 연재했다. 다미선교회는 1992년 10월 28일 자정에 종말이 시작되어 예수의 공중 재림 및 휴거가 일어난다고 주장하며 많은 사람들을 미혹했다. 나병량, 「시한부 종말론에 관한 연구」(칼빈대학교 신학대학원 석사학위논문, 2004), pp.38~41 참조.

10) 조아진, pp.30~31.

실존의 문제와 현실 속에서 하나님의 나라를 구현하려는 노력이 있어
야 할 것이다.

3. 현대소설에 나타난 종말론

1) 고통스런 현실의 도피처

정찬[11])의 소설 「종이날개」[12])는 현실의 삶에서 절망과 아픔을 이기지
못하고 의지할 곳 없는 인물이 시한부 종말론 집단에 빠지게 되는 과정
을 보여준다. 인간이 자신의 존재를 구성하는 일차적인 관계들이 무너
지고, 더 이상 깊은 심연을 나눌 수 없는 고독과 절망에 처했을 때 선택
할 수 있는 하나의 길은 종교이다.[13]) 그러나 기존의 종교가 인간의 아
픔을 공감하고 위무하는 역할을 하지 못했을 때 대안으로 등장하는 것
이 강한 유대감과 결속력[14])을 무기로 다가올 미래를 강조하고 지상의

---

11) 정찬(1953-)은 1983년 『언어세계』에 「말의 탑」으로 등단. 「기억의 강」(1989), 「완전한
영혼」(1992), 「아늑한 길」(1995), 『세상의 저녁』(1998), 『황금사다리』(1999) 등을 발표
했다. 그의 작품은 관념소설, 지식인소설 혹은 형이상학의 세계를 추구하는 소설로 평가
된다. 특히, 세속의 삶 속에서 성스러움의 문제, 신과 인간의 문제, 인간의 역사와 미시권
력의 문제 등의 주제에 천착하여 깊이 있는 글쓰기를 하는 작가로 여겨진다. 김주연,
「세속도시에서의 글쓰기-정찬 론」(『동서문학』 219호, 1995. 12), 장수익, 「권력과 사랑,
욕망과 슬픔의 인간학」(『소설과 사상』 23호, 1999.9), 김경수, 「실패한 관념소설」(『작가
세계』 42호, 1999, 가을) 등 참조.
12) 정찬, 「종이날개」, 『아늑한 길』(문학과 지성사, 1995).
13) 심리학자인 폴 프루이저(Paul Pruyser)는 종교가 사람들의 삶에서 어떤 기능을 수행하는
지를 살펴보고 다음과 같이 말하였다. "심리학적으로 종교는 구조작업(rescue operation)
과 같은 것이다. … 그것은 누군가가 '도와주세요!'라고 외치는 상황에서 발생하는 것이
다." 메리 조 메도우, 리차드 D.카호, 최준식 옮김, 『종교심리학』(민족사, 1992), p.32.
14) 사이비 집단에 속한 이들은 그 공동체 속에서 속에 감추인 모든 것을 털어 놓아 서로
나눌 수 있는 기회를 얻으며, 그들의 과거의 신분이 어떠하든 상관없이 가치 있는 존재

삶을 저버리게 하는 시한부 종말론 집단일 수 있음을 보여준다.

소설의 초점화자는 교통사고로 남편과 갓난아기를 잃고 삶의 희망과 의욕을 잃어버린 34세의 여성이다. 소설가인 서술자 '나'는 같은 아파트에서 늘 정물 같은 모습으로 놀이터 한자리에 앉아 있는 그녀의 모습을 본다. 그러나 언젠가 사라졌던 여인은 시한부 종말론 신도가 되어 지하철역을 지나던 서술자 '나'에게 종말을 강조한다. 그 후 그녀에 대한 이야기는 그녀 자신의 시점으로 바뀌어 인용문 속에서 자세하게 서술된다.

일인칭 주인공 시점으로 전개되는 그녀의 사연은 자신의 내밀한 감정과 절망, 분노를 정확히 표현하는데 유익하다. 교통사고로 가족을 잃은 후 미국 유학을 떠난 그녀는 뉴욕의 지하철에서 한 여름에도 겨울옷을 입고 있는 걸인 여인을 보며 위안을 얻는다. 겨울이 지나 여름이 되었을 때 그녀는 다시 그 걸인 여인을 만나려고 했으나 겨우내 동사했다는 소식을 듣게 된다. 그리고 걸인 여인 역시 지하철에서 어린 아들을 잃고 미쳐버린 여인이었음을 알게 된다. 그 후 깊은 슬픔과 절망을 안고 다시 고국으로 돌아온 여인은 시한부 종말론에 빠지게 된다.

> 세상에 대한 이처럼 뜨거운 증오가 또 어디 있을까요? 제 생명의 힘은 바로 이 증오 속에서 솟아올랐습니다. 교우들 중 많은 이들이 세상 속에서 고통을 받고 살아온 사람들이었습니다. 상처받은 이들이 할 수 있는 유일한 일이 무엇일까요? 증오가 아닐까요? 휴거에 대한 저의 열망은 바로 이 증오에서 비롯된 것이었습니다.[15]

로 용납 받으며, 삶의 위기와 새로운 삶으로 전환되는 과정에서 일어나는 갖가지 불안과 문제들을 카타르시스 할 수 있는 기회를 제공받으며, 소속감을 충족 받는다고 한다. 오성춘, 「시한부 종말 신앙과 목회적 치유」, 『시한부 종말론 과연 성경적인가?』, 『주요 이단대책종합자료집』, p.49 재인용.

15) 정찬, 앞의 책, pp.107~108.

소설의 화자는 여인이 지닌 '증오'의 실체가 무엇인지 정확히 말하고 있지 않다. 그렇기 때문에 쉽게 치유할 수도 없고 사라지지도 않는다. 그녀가 자신의 삶에서 겪은 가족의 죽음이라는 예기치 못한 충격과 불가해한 운명에 대한 의구심은 어떠한 위로나 설명으로도 납득되지 않는 것으로 자신만이 짊어지고 나가야 할 짐이었다. 그러나 그녀는 그 짐을 감당하기에는 너무 연약하거나 혹은 너무 강해 타인의 관여와 관심을 거부했는지 모른다. 그러면서 세상과 단절하고 스스로 소외의 길을 선택한다.

그녀와 상처받은 이들이 '세상에 대한 증오'로 시한부 종말론을 선택한다고 했을 때, 시한부 종말론이 유지되는 하나의 메커니즘을 찾을 수 있다. 그것은 곧 세상에서의 패배의식, 좌절감을 다른 방식으로 전이하는 집단주의를 의미한다. 세상에서 소외된 사람들이 외부 세계에 대한 거부감과 적대의식을 갖게 되었을 때, 이들을 수용하여 현실이 역전될 수 있다는 그릇된 환상을 심어주며, 나아가 신앙적 기준에서 오히려 그들만이 휴거될 수 있다는 것을 강조한다.

그녀는 세상의 고통에서 벗어나고, 자신의 고통에 무관심했던 세상이 고통을 당하는 순간을 기대했다. 그러나 지정된 종말의 날이 지나고 그들의 믿음이 오류임이 밝혀졌을 때, 그녀는 "불빛이 꺼졌다면 그 사람들은 어떻게 되지요? 운명에 상처받은 수많은 사람들, 잔혹한 상처에 할퀴고 할퀴어 두 발로 땅 위에 설 수 없는 사람들. 그 사람들은 어떻게 하지요? 누군가가 날개를 달아주어야 하지 않을까요? 종이로 만든 날개라도……"16) 라고 하며 세상에 대해 원망하며, 자신보다 더 많이 실망할 공동체의 구성원을 염려한다.

서술자인 나는 시한부 종말론을 주장하는 이들이 1992년 10월 28일

---

16) 정찬, 앞의 책, p.109.

휴거를 강조하는 말을 들으며 다음과 같이 언급한다.

지상에 잔혹은 어디서나 널려있고, 인간은 언제나 유토피아를 꿈꾸어
왔다. 이 유토피아의 중심에 신이 있었다. 신이 만드는 세계는 인간이
이룰 수 없는 세계이며, 현실로 존재하지 않는 세계이다. 종교의 참된
가치는 이 존재하지 않는 것에 대한 그리움에 있다. 이룰 수 없는 것에
대한 그리움이야말로 지상의 혼돈에서 빛으로 다가가는 가장 위대한 힘
이라고 나는 생각해왔다.[17]

기적은 인간에게 언제나 열망의 대상이었지만, 그러나 그것은 영원한
상징일 뿐이다. 말로써 천지를 창조하고, 지팡이로 홍해를 가르고, 죽은
자를 살리고, 폭풍을 멈추게 하고, 오병이어(五餠二魚)의 기적은 그것이
상징의 세계에 머물 때 진리의 빛을 띠게 된다. 상징이야말로 시간을
초월하여 끊임없이 인간에게 제공되는 무한한 정신의 양식이다. (중략)
그런데 이 기적을 상징의 세계에서 뚝 떼어내어 현실의 세계와 동일시해
버릴 때 어떻게 될 것인가. 그 순간 기적은 시간을 초월하는 힘을 잃어버
리고 일회적 사건으로 전락된다. 이 땅의 적지 않은 기독교인들이 이
허위의 늪에 빠져 있으며, 그들은 상징이라는 생명이 가장 깊고 풍부하
게 살아 숨 쉬는 말의 공간인 성서를 일회적 시간 속에 밀폐시키는 치명
적 오류를 범해왔다. 이것의 극단적 모습이 바로 시한부 종말론자들의
휴거였다.[18]

위의 인용문은 서술자인 '나'의 논평이기도 하면서 텍스트 바깥의 작
가의 목소리라고도 할 수 있다. 소설의 화자는 성서의 사건들이 상징이
며, 오직 선택받은 자들만이 천국에 가고 그 외는 지옥행이라는 것은
인간을 분리시키는 욕망이며, 이는 예수가 분리된 인간을 결합시키기
위해 십자가의 길을 갔다는 사실에 위배된다고 서술한다.

---

17) 정찬, 앞의 책, p.90.
18) 정찬, 앞의 책, pp.95~96.

기독교 신앙과 교리에 대한 서술자의 시각이 나타나는 부분이다. 천국과 지옥이 실재하며, 성경은 무오한 하나님의 계시임을 믿는 기독교적 관점에서는 성서의 사건을 상징과 환상으로 여기며 인간이 끊임없이 채워 나가야하는 세계임을 언급하는 점은 반론의 여지가 있다. 기존 교회의 모순과 사회의 부조리에 환멸을 느낀 이들이 이것을 극복하기 위해 행하는 행동 역시 온당한 것은 아니다. 그들은 기존 교회를 개혁하려는 강한 열망과 의지를 갖고 현실 구원론적인 종말 신앙을 강조하지만 기존의 기득권을 지닌 기독교인들이 종말이 오면 모두 심판을 받아 멸망하는 반면 자신들은 천국에 이른다고 주장하는 데 이 역시 신학적 근거를 갖지 못한 그릇된 오류라 할 수 있다.

소설 속에서 서술자가 강조한 것은 현실의 삶을 황폐하게 하고, 환상의 세계만을 추구하게 하는 사이비 교리에 대한 비판이며, 그러한 세계에 몰입하도록 이웃의 고통과 아픔에 무관심한 현대인의 이기주의, 개인주의에 대한 반성인 것이다. 고통을 인내한 여인이 시한부 종말론의 오류에 빠질 수밖에 없었던 데에는 현실의 삶 속에서 소망을 잃고 고통을 겪는 이들이 도피할 수 있는 세계에 사이비 종교집단이 존재하고, 그 공동체 사람들의 적극적 '다가감' 때문이었다. 이웃으로서 타인의 아픔을 '엿보기'만 했던 서술자의 자기 고백적 회한이 마지막으로 나타난다. 이는 곧 현대 한국 교회가 이웃과 함께 아픔을 나누며, 이웃의 고통을 나의 것처럼 돌아보는 실천적 신앙이 부족함을 나타내고 있는 것이다.

텍스트 내의 또 다른 공간적 배경으로 나오는 뉴욕은 서술자의 이러한 시각을 선명하게 보여주는 장치라 할 수 있다. 뉴욕의 지하철은 무수한 사람들이 오가는 장소지만 그곳의 걸인 여인은 철저하게 소외된 개인이다. 아들의 죽음으로 광인이 되고, 걸인이 되어 결국 겨울 거리에서 동사하는 여인의 삶은 텍스트 내의 초점화자인 여인의 삶과 병치되어,

타인의 삶에 철저히 무관심한 현대 사회의 모습과 그 속에서 소외된 인간의 절망을 보여준다.

2) 집단 망상과 홀림의 세계

조성기[19]의 「거대한 망상」[20]은 종교적 이적과 믿음에 대한 오해와 광신의 모습을 불교의 한 사찰에서 일어난 법비 사건과 기독교 한 종파인 시한부 종말 집단의 비이성적 행태를 통해 보여준다.

텍스트의 서사는 두 개의 이야기로 짜여져 있으며, 내용상 병행적 의미를 지닌다. 서술자인 '나'는 강원도 동해사 마당에 19일 째 신비한 법비가 내린다는 기사에 끌려 강원도로 향하는 여정을 서술하면서 법비 사건의 전모를 드러내는 것이 바깥 이야기라면 '나'와 잘 아는 기혜가 10월 28일 휴거를 준비하는 집단의 일원이 되어 세상의 종말을 기다리지만, 사건이 불발로 그치자 낙심하며 종적을 감추는 사건이 속 이야기로 삽입되어 있다. 두 개의 큰 사건은 교차하여 전개되며 의미상 연관되는 구조를 이룬다.

---

19) 조성기(1950~)는 독특한 이력의 작가다. 서울법대 출신으로 1971년 동아일보 신춘문예에 「만화경」으로 당선 이후 정치, 사회, 종교, 문화 등 다양한 분야의 현상과 문제에 천착하여 작품 활동을 했지만 무엇보다 그의 문학의 특징은 기독교적 관점에서 언급할 수 있다. 강요열은 「한국현대기독교소설연구」(고려대 박사학위논문, 1991)에서 조성기 문학작품의 특징을 첫째, 인간의 구원을 가능하게 하는 기독교 복음 사상을 내용으로 하되, 둘째, 독자들이 잘 이해할 수 있게 평이하게 쓰고 셋째, 작가가 특이한 신앙체험을 한 현역 목회자이기에 기독교 소설로서 미덕을 갖추고 있다고 보았다. 『야훼의 밤』, 『라하트 하혜렙』(1985), 『에덴의 불칼』(1992) 등의 작품이 장편과 연작 형태로 기독교적 구원과 세속의 문제를 다루고 있다. 그의 문학에 대한 연구로 이동하, 「신앙인의 길, 자유인의 길」(『작가세계』, 1996, 여름호), 양진오, 「신과 인간 사이에서 생성된 문학세계」(『작가세계』, 1996, 여름호), 김영석, 「한국기독교소설의 세 양상」(『문학과 종교』 제2권, 1997), 이기종, 「작가의 성화에 관한 연구」(백석대학교 기독교예술대학원 문예창작교육학과 석사학위 논문, 2008) 등이 있다.

20) 조성기, 「거대한 망상」, 『실직자 욥의 묵시록』(민음사, 1998).

텍스트 속에서 주 인물인 기혜가 어떤 동기로 사이비 종말론을 신봉하는 집단에 들게 되었는지 구체적으로 드러나지 않는다. 그러나 "세상이야 옛날부터 떠나고 싶었죠."라는 말에 이어지는 그녀의 이야기에는 아버지의 죽음으로 인한 슬픔과 오래 전 의붓오빠에게 겁탈당한 상처가 치유되지 않은 채 숨겨져 있었으며, 이로 인한 아픔이 그녀로 하여금 가족도 모르게 시한부 종말론 집단에 빠져들게 했음을 알게 한다. 외면적으로 볼 때, 기혜는 나름 성공한 젊은 여성이다. 국립국악원에 근무하며, 가야금 연주를 하는 예술가이다. 그러나 어머니조차 알 수 없는 그녀의 개인적 아픔의 자리, 치유되지 않은 상처의 흔적은 예민한 그녀로 하여금 자기만의 세계에서 나오지 못하게 하는 벽을 만들었다. 결국 이러한 내면의 상태는 관계에 대해 부정적 인식을 가져왔을 뿐 아니라 세상에 대해 적대감과 단절감을 갖게 했다. 대부분의 사람들이 쉽게 이해할 수 없는 사실 중의 하나가 어느 정도 지성을 지닌 인물들이 시한부 종말론에 빠져 광신적 신앙생활을 한다는 점이라면 주요 인물인 기혜의 태도야말로 의구심을 갖게 한다. 그럼에도 그녀의 모습을 통해 알 수 있는 것은 위장된 분노와 절망감의 파괴력이다.

이를 바라보는 '나'의 시선은 냉소적이다. 작가는 작중 화자를 통해 사이비 종말론의 휴거일 풍경을 자세하게 기술하고 있다. 그것이 얼마나 신빙성이 없는 논리이며, 광신적 모습인지 당시 10월 28일 휴거를 강조했던 다미선교회의 디데이 모습과 그에 대한 세간의 관심을 카메라 중계 같은 시각으로 포착해 간다. 휴거의 순간을 앞두고 긴장감이 돌며 긴박하게 전개되는 다미선교회관 안팎의 모습을 묘사하며 휴거 사건이 불발로 그치고 난 후 사람들의 실의와 절망감을 표현한다.

시한부 종말론자들이 집단의 결속력과 충성심을 강조하며, 기존의 관계를 단절하고 자기들만의 집단의례를 통해 교제를 강화하고, 집단을 의식화하며 세뇌시켜서 집단에 대한 충성심과 연대감을 강화하는 모습이 소설 속에 나타난다. 그러나 기대했던 종말이 오지 않자 그들의 실망감과 박탈감은 자살로 연결되기도 한다.

기혜 역시 한없는 실망과 허무를 드러내며, 자살을 암시하는 엽서를 '나'에게 보낸다. 현실세계에서 도피하고자 하는 의식은 기존의 교회와 가족, 직장으로부터 벗어나 다른 어떤 것을 추구하게 한다. 이 경우 시한부 종말론의 이론과 지도자의 카리스마, 집단 구성원들의 친밀감은 이방인으로 하여금 마음을 열고 쉽게 동질감을 느껴 연대하게 하는 특징이 있다.

텍스트 내의 속 이야기가 휴거 소동으로 치부 되는 거짓으로 드러난 것처럼 '나'에 의해 서술되는 또 하나의 이야기는 단지 기독교의 사이비 종파만을 비판하는 것이 아니라 불교 사원에서도 일어날 수 있는 종교인의 오류를 함께 보여준다. 신비한 법우 기적 역시 매미충이 수액을 분비하는 현상으로 밝혀지면서 불교 신도들이 기적이라고 믿었던 것이 사실은 약간의 과학적 지식만 있다면 쉽게 알 수 있는 사실이었음을 희화적으로 그리고 있다.

강원도 양양의 한 작은 절이 법우의 기적으로 유명하게 되고 부유하게 될 계제에 놓인 것은 야산을 낀 뒷마당 석가모니 좌불이 있던 자리에 법우가 내리면서다. 절은 <법비강림>이라는 편액을 붙이고 경계를 두른 후 한지에 한 점씩 법비를 받게 했다.

> 가랑비 한 방울이 한지를 적실 적마다 사람들은 합장을 하며 기도를 올렸다. 한지는 사람들의 손에도 들렸다. 사람들은 절간 앞마당에 차려진 <축원문 접수처>에 헌금을 내고 한지를 받아가지고 왔다. 사람들은 팔을 좌대 쪽으로 한껏 뻗어 손에 쥐고 있는 한지에 가랑비, 즉 법비(法雨)를 받으려고 애를 썼다.
> "연꽃 모양으로 법비를 받아야 복이 더 있대요." (중략) "법비 받은 한지를 베개 같은 데 넣어두면 집안에 액운을 막을 수 있대요."[21]

이러한 모습에 대해 서술자는 "우리나라 사람들 심성에 무속 종교가 뿌리내리고 있어서 기독교 무당, 불교 무당들이 교회마다 절마다 날뛰고 있다."고 언급하며 한국인들의 심성 속에 내재한 종교혼합주의(syncretism)[22]적 특성을 지적하고 있다. 신비한 체험과 이적, 기사에 경도되어 종교의 본질과 의미를 깊이 성찰하고 삶에서 실천하기보다는 보이는 현상, 보이는 현실, 세속적 삶의 정황에만 관심을 기울이는 종교인의 모습을 비판하는 것이다.

3) 벗어날 수 없는 미로

위의 두 작품 「종이 날개」와 「거대한 망상」이 시한부 종말론에 경도된 인물의 실종을 다루고, 그 집단에 빠지게 된 배경에 대해 온정적 입장에서 그리고 있다면 이승우[23]의 「그의 광야」[24]는 시한부 종말론의 허위의식과 집단 무의식적 오류를 함께 파헤치고, 결국 사이비 종말론이 인간의 삶을 얼마나 황폐하게 만드는지 그 비극적 모습을 보여준다. 특히 사이비 종말론에 경도된 소설 속 인물들이 안타까운 것은 그들의

---

21) 조성기, 앞의 책, p.207.

22) 혼합주의(syncretism)는 본질적으로 상이한 종류 혹은 완전히 정반대의 성격을 가진 여러 믿음을 조화 안에서 공존 시키고 다양한 학파의 사상을 융합하기 위한 노력이다. 특히 신학, 종교적 신화의 영역에서 근본이 전혀 다른 몇 개의 전통을 하나로 합하고 유추하여 저변에 깔려 있는 조화를 공고히 하는 시도로 나타난다. 동아시아에서의 혼합주의는 3교 합일(三敎合一)로 나타나 불교, 유교, 도교를 혼합하였다. 전통종교의 형식이나 내용이 습합되어 한국적 기독교 사상을 형성하는 것을 의미한다.

23) 이승우(1959~)는 1981년 『한국문학』 신인상에 중편 「에릭직톤의 초상」이 당선되어 등단한 이후 「연금술사의 꿈」, 「일식에 대하여」, 「고산지대」, 『가시나무 그늘』(1991), 『생의 이면』(1992) 등의 작품을 통해 그 자신의 기독교 인식과 사유를 형상화하였다. 서울신학대학과 연세대학교 연합신학대학원을 수료한 그의 초기 작품은 기독교를 통한 초월의 문제를 다루며 성과 속의 통합을 추구하는 모습을 보인다.

24) 이승우, 「그의 광야」, 『심인광고』(문이당, 2005).

믿음이 오류였음이 밝혀졌음에도 그 안에서 벗어나지 못하며 고통을 겪고 있기 때문이다.

서술자 '나'는 모태 신앙인이지만 믿음이나 종교적 열정을 갖지 못한 인물이다. 이런 나와는 대조적으로 고교시절부터 성경읽기와 기도에 몰두한 친구 '우창'은 당시 시한부 종말론 공동체 생활을 하던 인물이다. 오랜 시간이 지난 후 자유기고가인 나는 우연히 보험회사 직원이 된 우창을 만난다. 이스라엘을 여행 한 후 책을 써야 할 처지가 되어 우창에게 도움을 청하면서 그와의 만남이 이어진다. 소설은 서술자인 '나'가 우창의 이야기를 하는 일인칭 관찰자 시점을 유지하지만 때때로 우창이 겪은 중요한 사건과 내면의 이야기를 할 때는 우창이 직접 자신의 이야기를 서술하는 방식으로 바뀐다. 작가는 서술자를 변경하는 고도의 소설적 기술을 단락조차 바꾸지 않고 자연스럽게 진행해 가고 있어 독자의 시선과 집중을 분산하지 않으면서 초점화자의 이야기를 밀도 있게 전한다. 객관적 서술자가 다 알 수 없고 보여줄 수 없는 초점화자의 심리가 서술자 자신의 이야기 전개 방식으로 나타나면서 우창이 보여주는 불신과 회의의 의미를 이해하게 한다. 우창은 종말의 디데이를 기다리던 집단의 일원이었으나 집단의 믿음이 허망하다는 것을 알고 떠난다.

시간 앞에서도 끄덕하지 않는 영원한 것이 따로 있는 것이 아니라 시간이야말로, 시간만이 영원한 것이 아닐까, 한가하게 그런 생각을 곱씹고 있는데, 그가 말했다. 성지 순례 갔었다. 나는 고개를 들고, 어지럽게 펼쳐지던 상념들을 몰아가며 그의 옆얼굴을 바라보았다. 그의 얼굴은 납처럼 무거웠다. 지도자가 디데이라고 선포한 날 자정이 되었지만 세상은 그대로 있었다. 구름 타고 내려오는 심판주도 없었고, 하늘로 들려 올라가는 사람도 없었고, 지진이나 천둥, 번개도 없었고, 태풍도 불지 않았다. 우리는 그 시간만을 기다리며 모든 것을 버렸는데, 믿을 수 없었다. 그의 목소리는 나지막했다. 그러나 그가 매우 힘들게 자신의 무의식의 가장 아래쪽에 침잠해 있는 무거운 기억을 불러내고 있다는 사실을 나는 어렵지 않게 눈치 챌 수 있었다. 모르긴 해도 그 이야기는 아무에게도 말해지지 않은 내용일 것이다. 여느 날 아침과 다름없이 동쪽 하늘에 해가 떠올랐을 때 공동체의 사람들은 어떻게 해야 좋을지 몰라 허둥거렸다. 다들 믿을 수 없어 했다. 믿을 수가 없었다, 나 역시. 하늘도 무너지지 않았고 땅도 꺼지지 않았지만, 그것이 곧 우리에게는 하늘이 무너지고 땅이 꺼지는 일이나 한가지였다. 아무것도 하지 못하고, 아무것도 먹지 못하고 허탈한 상태로 며칠을 버티다가 무작정 그곳을 떠났다.[25]

인용문에서는 나의 서술과 우창의 서술이 교차한다. 서술자 '나'는 그의 외면을 관찰하고 그것을 표현한다. 초점화자인 그가 들려주는 자신의 내적 상태는 일인칭 서술로 나타난다. 우창은 공동체의 지도자가 사기를 치고 도주한 후에도 사람들이 보이는 이상한 열정과 광신을 '살기 위해 희망하는 것'이라고 했다. 믿음을 포기하면 모든 것을 잃고 돌아갈 곳도 없는 이들이 다시 미망 속으로 빠져드는 현실을 보면서, 그 현실의 한 가운데 자신의 아버지가 새롭게 지도자로 부상하는 것을 보며 회의에 빠진다. 세례 요한을 자처하며 광야로 가서 하나님의 계시를 받으려는 아버지의 광신적 신앙과 그를 돌이키게 하려는 아들의 태도는 광야에서 부딪친다. 결국 열사의 광야에서 호흡 질환을 앓는 아버지의 죽음을 방기한 아들은 깊은 죄의식에 빠진다.

신은 나를 용서했을지도 모르겠다. 아마 그랬겠지. 자비와 용서가 장기인 분이니까. 아버지도 나를 용서했을까? 어쩌면…… 아버지는 자비와 용서가 장기인 신에게 자기를 드린 사람이니까. 하지만 나는? 참담한 일이지만, 나를 용서하지 못하는 건 나다. 용서가 안 된다. 들끓는 죄책

25) 이승우, 앞의 책, pp.148~149.

감이 내 영혼을 파리하게 만들었다. 그 일 이후로 단 한순간도 영혼의 자유를 느껴보지 못했다. 신의 계율과 법으로부터 떠났다고 생각했는데, 더 이상 신의 그림자도 나를 간섭하지 못할 거라고 자신했는데, 오히려 그 광야 이후 걷잡을 길 없이 되어 버렸다. (중략) 사정은 이렇다. 아버지는 세례 요한이니까 그곳을 벗어나면 안 된다고, 그곳을 벗어나 돌아가면 안 된다고 생각했다. 그를 위해서도 물론 그렇지만, 이곳에 있는 사람들을 위해서 더욱 그래야 한다고 생각했다. (중략) 그리고 그곳으로부터 혼자 돌아와 아버지의 뜻을 전했다. 광야에서 칩거하며 하늘나라의 도래를 기다리기로 결정하고 귀국하지 않은 아버지의 이름을 빌려 나는 공동체의 해체를 추진했다. 울타리를 뜯고 벽을 허물고 사람들을 세상으로 환원시켰다. (중략) 나는 많은 사람들을 미망에서 건져 낸다는 생각에 집착한 나머지 내가 아버지를 죽음 가운데 방치했다는 사실을 깨닫지 못했다. (중략) 그러나 시간이 지나면서 내가 한 일은 아버지를 죽음 가운데 내버린 것 말고는 아무것도 아닌 것으로 되어 갔다.

　그 언젠가부터 나는 광야의 모래흙 위에 눕고 싶었다. 들어온 사람을 가두는 미로인 광야에서 나 또한 실종되고 싶었다.[26]

　우창이 유언처럼 남긴 글이다. 옛날 공동체 생활을 하던 곳에서 우창의 주검을 발견한 나는 그의 얼굴에서 "미로인 광야, 죽음을 내장하고 있음으로써, 내장하고 있기 때문에 신성을 얻은 광야를 본 것 같았다." 고 서술한다. 또한 서술자는 하늘나라가 여기나 저기 있는 것이 아니라 너희들의 마음속에 있다는 복음서의 말을 알 것 같다고 언급한다.

　우창은 시한부 종말론을 믿는 공동체에서 청소년기를 보내고 그 여파로 성인이 된 후에도 현실의 삶에 안주하지 못한 인물이다. 거짓 지도자의 빈자리를 대신해 지도자가 된 아버지가 공동체에 헛된 희망을 다시 불어 넣는 것을 보며, 우상 파괴의 형식으로 아버지의 죽음을 방기하고 공동체를 해체했지만, 내면에서 울리는 죄의식의 고통은 결국 그를

---

26) 이승우, 앞의 책, pp.176~177.

죽음에 이르게 한다. 그는 신이 없는 세상을 희구했다. 종말론의 가르침이 거짓으로 판명된 순간, 더 이상 갈 곳이 없어 다시금 거짓된 희망을 만들고 더욱 몰두하던 사람들과는 달리 그는 신을 버리고 종교를 떠났다. 그럼에도 불구하고 그의 모습에는 자유가 보이지 않는다. "신의 계율과 법으로부터 떠났다고 생각했는데, 더 이상 신의 그림자도 간섭하지 못할 거라고" 자신했는데, 실상은 종교적 양심과 고통, 회의 속에서 한 발자국도 벗어나지 못했다. 그는 광야로 가길 원했다.

우창은 사이비 종교집단의 거짓 교리와 집단 홀림의 피해자다. 그가 벗어나고자 했던 것은 인간의 삶을 파괴하는 그릇된 종교적 신념과 행위였지, 신성한 존재로서의 신은 아니었다. 그러나 그 모든 것을 한꺼번에 버림으로써 자신을 옭아매고 있던 종교에서 벗어나려 할 때, 또 다른 회의와 허무감에 시달린다. 인간이 돌아갈 수 있는 영혼의 안식처를 잃어버린 것이다. 이 소설의 주제를 '기독교의 신성에 관한 탐구'[27] 라고 할 때, 지상의 교회에서 신성을 찾을 수 있을지 질문하며, 결국 우리의 삶의 자세, 신앙의 자세를 돌아보게 한다.

텍스트 속에서 우창은 희망을 담보하고 있는 인물이었다. 고통과 아픔의 기억을 벗어나 새 희망의 미래를 향해 나아갈 수 있는 긍정적 인물이다. 그러나 그런 그의 실종과 죽음은 죽음 이후를 알 수 없는 인간의 실존 상황을 보여주며, 그를 이용해 현실을 왜곡하고 두려움을 강조하는 사이비 종말론의 폐해를 드러내고 있다.

텍스트 내에서 광야의 의미는 정확히 전달되지 않는다. 광야는 상징이다. 서술자인 '나'가 이스라엘 기행을 통해 표현하듯이 신이 거주하는 곳은, 인간의 가공물이 아니라, 그의 창조의 세계이며, 유대 광야는 아무 말도 하지 않고 아무 사연도 붙이고 있지 않았지만, 그렇기 때문에

---

27) 김주연, 「광야에서 살기, 혹은 죽기」, 『심인 광고』(문이당, 2005). p.298.

사람을 압도하는 곳28)이다. 인간의 제도와 형식과 법과 규율이 배제된 원시의 자연으로 삶과 죽음이 함께 하는 곳이다. 인간의 허위와 탐심, 거짓을 벗고 자연그대로의 자신의 모습을 성찰할 수 있는 곳이 광야다. 인간은 광야에 홀로 서 자신을 돌아보는 것을 두려워한다. 그렇기 때문에 광야의 수많은 구릉 속으로 자신을 은닉시키거나 모래 무덤 속에 자신의 모습을 덮어버린다. 그러나 마음의 광야, 광야의 시험을 통과한 사람에게는 낙원이 있다. 그러나 텍스트 내의 주 인물들은 마음의 광야를 통과하지 못하고 천국에 이르지 못한다. 그러므로 그들이 얻게 되는 것은 회의, 방황과 좌절이며 결국 죽음에 이르는 절대의 고독이다.

텍스트 내의 서술자의 목소리는 중립적이다. 일인칭 서술자 자신이 열정이 없는 신앙, 맹신과 광신을 객관화할 수 있는 위치에 서서 시한부 종말론의 결국을 담담히 보여준다. 시한부 종말론이 허구인 것으로 드러났음에도 불구하고 그에 집착하는 사람들, 새로운 종말의 시점을 만들고 계속 그 속에서 헤어 나오지 못하는 사람들 속에 있는 행동 기제에 대해 '살기 위해 희망하고' 그것을 버리면 모든 것을 잃기 때문이라고 서술함으로써 허구적 종교의 모습과 그 오류가 지속될 수밖에 없는 상황을 보여주고 있다.

4. 맺음말

세 작품의 내용적 특성을 표로 정리하면 다음과 같다.

---

28) 이승우, 앞의 책, p.159.

텍스트	서술자/직업	주 인물	주 인물의 종교적 성향	서술자와 주 인물과의 관계	휴거 사건 불발 후의 행태	텍스트 내의 주요 공간 (서사공간)	텍스트 내 공간의 사건
종이 날개	나-소설가	지미숙-34세, 교통사고로 남편과 아기 사망 후 유학 중 귀국	종말주장 선교회 회원	관찰자, 이웃 주민	사라짐	뉴욕 지하철	뉴욕 지하철 걸인 여인의 죽음/남편과 아기의 죽음
거대한 망상	나-대학 전임강사	기혜-국악과 졸업 후 국악원 근무, 가야금 전공	종말주장 선교회 회원	사제지간, 거리감 있음	실망, 사라짐	강원도 동해사	동해사 가짜 법비 사건, 기혜의 죽음 의도
그의 광야	나-번역가, 자유기고가	우창-고교 동창, 보험 회사 근무	종말주장 선교회 회원	동창관계, 거리감 있음	실망, 회의, 현실 부적응	이스라엘, 광야	우창 부친 죽음, 우창의 죽음

세 작품은 공통적으로 일인칭 시점으로 서술된다. 텍스트의 서술자들은 소설가, 대학의 전임강사, 자유기고가 등 지적 직업에 종사하는 인물로 기독교 교리에 대해 어느 정도 알고 있는 상태이지만 개인이 깊은 신앙을 소유하고 있지 않다. 그렇기 때문에 보다 객관적인 입장에서 사이비 종말론자들의 신앙행태를 비판할 수 있는 거리를 확보한다. 세 작가들 역시 기독교 신앙과 무관하지 않은 개인적 배경을 지니고 있으므로 사이비 종말론의 휴거 강조와 같은 기독교적 이슈에 민감할 수 있었으며, 이러한 시대적, 세태적 종말론이 인간과 사회에 미치는 영향에 대해 관심을 표현한다.

　서술자 '나'에 의해 관찰되는 초점화자의 삶은 사이비 종말론에 현혹되어 고립되거나 휴거 사건 불발로 인해 절망하고 피폐해진 모습이다.

「종이 날개」의 지미숙의 절망, 「거대한 망상」의 기혜의 죽음 암시, 「그의 광야」의 우창과 우창의 아버지의 죽음 등이 보여주듯이 현실의 고통과 절망을 벗어나고자 사이비 집단에 가담하고 휴거의 날을 소망했지만 그것이 불발로 그치자 현실에 적응하지 못하고 죽음에 이르는 결말을 통해 사이비 종말론의 폐해를 보여준다. 그러나 보다 근본적인 원인은 그들이 왜곡된 집단에 몰두하게끔 하는 사회 환경과 기성 교회가 올바른 교회의 역할을 감당하지 못했기 때문이다. 인간의 소외를 심화시키는 현대사회의 모습은 이웃의 아픔에 무관심하고 소통 부재의 상황을 만들고 있다. 개인의 이기심이 팽배한 사회는 지금도 지속적으로 건강한 관계를 벗어나 세상의 일탈을 꿈꾸는 집단을 만들 수 있음을 보여준다.

텍스트 내의 공간적 배경으로 설정된 강원도 동해사, 뉴욕 지하철, 이스라엘 광야 등은 성과 속이 공존하고 인간의 신성과 욕망이 함께 작용하는 곳이다. 강원도의 작은 사찰에서 이루어지는 거짓된 이적 소동과 불발로 그친 휴거 사건은 인간의 욕망이 만들어낸 기복과 기원이 종교의 본질과는 관계없는 것임을 보여준다. 또한 아파트 놀이터 한 구석에 홀로 앉아 있던 여인의 모습은 현대사회에서 고립된 존재로, 파편화된 관계에서 쉴 곳을 잃은 고독한 인간의 내면을 보여준다. 무관심한 인간 군상 속에서 철저히 소외된 걸인 여인의 모습 역시 현대사회 속에서 파편화된 인간관계와 이웃의 아픔을 나누지 못하는 현대인의 이기적 생활모습을 적나라하게 드러낸다. 이러한 지점에서 이웃을 섬기고 사랑을 실천해야 하는 기독교 정신이 화석화된 종교의 모습을 사이비 종말론에 경도되는 인물들의 내면을 통해 보여준다. 또한 신성한 종교적 상징으로서의 이스라엘 광야에서 행해진 죽음의 방치 등은 그릇된 종교적 신념에 의해 희생당하는 인간의 모습을 보여주고 있다.

위의 세 작품은 근원적으로 죽음의 담론을 통해 현재 인간의 실존 상황과 행위 양태에 대한 물음을 제기한다. 현실의 고통을 벗어나고자 택한 사이비 종말론 집단은 그 자체가 제도적 교리적 모순을 담고 있다. 소설은 죽음과 종말을 두려워하며, 거짓된 미래의 소망으로 현재의 삶에 충실할 수 없는 인간의 무지와 연약함을 함께 보여주며, 종교는 현실 도피의 수단이 아니라 오히려 현실의 어려움과 고통을 긍정적으로 승화시켜 미래의 전망을 가져올 수 있어야 한다는 것을 역설하고 있다.

제4장
현대소설과 기독교 정신의 실천 양태

1. 머리말

　문학의 독자성을 강조하는 입장에서는 종교적 관점에서의 문학연구에 대하여 부정적인 견해를 보이기도 한다. 종교문학이 종교와 문학 모두의 독자성을 침해할 수 있으므로, 문학 텍스트는 일체의 구속과 이데올로기에 종속되지 않는 순수한 문학연구 방법에 의해 파악되어야 한다는 관점이다. 물론 이러한 주장은 문학 고유의 영역을 강조하는 것으로서 나름의 의미를 지닌다고 할 수 있다. 그러나 문학의 발생 기원이 종교적인 祭儀에서 비롯되었고 문학의 성장에 종교가 중추적 역할을 했다는 점을 고려할 때, 이러한 견해가 전적으로 옳은 것은 아니다. 종교가 "인생의 궁극적인 관심에 의하여 사로잡힌 존재의 상태"[1]라고 할 때, 문학은 종교의 진리를 객관화하는 역할을 할 수 있다. 그러므로 기독교적 관점에서 문학을 연구하는 것은 문학 연구의 한 방법일 수 있으며, 이를 통해 기독교 문학의 내용과 형식의 특성을 구명할 수 있는 것이다.

　기독교 문학이란 기독교적 세계관과 진리가 작품의 원리적 질서로

---

1) 박이문, 『종교란 무엇인가』(일조각, 1997), p.71.

작용하고 있는 작품으로 작가가 기독교적 관점에서 인간과 역사와 세계를 이해하고 이를 작품에 구현해 놓은 것을 의미한다. 이러한 점이 바로 일반문학과 변별되는 기독교 문학의 특성이라 할 수 있다. 다시 말하면, 기독교 문학은 기독교 신앙을 가진 작가가 성서에 의한 기독교적인 삶을 소재로 하여 기독교 사상을 주제로 쓴 작품으로, 기독교의 진가를 문학적인 감동으로 표현하되 문학 고유의 예술적 성과를 거둔 창작 행위2)를 의미한다. 여기에서 중요한 것은 기독교 문학 역시 문학으로서의 미적 형상화가 이루어져야 한다는 것이다.3) 기독교 문학의 범주를 정하기 위해서는 문학 작품 속에 수용된 기독교 사상이나 윤리 의식을 먼저 이해해야 한다. 기독교 문학은 기독교라는 정신적 기반과 문학이라는 형식적 기반을 동시에 요구하는 것으로 전자가 철학성에 기초한다면 후자는 예술성을 요한다. 이와 같이 기독교 정신을 바탕으로 인생의 의미에 대한 새로운 가치의 창조를 모색하는 문학이 기독교 문학이라 한다면, 그 정신적 기저에 접근해 가는 태도가 긍정적이든 부정적이든 상관없이 그 양면을 기독교 문학의 범주에 포함시킬 수 있을 것이다.

이 글에서는 한국 현대소설에 나타난 기독교 정신의 실천 양태를 고찰하고 이를 통해 기독교 정신이 문학 속에서 구현되고 있는 양상을 살펴보고자 한다. 이러한 과정은 한국 현대문학에 있어서의 기독교 문학의 가능성을 논하는데 도움이 될 것이며, 기독교 문학이 지향하고자 하는 바를 보여줄 것이다.

---

2) 김성영, 『기독교 문학이란 무엇인가』(도서출판 예솔, 1994), pp.20~21.

3) 종교문학이 외면되고 부정적으로 인식되는 가장 큰 이유가 주제의식과 사상의 빈곤에 있는 것이 아니라 이를 문학적으로 형상화하는 기술의 문제에 있기 때문에 이에 대한 인식과 방법론의 개발이 필요하다.

2. 수직과 수평의 경계 허물기

이승우의 단편소설 「고산지대」는 1988년 이상 문학상 후보에 올랐던 작품이다. 작가 이승우는 인간이 지닌 신화의 의미와 현실적 삶의 모순과 비의(秘意), 소설적 허구와 신앙의 진실에 대해 천착하며, 우리 문학에서는 다소 낯선 주제, 신이란 무엇이며, 인간이란 또한 무엇인가에 대한 가장 본질적이고 관념적인 문제에 끊임없이 도전하고 나름의 화법으로 그 문제의 의미를 해석해 내고 있는 작가라 할 수 있다.

「고산지대」 역시 작가의 이러한 관심과 함께 시대적 문제의식을 담고 있는 작품이다. 이 소설에는 정치적 광기와 종교적 실천, 신앙의 알 수 없는 열정과 모순, 그것의 참다운 해소와 화해의 가능성에 이르기까지 인물들의 갈등과 고뇌가 시대적 상황을 배경으로 밀도 있게 그려져 있다. 소설의 시간적 공간은 80년대 초, 이데올로기의 암운이 이 땅의 지성인들을 주눅 들게 하던 때이고, 공간적 배경은 그러한 시대적 분위기를 타파하고자 가장 첨예하게 부조리한 현실에 대립하고 있던 대학 캠퍼스. 그것도 신학대학 캠퍼스이다. 작가는 서사의 시작을 "몽크 김은 오늘밤도 들어오지 않을 모양이었다."라고 함으로써 화자를 통해 중심인물을 드러내는 시점으로 무언가 긴장과 놀라움을 주는 이야기의 전개를 예감하게 한다.

소설 속에는 대학 4학년의 세 명의 동급생이 등장한다. 열정적이고 보수적인 신앙과 비정치적 성향을 지닌 '몽크 김'이라는 인물과 이와는 대조적으로 현실 참여적이고 진보적 신앙을 지닌 최찬익이라는 냉철하고도 지사적인 인물이 등장하고, 이 둘을 바라보는 자리에 개인의 미래를 위해 현실의 문제를 회피하고 신학의 도그마와 이론적 세계에 침잠하는 화자 '나'가 있다. '나'는 앞으로 일어날 사건을 객관적으로 묘사할 뿐만 아니라 중심인물의 가까운 동료로서 그들의 행위를 관찰하고 설명하며 플롯의 전개에 신빙성을 더하는 서술자이기도 하다.

'몽크 김'은 수도사를 의미하는 단어 'Monk'의 아펠레이션이다. 이러한 별명에서 유추해 볼 때, 몽크 김은 세속적인 것들과 거리를 두고 영혼의 문제를 중시하며, 기도를 통해 현실의 문제를 해결하고자 하는 신비주의적이며, 탈 역사적 경건 제일주의를 지향하는 인물이다. 그의 특징은 아무도 없는 빈 기도실에서 육체의 소욕조차 거부하고 단식하며 고독한 기도를 드리는 서술을 통해 부각된다. 몽크 김은 매년 4월 초 예수의 수난을 상징하는 '골고다의 길' 행사를 갖는다. 스스로 만든 십자가를 지고 '고산지대'와 같은 가파른 학교 교정을 오르는 고행을 행하므로 예수의 고난을 실제로 느끼고자 하는 것이다.

이러한 행위를 비웃는 최찬익은 실천신학에 경도되어 현실 참여적 신앙을 강조하는 인물로 이미 학내 시위로 인해 지명 수배 중인 학생이다. 찬익과 몽크 김으로 대표되는 두 세계의 불화와 반목은 단지 개인의 문제만이 아니라 시대적 상황이 만들어낸 당시의 지형도라 할 수 있다. 찬익의 신앙관은 '예언자 의식'에 치우쳐 있고, 몽크 김의 신앙관은 '제사장 의식'에 치우쳐 있어 한 쪽이 현실의 문제 속으로 거침없이 뛰어드는데 반해 한 쪽은 성소의 신비 속으로 빠져 들어가는 경향이 있다. 양자는 모두 '하나님 없는 세상'과 '세상 없는 하나님'의 불구성을 지적하며 자신의 입장에서 상대를 힐난하고 부정한다.

그러나 화자인 '나'는 이 양자 사이의 외형적인 차이에도 불구하고 유사한 열정, 곧 두 사람에게 나타나는 지나친 광기의 기미를 읽어 내고 있다. 또한 이 둘과는 달리 보수와 진보 양 진영이 중심을 이루는 시대의 현실 속에서 어느 쪽에도 중심을 두지 않고 무관심하게 현실을 외면하고 있는 '나'는 두 명의 동료와는 달리 주변부에 위치한 다수의 중도적 입장을 대변하는 인물이기도 하다. 개인의 성취를 위해서는 시대와 현실의 문제를 애써 회피할 수밖에 없는 실리적 지식인 군상의 대표적 모습이기도 한 '나'는 의식의 내밀한 곳에서는 심리적 열등의식을 지니고 있기도 하다.

사건은 4월의 어느 날, 수배 중인 찬익이 학내 시위를 주도하고 전투경찰의 학내 진입이 이루어지는 절박한 순간에 시작된다. 시위대의 한쪽 편에서 몽크 김이 등장한다. 분요한 현실을 떠나, 마치 세상 죄를 지고 가는 예수의 십자가를 상징하듯 스스로 만든 나무 십자가를 지고 홀로 언덕을 오르는 '골고다의 길'을 의미하는 수난절 행사가 이루어지고 있다. 아무도 제지할 수 없는 무게로 몽크 김은 십자가를 지고 언덕배기를 오르고, 전투경찰들의 무자비한 최루탄의 발포로 시위대는 흩어진다. 그 와중에서 직격탄을 맞은 한 학생이 쓰러진다. 살벌한 난장판에도 추호의 거리낌 없이 외로운 '골고다의 길'을 올라가던 몽크 김이 쓰러진 동료를 보게 된다. 잠시 후 몽크 김은 오르던 고개를 내려와 십자가를 내려놓고 대신 쓰러진 동료를 업고 언덕 아래로 내려간다. 등 뒤에 업힌 '그'의 몸에서 흐르는 피가 그를 적시고 있다. 그들은 거의 한 몸처럼 보였다.

공간적 거리를 두고 이 둘을 바라보던 '나'는 당황한다. 쓰러져있는 학생이 다름 아닌 최찬익이었기 때문이다. 이러한 장면은 어느덧 시위하던 학생들을 감동시키고 조용한 수난찬송을 부르게 한다. 이를 보고 있던 '나'는 부끄러움을 느끼며 은연중 무리의 찬송을 따라 부르며, 들고 있던 신학서적과 성경을 떨어뜨린다.

몽크 김이 언덕을 내려오는 행위와 '나'의 신학 서적이 손에서 떨어지는 작은 변화는 인물의 심적 변모를 암시하는 장치로써 땅을 볼 줄 아는 하늘의 신앙과 현실을 외면하지 않는 살아있는 신학의 의미를 회복시키는 것이다. 나아가 둘을 하나 되게 만드는 '피'의 상징은 그리스도의 사랑의 결정을 의미하는 것으로 갈등의 진정한 해결을 암시하고 있다.

　작가는 신앙과 현실의 삶 속에서 부딪치는 이데올로기의 억압과 아픔을 알고 있다. 그것이 신앙의 이름으로 쉽게 해소될 수 없다는 것은 찬익과 같은 고뇌하는 인물을 통해 나타내고 있으며, 몽크 김의 십자가가 상징하는 고난의 의미 역시 인간을 떠나서는 무의미한 것임을 보여주고 있다. 현실 속에서 행해지는 무수한 오류와 그로 인한 상처의 치유는 무엇으로 가능할까 하는 것이 작가의 관심이라면 그것은 어떠한 이념이나 신념이 아니라 사랑의 힘으로 가능하다는 것이 독자가 읽어내는 해답일 수 있다.

　자칫 진부할 수도 있는 물음에 대한 답을 제시하는 작가의 목소리는 겉으로 드러나지 않는다. 단지 '나'라는 서술자의 시각을 통해 중심인물들의 행위를 묘사하고, 이야기하는 주체인 '나'의 의식의 변모를 보여줌으로써 현실 속에 팽배한 오도된 신념과 신앙은 회복될 수 있는 것임을 보여주고 있다. 그것은 바로 십자가의 진정한 의미에 대한 이해가 바탕이 된 사랑의 실천으로 가능한 것이다.

　하나님과의 수직적인 관계 뿐 아니라 인간과 인간 사이의 수평적 관계가 조화된 십자가의 사랑만이 궁극적인 해답이 될 수 있다는 것이다. 그러기 위해서는 하늘을 향해 오르는 걸음이 땅을 향해 내려설 줄도 알아야 하며, 신학의 도그마에 갇힌 신앙이 현실의 삶과 만나는 실천이 있어야 한다는 것을 보여주고 있다.

　기독교 신앙이 지속되는 한, 진보와 보수의 이름으로, 형식적 신앙과 실천적 신앙의 이름으로 행해지는 인간의 불화와 반목은 지속될 것이다. 그러나 문제의 중심에 피 묻은 그리스도의 십자가가 있음을 이 소설은 보여준다. 신앙의 이름으로 행했던 무수한 오류 앞에서 진정 회복해야 할 가장 단순하고도 중요한 사실은 '그리스도라면 어떻게 했을 것인가'에 대한 물음인 것이다. 그 때 얻을 수 있는 분명한 답은 '예수 닮은 사랑의 실천'이 중요하다는 것이다. 이러한 진실을 담고 있다는 점이 「고산지대」가 이데올로기의 첨예한 대립이 소멸된 시대에 더욱 빛나는 이야기로 읽히는 까닭이다.

3. 사랑의 실천과 나눔의 힘

소설을 소설답게 하는 소설 미학은 한 개 허구로서의 이야기가 진실에 근사한 어떤 핍진성을 주는 소설의 서사성 때문일 수 있다면, 김원일 소설은 전통적인 서사기법에 충실하여 액면 그대로 작품의 주제를 이끌어내면서도 그것을 말하고 있는 작가의식의 깊이를 느끼게 한다.

김원일의 중편소설 「마음의 감옥」은 40대 중년의 출판인을 화자로 내세워 일인칭 관찰자의 시점으로 서술된다. 화자인 나는 4·19 세대로서 이미 해직기자의 경력을 지니고 나름대로의 가치관과 의지로 세상을 살아가고 있는 생활인이다. 나의 시각으로 전해지는 가족의 이야기, 보다 구체적으로 이미 병상에서 사경을 맞고 있는 아우의 이야기가 소설의 중심을 이룬다.

아우 현구는 빈민운동을 하는 실천적 지도자다. 빈민 운동을 하던 중 철거반원에 맞서 싸우다 구속되어 형 집행 중에 있다가 병에 따른 감정유치 명령으로 병원에 입원해 있는 상태다. 아우는 전쟁 당시 사살된 부친 박 목사의 유복자로 어머니가 피난 중에 낳은, 삼형제 중의 막내다. 내성적이며 착하던 그는 대학에서 집회와 시위에 가담하여 수배와 구류를 당하고 최전방의 병역을 마치고 복학하여 대학 4학년 졸업을 앞두고 긴급조치위반으로 체포되어 4년형을 선고받고 1년 8개월 만에 형집행정지로 풀려나 대구의 노동운동 판에 뛰어 든다.

그러나 조합조차 결성할 수 없는 일용직 노동자들의 현실과 가정 내의 온갖 질병과 문제를 안고 있는 빈민들의 상황을 인식한 후, 그는 아내와 함께 빈민운동에 헌신한다. 이러한 일들로 인해 경찰에 대구지역 대표적인 문제인물로 파악된다. 그가 구속된 것 역시 빈민촌을 무자비하게 철거하는 철거반원들에 맞서 싸우다가 일어난 일 때문이었다. 그러나 병으로 인해 병원으로 옮겨지게 되고 그의 석방을 촉구하며 시위하는 빈민들과 운동가, 학생들이 병원에 운집한다. 그의 병은 간암으로 판명되고 이미 회복될 수 없는 상태에 이르렀음을 알게 된다. 그의 가족들은 그가 운명하기 전에 거주제한구역인 차가운 병실을 벗어나 자유로운 세상 속에서 잠들기를 원해 그를 병실 밖으로 옮겨 그가 살고 있는 빈민촌으로 데려가는 일을 계획한다. 드디어 병실을 지키는 간수들을 따돌리고 그를 돕는 무리들과 함께 병원을 탈출한다. 그 때 화자는 4 · 19 때의 순수한 날의 감흥이 되살아남을 느낀다.

단순한 플롯으로 스토리 역시 복잡하지 않다. 그러나 4 · 19 세대로서 세상과 적당한 거리에서 타협하며 안주해 살아가는 나, 신앙에 있어서도 독실하다 할 수 없는 나의 시각으로 그려지는 아우에 대한, 아우를 둘러싸고 있는 배경에 대한 이해와 인식은 소설적인 묘사와 함께 점진적으로 깊어진다. 여기서 화자는 세상의 중간에 서 있는 인물이다. 의식과 실천, 진보와 보수, 신앙과 불신앙, 순수와 혼탁, 가난과 부의 점이지대에 있다. 그는 아우의 삶을 통해 타협할 수 없는 정의와 버려서는 안 되는 인간의 덕목을 보게 된다. 또한 그 근원에 신앙으로 다져진 실천적 삶의 의미가 있음을 인식하게 된다. 냉전의 시대가 지나 찾아온 해빙의 무드. 이념의 쇠퇴와 더불어 잊혀진 순수의 기억, 자신의 삶의 자리에만 안주할 경우 보이지 않는 소외된 이웃에 대한 배려와 그들 역시 공동체를 이루는 성원이라는 인식의 부재에 대한 깨우침을 얻게 된다.

작품의 중심 인물들은 모두 기독교 신앙의 배경 속에 놓여있다. 어머니를 중심으로 한 나의 가족은 전쟁 때 죽임을 당한 목사인 아버지, 독실한 신앙의 어머니와 삶 속에서 예수의 가르침을 실천하는 아우와 그의 아내, 독실한 신자로 자부할 수 없으나 신앙생활을 하는 나의 가족, 아우와 함께 하나님을 섬기며 빈민을 위해 일하는 원형섭 목사 등은 이야기의 중심 인물로서 그들의 대화나 행위에는 기독교의 가르침이 살아있다. 오래 전 예수의 부활을 믿느냐는 나의 질문에 원 전도사의 대답은 이러했다.

> "부활을 믿지 않고 어떻게 목회자의 길을 한평생 걸을 수가 있겠습니까. (중략) 그러나 저는 지금 도마 시대에 살고 있지 않으므로 그분의 피 묻은 못자국 흉터는 직접 볼 수가 없지요…… 저는 예수님의 못 박힌 그 핏자국을 가난한 자의 신음과 그들이 흘리는 눈물과 고름을 통해 지금도 늘 보고 있습니다. 예수님은 이 지상의 고통 받는 자들 속에서 다시 부활하신 것입니다. 너희들을 대속하여 내가 십자가에 달려 죽을 때의 모습이 이러하다고, 예수님은 많은 빈자들의 모습으로 지금도 부활하여 도마 앞에 보여주듯이 우리에게, 너희들이 나를 위해 할 일이 무엇이냐고 물으십니다……"[4]

이런 신앙관을 지닌 원 목사는 여전히 가난한 모습 그대로 빈민을 위해 일하고 있다. 보수적 신앙인이라면 그 진보성 때문에 짐짓 거부의 몸짓을 보일만한 해방신학적 관점을 지닌 교역자의 말이 생명력을 얻는 것은 말보다 삶의 모습을 통해 그 말의 진정성을 보여주기 때문이다. '가난한 자를 위한 사랑의 실천운동'을 평생의 일로 여기며 살았던 현구의 죽음은 그를 사랑하는 사람들의 마음 속에 자신이 살아 숨 쉴 감옥 한 칸을 지어주었다.

---

4) 김원일, 「마음의 감옥」, 『세월의 너울』(솔, 1996), p.285.

「마음의 감옥」은 기독교 정신의 본질이 '사랑의 실천'에 있으며, 그 사랑의 깊이와 넓이는 삶의 진정성을 통해 나타나는 것임을 묵시적으로 드러내고 있다. 그러나 작가는 사랑의 실천이란 그리 쉽지 않은, 자기 십자가를 지고 따르는 길임을 보여준다. 말과 혀로만 표현하는 거짓 사랑이 아니라 의로운 분노와 가난이 함께 하는 고통의 자리에서 나누는 작은 사랑의 실천만이 세상을 변화시키는 힘이며, 잃었던 낙원을 회복하는 길임을 보여주고 있다. 그리고 그 사랑의 실천에는 희생이 있어야 함을 말한다.

그러한 헌신과 희생으로 인해 변화되는 것들의 기미를 읽는 것은 안타깝고 아프지만 감동의 진폭은 깊고 크다. 중편소설 「마음의 감옥」이 주는 감동은 이런 의미망 속에서 찾을 수 있다. 인간에 대해 깊이 있는 물음을 할수록 신에 다가갈 수밖에 없다는 작가의 고백처럼 김원일의 소설 「마음의 감옥」에는 신앙과 믿음의 양식, 지상의 삶 속에 신앙으로 인한 신념을 표출하는 인간의 고뇌와 모순이 사실적으로 그려진다.

4. 용서를 통한 치유와 화해

소설에서의 작가는 '카메라'다. 카메라처럼 독자로 하여금 한 등장인물의 시점을 갖게 하여 그의 경험을 공유하게 하거나, 독자를 인물로부터 떨어지게 함으로써 그를 주시하고 이해할 수 있게 한다. 문학적 기법과 장치를 통해 작가는 자신이 의도하는 세계의 인식을 보여주거나 공유할 수 있게 한다는 점에서 채희윤 소설의 상징과 시점을 이해하는 일은 중요하다.

채희윤의 단편소설 「한 평 구 홉의 안식」5)에서 작가는 '야곱의 우물'

이라는 상징과 일인칭 중심적 시점을 사용하여 '나'라는 주인공이 가족사 속에서 겪는 내밀한 의식과 인간과 신의 존재에 대한 인식의 변화를 효과적으로 그려내고 있다.

소설의 서술자이자 주인공인 '나'는 38세의 임상병리실 검사원이다. 나는 노모와 두 남동생을 부양하는 결혼한 가장이다. 바로 아래 동생은 28세로 선천성 소아마비질환에다 약간의 노이로제 증상을 보이는 장애인이며, 막내 동생은 신학대학 일학년에 재학 중이나 현실참여의 문제로 인해 수배 중에 있다. 끊임없이 둘째 아들을 감싸며 돌보는 어머니는 생의 많은 부분을 과부 아닌 과부로, 남편 부재의 어려운 환경에서 살아남기 위해 몸으로 가난과 세상의 풍파를 견뎌왔다. 나의 아내는 하나님에 대한 굳은 신앙으로 가정의 온갖 어려움을 극복하며 희망을 잃지 않는 믿음의 여인이다.

오랜 시간의 부재 후에 나타난 아버지. 이미 행불자로 신고 된 지 20여 년이 지난 후에 나타난 아버지는 가족이라는 이름으로 불리기에 너무도 낯선 사람이었다. 일흔 한 살의 나이와 말없음. 심한 녹내장 질환으로 세상을 보지 않는 것에 익숙해진 그는 여전히 가족들에겐 타인 같은 존재이며, 어머니의 회한이자 원망과 미움의 대상이다.

나는 불혹의 나이를 눈앞에 두고 있다. 이룬 것 없이 세월만 보낸 것 같은 회한이 목 언저리까지 차오르고 당장이라도 현실의 공간을 벗어나고 싶은 것이 나의 감추인, 그러나 절실한 욕망이다. 한 평 구 홉의 공간, 개인 병원에 딸린 임상병리실은 그 옛날 요셉이 갇혔던 우물로 표현된다. 절망이기도 한 그 공간 속에서도 꿈을 이룰 수 있었던 요셉의 신화는 독실한 신앙인인 아내에게는 믿음의 모형이며, 신의 능력 안에서 닮아갈 수 있는 모델이기도 했다. 그러나 '요셉은 갇혀서도 꿈을 꿀

---

5) 채희윤, 「한 평 구 홉의 안식」(민음사, 1993).

수 있었을까.' 이는 보이지 않게 현실의 벽과 무게에 짓눌린 내가 스스로에게 물어보는 질문이자 궁극적으로는 신이 관여하지 않는 생애라고 여기는 주인공의 내면에서 울리는 절박한 물음이기도 하다. 겉으로는 아무런 외상이 없으나 심연 속에 있는 인간의 깊은 고뇌와 고독은 터질 것 같은 가족사의 무게와 함께 감추어지고, 현실은 끊임없이 나의 자아가 추구하는 삶의 자유와는 멀어진다.

열패감을 느끼게 하는 병리실 안의 닫힌 공간. 의식은 순간마다 더 넓은 세계로, 더 자유로운 자기만의 세상으로 나아가고 싶지만 현실의 환경. 가족의 짐은 나의 어깨를 짓누른다. 나의 꿈, 약간의 자율과 자유를 꿈꾸는 나의 희망은 서랍 속 계획표의 숫자로만 존재할 뿐이다. 대다수의 소시민들이 겪는 일상의 현실과 꿈, 그것의 좌절과 극복을 작가는 주인공이 겪는 내적 갈등을 통해 그려내고 있다.

이 소설의 갈등이 되는, 가족 성원들이 만들어내는 문제와 위기의 상황은 오히려 나의 삶을 역동적으로 만드는 기제가 되며, 그로 인한 책임과 무게가 나의 어깨를 누른다할지라도 벗어나고 싶은 욕망의 바깥에서 그래도 나의 현실적 존재를 되새기에 하는 의미 있는 것들이 될 수도 있다. 그렇다면 인간과 인간의 사이에서 겪는 관계들이 문제일까. 현실의 삶 속에서 존재할 수밖에 없는 지배와 피지배, 거짓과 진실의 양면성과 관계의 단절을 가져오는 인간의 모습. 이것이 곧 내게는 짐일 수 있다. 그러나 더욱 근원적인 나의 문제, 내 심연의 갈등은 바로 내 안에 존재하고 있다.

나는 표면적 그리스도인이다. 결혼하기 이전부터 교회에 다니며 그것이 미덕이 되어 지금의 아내를 얻게 되었다. 내가 신앙생활을 한다는 점 때문에 결혼한 독실한 신앙인 아내는 현실의 모든 문제와 난관을 신앙의 관점에서 생각하고 해결해 나간다. 시어머니의 고집스런 불신앙과 시동생의 불구와 병적 집착, 성직을 수행하리라 기대했던 작은 시동생의 현실참여로 인한 긴박한 위기의 순간과 뜻하지 않게 나타난 병든 시아버지의 수발조차 아내는 꿋꿋한 신앙으로 이겨나간다. 아들의 병을 낫게 하지 못하는 신을 부정하고 신앙을 버린 시모의 타산적인 모습조차 그녀에게는 기도 제목이며, 보다 큰일을 주시기 위한 신의 시험일뿐이었다.

그녀의 결혼 전 소망이 성가정(聖家庭)을 이루는 것이었던 만큼 막내 시동생의 신학대학 수석 입학은 그녀의 소망의 싹이었다. 그런 시동생이 시국 사범으로 지명수배 되고 있는 상황에서 끝없이 실망하고 원망하는 시모와는 달리 시동생의 신앙의 양심과 그에 따른 올곧은 행위를 마음으로 지지하는 그녀의 모습은 견고한 성과도 같다. 그 앞에서 나는 벽을 느낀다. 병원장의 성소(원장실)에서 느끼는 그와의 단절처럼 신은 내게 너무 멀리 있는 것만 같다. 내가 회의하고 고통 받는 삶의 문제를 나눌 수 없는 아내는 나의 고독을 알 수 없다. 신에게서 멀어지고 있는, 아니 나의 불신앙을 정결하게 소멸시키지 못하는 신에 대한 나의 항변을 그녀는 이해하지 못한다. 나는 가끔씩 신의 존재 자체에 대해서도 의심한다. 그렇다고 교회를 떠나는 것도 아니어서 나의 불신앙은 어머니의 그것보다 훨씬 위선적이다. 이러한 나의 불안과 갈증을 아내는 어처구니없는 것으로 치부하고 감사하라고 한다. 감사할 것이 없다고 여기는 나의 상황. 이것이 곧 내가 세상에서 짐 지는 현실의 무게이다. 아내의 감사의 기도가 커질수록 작아지는 나의 기도. 나는 사십의 나이 근방에서 방황하고 있다. 이룬 것이 없다는 자괴심과 더 이상 비전 없는 삶에 대한 염려가 나를 누르고 나의 공간은 요셉이 갇혔던 우물처럼 암울하게 느껴진다.

이러한 내게 하나님의 사도로서 양심을 지키고 육체적 고행을 감내하려는 동생 영우의 행동은 나를 더욱 작아지게 한다. 부모와 자신, 신에게서도 안식을 누리지 못하는 나의 불가지론자적 모습에 대해, 동생은 "아무도 신의 뜻을 알 수 없지만 현실의 광야에서 일어서는 자, 자신의 십자가를 지는 자가 하나님이 원하시는 것을 알 수 있다."는 말을 남기며 십자가를 자처한다.

나의 심연에서 일어나는 알 수 없는 불안과 고독의 문제. 그 원인은 바로 내 안에 있었다. 나는 성경의 탕자의 비유에 나오는 큰 아들 같다. 자신의 성실과 고통에 대한 보답의 요구. 자신에게는 아무런 분깃이 없고 아버지의 사랑을 확인할 수 없다는 조바심과 위장된 미움과 감추인 분노. 이것이 바로 나의 문제였다. 나의 내면에는 아버지에 대한 미움, 그를 용서하지 못하는 무정함이 있었다. 그의 병을 굳이 고쳐서 현실을 보게 하고자 했던 것 역시 그의 고통을 치유하기 위해서라기보다는 당신이 버리고 떠났던 자리의 모습을 보면서 당신 몫의 고통과 책임을 이제라도 느끼라는 의미에서였다.

작가는 여기에서 그의 고독의 이유를 보여준다. 아버지 부재로 인한 가족사의 빈자리는 신의 부재감으로 인한 공허와 삶의 갈증으로 환치되어 나타난 것이다.

진정한 용서와 감사가 없는 삶이란 우물에 갇힌 시간처럼 초조하고 답답하다. 마음에서 받아들일 수 없던 아버지의 존재에 대한 이해와 그와의 진정한 화해는 주인공이 처한 실존의 문제를 해결할 수 있는 실마리가 된다. 긴 세월 동안 홀로 떠돌며 헤맬 수밖에 없었던 아버지의 시간과 그의 고독, 세상과의 불화를 이해하는 일. 이제는 돌아와 그 날의 바람을 후회하는 아버지의 한숨을 닦아 주는 일이야말로 주인공이 마음의 우물을 벗어나는 일인 것이다. 아버지의 손을 잡는 순간, 내게는 고통의 공간이자 벗어나고픈 현실의 상징인 한 평 구 홉의 공간은 곧 안식의 장소로 변화되지 않는가. '야곱의 우물'은 신이 허여하신 고난의 과정인 것이다. 아버지의 존재에 대한 이해는 곧 신과의 만남의 예시이다.

신의 현현은 바로 자기 안에서, 내가 세상 사람들을 진심으로 사랑하고 용서하는 만큼 이루어진다는 성경의 진리가 소설적 형상화를 통해 살아나는 작품이다.

5. 맺음말

위에서 살펴 본 세 작품, 이승우의 「고산지대」, 김원일의 「마음의 감옥」, 채희윤의 「한 평 구 홉의 안식」은 모두 기독교 문학의 범주에 넣을 수 있을 만한 소설이다. 단순히 소설의 제재 면에서나 인물 형상화 차원에서 기독교적인 요소를 차용하는 것이 아니라 작품의 주된 주제 의식을 형상화하는데 기독교 신앙과 기독교 정신의 본질을 추구하고 그것을 소설 속에 구현하고자 했기 때문이다. 등장인물들의 삶 속에 나타나는 신앙의 모습은 각각의 삶의 양태에 따라 다르게 나타나지만 내면에 있어서 사랑의 실천이라는 기독교 대의와는 공통되게 일치하고 있다.

위의 작품을 통해 볼 때, 기독교의 성직자들, 혹은 성직 수행을 위해 교육 받거나 훈련 중인 인물들은 신앙과 현실의 삶을 별개의 것으로 여기지 않고 속악하고 암울한 현실의 상황, 즉 정치적 억압과 부조리한 노동 현장 속에서도 그리스도의 사랑을 실천하려는 의지를 행동으로 나타낸다. 그들은 현실의 삶이 어렵고 힘들수록 이타적인 자세로 자신을 헌신하며 현실의 문제를 극복하려고 노력한다. '하나님을 사랑하고 이웃을 내 몸과 같이 사랑하라'는 성서의 가르침은 실천신학을 힘입어 현실 개혁의 모습으로 나타나고, 성소에서 거룩한 성직만을 수행하기보다는 이웃의 아픔에 동참하려는 의지와 행동을 보다 의미 있는 것으로 만든다.

성직자 이외에 기독교 신앙을 지닌 주인공들의 삶의 양태를 살펴보면, 부조리한 현실을 용인하는 신에 대한 회의와 의문이 있음에도 불구하고 그들의 삶 속에서는 신앙의 가르침을 실천하려는 올곧은 자세가 드러나고 있다. 이는 그들이 각자의 삶에서 져야 하는 십자가를 회피하지 않고 묵묵히 지고 나가는 모습을 통해 찾을 수 있다.

위의 소설을 통해 볼 때, 현대 사회 속에서 기독교 정신의 실천 양태는 매우 긍정적 양상을 띠고 있음을 알 수 있다. 문제는 기독교 정신을 삶 속에 구현하지 못하는 신앙인의 불신앙적 태도라 할 것이다.

이처럼 한국 현대소설에 있어서 기독교 정신의 구현은 어느 정도 그 문학적 성취를 이루고 있음을 알 수 있다. 시문학의 영역과는 달리 소설 속에서 기독교 정신이 하나의 주제의식을 형성하고 정신의 기반을 이루기까지는 오랜 시간이 걸린다는 것을 이해할 때, 위의 소설들을 통해 한국기독교 문학의 긍정적 양상을 찾을 수 있다는 것은 중요한 점이라 할 수 있다. 또한 "기독교 정신의 구현을 추구하는 기독교 문학은 인간 가치를 옹호하는 휴머니즘문학이 되어야 하고, 상실되고 소외된 인간의 존엄성을 회복하는 인간화의 문학이어야 하며, 바람직한 삶의 자세를 제시하는 모랄의 문학이고, 사회적 부조리와 물질만능의 병폐와 기계기술의 도전에 대응하는 저항문학이며, 인간존재의 새로운 의미를 천착하는 내면탐구의 문학이고, 독자들을 정신적으로 일깨워 주는 계몽문학, 개안의 문학이 되어야 한다."6)는 측면에서도 위의 작품이 지닌 주제의식은 기독교 문학의 위상을 고양시킬 수 있음을 알 수 있다.

---

6) 구창환, 「한국 현대소설에 나타난 기독교사상」(『조선대인문과학연구』, 1981) 참고.

제5장

현대소설과 긍정적 목회자상

1. 머리말

현대 사회에서 목회자로 산다는 것은 매우 힘겨운 일이다. 교회나
사회는 목회자들에게 상당한 윤리적, 신앙적 기대를 하고 있지만 그들
역시 불완전한 인간이며 누구보다 자기모순을 심하게 경험하는 존재이
다. 자신이 설교하고 가르치는 말과 자기 현실 사이의 괴리를 심각하게
느끼고 거룩한 삶에 대해 전하지만 결코 자신이 설교한 만큼 완전하게
살아갈 수 없다는 한계를 경험할 수밖에 없기 때문이다. 순간순간 완전
한 자신의 모습을 발견할 수 있지만, 목회는 일상이고, 그 일상을 매
순간 온전하게 살기란 쉽지 않은 일이다. 그렇기 때문에 목회자의 존재
론적 갈등은 애초에 비극을 내포하고 있다. 물론 이 비극을 하나님의
자비와 용서의 은총으로 이겨낼 수 있지만 용서받았다고 해서 거룩한
삶을 지향해야 하는 과제가 없어진 것은 아니다. 이 비극을 깊고도 정직
하게 대면하는 데서부터 목회자의 길은 시작된다.[1]

그렇다면 일반적으로 참된 목회자 혹은 긍정적인 목회자상은 어떠해

---

1) 서진한, 「목회자의 자기모순」, 『기독교사상』 48(대한기독교서회, 2004), p.20.

야 하는 지 살펴볼 필요가 있다. 그리스도의 사역자, 영혼의 목자는 하나님께 전적으로 헌신된 자이다. 그는 모든 형태의 악으로부터 극히 신중하고 부지런하게 자신을 금해야 한다. 삶을 통해 빛을 발함으로써 거룩하고 천상적인 기질들을 갖추어야 한다. 그는 항상 겸손하며, 진지하며, 늘 기뻐하며, 온유하고 인내심 있고 절제하는 자가 되어야 한다. 목회자는 하나님께로부터 보내심을 받은 자로서 하나님과 인간 사이에 서서 불쌍한 사람들을 보호하고 도와주고 빛과 용기를 공급하고 인도해 주어야 한다.

무엇보다 목회자는 그리스도를 닮은 거룩한 자로 높은 차원의 거룩함을 지녀야하고, 순결하고 신중하며 침묵하고 기도하는 덕 있는 삶을 살 것을 요청 받는다. 성직자로서 하나님의 영광을 위한 진지한 관심과 영혼 구원에 대한 열망을 가져야 마땅하며, 모든 것을 기꺼이 행하며 어떤 것을 잃든지 어떤 고난을 당하든지 감당해야 한다.[2]

성직자나 목회자에게 요청되는 이러한 덕목은 부담스럽고 힘겨운 것이다. 그럼에도 불구하고 자신의 생애를 통해 이러한 사명을 실천하고자 분투하며 수고하는 자들이 성직자들이다. 비록 여타의 환경 속에서 사회적으로 지탄을 받는 목회자들의 모습도 있지만 대부분의 경우 성직자로서의 책임과 소명을 감당하기 위해 수고하는 이들이 성직자들이다.

이 글에서는 현대소설 가운데 성직자 모티프를 공통항으로 하는 세 편의 소설을 살펴보고자 한다. 개별 작품의 정치(精緻)한 분석보다는 각 작품의 플롯을 중심으로 등장인물과의 관계 속에서 성직자의 행동양식을 중심으로 그들이 드러내는 기독교 정신을 이해하고, 긍정적 목회자 상을 확립하며 이를 토대로 기독교 문학이 지향하는 주제의식의

---

2) 이후정, 「참된 교회, 참된 목회자에 대한 존 웨슬리의 견해」, 『신학과 세계』 60(감리교신학대학교, 2007). p.70.

일면을 생각해 보고자 한다.

2. 청빈과 헌신의 고독한 삶

　백도기는 목사다. 목사라는 신분이 주는 선입견은 그의 작품이 직접적이고 생생하게 선교의 현장을 그리거나 신앙에 호소하는 제재를 취해 무언가 호교적인 효과를 구하고 있을 것이라는 점이다. 그러나 그의 소설은 시대 속에서의 인간의 문제, 즉 역사와 사회의 조건 속에서 변모하고 훼손되는 인간성의 모습과 상처 입은 인간의 마음과 인간의 삶에 담긴 깊은 비애와 고뇌에 천착하고 있다.

　목사 작가로서의 그의 특징은 누구보다도 집요하고 깊이 있게 인간의 내면을 성찰하고 인간행위의 동기를 추구하고 있다는 점이다. 쉽게 간과되거나 비난받을 수 있는 모순되고 부조리한 행위, 뒤틀린 인간의 모습에서조차 그는 인간이라면 그럴 수도 있다는 인간존재의 불완전성에 대한 이해를 보여준다. 오히려 부족하고 어리숙한 인물들을 통해 시대 속에서 지켜야할 인간의 덕목을 강조하며, 순수한 인간의 모습에 대한 연민과 그리움을 표현한다. 나아가 역설적으로 그러한 인물들의 어눌하고 병리적인 삶의 모습과 행위를 통해 시대적 상황과 인간의 그릇된 욕망이 어느 정도로 이웃의 삶을 황폐하게 할 수 있는지를 드러내기도 한다.

　그의 소설의 가장 주된 화두는 인간이 주도하는 세계의 모순에 대한 인식이다. 전쟁과 정치 권력의 횡포는 대표적인 것으로 그로 인한 비극과 슬픈 사연들이 직접적으로 표현되고 물리적인 이유로 설명될 수 없는 인간과 인간 사이의 정과 사랑의 감정이 인물들의 심연을 통해 묘사되고 있다. 유난히 자주 등장하는 가족사에 대한 천착은 작가 자신의 개인적 체험을 반추한 것으로 여겨질 만큼 실제적인 느낌으로 다가온다.

백도기의 작품에는 신앙인들이 등장하고 성직자가 소설의 화자(『가시떨기나무』, 「어떤 行列」, 『청동의 뱀』 등)나 주인공으로 등장하는 경우가 종종 있다(「골짜기의 鍾소리」 등). 특히 주목되는 부분은 목사인 작가가 그리는 목사의 모습이다. 마치 소설가의 소설 쓰기를 다룬 메타 소설처럼 우리 소설에서는 낯선 부분이기도 하지만, 성직에 대한 작가의 신념과 인식을 통해 성직자의 심연을 보여주는 것이어서 관심의 대상이 된다. 그의 소설에 나타난 목회자의 모습은 결론적으로 말하면 그 역시 신 앞에 선 단독자와 같은 고뇌와 고독을 지닌 인간이라는 점이다. 누구보다도 심원하게 인간의 부조리한 상황과 존재의 비극성을 인식하고 그러므로 신께 나아갈 수밖에 없는 연약한 인간, 더욱 하나님의 은혜가 필요한 인간의 모습이 성직자의 모습이다. 그들 역시 인간적인 욕망과 세속적 삶의 풍파에서 자유로울 수는 없으나 나름의 신념과 믿음으로 이를 헤쳐 나가는 인물들이다. 그러므로 그들은 십자가가 빛나는 인물로 나타난다. 그의 소설 속 성직자들은 세속인들과 유리되지 않은 가운데 그들을 이끌 수 있는 힘을 지니고 있다는 점에서 긍정적이다. 또한 그런 인물들을 묘사하는 작가의 시선이 진솔하고 객관적이라는 점은 소설적 진실성을 담보하고 있다.

「어떤 行列」(1969년 「서울신문」 신춘문예 당선작)은 신학교를 졸업한 '나'라는 화자가 자신이 일할 시골 교회를 탐방차 나서는 길에서부터 시작한다. 나는 젊은 혈기에 의욕을 갖고 시골 면에 위치한 교회를 찾게 된다. 조건이 열악하다는 사전 지식을 갖고 방문한 교회는 허름하기 그지없고, 교회 곁에 붙은 목사관은 대문조차 없는 퇴락한 초가집의 모습 그대로였다. 그곳에서 만난 일흔 여섯 살의 목사는 부인과 정신병이 든 사십 세 가량의 아들을 데리고 살고 있다. 내가 목사보다 먼저 대면하게 된 인물은 18년 동안 정신병을 앓아온 목사의 아들이다. 그는 6·25사변 당시 교회를 내놓지 않으려는 아버지(목사)와 함께 인민군에 게 끌려가 심한 고문을 당한 후에 병을 얻은 것이다. 마귀가 들렸다고 비난하고 떠나는 신도들의 조롱 속에서도 아버지 목사는 아들에 대해 이렇게 말한다. "참 이상하지요. 저 애는 정신 이상이 되었어도 진지하 게 생(生)의 문제를 생각하고 있어요. 저 애 가슴 속에는 포효하고 싶은 울분이 가득 차 있는 것 같아요. 그런 건 다 하나님이 주신 생각이 아니 겠습니까?" 이러한 말에는 아들의 고통과 행위를 이해하고 아파하는 아버지의 깊은 사랑이 담겨있다. 굳이 제 정신이 들어 더 혼란한 삶을 살기보다는 그대로 환상 속에서 살아가는 것을 받아들이는 아버지의 모습은 인간의 부족하고 누추한 모습을 그대로 맞아주는 신의 형상과 도 같다. 그러나 '나'는 답답함을 느낀다. 그것은 그들을 버리고 간 일부 신도들처럼 목사의 신앙을 의심해서가 아니라 '다이내믹하게 표면에 나타나지 않고 숨어서 역사하는 신과 바로 그 신의 섭리에 대한 평소의 불만이 되살아남'을 느꼈기 때문이다. 나의 신에 대한 인식은 다음과 같이 이어진다.

"신은 고난을 오래 참고 견디며 순종하고 헌신하며 봉사하는 방법 외 에는 아무런 다른 방도를 그의 백성들에게 허락하지 않는다. 신을 따르 는 유일한 길은 십자가를 지고 <골고다>를 향하는 가시밭길을 걷는 것 뿐이다. 나는 그러한 신의 의지에 불만을 품고 있다. 아아, 감춰져 있는 신……. 그러나 그에 대한 불만은 그가 나를 얽어매고 있는 기반을 끊어 버리고 뛰쳐나올 만큼 강한 것이 못 된다. 나는 때때로 반역을 시도해 보았지만 번번이 실패한다. 어쨌든 그와의 관계를 단절하는 일은 불가능 하다. 아버지도 그를 위해서 일생 동안 봉사하다가 향리에서 코뮤니스트 들에게 학살을 당했다. 아버지를 얽어맨 사슬이 나를 죄고 있는 것이다.

더구나 나는 신은 언제나 정당할 뿐만 아니라 진리 자체이며, 사랑의 근원이기 때문에 그를 잘 이해하지 못하는 것은 오로지 내 불신이나 어리석음 탓이라고 생각하는 버릇이 몸에 밴 것 같다."

이러한 인식을 통해 '나'는 목사의 고뇌를 나의 것으로, 그가 당하는 시련을 자신이 당해야 할 시련처럼 느낀다. 그럼에도 불구하고 열악한 환경을 보며 자신을 잃고 현실을 피하고자 한다. 자신의 선택에 대해 회의적이었던 주변의 만류를 떠올리며 자신이 너무 객기를 부린 것이라고 생각하면서 날이 밝으면 떠나기로 작정한다. 한밤중에 들리는 목사 아들의 고통스런 울음과 새벽 미명의 목사의 기도는 나에게 감동과 번민을 더하게 했으나 나는 감상과 열정만을 갖고 살 수는 없기에 기대에 찬 목사와 그곳 신도들의 관심을 뒤로하고 떠나기로 결심한다.

어려움을 모면하고 현실을 벗어나려는 내가 배웅 나온 목사와 함께 대합실에서 버스를 기다리는 순간. 대합실 창밖으로 "내가 진짜 지도자다아! 사람 안 패는 것이 민주주의다! 밥 안 굶기는 게에 진짜아 지도자다아!" 외치고 지나가는 목사 아들의 모습이 보인다. 잠시 목사의 절망이 스치고 그 때 가까이서 차의 브레이크 소리와 사람의 비명 소리가 들린다. 목사의 아들이 차에 치어 죽는다. 아들의 주검 앞에서 늙은 목사는 아들의 몸을 안고 일어선다. 말리는 이들에게 아들을 더 이상 차디찬 땅바닥에 뉘어 둘 수 없다는 말과 함께 안간힘을 쓰며 아들의 몸을 추슬러 걷기 시작한다.

그 때 나는 십자가의 환상을 보는 듯한 감회를 느낀다. 아무에게도 아들의 시신을 맡기지 않고 쓰러지는 목사 앞으로 다가가 무릎을 꿇고 "목사님 저에게 맡겨 두십시오. 목사님께는 너무나 벅찹니다. 저는 …… 저는 할 수 있습니다. 제게 맡겨 주세요!"라고 말한다. 숨 막히는 긴장의 순간. 목사에게 고뇌와 위구의 빛이 사라지고 감사와 신뢰의 빛이 떠오른다. 나는 두려움 없이 피투성이의 사내를 들쳐 메고 그가 아들의 시체를 내게만 안겨 준 의미를 생각한다. 자신의 고통을 내게는 감추려 하지 않았던 모습은 내게 새로운 용기를 주며, 고통을 숙명적으로 극기해야만 하는 인간으로서 서로 얽혀져 있다는 동질감을 느끼게 된다.

신의 섭리를 모두 알 수 없는 '나', 그러나 신과의 기반을 끊어버릴 수 없고 사랑의 원천인 그 앞에 순종할 수밖에 없는 '나'의 결정은 십자가와도 같은 주검을 메고 걷는 모습을 통해 상징적으로 드러난다.

3. 영혼의 기도와 실천적 섬김

'로고스'는 세계의 참된 진리, 변하지 않는 한 이법을 의미한다. 성경에서는 태초에 말씀이 계셨고, 그 말씀 곧 로고스가 하나님이심을 말하고 있다. 이러한 말씀에 이끌려 사람의 영혼에 관심을 갖고 그들을 위해 거룩한 부르심을 입은 이들을 성직자, 사제라고 한다. 그들의 관심이 성스러움을 추구하는 인간의 삶에 있다면, '존재의 집'이라 할 수 있는 언어에 들린, 그리하여 언어가 상징하는 세계에 이끌리는 사람들을 시인, 곧 '언어의 사제'로 비유할 수 있다.

호영송의 단편소설 「그들의 방식」(1995. 8)은 성과 속의 경계에서 고뇌하며, 어우러져 살아가는 우리시대 두 인물, 시인과 목사의 삶의 단면을 그리고 있는 작품이다. 중견 소설가이자 시인으로, 예술적 자질을 발휘하며 일 해 온 작가의 이력은 '예술가 소설'의 형식으로 그의 소설 도처에서 실감나는 제재로 되살아난다.

주 인물인 민오영 시인은 출판사와 잡지사에 근무했으나 회사의 부도로 실직하게 되고, 아내의 취업으로 생활을 이어간다. 궁핍한 생활을 벗어나고자 애쓰는 아내의 생일 선물을 위해 원고료를 독촉하지만 뜻대로 되지 않고, 옛 동료를 만나 늦도록 술을 마시고 들어 온 날 아내의 죽음을 맞는다. 교통사고로 아내가 세상을 떠나고 외아들조차 처제에게 보낸 후 민오영 시인은 깊은 허무와 상실감에서 헤어나지 못한다. 방랑하듯 이곳저곳을 떠돌던 그는 어느 날 다락교회와 인연을 맺게 된다. 비 오는 저녁, 교회가 있는 건물 바깥에 초췌한 모습으로 앉아 있는 것을 여전도사와 목사가 교회로 인도한다. 갈 곳 없는 그를 위해 목사는 교회가 세든 2층의 비어있는 화실에서 잠시 기거할 수 있도록 도와 준다. 그러한 과정에서 신분이 불확실한 시인은 뜻하지 않은 오해를 받게 되고, 이 일로 인해 거처를 떠나게 된다. 그러나 장인복 목사는 경찰에서 그의 존재를 증명하고 그가 교회에서 묵을 수 있도록 끝까지 배려한다.

다락교회는 '기쁨이 많은 교회'라는 뜻으로 장 목사가 뜻을 품고 세운 교회다. 그러나 십 여 명의 교인들이 출석하는 작은 교회여서 성장은 쉽지 않았다. 이러한 상황 속에서 목사는 시인에게 호감을 갖고, 시인은 목사의 후의에 힘입어 시작에 전념하게 된다. 그러나 아내의 죽음으로 감상적이 된 그는 시적 상상력의 무력화 현상으로 인해 더욱 깊은 번민에 빠진다. 이러한 시인의 상태는 목사에게 구령(救靈)의 기회가 되어 시인과 대화하고 그를 위해 기도한다. 그러나 신앙의 깊은 물 속에 잠길 수 없는 그는 목사가 낚을 수 있는 고기는 아니었다. 아무리 그물을 내린다 할지라도 어느새 뭍으로 올라와 다른 곳에 숨듯이 목사의 말에 수긍할 수 없는 시인은 떠나고자 한다.

그러나 목사가 40일 금식기도를 시작하며 기도를 요청하자 다시 머무르게 된다. 목사의 금식을 목도하며 그 역시 시의 영감이 살아나길 기대하고 하루를 금식하기도 한다. 그러나 견디지 못하고 일상의 생활로 되돌아 간 그는 목사의 금식을 지켜본다. 30일쯤 되면서 목사는 자신의 몸에서 악취가 난다는 느낌을 말한다. 이에 대해 민오영 시인은 "…… 금식기도는, 그렇다면, 추하고 역겨운 자기 자신의 모습을 인식하게끔 존재의 저 밑 구렁텅이까지 내려가게 하는 방식이 아닐까? 그렇다면 존재의 가장 깊은 심연에서는 악취말고는 또 다른 무엇이 있는가?"라는 궁금증을 느낀다. 결국 목사의 금식기간 동안 떠날 수 없는 그는 무기력하고 무능력한 자신의 상태, 시를 쓰지 못하는 자신의 모습을 회의할 뿐이다.

술에 만취한 어느 날 교회에 들지 못하고 여관에서 묵었던 그는 옆방에 투숙한 여인의 살인사건 용의자로 오인된다. 여인의 죽음과 아내의 죽음이 중첩되어 자괴감에 시달리던 그가 자신이 범인이라는 허위 자백을 한 것이다. 그러나 진범이 잡히고 시인은 풀려난다. 수감 중 시인이 꾼 꿈의 삽입에서 민 시인이 목사에게 도움을 청하고 목사는 그를 돕는 장면이 나타난다. 실제로 시인을 방문한 전도사는 목사가 민 시인을 통해 힘을 얻고 있으며, 둘 사이에는 어떤 연대감이 있는듯하다는 말을 남긴다. 시인은 연대감이라는 말에서 하나의 등식을 찾는다. 즉 목사나 시인이나 말씀에 헌신하고 사제(제사장)의 일을 하기는 마찬가지일지 모른다고 생각하게 된다. 목사는 성경말씀으로 믿음의 말을 추구하고, 시인은 표현의 말을 추구하긴 하지만, 둘 다 말씀을 통하여 감동적인 세계에 이르고자 하는 것으로, 서로의 일은 다르지만 각자 나름의 헌신을 통해 어떤 이상적인 세계에 도달하고자 한다는 것이다. 말씀을 찾아내고 말씀을 다지기 위해, 무거운 침묵 속에 묵상하고 기도하며 탄원하는 것, 그것이야말로 장 목사가 시인인 자신에게 연대감을 느끼는 근거일지 모른다는 생각을 한다.

민오영 시인의 이러한 인식은 자신의 존재에 대한 절망 속에서 자아의 정체성과 자기 확인의 의미를 더해주는 중요한 의미를 지닌다. 물론 시적 영감을 얻을 수만 있다면 '악마와 흥정하는 파우스트의 흉내라도 내고 싶다'는 시인의 내면의식은 한 줄 시구에 진액을 쏟는 시인의 고뇌와 더불어 창작하는 예술가의 위치를 신의 영역으로 끌어올리는 예술지상주의적 태도의 일면을 함께 보여준다.

작가는 민오영 시인의 모습을 통해 예술 창작의 지난한 과정과 그로 인해 겪는 시인의 고뇌를 목사가 성직의 수행에서 겪는 어려움과 고통에 비유하고 있다. 이 때 두 인물을 하나로 이어주는 공통의 분모는 바로 '말', 로고스라는 상징이다. 천상의 진리를 지상의 언어로 풀어내야 하는 것이 사제의 역할이라면, 지상의 언어로 천상에 닿고자 하는 것이 시인의 욕망이다. 그 때 땅과 하늘, 성과 속의 경계를 넘나들며 인간의 심연을 고양시키는 매개가 되는 것이 바로 살아있는 인간의 언어, 로고스를 풀어내는 메타언어인 것이다. 그 때, 언어를 다루는 영역에서 그 성스러움 앞에 순종할 수밖에 없는 것이 사제와 시인, 시인과 성직자의 본질임을 보여주고 있다.

소설 속의 장인복 목사는 민오영 시인을 일관된 모습으로 대한다. 처음 그가 초라한 행색으로 교회 가까이에 왔을 때, 외면하지 않고 받아들이고 두 차례 신원불명을 이유로 경찰에 끌려간 후에도 그에 대한 사랑의 수고를 피하지 않는다. 무엇보다 시인의 내면에 깃든 절망과 고뇌의 흔적을 읽고, 그 영혼의 치유를 위해 애쓰는 목사는 긍정적인 성직자의 모습을 보여준다. 그가 행한 40일 금식기도는 결국 목사 자신과의 싸움이었다. 자신의 심연 깊은 곳에 가라앉은 죄의 찌끼를 흔들어 걷어내는 고독한 자아 성찰과 정화의 노력이며, 인간으로서는 닿을 수 없는 한계에서 신의 은혜를 구하는 가장 겸허한 기도이다. 그러나 생명을 내어 놓고 드리는 절대의 기도 앞에서 시인은 별다른 감동을 얻지 못하고 교회를 떠난다. 그러나 시인은 훗날, 장 목사와 그 자신 사이에 뜨겁게 연결되는 무엇이 있음을 고백한다. 즉, "목사에게는 40일 금식기도를 통해서도 이겨내기 어려운 시련이 그대로 상존하리라는 점과, 시인 자신에게는 온 존재로 몸부림쳐도 뛰어넘기 어려운 언어의 심연이 이제도 그 큰 입을 벌리고 있다는 점. 그리고 그 두 가지는 몽환이 아닌 현실의 시간 속에 함께 잇닿아 있으리라는 사실"인 것이다.

작가는 이러한 시인의 인식을 통해 인간 고유의 내면에 깃든 고독, 존재의 심연 속에 있는 불완전한 자아에 대한 인식, 그로 인한 깨달음을 보여주고 있다. 그러나 여기서 나아가 '말'을 초월하는 무엇, 말보다 앞서는 행위의 진정성을 통해 사제의 제의는 신에게 닿을 수 있음을, '사랑'이야말로 신의 보좌를 울리는 가장 정직한 기도임을 형상화하고 있다.

4. 공감과 위로의 포용적 자세

소설가 김영현은 자신의 소설집 후기에서 "소설가란 당대의 현실과 정면으로 맞서는 싸움꾼의 자세와 글쓰는 작업을 통해 인생의 의미와 목적에 대한 철학적 인식을 획득하는 구도자의 자세가 필요하다."고 말할 정도로 치열한 작가의식을 견지하고 있다. 자신이 학생운동의 현장에서 불의에 대항해 몸으로 저항했던 이력을 지녔던 것처럼 그의 글에는 부조리하고 불의한 현실에 대한 분노와 그 벽을 향해 끊임없이 몸을 던지는 일군의 인물들이, 그들의 상처받고 허물어지는 생의 흔적들이 선연하게 드러나 있다.

기독교적 관점에서 그의 소설을 읽어갈 때, 쉽게 눈에 들어오는 것은 사회변혁의 실천현장에서 만나는 기독교인의 모습이다. 참된 의미의 기독교 공동체와 그것을 실현하기 위해 작은 일을 이뤄나가는 목사의 모습이 대표적인데, 그의 단편 「포도나무집 풍경」의 박 목사나 「내 마음의 서부」의 박 목사는 동일인을 모델로 한 것처럼 유사한 비전을 보여준다. 종교에 매이지 않는 종교인의 모습은 종교적 행위의 규범에 익숙한 이들에게는 짐짓 당혹감을 주지만 작가가 추구하는 사람됨의 의미나 세상 속에서 어울려 사는 인간의 모습을 거짓없이 그려내고 있다는 점에서 설득력이 있다.

「그리고 아무 말도 하지 않았다」는 김영현이 1994년 여름에 『실천문학』에 발표한 작품이다. 세상에서 삶의 무게를 견딜 수 없는 사람들은 가끔 현실의 공간을 떠남으로 세상을 벗어나는 꿈을 꾼다. 그러나 속악하고 힘든 현실을 떠나 철저히 혼자가 되는 여로는 떠난 이를 다시금 세상 속으로 진입하게 하는 환원구조로 되어 있다는 점에서 아이러니하다.

소설의 주인공 도재섭은 화가다. 예술에 대한 열망으로 미술을 택했지만 민중미술 작업에 가담하기도 한다. 그러나 언제부터인가 삶의 꿈과 희망을 잃어버린다. "이 세상에 더 이상 혁명이 없어졌다는 것은 참을 수 있다. 그러나 자기의 온 존재를 걸 수 있는 절대적인 가치가 사라졌다는 것은 참을 수가 없다."며 생을 마감한 친구의 유언은 늘 그의 마음 한자리를 차지하고 있다. 4살 난 딸의 죽음과 아내와의 불화, 의미 없이 치르는 후배와의 정사는 모두 인생의 불행을 나타내는 징표로, 무의미한 일상을 나타낸다.

그런 그에게 친구는 태백에 있는 수도원 벽화를 그릴 것을 소개하고, 현실을 벗어나고픈 재섭은 수도원이라는 말이 주는 고전적 경건함의 인상에 끌려 그곳으로 가게 된다. 그곳에서 재섭은 저마다의 사연을 지닌 채 공동체 생활을 하고 있는 이웃들과 함께 며칠을 보내며 벽화의 밑그림을 그리기 시작한다. 소설을 쓴다는 홍윤배는 재섭의 일을 자청하여 도와준다. 그는 스스로 무신론자라고 주장하며 신의 존재 여부나 천국에 대해 무관심하다고 말한다. 재섭 역시 신에 대한 믿음이 없이 '광야의 예수'라는 그림을 그린다. 며칠 간의 작업 후에 드디어 마지막 예수의 얼굴만을 남겨두고 있을 때였다. 한밤중에 홍윤배가 미완의 그림에다 마지막 붓질을 하고 있다는 전갈이 왔다. 그의 행위를 말리는 과정에서 홍윤배는 높은 곳에서 떨어지게 되고 재섭과 마주치자 신이 없는 자는 신을 그릴 수 없다는 힐책과 함께 재섭의 그림 속에는 인간의 절망과 고통만이 있고, 그것은 곧 재섭의 자화상에 지나지 않는다고 책망한다. 재섭이 그린 절망한 신의 모습을 견딜 수 없었던 그는 "신은 절망해서는 안 돼. 알겠소……? 물론……나는 무신론자이지만."이라는 말을 남긴다. 무신론자로 자처하는 인물의 예수에 대한 신뢰는 역설 속에서 오히려 빛을 발하고 있다.

홍윤배가 손을 댄 부분은 어린이의 그림처럼 단순하고 유치했다. 예수의 얼굴 위에 노란색 후광을 넣고, 예수의 눈은 고뇌와 절망을 딛고 밝아 오는 새벽을 정복하고 나온 승리자의 눈빛을 지니고 있었다. 재섭은 다시 그림을 지우고 고뇌하는 서른 세 살의 젊은 예수를 그렸다. 그러나 홍윤배의 의견을 받아들여 멀리 지평선을 바라보는 눈빛은 장차 다가올 수많은 고난과 당당히 맞서 싸울 열정을 지닌 모습으로, 자신의 운명에 대해 자긍심을 지니고 있으나 끝내 불가해한 인간의 운명과 싸우며 자신의 삶에 대한 의문을 떨쳐버리지 못한 젊은이의 쓸쓸함과 슬픔을 지닌 모습으로 그렸다. 그가 그리고 싶었던 것은 신의 아들이 아닌 인간 예수였기에 후광은 지워 버렸다. 그는 평범한 종교화가 아닌 무엇을 그리고자 했던 것이다. 여기서 작가가 표현하는 기독교의 문제와 한계가 나타난다.

사람들은 그림을 보고 감탄과 찬미를 드렸다. 그러나 재섭 자신은 벽화를 실패한 그림으로 여긴다. 재섭은 자신이 그린 그림 속에 궁핍과 불의로 고통 받는 인간에 대한 분노도 없고 인간 존재의 본질에 대한 고뇌도 없음을 발견하고 패배와 자괴감을 느꼈다. 그림을 완성하고 탈진해 버린 그에게 집을 나간 아내의 편지가 수도원으로 온다. 잃었던 사랑을 회복하고 함께 생의 의미를 찾기를 원하는 소망의 편지였다. 수도원을 떠나던 날 재섭을 배웅하던 수도원 사무장은 벽화를 그리던 재섭의 열정에 감동 받았음을 말하며 이렇게 덧붙인다. "누가 뭐라 하든 그게 어디 보통 벽화인가요? 그게 비록 재섭 형제의 자화상이라 하더래두 말이에요. 그건 한 인간의 소중한 기도입니다. 상처 많고 고뇌 많은…… 우리는 모두 당신이 그린 그 벽화를 향해 찬미의 십자가를 그을 것입니다. 그리고 당신을 기억할 것입니다."

소설 속의 인물들은 모두 현실의 삶을 수도원으로 옮겨온 이들이다. 보이지 않게 들리던 통한의 기도와 봉사를 통해 신을 만나는 거룩한 고행이 있고, 서로의 상처를 그대로 안아주는 위로가 있는 수도원 공동체 안에서 속세의 시간은 멈춰있다. 그곳이야말로 소설 속의 주인공이 꿈꾸던 인도일지 모른다.

작가는 애써 성스러움을 가장하지도, 신성한 것만을 추구하는 거짓 욕망을 자극하지도 않는다. 그러나 모든 이들에게는 그들만의 낙원이 존재하며 그 낙원이 함께 사는 공동체로 세워지기 위해서는 서로의 상처를 그대로 안아주는 너그러운 용납과 사랑이 필요함을, 결국 사랑이 사람을 세우는 힘이라는 것을 보여주고 있다. 지극히 신에 무관심한 인물을 통해 그려진 예수의 모습에서, 그 고독 속에 나부끼는 흰 옷 자락을 통해 우리가 볼 수 있는 것은 말없이 새벽의 빛을 기다리며 어둠을 견뎌내는 인간 예수, 그처럼 무지하고 무정한 인간의 이기심 앞에 그대로 나타나 아무 말 없이 바라보고 계신 예수의 사랑의 눈빛이다.

5. 맺음말

문학과 종교는 모두 인간의 고통스런 삶과 불가피하게 관계를 맺고 있으며, 그것을 넘어서는 究竟的 삶에 관심을 갖는다. 위대한 문학작품은 인간의 영혼 속에 보다 궁극적인 생의 문제에 대한 물음을 제기한다. 그러므로 "모든 문학작품 속에는 궁극적인 것으로서의 실체(reality)에 대한 종교적인 경험과 유사한 어떤 것이 있다."는 말은 의미를 지닌다.

소설 작품의 경우, 작가가 소설 속에 기독교적인 것을 표현하는 방식은 긍정과 부정, 더러는 가치중립적인 입장으로 나눌 수 있다. 기독교의 부정적인 면을 부각시킨 작품들은 본질적으로 기독교적인 어떤 신앙체계나 가치, 사상에 대한 비판이라기보다는 기독교 정신을 곡해하고 있는 편협한 신앙, 신앙과 삶이 이원화된 이중적 신앙인에 대한 비판과 그들로 인해 빚어지는 기독교의 병리적 현상들에 대한 비난과 드러냄이 중심을 이룬다. 이는 기독교의 전면적인 모습일 수 없으며 일부 왜곡된 모습이다. 이에 비해 소설 속에 기독교적인 어떤 것들이 긍정적으로 표현된 경우는 대체로 기독교 정신과 사상을 토대로 그리스도의 가르침을 실천하는 인물과 그들의 공동체가 진솔하게 그려지는 경우이다. 이러한 경우에도 소설 속에 나타난 기독교 정신은 설교나 강론이 아닌 인물을 통한 실천적 행동양식으로 드러날 때, 보다 생생하게 전달되며, 작가의 목소리는 철저히 배제되는 것이 효과적이다.

백도기의 「어떤 行列」에 나오는 시골 교회의 목사와 이제 막 성직을 시작하려는 예비 목사의 모습은 청빈과 헌신, 기도의 자세가 긍정적이다. 호영송의 「그들의 방식」에 나오는 장인복 목사는 삶에 지치고 의지할 데 없는 가난한 시인을 한결 같은 사랑으로 대한다. 그가 위기에 처하고 억울한 일을 당할 때에도 그를 위해 사랑의 수고를 아끼지 않는다. 또한 시인의 내면에 깃든 절망과 고뇌의 흔적을 읽고, 그 영혼의 치유를 위해 애쓴다. 나아가 자신과의 치열한 싸움인 40일 금식기도를 통해 겸허하게 신의 은혜를 구하는 그는 성과 속의 경계에 선 인간이 자신의 욕망을 벗어나 신적인 지향으로 나아가는 모습을 잘 보여주고 있다.

김영현의 「그리고 아무 말도 하지 않았다」에 나오는 신앙 공동체의 모습과 그 수도원에서 생활하는 수도원지기 사무장은 세상에서 지치고 병든 이들의 상처를 그대로 받아주고 위로하는 인물이다. 세속적인 이기심을 버리고 보이지 않는 기도와 봉사를 통해 신을 만나는 수도원 공간은 거룩한 고행을 통해 세상으로 나아가는 통로가 된다.

세상 가운데서 성직자에게 요구되는 덕목과 역할은 점점 커지고 있다. 성직자에게는 하늘과 땅을 아우르는 제사장의 기능과 세상을 위한 중보자의 역할이 기대된다. 더러는 이 둘의 역할이 한 쪽으로 치우쳐 성직의 균형이 깨어지거나 제 역할을 다하지 못할 때가 있다. 그러나 위에서 살펴 본 작품에 나타난 성직자들의 모습은 기독교 정신의 본질이 '사랑의 실천'에 있으며, 그 사랑의 깊이와 넓이는 삶의 진정성을 통해 나타나는 것임을 묵시적으로 드러낸다는 점에서 기독교 문학이 지향하는 주제의식을 담고 있다.

참고문헌

제1부 ▸ 제1장

이광수, 『이광수전집』, 삼중당, 1963

＿＿＿, 『재생』, 우리문학, 1996.

구인환, 『이광수소설연구』, 삼영사, 1983.

김영덕, 「춘원의 기독교입문과 그 사상과의 관계연구」, 『한국문화연구원논총』, 이화여대, 1965.

민경배, 『한국기독교회사』, 대한기독교출판사, 1987.

백철, 「한국의 현대소설에 미친 기독교의 영향」, 『중앙대학교논문집』 제4집, 1959.

서광선, 『종교와 인간』, 이화여대출판부, 1975.

신동욱 편, 『최남선과 이광수의 문학』, 새문사, 1981.

유동식, 『한국종교와 기독교』, 대한기독교서회, 1995.

이만열, 『한말기독교와 민족운동』, 평민사, 1986.

이인복, 『한국문학과 기독교사상』, 우신사, 1987.

이정심, 「이광수의 종교사상」, 이화여자대학교 석사학위논문, 2001.

조연현, 『현대작가론』, 형설출판사, 1983.

한국역사연구회 편, 『한국사 강의』, 한울 아카데미, 1993.

제1부 ▸ 제2장

김동인, 『김동인문학전집』, 대중서관, 1983.

김봉군, 「한국소설의 기독교의식 연구」, 단국대학교 박사학위논문, 1995.

김병익, 「기독교의 수용과 그 변모」, 『신학사상』 11집, 1975.

＿＿＿, 「한국소설과 한국기독교」, 『상황과 상상력』, 문학과 지성사, 1979.

김희보, 『종교와 문학』, 대한기독교서회, 1988.

이동하, 「한국소설과 구원의 문제」, 『현대문학』, 1983.5.

이문구, 「한국현대소설의 기독교수용에 관한 연구」, 『대전실업논문집』 제12
집, 1983.

이용남, 「동인문학에 나타난 기독교의식」, 『관악어문연구』 제6집, 서울대 국
어국문학과, 1981.

구인환, 구창환, 『문학개론』, 삼지원, 1994.

김주연 편, 『현대문학과 기독교』, 문학과 지성사, 1984.

김천혜, 『소설의 이론』, 문학과 지성사, 1994.

김춘미, 『김동인연구』, 고려대학교 민족문화연구소, 1985.

김치수 외, 『현대문학비평의 방법론』, 서울대학교 출판부, 1993.

박무호 역, 『예수전』, 홍성사, 1986.

우한용, 김용성 공편, 『한국근대작가연구』, 삼지원, 1995.

윤홍로, 『한국근대소설연구』, 일조각, 1992.

윤홍로 외, 『현대한국작가연구』, 민음사, 1976.

이동하, 『신의 침묵에 대한 질문』, 세계사, 1992.

이만열 외, 『한국기독교와 민족운동』, 보성, 1986.

_____, 『한국기독교문화운동사』, 대한기독교출판사, 1987.

_____, 『한말기독교와 민족운동』, 평민사, 1986.

이인복, 『한국문학과 기독교사상』, 우신사, 1987.

_____, 『문학과 구원의 문제』, 숙명여대출판부, 1982.

_____, 『한국문학사상사』, 숙명여대출판부, 1988.

장백일, 『김동인연구』, 문학예술사, 1985.

제1부 ▸ 제3장

전영택, 『생명의 개조』, 문우당, 1926.

_____, 『전영택창작선집』, 어문각, 1965.

조남현, 『한국소설과 갈등』, 문학과 비평사, 1990.

표언복 엮음, 『전영택 전집』 제3권, 목원대 출판부, 1994.

Leland Ryken, *Triumphs of the Imagination*, 최종수 역,『상상의 승리』, 성광문화사, 1982.

吉田精一, 奧野健南, 柳 呈 옮겨지음,『현대일본문학사』, 정음사, 1984.

제1부 ▸ 제4장

Rene Wellek & Austin Warren, *Theory of Literature*, 백철 · 김병철 공역 『문학의 이론』, 신구문화사, 1980.

김시준,『중국현대문학사』, 지식산업사, 1994.

김학준,『중국문학개론』, 신아사, 1999.

朴星柱,「중국현대문학에 나타난 기독교적 성향」,『한국외대중국연구』제24 권, 1999.

이만열,『한말기독교와 민족운동』,평민사, 1986.

전영택,『전영택창작선집』, 어문각, 1965. 序文.

전영택,『생명의 개조』, 문우당, 1926.

전영택,「기독교 문학론」,『기독교사상』,『전영택전집』제3권, 1957.

周侯松,「許地山年表」,『許地山』,香港:三聯書店香港分店, 人民文學出版 社, 1984.

中國新文學叢刊,『許地山選集』黎明文化事業公司, 1965.

張祝齡,「對干許地山教授的一個回憶」, 周侯松, 杜汝森 編,『許地山 研究 集』, 南京大學校出版社.

陳平原,「論蘇蔓殊, 許地山小說的宗敎色彩(節錄)」, 周侯松, 杜汝森 編, 『許地山研究集』, 南京大學校出版社.

최종수,『문학과 종교의 대화』, 성광문화사, 1997.

표언복 엮,『늘봄전영택전집』제1권, 목원대학교출판부, 1994.

제1부 ▸ 제5장

이기영소설집,『가난한 사람들』, 푸른사상, 2002.

이기영 선집, 『고향』, 『한국근대민족문학총서』 2, 풀빛, 1991.

김상태, 박덕은 공저, 『문체의 이론과 한국현대소설』, 한실, 1990.

박덕은, 『한국현대소설의 이론과 적용』, 새문사, 1992.

박순경, 『민족통일과 기독교』, 한길사, 1986.

송건호, 『민족주의와 기독교』, 민중사, 1981.

표언복, 『한국현대문학의 이해』, 건국현대문학 연구회, 서광학술자료사, 1992.

제1부 ▸ 제6장

김남천, 『개화풍경』. 『조광』, 1941, 5.

_____, 「그림」. 『북한문학전집』, 서음출판사, 2005.

_____, 『대하』. 『한국소설문학대계』 권13, 동아출판사, 1996.

_____, 『맥』. 을유문화사, 1988.

_____, 「文化的 工作에 관한 若干의 時感」, 『신계단』, 1933.

김윤식, 『박영희 연구』, 열음사, 1989. 71.

김재남, 『김남천문학론』, 태학사. 1991.

김창준, 김준엽, 『한국공산주의 운동사』, 청계연구소. 1990.

박효생, 「한국의 개화와 기독교」, 『한국기독교와 민족운동』, 한국기독교사논
　　　문선집1권, 보성. 1986.

변정화, 「1930년대 한국 단편소설연구」, 숙명여대 박사학위논문, 1987.

이명재 편저, 『김남천』, 한국학술정보. 2003.

이준학, 「변증법인가 삶인가」, 『문학과 종교』 18, 1, 2013.

조남현, 「『大河』 1·2부 잇기와 끊기」, 『한국현대문학사상연구』, 서울대 출판
　　　부, 1994.

게오르크 루카치, 『소설의 이론』. 반성완 역. 심설당, 1993.

제1부 ▸ 제7장

구인환, 『한국근대소설연구』, 삼영사, 1983.

구창환, 「한국문학의 기독교사상연구」, 『한국언어문학』 제15집 한국언어문학회, 1977.

김성건, 「한국기독교의 신사참배, 1931~1945; 종교사회학적 분석」, 『종교와 이데올로기』, 민영사, 1991.

김영한, 『기독교와 문화』, 한국기독교문화연구소, 1987.

김용직, 『한국현대명작 이해와 감상』, 관악출판사, 1991.

김우규 편, 『기독교와 문학』, 종로서적, 1992.

김천혜, 『소설구조의 이론』, 문학과 지성사, 1994.

김희보 편, 『한국의 명작』, 종로서적, 1990.

민경배, 『일제하 한국기독교 신앙운동사』, 대한기독교서회, 1991.

박덕은, 『한국현대소설의 이론과 적용』, 새문사, 19929.

박종천 외, 『한국인의 예수체험』, 다산글방, 1991.

백철, 『신문학사조사』, 신구문화사, 198.

변종호, 『이용도 목사전집』 제1~9권, 초석출판사, 1986.

오양호, 『한국문학과 간도』, 문예출판사, 1988.

이경우, 최재석 역, 『소설의 수사학』, 한신출판사, 1977.

이보영, 「기독교 문학의 가능성」, 『예술원 논문집』 20집, 1981.

임영천, 『기독교와 문학의 세계』, 대한기독교서회, 1991.

_____, 『한국현대문학과 기독교』, 태학사, 1995.

장광진, 「『순애보』에 나타난 기독교 신비주의-이용도를 중심으로」, 연세대 연합신대원 석사학위논문, 1992.

정한숙, 「소설경향의 몇 가지 흐름」, 『한국현대문학사』, 현대문학, 1988.

조동일, 『한국문학통사』 제5권, 지식산업사, 1989.

조미숙, 『현대소설의 인물묘사방법론』, 박이정, 1996.

조윤제, 『한국문학사』, 탐구당, 1990.

최종수, 『상상의 승리』, 성광문화사, 1982.

한국기독교사 연구회, 『한국기독교의 역사II』, 기독교문사, 1990.

메리 조 메도우, 리차드 D.카호, 최준식 역, 『종교심리학』, 민족사, 1992.

죠쉬 맥도웰, 돈 스튜어트, 이호열 역, 『세속종교』, 기독지혜사, 1987.

S. 리몬 케넌, 최상규 역, 『소설의 시학』, 문학과 지성사, 1985.

Nothrop Frye, *The Educated Imagination*, Bloomington: Indiana Univ. Press, 1964.

William, S. Sahakian, *History of Philosophy*, NY: Harper and Row Publishers, 1968.

제1부 ▸ 제8장

김문집, 「여류작가의 성적 귀환론 - 화성을 논평하면서」, 『비평문학』, 청색지사, 1938.

김우종, 「김명순, 박화성 기타 여류들」, 『한국현대소설사』, 성문각, 1982.

김치수 외, 『現代文學批評의 方法論』, 서울대학교 출판부, 1993.

박성령, 「1920년대 사회주의에 대한 기독교인의 대응연구」, 감리교신학대학교 석사학위논문, 2002.

박순경, 『민족통일과 기독교』, 한길사, 1986.

박화성, 「한귀」, 『조광』, 1935. 11.

박헌영, 「역사상으로 본 기독교의 내면」, 『개벽』, 제 63호, 1925.

반 A. 하비 著, 장동민 역, 『신학용어 핸드북』, 소망사, 1992.

배성룡, 「반기독교운동의 의의」, 『개벽』, 제63호, 1925.

백 철, 「인텔리와 동반자작가」, 『신문학사조사』, 신구문화사, 1992.

서정자 편, 『눈보라의 운하』, 푸른사상사, 2004.

_____, 『북국의 여명』, 푸른사상사, 2003.

_____, 『박화성문학전집』 17권, 단편집 2, 푸른사상사, 2004.

_____, 『박화성문학전집』 20권, 푸른사상사, 2004.

송상일, 「不在하는 神과 小說」, 『현대문학과 기독교』, 문학과지성사, 1984.

안회남, 「박화성론」, 『여성』 1938.2.

양병헌, 「현대문학비평의 이해 및 역할」, 『문학과 종교의 만남』, 한국문학과 종교, 1995.

역사문제연구소, 『카프문학운동연구』, 역사비평사, 1992.

이정윤, 「반기독교운동에 대한 관찰」, 『개벽』, 제63호, 1925.

정태영, 『박화성과 이난영 그들의 사랑과 이즘』, 뉴스투데이, 2009.

죠쉬 맥도웰, 돈 스튜어트, 이호열 옮김, 『세속종교』, 기독지혜사, 1987.

최종수, 『문학과 종교의 대화』, 성광문화사, 1987.

한효, 「박화성 여사에게」, 『신동아』 1936.3.

홍구, 「1933년의 여류작가의 군상」, 『삼천리』 1933.3.

Northrop Frye, *The Double Vision-Language and Meaning in Religion*, University of Toronto Press, 1991.

제2부 ▸ 제1장

기본자료

『사반의 십자가』, 『현대문학』, 1955. 11.~1957. 4, 『한국문학전집』 14, 삼성출판사, 1972, 홍성사, 1982, 삼중당, 1990.

권영민, 『한국민족문학론연구』, 민음사, 1995.

김동리, 「순수이의」, 『문장』, 1939.

_____, 「나의 소설수업」, 『문장』, 1940.

_____, 「본격문학과 제3세계의 전망-특히 金秉逵氏의 항의에 붙여-」, 『대조』, 1947.

_____, 「문학하는 것에 대한 사고」, 『백민』, 1948.

_____, 「민족문학론」, 『대조』, 1948.

_____, 「샤머니즘과 불교」, 『문학사상』, 창간호, 1972.

_____, 『생각이 흐르는 강물』, 갑인출판사, 1985.

_____, 「나의 문학과 샤머니즘」, 『문학사상』, 1986.

김병익, 「자연에의 친화와 귀의」, 『한국문학』, 1973.

_____, 「한국소설과 한국 기독교」, 『상황과 상상력』, 문학과 지성사, 1979.

김우규, 「하늘과 땅의 변증법」, 『현대문학』, 1959.

김윤식, 『한국근대작가론고』, 일지사, 1997.

김윤식, 김현, 『한국문학사』, 민음사, 1984.

반 A. 하비, 장동민 역,『신학용어핸드북』, 소망사, 1992.

손봉주,「김동리『사반의 십자가』의 분석적 연구」, 청람어문학, 1993.

손우성,「하늘과 땅의 비중」,『동리문학이 한국문학에 미친 영향』, 중앙대학교 예술대학 문창과, 1979.

서재길,「1930년대 후반 세대 논쟁과 김동리의 문학관」,『한국문화』31, 서울대학교 한국문화연구소, 2003.

신춘자,「기독교의 구원과『사반의 십자가』」,『기독교 문학평론』, 학국기독교문학평론가협회, 2004.

오현숙,「기독교 문학의 입장에서 본『사반의 십자가』연구」, 전남대학교 교육대학원 석사학위논문, 1988.

이규태,「김동리 문학에서의 신인간주의」, 경북대학교 교육대학원 석사학위논문, 1985.

이동하,「세속적 합리주의의 길」,『우리문학과 구도정신』, 문예출판사, 1992.

이보영,『한국소설의 가능성』, 청예원, 1998.

이은봉,『종교와 상징』, 세계일보, 1992.

이재훈,「한국인의 집단무의식과 한국의 기독교」,『한국의 문화와 신학』, 대한기독교서회, 1993.

이형기,「신인간주의의 구현」,『사반의 십자가』, 삼중당, 1990.

정혜영,「김동리소설연구」, 경북대학교 박사학위논문, 1996.

조회경,「김동리소설연구」, 숙명여자대학교 박사학위논문, 1996.

진정석,「김동리 문학연구」,『현대문학연구』, 서울대학교 현대문학연구회, 1993.

최택균,「김동리의 제3 휴머니즘과『사반의 십자가』」,『성균어문연구』, 제30집, 1995.

_____,「김동리 소설연구」, 성균관대학교 박사학위논문, 1998.

홍신선,『우리문학의 논쟁사』, 어문각, 1985.

제2부 ▸ 제2장

김홍전, 『주기도문강해』, 성약출판사, 2000.

나학진, 「신정론에 대한 연구1」, 『신학사상』 42호, 1983.

데이비드 클락슨, 『구원 얻는 믿음』, 송영의 옮김, 지평서원, 2006.

마틴 로이드 존스, 『하나님은 왜 전쟁을 허용하실까?』, 박영옥 옮김, 목회자
　　자료실, 1998.

몰트만, 『십자가에 달리신 하나님』 김균진 역, 한국신학연구소, 2000.

＿＿＿, 『오늘 우리에게 그리스도는 누구신가?』 이신건 역, 대한기독교서회,
　　1997.

＿＿＿, 『하나님 체험』, 전경연 역, 기독교서회, 1982.

박완서, 『한 말씀만 하소서』, 솔, 1994.

송우혜, 『고양이는 부르지 않을 때 온다』, 생각의 나무, 2001.

우찬제, 「'틈'의 고뇌와 종합에의 의지」, 『눈길』, 두산동아, 1997.

이동하, 『신의 침묵에 대한 질문』, 세계사, 1992.

＿＿＿, 『우리 小說과 求道精神』, 문예출판사, 1994.

이지현, 「악의 문제와 광주민중항쟁」, 이화여자대학교 석사학위논문, 2006.

이청준, 「벌레 이야기」, 『한국소설문학대계』 53, 두산동아, 1997.

이태하, 『종교적 믿음에 대한 몇 가지 철학적 반성』, 책세상, 2000.

임영천, 『한국현대문학과 기독교』, 태학사, 1995.

조셉 얼라인, 『회개의 참된 의미』, 이길상 옮김, 목회자료사, 2000.

죤 칼빈, 『칼빈의 욥기 강해: 욥과 하나님』, 서문강 옮김, 지평서원, 2000.

한상봉, 「몰트만 신학에 나타난 "하나님의 고난" 사상 연구」, 호서대연합신
　　학전문대학원 석사학위논문, 2002.

제2부 ▸ 제3장

김경수, 「실패한 관념소설」, 『작가세계』 42호, 1999, 가을.

김영석, 「한국기독교소설의 세 양상」, 『문학과 종교』 제2권, 1997.

김주연, 「세속도시에서의 글쓰기- 정찬 론」, 『동서문학』 219호, 1995. 12.

____, 「광야에서 살기, 혹은 죽기」, 『심인 광고』, 문이당, 2005.

심창섭, 「한국교회에 나타난 종말사상」, 『목회와 신학』, 두란노, 1994.

양진오, 「신과 인간 사이에서 생성된 문학세계」, 『작가세계』, 1996, 여름호.

이기종, 「작가의 성화에 관한 연구」, 백석대학교 기독교예술대학원 문예창작
    교육학과 석사학위 논문, 2008.

이동하, 「신앙인의 길, 자유인의 길」, 『작가세계』, 1996, 여름호.

이승우, 「그의 광야」, 『심인광고』, 문이당, 2005.

이원규, 「해방후 한국인의 종교이식구조 변천연구」, 『현대한국종교변동연구』,
    한국정신문화연구원, 1993.

장수익, 「권력과 사랑, 욕망과 슬픔의 인간학」, 『소설과 사상』 23호, 1999. 9.

정 찬, 「종이 날개」, 『아늑한 길』, 문학과 지성사, 1995.

조성기, 「거대한 망상」, 『실직자 욥의 묵시록』, 민음사, 1998.

조아진, 「한국교회의 시한부 종말론에 대한 비판적 연구- J. Moltman의 관
    점에서」, 감리교신학대학원 석사학위논문, 2007.

메리 조 메도우, 리차드 D.카호, 최준식 옮김, 『종교심리학』, 민족사, 1992.

제2부 ▶ 제4장

구창환, 「한국현대소설에 나타난 기독교사상」, 『조선대인문과학연구』, 1981.

김성영, 『기독교 문학이란 무엇인가』, 도서출판 예솔. 1994.

김원일, 「마음의 감옥」, 『세월의 너울』, 솔, 1996.

박이문, 『종교란 무엇인가』, 일조각, 1997.

양병헌, 「현대문학비평의 이해 및 역할」, 『문학과 종교의 만남』, 한국문학과
    종교학회, 1995.

이보영, 「기독교 문학의 가능성」, 『예술원논문집』 20집, 1981.

이승우, 「고산지대」, 이상문학상 수상작품집, 1988.

채희윤, 『한 평 구 홉의 안식』, 민음사, 1993.

김영현, 「그리고 아무 말도 하지 않았다」, 창비, 1995.

백도기, 「어떤 행렬」, 서울신문 신춘문예 당선, 1969.

서진한, 「목회자의 자기 모순」, 『기독교사상』 48, 대한기독교서회, 2004.

이후정, 「참된 교회, 참된 목회자에 대한 존 웨슬리의 견해」, 『신학과 세계』 60, 감리교신학대학교, 2007.

호영송, 「그들의 방식」, 『흐름 속의 집』, 책세상, 1995.